Arsène Lupin

8

Le Triangle

아르센 뤼팽 전집 8
황금 삼각형

1판 1쇄 펴냄 2015년 3월 1일
1판 3쇄 펴냄 2021년 4월 6일

지은이 모리스 르블랑
옮긴이 바른번역
감수 장경현, 나혁진
펴낸이 하진석
펴낸곳 코너스톤
주소 서울시 마포구 독막로 3길 51
전화 02-518-3919
ISBN 979-11-85546-33-9 04860

아르센 뤼팽
전집

8

A r s è n e · L u p i n

황금 삼각형

모리스 르블랑 지음 바른번역 옮김
장경현, 나혁진 감수

코너스톤
Cornerstone

차례

제1부

불똥비

1
코랄리 엄마

저녁 6시 반을 알리는 종소리가 울리기 직전, 병사 두 명이 점점 짙어지는 어둠 속에서 작은 교차로에 도착했다. 갈리에라 박물관 맞은편 나무를 심은 작은 교차로에는 샤이요가와 피에르 샤롱가가 마주치고 있었다.

두 병사 중 한 명은 청회색 군복 외투를 입은 보병이었고, 또 다른 한 명은 세네갈인으로 전쟁 때부터 아프리카 원주민 보병대가 주로 착용하던 베이지색 모직의 반바지와 몸에 꽉 끼는 윗도리를 입고 있었다. 한 명은 왼쪽 다리 하나만 있었고 또 한 명은 오른쪽 팔만 있었다.

두 사람은 그리스 신화에 나오는 요정 실레노스의 귀여운 조각상이 서 있는 광장을 한 바퀴 돌고 멈추었다. 보병이 피우던 담배를 꽥 던졌다. 그러자 세네갈인이 그 담배를 주워 몇 모금 빨더니 엄지와 검지로 담배를 비벼 끄고는 주머니 속에 넣었다.

쥐 죽은 듯이 고요한 분위기 속에서 이 모든 일이 이루어졌다.

바로 그때 갈리에라가에서 또 다른 병사 두 명이 나왔다. 둘 다 군복과 민간 복장이 뒤섞여 있어서 어느 부대 소속인지 정확히 알 수 없었다. 다만 한 명은 알제리 보병의 셰샤 모자를 쓰고 있었고 또 한 명은 포병용 군모를 쓰고 있었다. 전자의 병사는 목발로 걸었고 후자의 병사는 지팡이를 짚고 걸었다.

이들은 보도 가장자리에 세워진 신문 가판대 곁에 섰다.

한편 피에르 샤롱가, 브리뇰가, 샤이요가를 통해 각각 한 명씩 총 세 명이 왔는데 한 명은 팔이 불구인 엽보병, 또 한 명은 절름발이 공병, 마지막 한 명은 엉덩이가 뒤틀린 식민지 보병이었다. 이들 셋은 각자 곧장 나무 쪽으로 가서 기대었다.

이들 사이에는 단 한마디의 말도 오가지 않았다. 상이용사 일곱 명은 마치 모르는 사이처럼 서로의 존재에 신경 쓰지 않는 듯했다.

이들은 나무 뒤에서, 신문 가판대 뒤에서, 실레노스 조각상 뒤에서 선 채로 꼼짝도 하지 않았다. 1915년 4월 3일의 그날 저녁, 교차로를 드문드문 지나가는 사람들은 희미한 가로등이 비추는 이곳에서 꼼짝도 하지 않는 상이용사들의 모습에 전혀 관심을 두지 않았다.

6시 반을 알리는 종소리가 울렸다.

바로 그때, 광장 맞은편에 있는 집 중 한 곳의 문이 열렸다. 한 남자가 이 집에서 나오더니 다시 문을 닫고는 샤이요가를 지나 광장을 우회해 걸어갔다.

카키색 옷을 입은 장교였다. 황금색 장식 끈 세 줄이 늘어진 붉은색 군용 모자를 썼고 모자 아래에 드러난 이마와 목덜미는 널찍한 붕대로 칭칭 감겨 있었다. 매우 큰 키에 체격이 호리호리한 장교는 오른쪽 다리 끝에 둥근 고무조각을 댄 나무 의족을 한 채 지팡이를 짚고 있었다.

장교는 광장을 지나 피에르 샤롱가의 도로 위로 내려섰고 고개를 돌리며 이곳저곳을 뚫어지게 바라봤다.

그렇게 꼼꼼히 관찰한 후 광장의 나무 한 그루로 다가가 지팡이 끝으로 누군가의 비죽 삐져나온 배를 살짝 쳤다. 상대는 배를 쑥 집어넣었다. 장교는 다시 앞으로 갔다.

이번에는 피에르 샤롱가를 지나 파리의 중심부 쪽으로 완전히 멀어져갔는데, 샹젤리제 대로로 다가가 왼쪽 보도 위를 계속 걸었다.

200보를 더 가니 커다란 호텔이 나왔다. 여기저기 걸린 깃발로 보아 예전에 야전병원이었던 곳이 호텔로 개조되었음을 알 수 있었다. 장교는 호텔에서 나오는 사람들의 눈에 띄지 않기 위해 조금 거리를 두고 멈춰 서서 기다렸다.

15분이 지나고 7시를 알리는 종이 울렸다.

그리고 몇 분이 더 흘렀다.

다섯 명이 호텔에서 나왔고 그 뒤로 두 명이 더 나왔다. 그러다 마침내 여자 한 명이 호텔 현관에 나타났다. 붉은색 십자가가 그려져 있는 푸른색의 커다란 외투를 입은 간호사였다.

"드디어 나왔군." 장교가 중얼거렸다.

여자는 장교가 지나왔던 길을 따라가더니 피에르 샤롱가에 도착해 오른쪽 보도를 따라 샤이요가의 교차로를 향해 걸었다.

여자는 유연하고 경쾌한 걸음으로 가볍게 걸었다. 여자가 빠르게 걸어가는 동안 바람이 불어와 어깨 주변에서 휘날리던 푸른색 망토가 부풀어 올랐다. 외투가 크긴 했으나 허벅지의 움직임과 젊은 걸음걸이를 엿볼 수 있었다.

　장교는 담담한 표정으로 여자의 뒤를 따라 걸었고 마치 어슬 렁거리는 산책자처럼 지팡이를 이리저리 흔들었다.

　이 시간대 이곳 거리에는 장교와 여자 외에 다른 사람은 보 이지 않았다.

　그런데 여자가 장교보다 훨씬 앞서 마르소 가도를 건너자 길 가에 주차된 자동차가 시동을 걸더니 여자와 같은 방향으로 일 정한 거리를 둔 채 움직이기 시작했다. 택시였다. 장교는 두 가 지 사실을 알아냈다. 첫째는 안에 두 명이 있다는 것이고, 둘째 는 회색 중절모에 짙은 콧수염을 기른 한 명이 창문 밖으로 상 체를 내민 채 운전사와 이야기를 나누고 있다는 것이다.

　그러나 간호사 여자는 뒤도 돌아보지 않고 계속 걸었다.

　장교는 보도를 바꿔 걸음을 재촉했다. 여자가 교차로에 다가 갈수록 자동차도 속도를 내는 것 같았기 때문이다.

　장교는 현재의 위치에서 작은 광장을 쭉 훑었다. 시력이 좋 은 편이었으나 어둠 속이라 그런지 일곱 명의 상이용사들 모습 이 잘 보이지 않았다. 그뿐만 아니라 지나다니는 사람도, 자동 차도 없었다. 블라인드를 내린 전차 두 대만이 서로 교차하는 널찍한 길에서 어둠 속 정적을 깨고 있었다.

　여자 역시 나름 거리 풍경에 주의를 기울이면서도 불안감을 안겨주는 것이라면 애써 보지 않고 피하려는 듯했다. 여자는 조 금도 주저하는 기색이 없었다. 단 한 번도 뒤를 돌아보지 않는 것을 보면 뒤따라오는 자동차의 존재를 모르는 게 틀림없었다.

　마침내 자동차가 여자를 따라잡았다. 광장 근처, 기껏해야 여자와 10~15미터 떨어진 곳까지 온 것이다. 여자는 계속 앞으로 걸어가다 제일 앞에 늘어선 나무들 근처에 이르렀다. 자동차도 다시 여자 뒤를 바짝 쫓더니 길 한복판에서 보도 옆으로 붙었다. 급기야 보도 반대편, 그러니까 왼쪽에서 바깥으로 상체를 내밀던 남자가 차 문을 열고 발판 위에 내려섰다.

장교는 다시 부랴부랴 길을 건넜다. 차에 탄 남자들은 자신들의 행동에만 신경 쓰는 것 같아 들킬 걱정은 하지 않았다. 장교는 휘파람을 불 준비를 했다. 예상했던 일이 곧 벌어질 것이라는 데에 의심의 여지가 없었다.

예상대로 자동차가 갑자기 멈추었다.

자동차 문이 열리고 남자 두 명이 내리더니 가판대에서 몇 미터 떨어진 광장의 보도 위로 훌쩍 뛰어갔다.

동시에 여자가 놀라 비명을 질렀고 장교는 날카롭게 휘파람을 불었다. 두 남자는 먹잇감인 여자를 붙들어 자동차 쪽으로 끌고 갔고 그와 동시에 나무 뒤에 숨어 있던 상이용사 일곱 명이 후다닥 튀어나와 두 남자 쪽으로 달려왔다.

싸움은 순식간에 끝났다. 아니, 싸움다운 싸움은 일어나지 않았다고나 할까. 처음부터 반격을 예상했던 운전사가 시동을 걸어 재빨리 내달렸기 때문이다. 남자 두 명은 작전이 실패했음을 깨닫고 지팡이와 목발의 위협, 장교가 휘두르는 권총 앞에서 여자를 놓아주고는 지그재그 방향으로 도망쳐 브리뇰가의 어둠 속으로 사라졌다.

"뛰어, 야봉, 한 놈이라도 목덜미를 붙들라고." 장교가 외팔이 세네갈인에게 명령했다.

장교는 몸을 떨며 거의 기절하기 직전인 여자의 팔을 잡고는 걱정스러운 듯 말했다.

"걱정할 것 없습니다, 코랄리 엄마. 나예요, 벨발 대위… 파트리스 벨발…."

그러자 코랄리가 더듬거리며 대답했다.

"아, 대위님이군요…."

"그래요, 코랄리 엄마를 지키기 위해 친구들이 모두 모였습니다. 예전에 야전병원에서 당신이 치료한 부상병들이 별관 회복실에 있다는 걸 알았거든요."

"고마워요…. 고마워요…."

그러면서 코랄리는 떨리는 목소리로 물었다.

"그들은요? 그 두 남자는요?"

"도망쳤습니다, 야봉이 뒤따라갔고요."

"그자들이 내게 원한 게 도대체 무엇이었을까요? 그리고 어떻게 기적적으로 장교님이 딱 맞춰 나타나셨나요?"

"그 이야기는 나중에 합시다, 코랄리 엄마. 먼저 당신 이야기부터 해보지요. 어디로 모셔다 드릴까요? 자, 여기까지 오셨으니… 잠시 여유를 가지고 쉬어야지요."

파트리스는 병사 한 명의 도움을 받아 45분 전에 나왔던 집쪽으로 코랄리를 조심스럽게 부축해 갔다. 코랄리는 파트리스가 이끄는 대로 따랐다.

파트리스와 코랄리 일행은 건물 1층으로 들어가 거실로 갔다. 파트리스는 전등을 켰다. 장작이 타고 있었다.

"앉으십시오." 파트리스가 말했다.

코랄리는 쓰러지듯 풀썩 의자에 앉았고 파트리스가 지시를 내렸다.

"자네, 풀라르, 주방에서 짐을 가져오게…. 샤틀랭, 사무실 선반에 럼주 한 병이 있을 거야…. 아니지, 아니야. 럼주를 싫어하시지…. 그렇다면…."

"그냥 물 한 잔만 주세요." 코랄리가 미소를 지으며 말했다.

창백했던 코랄리의 볼에 조금씩 화색이 돌아왔다. 입술에도 혈색이 돌았고 얼굴에는 신뢰의 미소가 퍼졌다.

코랄리의 얼굴은 매우 매력적이고 부드러웠다. 마치 놀라서 눈을 휘둥그레 뜨고 바라보는 어린아이처럼 이목구비가 아주 섬세했다. 안색은 풋풋했고 표정은 천진난만했다. 우아하고 섬세한 모습이지만 간혹 강인한 인상도 느껴졌다. 짙은 눈빛, 이마를 감싼 하얀 머리쓰개와 그 옆에 내려와 있는 두 개의 검은색 띠가 강인한 인상을 풍겼다.

"아!" 파트리스가 쾌활하게 외쳤다. "물을 마시니 좀 나아진 것 같군요, 코랄리 엄마."

"훨씬 나아졌어요!"

"잘됐군요! 아까는 큰일 날 뻔했습니다. 진땀이 났어요! 이번 일에 대해서는 자세히 알아봐야 하지 않을까요? 이봐, 그동안 코랄리 엄마에게 인사드려. 자네들을 간호하며 침대맡에서 자네들이 잠들 때까지 토닥여 주시던 분이지 않나. 이제는 자네들이 코랄리 엄마를 보살펴야 해. 아이들이 어머니를 돌보는 것처럼 말이야. 이런 일을 상상이나 해봤나?"

그러자 외팔이, 외다리, 절름발이, 사지가 없는 병사들 모두

가 코랄리 주변으로 다가가 반갑게 바라봤다. 코랄리는 병사들의 손을 따뜻하게 잡아주었다.

"리브락, 다리는 어때요?"

"이제 아프지 않습니다, 코랄리 엄마."

"바티넬, 어깨는요?"

"말끔히 다 나았습니다, 코랄리 엄마….."

"풀라르는? 조리스는요…?"

코랄리는 자신이 치료한 병사들을 다시 만나자 마치 진짜 자식들의 이름을 부르듯 부르다 점점 감정이 북받쳤다. 파트리스가 큰 소리로 말했다.

"아! 코랄리 엄마, 우시는군요! 우리 모두를 마음속에서 잊지 않고 계셨군요. 예전에 우리가 병상 침대 위에서 고통에 겨워 소리치지 않으려고 버텼을 때 코랄리 엄마가 굵은 눈물방울을 뚝뚝 떨구는 모습을 본 적이 있습니다. 그래서 우리도 이를 더욱 꽉 깨물고 참았지요."

"여러분이 날 힘들게 하지 않으려고 노력하는 것만 봐도 눈물이 났지요." 코랄리가 말했다.

"그런데 또 울고 계시는군요. 아! 이제 더 이상 슬퍼하지 마십시오! 코랄리 엄마는 우리를 사랑하고 우리도 엄마를 사랑합니다. 그러니 슬퍼할 필요 없습니다. 자, 코랄리 엄마, 웃어보세요. 저기, 야봉이 오는군요. 야봉도 계속 웃고 있잖아요."

코랄리가 벌떡 일어났다.

"야봉이 두 남자 중 한 명을 쫓아가 잡았을까요?"

"그랬을 겁니다! 내가 야봉에게 한 놈이라도 잡아 오라고 했으니까요. 놓치지는 않았을 겁니다. 다만 한 가지가 걱정스럽습니다."

일행은 현관 쪽으로 갔다. 세네갈인은 이미 계단을 오르고 있었다. 야봉은 오른손으로 남자의 목덜미를 잡고 있었다. 남자의 옷이 아주 너덜너덜해져서 마치 꼭두각시를 들고 있는 것처럼 보였다. 파트리스가 명령했다.

"놓아줘."

야봉은 남자의 목덜미를 잡고 있던 손을 풀었다. 남자는 현관 바닥 위로 푹 쓰러졌다.

"내가 걱정한 게 이거였지." 파트리스가 중얼거렸다. "야봉은 오른손밖에 없지만 일단 이 손으로 누군가의 목덜미를 움켜쥐면 기적이 일어나지 않는 한 상대는 목이 졸려 죽거든. 독일놈들은 이미 어느 정도 알고 있지."

얼굴이 석탄불처럼 붉은 야봉은 거구에 머리카락과 턱수염이 곱슬곱슬했다. 왼쪽 어깨 소매에는 팔이 없었고 군복 상의에는 훈장이 두 개 매달려 있었다. 턱 한쪽에는 그나마 볼살이 있었으나 입술 반쪽과 입천장은 포탄 파편으로 날아가 버린 상태였다. 나머지 반쪽 입술은 귀까지 깊이 파여 있어 항상 미소를 짓고 있는 듯했고 피부 이식이 어느 정도 된 부분은 상당히 무표정해서 전체적으로 아주 기괴한 인상이었다. 게다가 야봉은 실어증에 걸린 상태였다. 입 밖으로 내뱉는 말이 불분명해서 그렁거리는 웅얼거림에 가까웠는데 늘 되뇌는 소리가 '야봉'이라서 야봉이라는 별명이 붙었다. 야봉은 만족스러운 표정으로 마치 사냥감을 물어온 사냥개처럼 주인과 사냥감을 차례로 바라보며 연신 '야봉'을 중얼거렸다.

"좋아, 하지만 좀 더 살살 다루라고." 파트리스가 말했다.

파트리스는 쓰러진 남자 위로 몸을 숙여 맥박을 짚어보았다. 남자가 단순한 기절 상태임을 확인한 파트리스는 코랄리에게 말했다.

"이자를 알아보시겠습니까?"

"아니요." 코랄리가 말했다.

"확실합니까? 어딘가에서 본 적이 전혀 없습니까?"

남자는 꽤 살집 있는 얼굴이었는데 포마드를 바른 검은색 머리에 회색 콧수염을 하고 있었다. 짙은 푸른색의 고급스러운 옷차림으로 보건대 꽤 부유한 사람 같았다.

"아니요…. 전혀 본 적이…." 코랄리가 말했다.

파트리스는 남자의 주머니를 뒤졌으나 신분증 같은 건 전혀 없었다.

"그렇다면 이자가 깨어날 때까지 기다렸다가 직접 물어보기로 하지요." 파트리스가 몸을 일으키며 말했다. "야봉, 이자의 팔다리를 묶게. 그리고 현관을 지키고 있어. 나머지는 별관으로 돌아갈 시간이다. 열쇠는 여기 있어. 코랄리 엄마에게 인사하고 돌아가."

작별 인사가 끝나자 파트리스는 부하들을 밖으로 내보냈다. 그런 다음 코랄리에게로 다가와 거실로 함께 가며 말했다.

"자, 이제 이야기 좀 해보지요, 코랄리 엄마. 설명하기 전에 먼저 내 이야기부터 들어보세요. 얼마 안 걸릴 겁니다."

두 사람은 불꽃이 파닥거리는 환한 벽난로 앞에 앉았다. 파트리스 벨발은 코랄리 엄마의 발아래에 쿠션을 밀어 넣었고 코랄리 엄마에게 거슬릴 만한 전등불도 껐다. 코랄리 엄마가 편안한 상태가 되었다고 생각되자 파트리스는 이야기를 시작했다.

"코랄리 엄마, 알고 있겠지만 나는 여드레 전에 야전병원에서 나와 뇌이의 마이요 대로에 있는 별관에 살고 있습니다. 야전병원의 요양 환자들을 위한 별관으로, 그곳에서 매일 아침 붕대를 교체하고 매일 저녁 잠을 잡니다. 나머지 시간은 산책하며 어슬렁거리다가 여기저기서 점심과 저녁을 해결하고 옛 친구들을 찾아갑니다. 그런데 오늘 아침 대로변의 어느 커다란 카페 겸 레스토랑에서 친구 한 명을 기다리다가 우연히 누군가의 대화를 끝까지 듣게 되었습니다⋯. 그곳은 사람 키만 한 칸막이로 두 공간으로 나뉘는데, 한쪽은 카페 손님들이 있고 또 다른 한쪽은 레스토랑 손님들이 있습니다. 나는 계속 레스토랑쪽 공간에 앉아 친구를 기다리고 있었습니다. 내게 등을 지고 앉아 있는 손님 두 명은 아무도 없다고 생각했는지 다소 큰 소리로 말했습니다. 나는 우연히 듣게 된 두 사람의 대화 내용을 수첩에 옮겨 적었습니다."

파트리스는 주머니에서 수첩을 꺼내 열고는 계속 말을 이었다.

"내가 두 사람의 이야기에 관심을 기울인 데에는 이유가 있습니다. 그 이유는 코랄리 엄마도 나중에 이해할 겁니다. 그전에 불통인지 불똥비인지 하는 이야기가 나왔는데, 전쟁 전에도 두 번 불똥비가 있었다고 합니다. 그 불똥비는 야간 신호와 같

은 것이라고 했고, 불똥비가 다시 생기면 서둘러 행동에 들어
가겠다고 했습니다. 이 말이 무슨 의미인지 짐작되는 건 없습
니까?"

"아니요…. 내가 알고 있는 내용인가요?"

"두고 보면 알 겁니다. 아! 한 가지 깜빡하고 말하지 않은 게
있습니다. 그 두 사람은 정확한 영어로 이야기했는데 억양으로
보면 둘 다 영국인은 아니었습니다. 두 사람의 대화 내용을 자
세히 받아 적었으니 한번 들어보십시오."

"그러니까 모든 준비가 착착 된 것이군." 손님 한 명이 말했다.
"자네와 그 친구 둘 다 오늘 저녁 7시 조금 못 미칠 때쯤 정해
진 장소로 오라고."

"그렇게 하겠습니다, 대령님. 자동차도 준비되었습니다."

"좋아. 그 여자가 야전병원에서 7시에 나온다는 걸 잊지 말게."

"걱정하지 마십시오. 그 여자는 언제나 피에르 샤롱가를 지나
같은 길로 가니 한 치의 실수도 없을 겁니다."

"계획은 모두 정해놓은 거겠지?"

"하나하나 세세히 검토했습니다. 샤이요가가 끝나는 광장에서
계획을 이행할 겁니다. 사람들이 몇 명 있다고 해도 우리가 순
식간에 행동할 거라 여자를 구할 시간이 없을 겁니다."

"운전사는 믿을 만한가?"

"우리 말을 잘 듣도록 섭섭하지 않게 지급할 테니 확실할 겁니
다. 그 정도면 충분하지요."

"좋아. 난 안에서 기다리고 있겠네. 자네들은 그 여자를 내게 넘

겨 주면 돼. 그렇게 되면 우리가 상황을 장악하게 되는 거지."

"그리고 그 여자도 차지하는 거지요, 대령님. 여자가 지독하게 예쁘더군요. 나쁘지 않아요."

"지독하게 예쁘지. 오래전에 멀리서 보기만 했지, 나를 소개한 적은 없었어…. 이번 기회에 모든 일을 차질 없이 진행해야 하네."

그리고 대령은 이렇게 덧붙였다.

"그 여자는 울고 불며 소리를 지르고 이를 바드득 갈겠지. 그럴 수록 더 좋아! 난 고분고분하지 않은 것을 좋아해…. 내가 강자 일 경우에는 말이야."

대령은 크게 웃기 시작했고 상대방도 웃었습니다. 두 사람이 계산할 때 나도 일어나 대로 쪽 출구로 갔어요. 그런데 두 사람 중 한 명인 짙은 콧수염에 회색 중절모를 쓴 남자가 그 출구 쪽으로 나갔습니다. 마침 거리에는 택시가 한 대뿐이었습니다. 남자는 택시를 탔고 난 뒤를 밟는 것을 포기해야 했습니다. 그나마… 그나마… 매일 저녁 코랄리 엄마가 7시에 야전병원을 나와 피에르 샤롱가를 지나간다는 것을 알았으니….

파트리스가 입을 다물었다. 코랄리는 걱정스러운 표정으로 생각에 잠기더니 잠시 후 이렇게 말했다.

"왜 미리 알려주지 않았어요?"

대위가 큰 소리로 말했다.

"미리 알려주다니요! 코랄리 엄마 이야기가 아닐 수도 있지 않습니까? 굳이 미리 걱정시킬 필요가 없었다고요. 그리고 설령 코랄리 엄마를 말하는 거였다 해도 알려주지 않는 게 낫지 않았겠어요? 계획이 틀어지면 그자들이 다른 함정을 팠을 텐데 그때는 어쩔 수 없이 당할 텐데 말입니다. 아니요, 직접 맞부딪쳐 보는 게 나아요. 그래서 코랄리 엄마가 간호했던 옛 환자 중에 별관에 있는 사람들을 따로 모았습니다. 그리고 내가 기다리던 친구가 이 광장에 살고 있어서 6시부터 9시까지 아파트를 사용할 수 있게 해달라고 부탁했습니다. 자, 이렇게 된 겁니다, 코랄리 엄마. 어떻게 생각합니까?"

코랄리가 파트리스의 손을 잡았다.

"미처 눈치채지 못한 끔찍한 위험에서 대위님이 날 구해준 것 같아요. 고마워요."

"아! 아닙니다. 고맙다는 인사는 됐어요. 그저 성공했기에 기쁠 뿐입니다. 내가 원하는 것은 사건 자체에 대한 코랄리 엄마의 의견을 듣는 겁니다."

코랄리는 조금도 주저하지 않고 대답했다.

"글쎄요. 방금 들려준 이야기 중에서 특별히 떠오르는 생각은 없어요."

"괴한들을 모른다고요?"

"모르는 사람들입니다."

"코랄리 엄마를 넘겨받으려 했던 그 남자는 아는 것 같던데요?"

코랄리는 얼굴이 약간 빨개지더니 이렇게 말했다.

"모든 여자가 살아가는 동안 자신을 좋아한다고 고백하는 남자를 만나보지 않나요? 하지만 그 남자는 모르는 사람입니다."

파트리스가 꽤 오래 침묵을 지킨 후 다시 말을 이었다.

"어쨌든 우리가 잡은 포로를 신문하면 무언가 알 수 있겠지요. 포로가 대답을 거절한다면 어쩔 수 없이 경찰에 넘겨야겠지요. 경찰이 사건을 다룰 테고요."

코랄리가 흠칫 놀라며 물었다.

"경찰이요?"

"물론이지요. 그자를 다룰 방법이 없잖아요? 내가 할 일이 아니라 경찰의 일이지요."

"안 돼요! 안 됩니다!" 코랄리가 격렬하게 외쳤다. "절대 안 돼요! 어떻게! 내 삶에 경찰이…! 내 이름도 입에 오르내리고요…!"

"하지만 코랄리 엄마, 나로서는…."

"아! 제발요, 부탁이에요. 다른 방법을 찾아주세요. 내 이름이 입에 오르내리지 않도록! 내 이름이 사람들 입에 오르내리는 건 싫어요!"

파트리스는 흥분하는 코랄리를 놀란 표정으로 바라봤다.

"사람들의 입에 오르내리지 않도록 하겠습니다. 코랄리 엄마, 약속하지요."

"그럼 저 남자는 어떻게 할 건가요?"

"이런." 파트리스가 웃으며 말했다. "내 질문에 대답해줄 수 있는지 예를 갖춰 물어본 다음에 코랄리 엄마에게 관심을 주어 고맙다고 말해야겠지요. 그다음에는 돌아가 달라고 부탁해야겠습니다."

파트리스가 자리에서 일어났다.

"가서 보실래요, 코랄리 엄마?"

"아니요." 코랄리가 말했다. "너무 피곤해요! 내가 굳이 필요하지 않다면 혼자서 조사해주세요. 그다음에 이야기를 들을게요…."

정말로 코랄리는 피곤해 보였다. 간호사 업무만으로도 힘든데 갑자기 여기에까지 신경을 써야 하니 더 피곤했던 것이다. 대위는 더 이상 권하지 않고 거실 밖으로 나가 문을 닫았다.

코랄리의 귀에 이런 대화가 들렸다.

"자, 야봉, 잘 지키고 있었겠지? 새로운 건 없고? 잡힌 남자는? 아! 저기 있군. 숨을 쉬고 있는 건가? 아! 야봉의 손은 꽤 강하지…. 안 그래? 이봐, 대답 좀…. 아! 이런! 어떻게 된 거야? 움직이지를 않아…. 제길, 혹시…."

파트리스가 놀란 듯 외쳤다. 코랄리는 현관 쪽으로 달려갔고 대위와 마주쳤다. 파트리스는 앞을 막아섰고 아주 단호하게 말했다.

"오지 마세요. 소용없습니다."

"그런데 대위님, 다쳤어요!" 코랄리가 외쳤다.

"내가요?"

"소맷부리에 피가 묻었잖아요."

"괜찮아요, 포로로 잡은 남자의 피가 묻은 겁니다."

"남자가 다쳤나요?"

"예, 입에서 피가 흐르더군요. 어딘가 혈관이 파열된 것 같은데…."

"예? 야봉이 그 정도로 움켜잡지는 않았을 텐데요…."

"야봉이 그런 게 아닙니다."

"그럼 누가?"

"공범들이요."

"공범들이 여기까지 왔다는 말인가요?"

"그래요, 공범들에게 목이 졸렸습니다."

"공범들이 목을 조르다니! 이런, 믿을 수가 없어요."

코랄리는 포로로 잡힌 남자 앞으로 다가갔다. 남자는 움직임이 없었다. 얼굴은 죽은 듯 창백했다. 남자의 목에는 붉은색 비단 줄이 감겨 있었다. 가늘게 꼬여 있고 양쪽 끝에 매듭이 있는 줄이었다.

2
오른손과 왼쪽 다리

"한 놈은 사라진 겁니다, 코랄리 엄마." 파트리스 벨발이 야봉과 함께 신속히 조사하고 여자를 다시 거실로 데려간 뒤 외쳤다. "이자의 이름이 손목시계에 새겨져 있더군요. 잘 기억하십시오. 무스타파 로발라이오프가 이놈의 이름입니다."

파트리스는 아무 감정 없이 경쾌한 말투로 말했다. 그리고 방 안을 왔다 갔다 하며 말을 이었다.

"우리처럼 무수한 고난을 겪고 용감한 사람들의 죽음을 숱하게 보아온 사람들은 동료에게 살해당한 무스타파 로발라이오프의 죽음 따위에 슬퍼하지 않습니다." 파트리스가 말했다. "추도의 낭송도 필요 없지 않습니까? 광장에 사람이 없는 틈을 타, 야봉이 죽은 자를 안고 브리놀가로 가서 갈리에라 박물관 철책 위로 던져버리면 그만이지요. 철책은 높지만 야봉의 오른팔이면 아무 문제 없습니다. 코랄리 엄마, 그렇게 사건은 묻힐 거예요. 코랄리 엄마의 이름이 사람들 입에 오르내리지 않을 테니까 이번에는 내게 고맙다고 해야 할 겁니다." 파트리스는 웃기 시작했다.

"고맙다는 말이면 됩니다. 칭찬은 필요 없고요. 제길, 내가 포로를 허술하게 관리하다니! 놈들도 눈 깜짝할 사이에 와서 해 쳤고요! 회색 중절모를 쓴 자가 자동차에서 기다리는 다른 공범에게 알린 후 납치당한 공범을 구하기 위해 이리로 달려오리란 예상을 하지 못했다니. 어쨌든 그자들이 이리로 왔습니다. 우리가 이야기하는 동안 그 둘은 하인 전용 출입문으로 들어와 주방을 거쳐 서재와 현관 사이의 문을 통해 안을 들여다본 겁니다. 납치당한 동료가 가까운 곳에서 단단히 묶인 채 기절해 있는 모습을 본 것이지요. 그렇다면 어떻게 하겠습니까? 야봉에게 들키지 않고 납치당한 공범을 현관 밖으로 빼내기란 불가능했고 그대로 놔두자니 깨어나면 공범들에 관한 모든 것을 실토해 애써 준비한 계획을 망치리라 생각한 겁니다. 그래서 어떻게 했을까요? 둘 중 한 명이 조심스레 몸을 기울여 팔을 뻗은 다음 야봉이 이미 세게 쥐어서 쓰러뜨린 그 목에 밧줄을 감은 거예요. 양쪽에 매듭이 달린 그 밧줄로 죽음에 이를 때까지 천천히, 조용하게 조인 겁니다. 아무 소리도, 신음도 없었지요. 모든 일이 조용히 처리되었습니다. 놈들이 와서 죽였고, 그리고 떠난 거지요. 모든 게 끝난 겁니다. 게임은 끝났고 납치당한 공범은 영원히 입을 다물었어요."

파트리스는 점점 더 호들갑을 떨었다.

"공범이 입을 다물게 된 것이지요." 파트리스가 말했다. "내일 아침 닫혀 있는 정원에서 사법 당국이 시신을 발견해도 어떻게 된 건지 알 수 없을 겁니다. 코랄리 엄마, 우리 역시 어떻게 된 일인지 모르는 건 똑같아요. 괴한들이 왜 코랄리 엄마를 납치하려 했는지 알 수가 없으니까요. 정말이지 나는 간수로서도, 탐정으로서도 모두 낙제점이군요."

파트리스는 방 안을 계속 왔다 갔다 했다. 장딴지 아래로 다리가 잘려나갔으나 전혀 불편해 보이지 않았다. 한 발 한 발 내디딜 때마다 기껏해야 엉덩이와 어깨의 움직임이 부자연스러울 뿐 허벅지와 무릎은 유연했다. 더구나 키가 커서 이 정도의 결점은 가려졌다. 또한 벨발은 스스로 불편한 신체를 꽤 무덤덤하게 받아들이고 있어서 겉으로 보기에는 어색한 부분이 그다지 드러나지 않았다. 시원시원하게 생긴 얼굴은 태양에 그을리고 악천후에 단련된 덕에 강인한 혈색을 띠었고 때론 호들갑스럽게 보일 정도로 아주 솔직한 표정을 지었다. 나이는 약 스물여덟에서 서른 정도로 보였다. 행동은 마치 제1제정시대(프랑스 나폴레옹의 집권기 – 옮긴이)의 장교들처럼 보였다. 살롱이나 부인들 곁에 있을 때면 병영 생활로 생긴 특별한 분위기가 풍겼다.

파트리스는 문득 멈춰 서서 코랄리를 바라봤다. 코랄리의 예쁜 옆모습이 벽난로 불빛에 드러났다. 파트리스는 다시 코랄리 곁에 앉아 부드럽게 말했다.

"나는 코랄리 엄마에 대해 아는 게 거의 없습니다. 야전병원에서 간호사와 의사들에게는 마담 코랄리라 불리고 치료받는 부상자들에게는 엄마로 불리지요. 결혼 전이나 후의 이름은 무엇입니까? 결혼을 하긴 했는지, 아니면 했다가 사별했는지요? 사는 곳은 어디입니까? 이런 것들에 대해 전혀 모릅니다. 그저 매일 같은 시간에 같은 길로 다니는 것만 알지요. 또 가끔, 회색 머리카락을 기르고 수염을 헝클어뜨린 어느 나이 든 하인이 목도리를 두르고, 노란색 안경을 끼고 나타나 엄마와 함께 오거나 엄마를 찾으러 오지요. 이따금 하인은 통유리창이 있는 복도에서 매번 같은 의자에 앉아 코랄리 엄마를 기다리기도 하지요. 하인은 누가 뭐라고 물어도 대답하는 법이 없습니다. 어쨌든 내가 코랄리 엄마에 대해 아는 것은 마음이 너무나 곱고 따뜻하다는 것, 그리고 너무나 아름답다는 것이 전부입니다. 코랄리 엄마의 삶을 모르기 때문에 신비롭게 생각하는 것일 수도 있지요. 어떤 때는 너무나 고통스러운 삶을 살아온 게 아닌가 하는 상상을 하기도 합니다! 고통과 근심 속에서 살아온 듯한 인상을 주거든요. 너무나 외로워 보이고요. 코랄리 엄마의 행복과 안전을 책임지는 사람도 없어 보여요. 그래서 오래전부터 생각해오고 고백할 기회를 기다렸는데… 코랄리 엄마를 이끌어주고 보호해줄 친구이자 오빠 같은 사람이 필요할지도 모른다고 생각했습니다. 코랄리 엄마, 내가 잘못 생각하는 겁니까?"

파트리스가 말하는 동안 코랄리는 몸을 움츠리며 좀 더 거리를 두는 것처럼 보였다. 마치 파트리스가 말한 미지의 영역에 발을 들이고 싶지 않은 것처럼. 코랄리가 중얼거렸다.

"예, 잘못 생각하고 있군요. 내 인생은 아주 단순해요. 아무런 보호도 필요 없습니다."

"보호가 필요 없다니요!" 파트리스는 점점 흥분하며 말소리를 높였다. "그렇다면 엄마를 납치하려고 한 남자들은 누구입니까? 엄마를 겨냥한 괴한들의 음모요? 자신들의 알 수 없는 음모가 발각될까 봐 우리에게 붙잡힌 동료를 살해하지 않았습니까? 그런데 이 모든 일이 아무것도 아니라고요? 코랄리 엄마의 주변은 위험이 가득한데 내가 잘못 생각한 거라고요? 엄마를 노리는 괴한들은 매우 대담한 자들인 것 같은데요? 그자들의 음모로부터 보호해야 하는 게 아닌가요? 그런데도 내가 돕겠다는 제안을 뿌리친다면⋯. 그렇다면⋯ 그렇다면⋯."

코랄리는 고집스럽게 입을 다물었다. 코랄리의 침묵은 파트리스 벨발과 거리를 두려는 의미처럼 보였고 심지어 어느 정도의 적의마저 담겨 있었다.

파트리스는 벽난로 대리석을 주먹으로 쳤고 여자 위로 몸을 숙였다.

"그렇다면, 다시 말해 내가 돕겠다는 제안을 뿌리쳐도 나는 강제로라도 도울 겁니다." 파트리스가 단호한 목소리로 말을 끝맺었다.

코랄리가 고개를 저었다.

"강제로 할 겁니다." 파트리스가 다시 단호하게 말했다. "그것이 내 의무이자 권리니까요."

"안 돼요." 코랄리가 들릴 듯 말 듯한 목소리로 말했다.

"내가 가진 절대적인 권리입니다." 파트리스가 다시 말했다. "무엇보다도 우선적이며 코랄리 엄마와 의논할 필요조차 없는 권리이기 때문이지요."

"그 권리라는 게 무엇인가요?" 코랄리가 파트리스를 바라보며 물었다.

"당신을 사랑하는 것입니다."

파트리스는 수줍은 모습도 없이 고백하는 것 자체가 행복하며 그 감정에 자부심을 느끼는 남자처럼 말했다.

코랄리는 얼굴을 붉히며 고개를 떨구었다. 파트리스는 쾌활한 목소리로 크게 말했다.

"당신 앞에서 당당하게 말합니다. 열에 들떠 내뱉는 헛소리도, 호소도, 과장도 아니며 두 손 모아 애원하는 것도 아닙니다. 아니지요, 무릎을 꿇지 않은 채 당신에게 사랑한다고 분명히 말하고 있습니다. 당신이 생각하는 것보다 쉬운 일은 아닙니다. 그래요, 코랄리 엄마. 당신이 아무리 매몰차게 굴어도 내가 당신을 사랑하고 있음을 알고 있지요. 나만큼이나 오래전부터 알고 있지요. 당신의 작고 아름다운 손이 피투성이가 된 내 얼굴을 만졌을 때 우린 이미 같은 감정을 품기 시작했습니다. 다른 사람들의 손길은 고통스러웠지만 당신의 손은 애무 같았습니다. 당신의 연민에 찬 눈빛도 애무였고 내가 고통받는 모습을 보며 당신이 흘린 눈물도 애무였습니다. 그런 당신을 어떻게 사랑하지 않고 바라볼 수 있었겠습니까? 코랄리 엄마, 일곱 명의 부상병들도 당신을 사랑하고 있어요. 야봉은 당신을 숭배하지요. 모두 일개 병사들이라 아무 말도 안 하는 겁니다. 나는 장교라 머리를 당당히 들고 숨김없이 내 감정을 이야기하는 거예요."

코랄리는 화끈거리는 양 볼을 손으로 만졌고 상체를 숙인 채 아무 말도 하지 않았다. 파트리스는 또렷한 목소리로 말했다.

"내가 고개를 꼿꼿이 들고 아무런 거리낌 없이 말한다는 게 어떤 의미인지 이해할 거예요. 그렇지 않습니까? 만일 전쟁이 일어나기 전에 지금처럼 불구의 몸이었다면 이 같은 자신감은 없었을 겁니다. 사랑을 고백하면서도 주제넘게 말해 미안하다며 어쩔 줄 몰라 했겠지요. 그러나 지금은…. 아! 그래요, 코랄리 엄마. 너무도 사랑하는 여인인 당신 앞에서 나는 내 몸 상태를 전혀 생각하지 않습니다. 단 한순간도 당신 눈에 내가 우습거나 주제넘어 보인다고 생각하지 않습니다."

파트리스는 숨을 고르려는 듯 말을 멈추었고 자리에서 일어나 말을 이었다.

"그렇지요. 전쟁에서 불구가 된 상이용사들은 자신이 소외되고 불행하고 흉하다고 생각하지 않고 오히려 정상인이라고 생각합니다. 이 점을 알아야 합니다. 그렇습니다, 정상! 다리 하나가 없는 거요? 그게 어때서요? 지능이나 마음이 없다고 할 수 있나요? 전쟁으로 다리 하나와 팔 하나를, 아니 두 다리와 두 팔을 잃었다 해도 거절과 동정심이 무서워서 사랑할 권리도 아예 없을 것 같습니까? 동정심이요? 우리를 불쌍하게 생각하거나, 우리를 사랑하려고 억지로 노력하거나, 우리에게 다정하게 대하며 스스로 자비롭다고 생각하지 않았으면 좋겠습니다. 우리가 여성과 사회, 마주치는 행인과 세상 사람들에게 요구하고 싶은 게 바로 이겁니다. 운이 좋거나 비겁해서 살아남은 사람들과 우리를 똑같이 대해달라는 말이지요."

파트리스는 다시 한 번 벽난로를 쳤다.

"그래요, 완전히 똑같아요. 우리 모두 절름발이, 외팔, 애꾸눈이 같은 불구이지만 정신이나 육체는 전혀 뒤떨어지지 않는다고 생각합니다. 왜냐고요? 두 다리로 더 빨리 달려 적을 공격하던 사람이 발이 잘렸다고 해서 평생 사무실에서 따뜻한 벽난로에 발을 쬐던 사람보다 뒤떨어진다고 할 수 있을까요? 우리에게도 보통 사람들과 똑같은 자리를 달라는 겁니다! 우리에게 한번 주어진 자리는 계속 잘 지켜나갈 겁니다. 우리가 이루지 못한 행복은 없으며 어느 정도 연습과 훈련을 받으면 우리라고 못할 일이 없습니다. 야봉은 이미 오른손만으로도 세상 사람이 두 손으로 할 수 있는 일을 해왔고, 나 벨발 대위의 왼쪽 다리 역시 마음만 먹으면 한 시간에 80킬로미터는 내달릴 수 있습니다."

파트리스는 웃으며 계속 말을 이었다.

"오른손과 왼쪽 다리… 그리고 왼손과 오른쪽 다리…. 사용하는 법만 잘 안다면 남아 있는 게 무엇이든 뭐가 중요하겠습니까? 무엇 때문에 절망해야 합니까? 사회에서 각자 자리를 차지하고 후손을 남기는 가운데 이전과 지금의 우리가 달라진 게 무엇입니까? 아니, 어쩌면 더 나아졌을 수도 있지요. 우리 후손이 조국을 위해 바칠 팔과 다리가 없겠습니까? 부족한 게 있을까요? 오히려 우리에게서 불굴의 용기와 활력을 이어받을 겁니다. 자, 우리는 이렇게 주장합니다, 코랄리 엄마. 목발 의족 때문에 남보다 뒤처진다고 생각하지 않습니다. 두 다리가 아닌 목발로 서 있다고 해서 불편할 건 없습니다. 우리에게 헌신하는 것을 희생이라고 말해도 옳지 않고, 젊은 여자가 눈을 잃은 병사와 결혼했다고 해서 대단한 열녀인 것처럼 호들갑 떨 필요도 없다고 생각합니다. 다시 한 번 말하지만 우리는 특별한 존재가 아닙니다! 다시 한 번 말하지만 우리는 무언가 부족해서 이런 모습이 된 게 아닙니다. 이 같은 사실은 앞으로도 2~3세대에 걸쳐 세상이 알아두어야 할 겁니다. 현재 1000명 중 수십 명이 상이용사가 된 프랑스 같은 나라에서는 온전한 인간이라는 개념 자체가 명확히 정해질 수 없습니다. 새로 태어나는 세대에서는 두 팔이 있는 사람과 한쪽 팔만 있는 사람이, 마치 갈색 머리와 금발 머리가 공존하고 수염이 있는 사람과 없는 사람이 공존하듯 함께 더불어 살아가야 합니다. 누구든 온전한 몸을 가졌느냐 그렇지 않느냐에 상관없이 자신이 원하는 인생을 살아가게 될 겁니다. 내 인생은 당신에게 달려 있습니다, 코랄리 엄마. 내 행복 역시 당신에게 달려 있고요. 그래서 마음속에 간직한 이 말을 더 이상 참지 못하고 고백한 겁니다. 휴! 여기까지입니다. 아직 더 할 말이 있지만 하루 만에 다 끝낼 수 있는 이야기도 아니라서….”

파트리스는 코랄리의 침묵에 수줍어하며 잠시 말을 멈추었다. 파트리스가 사랑을 고백할 때부터 코랄리는 움직이지 않았다. 코랄리는 양손으로 얼굴을 쓸어 이마에 갖다 대고는 어깨를 가볍게 떨고 있었다. 파트리스는 몸을 숙여 코랄리의 연약한 손가락을 부드럽게 폈고 아름다운 그 얼굴을 바라봤다.

“왜 우는 거예요, 코랄리 엄마?”

갑작스러운 파트리스의 친근한 말투에도 코랄리는 놀라지 않았다. 남자와 그 남자의 상처를 치료해준 여자 사이에는 원래 특별한 관계가 생기기 마련인데, 파트리스는 그동안 친밀하고 예의 바른 태도로 이 같은 관계를 더욱 돈독히 해왔던 것이다. 파트리스가 물었다.

“그 눈물은 나 때문인가요?”

"아니요." 코랄리가 목소리를 낮춰 대답했다. "대위님의 호탕한 성격과 운명에 굴하지 않고 극복하는 태도에 눈물이 났어요. 가장 보잘것없는 사람도 힘 하나 들이지 않고 자신의 조건을 초월하지요. 그런 모습보다 아름답고 감동적인 것은 없다고 봐요."

파트리스가 코랄리 곁에 앉았다.

"그럼 지금까지 내가 한 이야기에 기분이 상한 건 아니겠군요…."

"기분이 상하다니요?" 코랄리는 질문의 의미를 잘못 이해한 척하며 말했다. "여자라면 모두 대위님과 같은 생각을 하지요! 전쟁터에서 돌아온 사람 중에서도 극심한 고통을 겪는 사람들에게는 애정 어린 보살핌이 필요해요."

파트리스가 고개를 저었다.

"나는 애정 어린 보살핌이 아닌 다른 것을 원해요. 내가 한 말 중 몇몇에 대해서는 좀 더 정확한 대답을 원해요. 다시 말해줄까요?"

"아니요."

"그럼 대답은…."

"제 대답은 이래요. 더 이상 그런 말은 하지 마세요."

파트리스가 엄숙한 표정을 지었다.

"금지하는 건가요?"

"금지하는 거예요!"

"그렇다면 다음에 다시 만날 때까지 아무 말도 하지 않겠습니다."

그러자 코랄리가 중얼거렸다.

"더는 볼 일이 없을 거예요."

코랄리의 말에 파트리스는 매우 재미있어했다.

"오! 어째서 우리가 더 이상 볼 일이 없는 건가요, 코랄리 엄마?"

"그러고 싶지 않으니까요."

"그 이유는요?"

"이유요…?"

코랄리는 파트리스 쪽으로 시선을 돌리더니 천천히 말했다.

"저는 결혼했거든요."

파트리스는 코랄리의 말에 전혀 당황하지 않은 듯했다. 오히려 세상에서 가장 침착한 태도로 말했다.

"그럼 두 번째 결혼을 하면 되겠군요. 분명 당신의 남편은 늙었을 테고 당신도 남편을 더 이상 사랑하지 않을 테니까요. 남편도 당신이 누군가의 사랑을 받는다는 것을 이해할 거예요…."

"농담하지 마세요."

코랄리는 자리에서 일어나 나가려 했고 파트리스는 여자의 손을 덥석 잡았다.

"당신 말이 맞아요, 코랄리 엄마. 아주 심각한 이야기를 할 때면 더 진지한 태도를 보여야 하는데 그러지 못해 미안합니다. 이건 내 인생과 당신의 인생이 달린 문제입니다. 우리의 인생은 서로 만나게 되어 있어요. 당신의 의지로도 방해할 수 없습니다. 그러니 거절해도 소용없어요. 당신에게 무언가를 요구하는 게 아닙니다. 그저 운명에 맡긴 채 기다리고 있지요. 우리를 하나로 묶어줄 운명 말입니다."

"아니요." 코랄리가 말했다.

"그럴 겁니다. 운명은 그렇게 흘러갈 겁니다." 파트리스가 자신 있게 말했다.

"운명은 그렇게 흘러가지 않아요. 그렇게 흘러가서도 안 되고요. 그리고 나를 만나려고 찾는다든지 내 이름을 알려고 하지 않겠다고 약속해주세요. 대위님의 우정에 더 많이 보답할 수도 있었는데 아까의 고백이 오히려 우리 사이를 멀어지게 했어요. 저는 제 인생에 그 누구도 들어오길 원치 않습니다···. 그 누구도."

코랄리는 이렇게 말하며 꽤 흥분했고 동시에 파트리스의 손을 뿌리치려 애썼다.

파트리스 벨발이 반박했다.

"틀렸습니다···. 이렇게 나오면 안 돼요···. 제발··· 생각 좀 해보세요···."

그러나 코랄리는 파트리스를 밀쳤다. 그때 생각지도 않은 일이 일어났다. 파트리스가 움직이다 벽난로 위에 있던 여자의 작은 가방을 건드리면서 양탄자 위로 가방이 떨어졌다. 제대로 닫혀 있지 않던 가방에서 두세 가지 물건이 쏟아졌다. 코랄리가 떨어진 물건들을 주워 담았고 파트리스도 재빨리 몸을 숙였다.

"여기, 하나 더 있군요."

작은 상자였다. 밀짚으로 짠 작은 상자는 떨어진 충격에 뚜껑이 열려 안에 들어 있던 묵주를 쏟아냈다. 두 사람은 서서 아무 말도 하지 않았다. 파트리스가 묵주를 살펴보며 중얼거렸다.

"꽤 신기한 우연의 일치로군요…. 이 자수정 알들… 이 오랜 금줄 시계… 솜씨와 재료가 똑같다니 신기합니다."

파트리스가 매우 놀란 표정을 짓자 코랄리가 물었다.

"잘못된 거라도 있나요?"

파트리스는 수십 개의 알로 이어진 묵주와 십자가가 매달린 짧은 줄이 연결된 가장 큰 알을 손에 들었다. 알은 깨져서 반쪽만 남아 있었고, 알을 쥔 황금색 거미발 부위까지 깨져 있었다.

"우연의 일치치고는 심상치 않군요…. 하지만 지금 이 자리에서 진실을 알아낼 수도 있을 것 같습니다…. 그전에 하나만 물어보겠습니다. 이 묵주는 누가 준 건가요?"

"누군가에게 받은 게 아니에요." 코랄리가 말했다. "늘 가지고 있던 거예요."

"하지만 그전에 누군가가 가지고 있었을 게 아닙니까?"

"우리 어머니가 갖고 계셨겠지요."

"아! 어머니께 물려받으셨군요?"

"그래요, 다른 보석들을 물려주시면서 이 묵주도 함께 온 것 같습니다."

"어머니는 돌아가셨습니까?"

"예, 네 살 때 돌아가셨어요. 어머니에 대한 기억은 아주 희미하게만 남아 있어요. 그런데 묵주를 보고 왜 그런 질문을 하시지요?"

"이것 때문입니다." 벨발이 말했다. "두 동강이 난 자수정 알 말이에요."

파트리스는 제복을 열어 조끼 호주머니에서 회중시계를 꺼냈다. 회중시계는 가죽과 은으로 된 짧은 시곗줄에 여러 가지 장식용 보석이 달려 있었다. 그중 보석 하나가 묵주의 자수정 알과 똑같이 반쪽이 깨진 자수정이었고 역시나 거미발 속에 박혀 있었다. 두 개의 자수정 알은 크기도, 색깔도 똑같았을 뿐만 아니라 똑같은 거미발에 물려 있었다.

두 사람은 초조하게 서로 바라봤다. 코랄리가 더듬거리며 말했다.

"우연일 뿐입니다…. 우연일 뿐이지요…."

"그렇겠지요." 파트리스가 말했다. "하지만 자수정 알 두 개는 서로 정확히 들어맞습니다. 그 점은 인정해야 합니다…."

"그럴 리가 없어요." 코랄리가 말했다. 파트리스의 말을 증명하기 위해서는 간단히 두 자수정 알을 맞춰보기만 해도 된다는 생각에 놀란 듯했다.

벨발은 두 개의 자수정 알을 맞춰보기로 했다. 묵주 알을 쥔 오른손과 장식 보석을 쥔 왼손을 서로 가까이했다. 두 손이 만났다. 두 손은 주저하다가 이내 더 이상 움직이지 않았다.

깨진 자수정의 단면이 서로 딱 맞았다. 표면의 양각 무늬도 똑같이 들어맞았다. 두 개의 자수정 조각은 하나의 자수정 알이 갈라진 것이었다. 두 개를 합치니 하나의 완전한 자수정 알이 되었다.

복잡하고 알 수 없는 감정이 교차하는 오랜 침묵이 이어졌다. 파트리스 벨발 대위가 낮은 목소리로 말했다.

"나도 이 장신구가 어디서 온 것인지는 정확히 모릅니다. 어릴 때 본 건데 어느 상자 안에 있던 잡동사니에 섞여 있었습니다. 열쇠, 낡은 반지, 낡은 도장들이 담긴 상자였습니다. 그중 2~3년 전에 이 장신구를 고른 겁니다. 어디서 온 장신구인지는 모릅니다. 다만 알고 있는 것은….."

파트리스는 자수정 두 개를 따로따로 주의 깊게 살피고는 결론을 내렸다.

"분명한 사실은 이전에 묵주에 달려 있던 완전한 자수정 알이 어느 날 떨어져 두 동강으로 깨졌고, 깨진 알 중 하나는 다시 묵주 자리로 돌아갔으나 나머지 하나는 이렇게 시계와 함께 장신구가 된 겁니다. 그러니까 20여 년 전에 누군가 갖고 있던 자수정 하나를 당신과 내가 반쪽씩 가지고 있는 겁니다."

파트리스는 코랄리에게 다가가 낮고 진지한 목소리로 말했다.

"아까 내가 운명을 이야기하고 우리를 서로에게 이끄는 사건이 있을 것이라고 했을 때 당신은 아니라고 했습니다. 아직도 운명을 부정하십니까? 단순히 우연의 일치라고 하기에는 너무나 이상합니다. 우리는 이미 과거에 알 수 없는 무언가로 연결되어 있었고, 미래에도 다시 만나 헤어질 수 없는 운명입니다. 그러니 머지않은 미래를 기다릴 필요도 없습니다. 오늘 나는 위험해질 뻔한 당신에게 우정의 손길을 내밉니다. 당신에게 더 이상 사랑이 아니라 우정을 이야기하고 있습니다. 받아들이시겠습니까?"

코랄리는 그대로 멍하니 있었다. 두 개의 자수정 알 조각이 정확히 들어맞아 너무나 놀랐는지 파트리스 벨발 대위의 말은 듣는 둥 마는 둥 하고 있었다.

"받아들이시겠습니까?" 파트리스가 다시 물었다. 잠시 후 코랄리가 대답했다.

"아니요."

"그렇다면 운명이 어떻게 정해졌는지, 증거를 봐도 충분하지 않다는 거군요." 파트리스가 유쾌한 목소리로 말했다.

코랄리가 대답했다.

"우리는 더 이상 봐서는 안 됩니다."

"좋습니다. 그 문제는 상황에 맡기지요. 그리 오래 걸리지 않을 겁니다. 그때까지는 더 이상 당신을 찾지 않겠다고 맹세합니다."

"그리고 내 이름을 알려고도 하지 않으시겠지요?"

"그래요, 맹세합니다."

코랄리가 파트리스에게 손을 내밀었다.

"안녕히." 코랄리가 말했다.

그러자 파트리스도 대답했다.

"안녕히."

코랄리가 멀어져갔다. 코랄리는 현관문에서 뒤를 돌아봤고 잠시 머뭇거리는 듯했다. 파트리스는 벽난로 곁에 꼼짝 않고 서 있었다. 코랄리가 다시 말했다.

"안녕히."

파트리스도 다시 한 번 대답했다.

"또 봅시다, 코랄리 엄마."

지금으로서는 두 사람 모두 할 말을 끝냈다. 파트리스는 더 이상 코랄리를 붙잡으려 하지 않았다.

코랄리가 밖으로 나갔다.

거리로 통하는 문이 닫히고 나서야 파트리스는 창문 쪽으로 갔다. 무성한 나무 사이를 지나가는 코랄리의 모습이 보였다. 파트리스는 가슴이 에일 듯했다.

다시 만날 수 있을까?

"그래, 다시 만나게 될 거야." 파트리스가 외쳤다. "어쩌면 그 날이 내일일 수도 있지. 신들은 내 편이잖아?"

파트리스는 지팡이를 쥐고 스스로 증명하듯 오른쪽 의족을 내디뎠다.

파트리스는 저녁에 인근 레스토랑에서 저녁을 먹은 후 뇌이로 갔다. 야전병원의 별관은 마이요 대로 입구에 있는 아담한 건물로, 블로뉴 숲이 한눈에 보였다. 별관 규칙이 엄격하지 않은 덕분에 대위는 밤중 어느 때든 들어갈 수 있었고, 남자들은 여자 감독관의 허락을 쉽게 얻어냈다.

"야봉은 있습니까?" 파트리스가 여자 감독관에게 물었다.

"예, 대위님. 여자 친구와 카드놀이를 하고 있습니다."

"야봉도 사랑하고 사랑받을 권리가 있지요." 벨발이 말했다. "내게 온 편지는 없습니까?"

"예, 대위님. 소포만 왔습니다."

"누가 보냈습니까?"

"심부름꾼이 가져왔는데 '벨발 대위님께 온 겁니다'라고만

하더군요. 소포는 대위님 방에 놓아두었어요."

파트리스는 자신이 직접 고른 맨 위층 방으로 가서 탁자 위에 있는 소포를 보았다. 소포는 종이로 포장되어 끈으로 묶여 있었다.

포장을 푸니 상자가 나왔다. 상자 안에는 열쇠가 하나 들어 있었다. 녹이 슬고 모양과 제작 방식으로 봐서는 최근에 만들어지지 않은 듯한 큰 열쇠였다.

이 열쇠는 도대체 무얼까? 상자에는 주소나 이렇다 할 표시가 전혀 없었다. 실수로 자신에게 배달된 듯도 했으나 파트리스는 그냥 호주머니에 열쇠를 넣었다.

'오늘은 알 수 없는 일이 많군.' 파트리스는 생각했다. '잠이나 자야지.'

창문에 드리워진 커다란 커튼을 닫으려는 그때, 캄캄한 어둠 속에서 블로뉴 숲 나무들 위로 불똥이 솟구쳤다. 순간 파트리스는 레스토랑에서 우연히 들었던 대화, 코랄리를 납치하려 한 괴한들이 이야기한 불똥비가 생각났다.

3
녹슨 열쇠

　파트리스 벨발은 아버지와 함께 파리에서 살다가 여덟 살 때 런던의 프랑스인 학교로 보내졌다. 그 학교는 10년 후에야 졸업하게 되었다. 초기에는 매주 아버지의 소식을 전해 들었다. 그러던 어느 날, 교장 선생님으로부터 이제는 고아로 살아야 한다는 말과 학비는 충분히 확보되어 있으며 성인이 되면 영국인 변호사를 통해 아버지 유산 20만 프랑을 상속받을 것이라는 말을 전해 들었다. 그러나 이미 낭비벽이 있던 파트리스에게 20만 프랑은 충분하지 않았다. 군 복무를 위해 알제리로 떠난 이후, 유산을 상속받기도 전에 2만 프랑의 빚을 지기도 했으니 말이다.

　파트리스는 유산을 상속받자마자 모두 탕진하기 바빴고, 얼마 있지 않아 일해야만 하는 처지가 되었다. 파트리스는 머리가 잘 돌아가고 활달하기는 했으나 특별한 능력이 없었다. 하지만 추진력과 결단력이 필요한 일에 잘 적응했고 아이디어도 많았으며 욕심도 있고 성취도도 높았다. 점차 사람들의 신뢰를 얻은 파트리스는 자금을 모아 사업을 시작했다.

전기 사업, 수원 및 폭포 부동산 사업, 식민지 지역 내 자동차 서비스 사업, 항로 사업, 광산업 등 수년 동안 약 열두 개 이상의 사업체를 운영하며 모두 성공을 거두었다.

파트리스에게는 전쟁 또한 신나는 모험이었다. 그래서 있는 힘을 다해 전쟁에 뛰어들었다. 식민지 부대 중사였던 파트리스는 마른 전투에서 중위 계급장을 받았으나 장딴지 부상을 당한 9월 15일, 다리 절단 수술을 받았다. 그로부터 두 달 후, 어떻게 된 일인지 모르지만 파트리스는 프랑스 최고의 조종사가 운전하는 비행기에 관측사 자격으로 탑승했다. 그러다가 1월 10일, 유산탄 한 발을 맞아 모험 인생에 종지부를 찍고 말았다. 머리에 중상을 입은 파트리스는 샹젤리제 대로에 있는 야전병원으로 후송되었다. 이 시기에 한 여성이 야전병원에 간호사로 왔다. 파트리스가 훗날 코랄리 엄마라고 부르는 여성이었다.

중요한 수술은 성공적으로 끝났다. 그러나 파트리스는 합병증으로 꽤 고생했다. 고통이 심했지만 전혀 불평하지 않았고 오히려 고생하는 전우들에게 든든한 버팀목이 되어주었다. 그래서 전우들 모두에게 진정한 사랑을 받았다. 파트리스는 전우들에게 웃음과 위로를 주었고 최악의 상황에서도 꿋꿋함과 활기를 보여주어 사기를 높였다. 한번은 의족 제조상이 관절도 움직일 수 있는 의족을 권했는데, 그때 파트리스가 보인 반응을 그 누구도 잊지 못할 것이다.

"아! 관절이 움직이는 의족이 왜 필요합니까? 다리가 잘린 티를 안 냄으로써 사람들을 속이려고요? 선생님, 이렇게 된 제 다리를 커다란 흠으로 생각하시나요? 나, 프랑스 장교가 그 사실을 부끄러워하고 숨겨야 한다고 생각하시나요?"

"그런 게 아닙니다, 대위님. 하지만…."

"그 의족은 얼마나 합니까?"

"500프랑입니다."

"500프랑! 나처럼 다리가 잘린 10만 명의 상이용사들이 다들 목제 의족을 하고 다니는 마당에 내가 모양새 좋은 관절 의족을 하겠다고 선뜻 500프랑을 내놓으리라 보신 겁니까?"

주변에 있던 사람들은 파트리스의 마음에 푸근함을 느꼈고 코랄리도 미소를 지으며 듣고 있었다. 코랄리의 미소를 보기 위해서라면 파트리스 벨발은 못 할 것이 없었다.

파트리스가 고백했듯이 파트리스는 첫눈에 코랄리에게 반했다. 코랄리의 신선한 아름다움, 섬세한 우아함, 부드러운 눈빛, 환자를 돌볼 때 마치 애무하는 손길처럼 정성을 다하는 따뜻한 마음씨에 반한 것이다.

파트리스는 첫눈에 코랄리의 매력에 사로잡혔다. 코랄리의 목소리는 힘을 주었으며 눈빛과 체취는 파트리스를 사로잡았다. 파트리스는 사랑의 감정에 취함과 동시에 위험에 둘러싸인 듯 보이는 가녀리고 연약한 코랄리를 위해서라면 무슨 일이든 다 하겠다고 생각했다.

그런데 마침내 파트리스의 결심을 실천으로 옮기게 된 사건이 일어난 것이다. 코랄리의 곁에서 막연하게 느꼈던 위험이 실체를 드러냈고 파트리스는 적들의 손아귀에서 코랄리를 구해낸 것이다. 적들과의 첫 번째 결투는 파트리스의 성공으로 끝났지만, 이것으로 모든 위험이 끝난 게 아니라는 생각이 들었다. 공격은 다시 시작될 것이다. 아침에 수상한 사람들이 코랄리를 상대로 꾸민 음모와 지금 불똥비로 나타나는 신호가 서로 관계 있다는 게 확실하지 않은가? 이 두 가지 사건은 똑같이 음흉한 음모에 속할 것이다. 아직도 저기서 불꽃들이 계속 반짝이지 않는가.

파트리스 벨발이 보기에 불똥비는 센 강변 쪽, 다시 말해 왼쪽으로는 트로카데로가 있고 오른쪽으로는 파시 역이 있는 중간 어디쯤에서 솟아오르는 것 같았다.

'그렇다면 직선으로 2~3킬로미터 떨어진 곳이라는 말이군. 가서 한번 보자고.' 파트리스는 생각했다.

3층의 어느 방문 열쇠 구멍으로 희미하게 빛이 새어 나왔다. 야봉이 있는 방이다. 파트리스는 이미 감독관 여자의 말을 들었기에 야봉이 여자 친구와 카드놀이를 하고 있다는 것을 알았다. 벨발은 야봉의 방으로 들어갔다.

야봉은 카드놀이를 하고 있지 않았다. 흩어진 카드를 앞에 두고 의자에 앉은 채 잠들어 있었다. 여자는 야봉의 왼쪽 어깨에서 둘둘 말린 소매를 베개 삼아 기대어 있었다. 여자는 야봉만큼이나 두툼한 입술을 헤벌린 채 검은색 치아를 드러내고 있었고 반들거리고 누런 피부는 마치 기름이 낀 것처럼 보였다. 그야말로 천박한 모습이었다. 여자의 이름은 앙젤이며, 요리사의 딸이자 야봉의 여자 친구였다. 앙젤은 거침없이 코까지 골고 있었다.

파트리스는 뿌듯하게 둘을 바라보았다. 파트리스의 이론이 정당함을 증명하는 광경이었기 때문이다. 야봉도 애인을 둘 수 있다면, 이 세상에서 가장 심한 장애인 영웅이라도 사랑의 기쁨을 요구하지 못할 이유가 없는 게 아닌가?

파트리스는 야봉의 어깨를 두드렸다. 야봉은 잠에서 깨어나 미소 지었다. 상사인 대위가 곁에 있음을 느끼고 깨어나기 전부터 미소를 짓고 있었는지도 모른다.

"자네가 필요해, 야봉."

야봉은 즐거운 듯이 소리를 냈고 앙젤을 밀어냈다. 앙젤은 테이블 위로 쓰러지면서도 계속 코를 골았다.

밖으로 나오자 더 이상 불꽃이 보이지 않았다. 울창한 숲이 시야를 가린 것이다. 파트리스는 대로를 따라 걷다가 시간을 절약하기 위해 앙리 마르탱 가도까지 도시 순환 열차를 타고 갔다. 그곳에서 드 라 투르가로 들어가 파시까지 걸었다.

파트리스는 걷는 동안 야봉에게 자신의 생각을 계속 이야기했다. 야봉이 제대로 이해하지 못할 것이라는 사실은 파트리스도 잘 알고 있었다. 그러나 이는 파트리스의 습관이었다. 야봉은 전우이자 당번병이었으며 충견처럼 파트리스에게 헌신적이었다. 야봉은 상관인 파트리스와 같은 날에 머리를 다쳤고, 절단 수술 역시 같은 날에 받았다. 벨발 대위와 같은 날에 죽음을 맞고 싶어 하는 사람처럼, 같은 날에 두 번이나 같이 부상당한 것을 기쁘게 생각했다. 깍듯이 복종하는 야봉에게 파트리스는 따뜻한 우정으로 화답했고 가끔은 짓궂고 허물없이 대했다. 이에 파트리스에 대한 야봉의 애정은 더욱 커졌다. 야봉은 묵묵히 들어주고 신경질까지 받아주는 믿을 만한 충신 역할을 했다.

"이 모든 것에 대해 어떻게 생각하나, 야봉 선생?"

파트리스는 야봉과 팔짱을 낀 채 걸으며 말했다. "같은 문제라고 생각하는데 자네 생각은 어떤가?"

야봉이 낼 줄 아는 소리는 '예'와 '아니오'를 의미하는 두 가지 그르렁 소리였다.

야봉이 그르렁거렸다.

"예."

"그러니까 틀림없군." 파트리스가 말했다. "코랄리 엄마가 새로운 위험에 휩싸였다고 생각해도 되는 거겠지?"

"예." 야봉이 그르렁거렸다. 야봉은 언제나 파트리스의 말에 동의했다.

"좋아. 이제 불똥비가 무엇을 뜻하는지 알아봐야 해. 약 여드레 전쯤에 체펠린 비행선들이 처음 나타났을 때 생각한 건데… 내 말 듣고 있는 건가?"

"예…."

"그때 생각으로는 두 번째 체펠린 비행선들의 침공을 위해 보낸 신호가 아닌가 한 거지."

"예…."

"그게 아니지, 바보 같으니. 예라고 하면 안 되지. 체펠린 비행선들을 위한 신호일 리가 없잖아. 내가 엿들은 대화에 따르면 전쟁 전에 이미 그런 신호가 두 번이나 있었다고 하지 않았어? 그런데 그게 정말 신호일까?"

"아니요."

"뭐가 아니야? 그럼 뭐란 말이야, 멍청하긴. 그냥 입 다물고 듣고만 있는 게 낫겠군. 내 말을 이해하지 못할 테니 말이야…. 나도 도대체 어떻게 된 일인지 모르지만. 제길! 모든 게 복잡해. 나는 이런 복잡한 문제를 해결하는 데 익숙하지 않다고!"

파트리스 벨발은 드 라 투르가에 접어들자 더욱 당혹스러웠다. 여러 갈래로 길이 갈라져 있었기 때문이다. 어느 길로 가야 할까? 게다가 파시 중간에서 무슨 일이 벌어졌는지 모르지만 하늘은 컴컴하기만 할 뿐 불꽃이 전혀 빛나지 않았다.

"아마도 끝났나 보군." 파트리스가 말했다. "헛수고만 했어. 이게 자네 때문이야, 야봉! 자네를 여자 친구의 품에서 떼어내느라 귀한 시간만 낭비하지 않았어도 제시간에 도착했을 게 아닌가. 앙젤의 매력 앞에서는 고개가 숙여지지만…."

파트리스는 앞으로 나아갈수록 어쩔 줄 몰랐다. 충분한 정보도 없이 무작정 시작한 여정이라 아무 소득도 없을 게 분명했기 때문이다. 파트리스는 포기할까 하고 생각했다. 바로 그때, 트로카데로 방면에서 다가오던 자동차가 프랑클랭가에서 갑자기 튀어나왔고 차 안에 탄 누군가가 통화관으로 이렇게 외쳤다.

"왼쪽으로 돌아요…. 그리고 아까 말한 곳까지 직진입니다."

그런데 그 목소리는 벨발 대위의 귀에 이전 날 아침에 레스토랑에서 들었던 특이한 억양과 비슷하게 들렸다.

"회색 모자를 썼던 남자일까?" 파트리스가 중얼거렸다. "코랄리 엄마를 납치하려 한 두 남자 중 한 명 말이야."

"예." 야봉이 그르렁거렸다.

"그렇지? 불꽃 신호도 그자가 근처에 있다는 뜻이니 저자의 흔적을 놓치지 말아야겠어. 뛰어, 야봉."

하지만 야봉이 뛴다 한들 별로 소용없었다. 자가용 리무진은 레누아르가를 달려 교차로에서 300~400미터 떨어진 곳에서 왼쪽에 있는 대문 앞에 멈췄다. 벨발 대위도 그즈음에 같은 곳에 도착했다.

차에서 남자 다섯 명이 내렸다.

한 명이 초인종을 눌렀다.

30~40초가 흘렀다. 파트리스는 이내 두 번째 벨이 울리는 것을 감지했다. 남자 다섯 명은 보도 위에 몰려서서 기다렸다. 마침내 세 번째 초인종이 울리자 큰 문 한쪽에 나 있는 작은 문이 스르르 열렸다. 침묵이 흐르는가 싶더니 곧 승강이가 벌어졌다. 문을 연 사람이 설명을 요구하는 것 같았다. 그런데 갑자기 남자 두 명이 문을 밀쳐 활짝 열어젖혔다. 요란한 소리가 나더니 곧바로 문이 닫혔다. 파트리스 벨발 대위는 즉시 주변을 꼼꼼히 살폈다.

예전에 레누아르가는 시골 길이었으며 센 강이 지나는 언덕 기슭과 파시 마을의 집과 정원들 사이를 구불구불 지나갔다. 드물기는 했지만, 지금도 이곳저곳에서 시골의 정취가 느껴졌다. 도로를 따라 고풍스러운 구역들이 즐비했고 나무들 사이사이로 오래된 저택들이 보였다. 발자크가 살았던 저택도 있었다. 덧붙여 바로 이 구역에 아르센 뤼팽이 낡은 해시계 판의 홈 속에 숨겨져 있던 어느 총괄 징세 청부인의 다이아몬드를 발견한 비밀의 저택도 있었다.

남자 다섯 명이 들어간 집 근처에는 자동차가 대기하고 있었기에 파트리스는 가까이 다가갈 수 없었다. 담벼락을 따라 이어진 그 집은 제1제정시대 양식으로 지어진 오래된 호텔 같은 모습이었다. 창문들은 모두 둥그런 모양이었는데 1층은 격자로, 2층은 덧문으로 차단되어 죽 늘어서 있었다. 그런가 하면 끄트머리에는 독립적인 가옥이 별도의 익랑처럼 덧붙여져 있었다.

"이쪽에는 할 일이 없어." 파트리스가 중얼거렸다. "마치 봉건 요새처럼 닫혀 있어. 다른 곳을 찾아보자."

레누아르가의 오랜 사유지들을 나누는 좁은 골목길들은 강쪽으로 경사를 이루고 있었다. 그중 한 골목길은 문제의 건물 담벼락과 나란히 뻗어 있었다. 파트리스는 야봉과 같이 그곳으로 갔다. 계단식으로 된 울퉁불퉁한 자갈길이었고 가로등의 희미한 빛을 받고 있었다.

"좀 도와주게, 야봉. 담벼락이 너무 높아. 이 가로등을 이용하면…."

야봉의 도움으로 가로등 높이까지 올라선 파트리스는 손 하나를 담벼락으로 내밀었는데 온통 뾰족한 유리 조각이 박혀 있어 포기할 수밖에 없었다.

파트리스는 화를 내며 내려왔다.

"제길, 야봉, 미리 알려줬어야지! 하마터면 손을 벨 뻔했잖아. 무슨 생각을 하는 거야? 자네가 왜 이토록 열심히 나를 따라오고 싶어 했는지 그 이유를 모르겠네."

골목길은 모퉁이와 이어졌는데 그곳부터는 갑자기 어두워졌다. 파트리스는 더듬으며 앞으로 나갈 수밖에 없었다. 갑자기 야봉이 파트리스의 어깨를 잡았다.

"왜 그러나, 야봉?"

야봉은 손으로 파트리스를 벽 쪽으로 밀었다. 그곳에는 문하나가 나 있었다.

"물론 문이 있지." 파트리스가 말했다. "내가 보지 못했을까봐? 하긴 그렇지, 야봉 선생만 제대로 된 눈을 가지고 있지."

야봉은 성냥갑을 건넸고 파트리스는 성냥을 하나씩 차례로 키며 문을 살폈다.

"내가 뭐라고 했는가?" 파트리스가 투덜거렸다. "할 수 있는 게 없어. 육중한 나무문이 빗장과 못으로 단단히 닫혀 있어…. 보라고, 틈이 없어…. 자물쇠 구멍…. 아! 보통 열쇠 구멍이 아니로군. 여기에 맞춘 특수 열쇠가 필요하겠는데…. 맞다, 아까 별관으로 심부름꾼이 전해준 열쇠가 혹시 여기에 맞을지도 모르겠군."

파트리스는 말을 멈추었다. 갑자기 희한한 생각이 머릿속을 스쳤기 때문이다. 희한한 생각이긴 해도 시도해볼 만했다.

파트리스는 문가로 되돌아갔다. 아까 무심코 호주머니에 넣어두었던 열쇠를 꺼낸 후 성냥불로 다시 문을 비추었다. 열쇠 구멍이 보였다. 곧바로 구멍에 열쇠를 넣어 왼쪽으로 돌리자 열쇠가 돌아갔다. 파트리스가 문을 밀어 열었다.

"들어가자." 파트리스가 말했다.

야봉은 꼼짝하지 않았다. 파트리스는 야봉이 어리둥절해하고 있음을 알았다. 사실 파트리스도 어리둥절하긴 마찬가지였다. 열쇠가 문에 정확히 들어맞으리라고 누가 상상이나 했겠는가? 낯선 이가 어떻게 알고 이곳에 쓸모 있는 열쇠를 보낼 생각을 했겠느냐는 말이다. 이게 무슨 기적일까…? 그러나 파트리스는 수수께끼를 풀기보다는 일단 행동에 들어가기로 했다.

"들어가자고." 파트리스가 활달하게 말했다. 파트리스는 걸을 때마다 나뭇가지들이 얼굴을 스치는 것을 느꼈고 현재 잔디밭에 있으며 앞에는 정원이 펼쳐져 있음을 깨달았다. 너무 어두워서인지 빽빽한 풀숲 사이에 나 있을 오솔길이 전혀 보이지 않았다. 1~2분을 걷던 파트리스는 바위에 부딪혔는데 바위 위로 물이 흐르고 있었다.

"제길!" 파트리스가 투덜거렸다. "다 젖었잖아. 제길, 야봉!"

파트리스가 말을 끝내기도 전에 정원 저쪽에서 개 짖는 소리가 크게 들렸다. 곧이어 소리가 빠르게 가까워지자 파트리스는 경비견이 인기척을 느껴 달려드는 중임을 깨달았다. 아무리 용감한 파트리스라도 두려움에 몸을 떨었다. 한밤중에 갑작스러운 개의 공격은 끔찍했다. 어떻게 방어해야 할까? 총을 쏘면 들킬 위험이 있으나 권총 외에 다른 무기가 없었다.

개가 빠르게 달려오는 듯했다. 마치 멧돼지가 달리는 것처럼 요란한 소리가 났다. 쇠사슬이 끌리는 소리도 나는 걸로 보아 개가 쇠사슬을 끊은 것 같았다. 파트리스는 버텼다. 그런데 어둠 속에서 야봉이 앞으로 나서서 자신을 보호해주는 게 아닌가. 마침내 한바탕 결투가 일어났다.

"야봉, 왜 나서는 거야? 이런, 자네하고는…."

야봉과 정체불명의 짐승이 풀 위로 나뒹굴었다. 파트리스는 몸을 숙여 야봉을 도우려 했다. 짐승의 털과 야봉의 옷이 만져졌다. 그러나 바닥에서 격렬하게 맞붙은 상태라 파트리스로서는 할 수 있는 일이 없었다.

싸움은 오래 걸리지 않았다. 잠시 후 야봉과 짐승은 더 이상 움직이지 않았다. 알 수 없는 거친 숨소리만 들렸다.

"어떻게 됐나, 야봉?" 파트리스가 불안해하며 중얼거렸다.

야봉은 그르렁거리며 일어섰다. 파트리스가 성냥불을 비추자 야봉이 한쪽 팔을 쭉 뻗어 커다란 개의 목덜미를 손에 쥔 모습이 보였다. 끊어진 쇠사슬 개 목걸이가 늘어져 있었다.

"고맙네, 야봉, 저 개에서 벗어나게 되었군. 이제 풀어주게. 더 이상 공격할 것 같지는 않아."

야봉은 파트리스의 말대로 했다. 그런데 야봉이 목덜미를 너무나 세게 쥐어서인지, 개는 풀 위로 쓰러지자마자 몸을 비틀며 신음하더니 더 이상 움직이지 않았다.

"불쌍한 것." 파트리스가 중얼거렸다. "우리가 도둑인 줄 알고 달려들어 할 일을 한 것뿐인데 말이야. 이제 우리의 일을 하자고, 야봉. 우리가 할 일은 개가 한 일보다 훨씬 어려울 거야."

파트리스는 유리창 불빛처럼 빛나는 무언가를 향해 발걸음을 옮겼다. 바위를 깎아 만든 계단을 올라가 건물이 들어선 평평한 땅 위에 도착했다. 여기도 거리의 창문들과 마찬가지로 둥글고 높은 창문들이 덧문으로 닫혀 있었다. 그런데 파트리스가 저 아래에서 본 불빛이 두 개의 덧문 중 하나에서 새어 나오고 있었다.

야봉에게 덤불숲에 숨어 있으라고 지시한 다음 건물로 다가가 귀를 기울인 파트리스는 희미한 말소리를 들었다. 그러나 덧문이 단단히 닫혀 있어서 그 이상은 보고 들을 수 없었다. 파트리스는 연달아 네 개의 창문을 지나 현관 계단까지 다가갔다.

계단 끝에는 문이 있었다.

'누군가 내게 정원의 열쇠를 보냈으니 정원에서 집 안으로 이어지는 문도 열지 못할 이유는 없을 거야.' 파트리스가 생각했다.

예상했던 대로 문이 열렸다. 안으로 들어서자 목소리는 더욱 또렷하게 들렸다. 파트리스는 아무도 살지 않는 후미진 곳으로 연결될 듯한, 희미한 조명을 받는 계단 쪽에서 목소리가 들려오고 있음을 알았다. 파트리스는 그 계단을 올라갔다.

올라가 보니 2층의 방문 하나가 살짝 열려 있었다. 문 사이로 먼저 머리를 들이밀고 다음에는 몸을 낮춰 안으로 들어갔다.

파트리스는 널찍한 거실에 설치된 중간 높이의 좁은 발코니 위에 있었다. 천장까지 닿을 듯 책들이 쌓인 책꽂이들이 방의 세 벽면을 따라 죽 늘어서 있었다. 책꽂이 양쪽 끄트머리에는 각각 쇠로 된 나선 계단이 벽에 붙어 있었다.

난간의 쇠창살에도 책들이 쌓여 있어 파트리스는 3~4미터 아래 1층에 있는 사람들을 볼 수 없었다.

파트리스는 천천히 책 더미 두 줄을 치웠다. 바로 그때, 갑자기 큰 목소리가 울렸고 다섯 명이 한 남자에게 달려드는 모습이 눈에 들어왔다. 그 남자는 방어할 틈도 없어 보였다. 사람들은 분노에 가득 찬 소리를 지르며 남자를 내동댕이쳤다.

평소 파트리스 같았다면 단번에 내려가 남자를 도왔을 것이다. 파트리스의 부름에 달려올 야봉의 도움만 있다면 저 사람들을 당장에 눌러버릴 수 있었을 것이다. 하지만 다섯 명이 무기를 갖고 있지 않아 남자를 해칠 것 같지는 않았기에 파트리스도 가만히 있었다. 사람들은 그저 남자의 목이나 어깨, 발목을 붙잡고 제압할 뿐이었다. 도대체 어떻게 될까? 다섯 명 중한 명이 갑자기 일어나 대장 같은 말투로 명령했다.

"꽁꽁 묶어…. 입에 재갈을 물리고… 아무리 소리쳐 봤자 듣는 사람도 없겠지만."

파트리스는 이전 날 아침에 레스토랑에서 들었던 두 남자 중한 사람의 목소리를 알아들었다. 목소리의 주인공은 키가 작고 말랐으며 우아한 차림에 올리브색 안색이었고 표독스러운 표정을 짓고 있었다.

"마침내 이놈을 잡았어." 남자가 말했다. "이번에는 입을 열겠지. 모두 준비됐나?"

네 명 중 한 명이 이를 갈며 대답했다. "준비되었습니다. 무슨 일이 일어나든 상관없습니다."

대답한 사람은 덥수룩하게 콧수염을 기르고 있었다. 파트리스는 레스토랑에서 이야기하던 또 다른 한 남자의 얼굴도 알아보았다. 코랄리를 납치하려 했다가 달아난 바로 그자였다.

남자의 회색 중절모가 의자에 놓여 있었다.

"무엇이든 준비됐단 말이지. 부르네프, 어떻게 할까?" 대장인 듯한 남자가 빈정거렸다. "슬슬 시작해볼까! 아! 에사레스 영감, 비밀을 털어놓지 않겠단 말이지! 어디 해보자고!"

이후에 이루어진 각자의 동작이 아주 재빠른 걸 보니 모두 미리 계획하고 역할을 분담한 것 같았다.

사람들은 몸이 묶인 남자를 들어 올려 등받이가 뒤로 젖혀진 안락의자 위에 내동댕이쳤다. 그러고는 밧줄로 남자의 몸을 의자에 동여맸다.

다리도 줄에 묶여 안락의자와 같은 높이의 무거운 의자 위에 올려졌다. 사람들은 남자의 장화와 양말을 벗겼다. 대장이 말했다. "시작해!"

창문 네 개 중 정원이 보이는 창문 두 개 사이에 커다란 벽난로가 있었다. 벽난로에서 숯불이 붉게 타오르고 있었다. 남자들은 소파와 의자를 번쩍 들어 묶인 남자의 맨발을 벽난로의 불길에서 약 50센티미터 가까이 접근시켰다. 재갈이 물려 있었지만 남자는 괴로운 듯 비명을 질렀고 끈으로 묶인 두 다리를 발버둥쳤다.

"자! 자! 좀 더 가까이!" 대장이 더욱 크게 명령했다.

파트리스 벨발이 권총을 잡으며 생각했다. "그래, 나도 가만히 있을 수는 없지. 저 불쌍한 남자를 저대로 둘 수 없어…."

파트리스가 행동하려던 바로 그 순간, 생각지도 못한 광경이 눈에 들어왔다. 몸을 숨긴 난간 맞은편의 또 다른 난간 쇠창살 사이로 여자의 얼굴이 보인 것이다. 여자는 창살에 얼굴을 댄 채 두려움에 휩싸인 표정이었고 아래에서 일어난 끔찍한 현장을 휘둥그레한 눈으로 바라보고 있었다. 파트리스는 코랄리 엄마의 얼굴을 알아보았다.

4
불꽃 앞에서

코랄리 엄마! 납치범들이 장악한 이 집에 코랄리 엄마가 숨어 있다니! 설명할 수 없는 우연의 일치로 파트리스도 이 집에 숨어 있지 않은가!

파트리스는 즉각 한 가지 생각이 떠올랐다. 적어도 수수께끼 하나가 풀리는 것 같았다. 코랄리 엄마도 골목길을 지나 이곳으로 왔고, 먼저 계단을 올라와 집 안으로 들어온 것이다. 그래서 문이 열린 상태였던 것이다. 그런데 코랄리 엄마는 정확히 어떻게 여기에 들어올 수 있었으며 무엇 때문에 숨어 있는 걸까? 파트리스의 머릿속에는 이런저런 의문이 뒤섞였으나 하나같이 답을 찾을 수 없었다. 무엇보다도 무엇인가에 썬 듯한 코랄리 엄마의 얼굴이 충격적이었다. 저 아래층에서 또다시 비명이 들렸다. 묶인 남자가 벽난로의 붉게 타오르는 불 앞에서 발버둥치고 있었다.

하지만 파트리스는 코랄리의 존재가 신경 쓰여서인지 남자를 도우러 갈 마음이 나지 않았다. 코랄리가 어떻게 행동하느냐에 따라 움직이기로 했고 코랄리에게 들키지 않으려고 가만히 있었다.

"휴식!" 대장이 명령했다. "저놈을 뒤로 물려라. 그 정도면 충분하겠지."

대장이 남자에게 다가갔다.

"자, 에사레스, 어떤가? 지금 이 상황이 마음에 드나? 이제 시작이라고. 입을 열지 않으면 우린 끝까지 갈 거야. 대혁명 시대의 산적들처럼 발바닥을 불로 지져버리겠어. 그러니 입을 여는 게 좋을걸?"

이어 대장은 욕설을 내뱉었다.

"뭐? 뭐라는 거야? 거절한다고? 이 지독한 고집쟁이야, 상황이 어떻게 돌아가는지 모르는 거야? 아직도 희망이 있다고 생각하는 건가? 희망! 미쳤군. 누가 자넬 도울 수 있겠나? 하인들? 관리인, 사환, 호텔 급사는 전부 내 사람들이야. 그들에게는 여드레간의 휴가를 주었지. 당연히 지금은 모두 휴가를 떠났고. 가정부? 요리사? 그 여자들은 이 집의 반대편 끝에 살고 있으니 자네 말대로 여기서 나는 소리를 들을 수 없겠지. 또 누가 있더라? 자네의 아내? 자네 아내도 여기와는 멀리 떨어진 곳에서 자고 있으니 아무 소리도 듣지 못할 거야. 자네의 늙은 비서 시메옹? 우리에게 문을 열어주었을 때 그자를 꼼짝 못하게 묶어버렸지. 이점에 대해서는 더 자세한 말을 들어보자고. 부르네프!"

의자를 붙잡고 있던 짙은 콧수염 남자가 일어나 대답했다.

"무슨 일입니까?"

"부르네프, 그 비서는 어디에 가두었나?"

"관리인 숙소입니다."

"마님의 방은 알고 있는가?"

"물론이지요. 대장이 가르쳐준 대로 잘 알고 있습니다."

"그럼 네 명 모두 가서 마님과 비서를 데려와!"

네 명은 코랄리가 숨어 있는 곳 바로 아래 문으로 나갔고 대장은 에사레스 쪽으로 몸을 숙여 말했다.

"이제는 우리뿐이군, 에사레스. 이때를 기다렸지. 한번 잘해보자고."

대장은 더욱 몸을 숙이고는 파트리스가 듣기 어려울 정도로 작은 목소리로 중얼거렸다.

"저자들은 내가 마음대로 부리긴 하지만 전부 바보들이지. 그래서 될 수 있으면 내 계획을 알려주지 않아. 하지만 에사레스, 우리 둘은 무언가 통하는 게 있어. 그러나 자네는 이를 인정하지 않으려 했고, 그래서 여기까지 온 거야. 자, 에사레스, 고집은 그만 피우고 내게 잔꾀를 부릴 생각도 하지 말게. 자네는 덫에 걸려 무기력한 상태고 내 뜻에 목숨이 왔다 갔다 하고 있어. 고문으로 힘이 다 빠져 죽어가는 것보다 내 타협을 받아들이는 게 낫지. 우리 둘이 나누는 게 어때? 서로 화해하고 공평하게 나누잔 말이야. 우리가 서로의 파트너가 되는 거지. 우리 함께 힘을 합쳐 승리하는 거야. 그러나 우리가 적이 되면 결국 누가 이겨도 모든 장애물을 극복할 보장이 없잖아? 그래서 다시 한 번 이야기하지만, 반으로 나누자고. 이제 대답해보게. 그리 할 건가, 안 할 건가?"

대장은 에사레스의 입에 물린 재갈을 풀고 귀를 갖다 댔다.

이번에도 파트리스는 에사레스의 말이 들리지 않았다. 그런데 갑자기 대장이 화를 내며 몸을 일으켰다.

"뭐? 뭐라고? 지금 무슨 제안을 하는 거야? 아직 버틸 만한가 보군! 감히 내게 그런 제안을 하다니! 그런 제안 따위는 부르네프와 내 다른 동료들에게 해보게. 그들이라면 이해하겠지. 그런데 감히 내게? 이 파키 대령에게? 아! 나는 훨씬 욕심이 많아! 서로 나누자고 했지, 내 평생 동냥이나 받고 있지는 않을걸세!"

파트리스는 대장의 말에 열심히 귀를 기울이면서도 동시에 코랄리의 불안해 보이는 표정도 놓치지 않았다. 코랄리 역시 파트리스처럼 잔뜩 주의를 기울이고 있었다.

파트리스는 벽난로 위에 있는 거울로 에사레스의 모습을 살짝 엿볼 수 있었다. 장식끈이 달린 벨벳 실내복과 밤색 플란넬 바지 차림을 한 쉰 살 정도의 남자로 매부리코에 짙은 눈썹 아래에는 움푹 파인 눈이, 통통한 볼에는 덥수룩한 수염이 나 있었다. 벽난로 왼쪽에서도, 즉 첫 번째와 두 번째 창문 사이에 걸려 있는 초상화에서도 에사레스의 모습을 좀 더 정확히 볼 수 있었다. 에너지 넘치며 힘 있고 강인한 인상이었다.

'동방 지역의 얼굴이군.' 파트리스가 생각했다. '이집트와 터키에서 보던 얼굴 타입이야.'

그러고 보니 파키 대령, 무스타파, 부르네프, 에사레스 등의 이름하며, 이들의 억양이나 인상 또한 알렉산드리아의 호텔, 보스포루스 해협, 안드리아노플의 시장, 에게 해를 떠다니는 그리스 선박에서 가졌던 느낌을 불러일으켰다. 근동 출신이긴 하나 파리에 오랜 세월 뿌리를 내린 이주민들 같았다. 파트리스가 아는 어느 금융가의 이름도 에사레스 베였다. 억양과 말투로 봐서 파리에 꽤 오래 산 사람 같은 파키 대령의 이름도 어디선가 들은 적이 있는 것 같았다.

갑자기 문 쪽에서 다시 목소리가 들렸다. 문이 벌컥 열리더니 네 사람이 꽁꽁 묶인 남자를 끌고 와 입구 쪽에 내동댕이쳤다.

"시메옹 영감입니다." 부르네프라는 이름의 남자가 외쳤다.

"여자는?" 파키가 큰 소리로 물었다. "데려오라고 했을 텐데!"

"어쩔 수 없었습니다."

"뭐라고? 어떻게 된 거야? 도망친 거야?"

"창문으로요."

"뒤쫓아 가야지! 기껏해야 정원에 숨어 있을 거야…. 아까 경비견이 짖었잖아…."

"완전히 도망쳤다면요?"

"어떻게?"

"골목으로 난 문을 통해서라면요?"

"말도 안 돼!"

"왜요?"

"그 문은 수년째 사용하지 않아. 열쇠도 없다고."

"어쨌든 여자 하나 찾자고 수색대를 조직해 전 구역을 다 뒤질 수는 없습니다."

"그래, 하지만 그 여자는…."

파키 대령은 몹시 화가 난 것 같았다. 파키는 에사레스를 돌아봤다.

"이 늙은이, 운은 좋군. 자네의 새침데기 계집이 오늘 두 번이나 내 손아귀를 빠져나갔어! 그 여자는 자네에게 이야기를 털어놓은 거지? 그 망할 놈의 대위만 없었어도…. 다음에 또 마주치면 쓸데없이 참견한 대가를 톡톡히 치르게 해줄 테다…."

파트리스는 분노하며 주먹을 불끈 쥐었다. 이제야 이해됐다. 코랄리는 자신의 집에 숨어 있는 것이다. 괴한 다섯 명이 침입하자 필사적으로 창문을 넘어 현관 앞 계단까지 온 뒤 건물 맞은편을 통해 서재의 회랑이 있는 곳까지 숨어들어 온 것이다. 여기로 오면 남편을 상대로 한 끔찍한 싸움을 볼 수 있기 때문이다.

'남편! 코랄리의 남편.' 파트리스는 몸을 떨며 생각했다.

파트리스가 믿지 않으려 해도 다음에 이어진 대화를 통해 에사레스가 코랄리의 남편임을 믿을 수밖에 없었다. 파키가 빈정대기 시작했다.

"그래, 에사레스. 고백하자면 자네 마누라 말이야, 내 마음에 쏙 들더군. 오후에는 놓쳤지만 오늘 저녁에 자네와 해결할 일을 마치면 자네 마누라와 좀 더 즐거운 일을 마무리 지으려고 하네. 일단 자네 마누라가 손안에 들어오면 자네와 내가 완전히 합의하기 전까지는 인질로 삼을 거야. 그럼 자네도 어쩔 수 없겠지, 에사레스! 자네는 아내인 코랄리를 너무 사랑하니까! 그건 나도 인정하네!"

파키는 벽난로 오른쪽으로 가서 세 번째와 네 번째 창문 사이에 있는 전등을 돌려 불을 켰다.

거기에는 에사레스의 초상화와 한 쌍을 이루는 또 다른 초상화가 휘장으로 가려져 있었다. 파키가 휘장을 거두자 코랄리의 초상화가 환하게 드러났다.

"이 집의 여왕이자 매혹적인 여인! 우상! 진주 중의 진주! 금융가 에사레스 베의 최고 다이아몬드! 너무나 아름답군! 이 섬세한 얼굴, 완벽한 계란형 얼굴에 묻어나는 순수함, 매력적인 목선, 우아한 어깨. 에사레스, 우리 고향에는 자네의 코랄리 같은 애첩을 두기가 어렵지! 그러나 내가 찾아내면 코랄리는 나의 것이 될 거야. 아! 코랄리! 코랄리…!"

파트리스는 코랄리를 바라봤다. 코랄리의 얼굴은 수치심으로 붉어진 듯했다.

파트리스도 코랄리에 대한 모욕적인 말을 들을 때마다 분노가 솟구쳐 올라 몸을 떨었다. 코랄리가 이미 다른 남자의 아내라는 사실 자체도 커다란 고통이었는데, 괴한들이 보는 앞에서 무식한 놈의 먹잇감처럼 언급되는 것은 또 다른 고통이었다.

동시에 파트리스는 코랄리가 도망치지 않고 이 거실에 숨어 있는 이유에 대해 생각했다. 정원을 빠져나갈 순 없어도 건물의 이쪽 구석은 자유롭게 다닐 수 있는데 아무 창문이나 열고 바깥에 나가 도움을 요청할 수도 있지 않은가. 왜 그렇게 하지 않았을까? 분명 코랄리가 남편을 사랑하지 않아서인 게 틀림없다. 정말로 남편을 사랑했다면 남편을 지키기 위해 어떤 위험도 감수했을 것이고 고문을 당하는 것도 저대로 내버려 둘 수 없었을 것이다. 저 끔찍한 광경을 보면서 사랑하는 남편의 고통스러운 비명을 듣고 있을 수 있겠는가?

"더 이상 바보 같은 실수는 하지 않겠어." 파키가 휘장을 덮으며 말했다. "코랄리, 너는 내 것이 될 거야. 그러려면 네게 어울리는 자격을 갖춰야겠지. 자, 다시 작업을 시작한다. 우리의 친구와 마무리를 지어야겠어. 우선 10센티미터 더 가까이 벽난로 앞에 두라고. 뜨겁지? 안 그래, 에사레스? 아직은 참을 만할 거야. 참고 버텨, 버텨보라고."

파키는 에사레스의 팔 한쪽을 풀어준 후 곁에 작은 원형 탁자를 가져다 놓고 그 위에 종이와 연필을 놓아둔 채 말을 이었다.

"적기만 하면 돼. 재갈 때문에 말은 못 할 테니 쓰게. 무얼 써야 하는지 모르지는 않겠지? 몇 글자만 적으면 돼. 그럼 자넨 자유야. 받아들이겠나? 아니라고? 친구들, 10센티미터 더 앞으로!"

파키는 자리를 옮겨 늙은 비서 시메옹에게 몸을 숙였다. 환한 불빛에 비친 시메옹의 얼굴을 보니 파트리스는 야전병원까지 코랄리와 가끔 동행하던 나이 든 남자가 기억났다.

파키가 시메옹에게 말했다.

"자, 시메옹. 자네를 해치진 않을 거야. 충성스럽긴 해도 주인이 특별히 하는 일에 대해서는 모를 테니까. 그리고 자네가 오늘 본 이 모든 일에 대해서 입을 다물 것을 알고 있네. 그러지 않으면 우리뿐만 아니라 자네 주인도 망하거든. 알아들었나? 대답 안 해? 내 친구들이 밧줄로 목을 너무 옥죄어서 그러나? 잠깐, 내가 숨 좀 돌리게 해주지…."

벽난로 곁에서는 무시무시한 고문이 계속되고 있었다. 벽난로의 불기운에 발갛게 달아오른 두 발이 투명해지면서 그 너머로 파닥이는 불꽃이 보이는 듯했다. 에사레스는 있는 힘을 다해 벽난로에서 발을 떼어내려고 애썼고 재갈 물린 입에서는 계속 비명이 새어 나왔다.

'아! 빌어먹을!' 파트리스가 생각했다. '저렇게 있다가는 꼬치에 꿰인 통닭처럼 익어버리지 않을까?'

파트리스는 코랄리를 바라봤다. 코랄리는 알아볼 수 없을 정도로 일그러진 얼굴로 움직이지 않았다. 눈은 이 끔찍한 광경에 사로잡힌 듯 멍했다.

"5센티미터 더 앞으로." 파키가 시메옹의 끈을 느슨하게 풀어주며 외쳤다.

파키의 지시는 즉각 이루어졌다. 에사레스가 너무 괴롭게 신음하자 파트리스는 마음이 불편했다. 그런데 파트리스는 지금껏 전혀 눈치채지 못했던 사실을 포착했다. 에사레스가 고통으로 경련을 일으킨 것처럼 위장한 손으로 원탁의 가장자리를 만지고 있었던 것이다. 고문하는 부하들은 에사레스의 발버둥치는 다리를 붙잡느라 정신이 없었고 파키도 시메옹에게 정신이 팔려 있었다. 그사이에 에사레스는 원탁 가장자리를 더듬다가 작은 서랍으로 손을 넣어 권총을 꺼내 얼른 안락의자 안에 숨겼다.

그러나 묶인 상태에서, 무장한 채 자유롭게 돌아다니는 괴한 다섯 명을 상대하겠다는 마음은 무모해 보였다. 그러나 파트리스가 거울로 본 에사레스는 단단히 각오한 얼굴이었다.

"5센티미터 더 앞으로!" 파키가 벽난로로 돌아와 소리쳤다.

파키는 에사레스의 발 상태를 확인하더니 웃으면서 말했다.

"피부가 여기저기 부풀어 올랐고 혈관도 터지려고 하는군. 에사레스 베, 이제 버티기 어려울 텐데. 어쨌든 고집만은 알아줘야겠군. 자, 뭐라도 쓰셨나? 아무것도 안 썼잖아? 쓰기 싫어? 아직도 희망을 품고 있는 거야? 마누라가 뭐라도 해줄까 봐? 자네 마누라는 설령 빠져나갔다 해도 아무 말도 하지 않을 거야. 그래도? 그래도 날 가지고 놀겠다…?"

파키는 갑자기 분노하며 소리쳤다.

"이놈의 발을 불에 처넣어! 살갗 타는 냄새나 실컷 맡을 수 있게! 날 엿 먹여? 좋아, 내가 본때를 보여주지. 귀 한두 개를 잘라내겠어. 우리나라에서 하는 식으로 말이야."

파키는 조끼 주머니에서 번쩍이는 단도를 꺼냈다. 파키의 얼굴은 야수 같은 잔인한 표정으로 흉하게 일그러져 있었다. 파키는 기합 소리를 내며 팔을 들어 올렸다. 그러나 파키가 아무리 빨라도 에사레스가 앞섰다. 에사레스의 권총이 요란한 총소리를 냈다. 파키의 손에서 단도가 떨어졌다. 그러나 팔은 그대로 치켜든 채 영문을 몰라 어리둥절한 얼굴로 몇 초간 그대로 있었다. 이윽고 파키가 에사레스의 몸 위로 쓰러졌다. 마침 에사레스가 공범 중 한 명을 겨누려고 할 때였는데 팔 위로 쓰러진 것이다. 파키는 여전히 숨을 헐떡이며 더듬거렸다.

"아! 망할… 망할 놈이… 날 쐈어…. 하지만 넌 끝이야, 에사레스…. 내가 만일의 경우를 대비해두었지. 오늘 밤에 내가 돌아가지 않으면 파리 시 경찰청이 편지 한 장을 받게 되어 있어…. 네 반역 행위가 적혀 있지…. 에사레스… 네놈의 내력…
계획…. 아! 어리석은 놈…. 바보 아니야? 우리 둘이 잘 합의 볼
수도 있었는데…."

파키는 작은 소리로 몇 마디 더 중얼거리고는 양탄자 위로
고꾸라졌다. 그게 끝이었다.

이토록 갑작스러운 상황보다 사람들을 더 놀라게 한 것은 파
키가 죽기 전에 말한 편지 내용이었다. 공범들은 의아했다. 에
사레스뿐만 아니라 자신들에게도 타격을 줄 수 있는 편지 이야
기에 모두 놀라 어안이 벙벙했다. 부르네프는 일단 에사레스의
권총부터 빼앗았다. 에사레스도 이 틈을 타 다리를 오므릴 수
있었다. 그러고는 아무도 움직이지 않았다.

예기치 못한 상황에서 모두 침묵을 지켰고 그럴수록 긴장감
은 점차 커지는 듯했다. 바닥은 죽은 파키의 피로 흥건했고 거
기서 그리 멀지 않은 곳에는 시메옹이 축 늘어져 있었다. 에사
레스는 발을 삼킬 듯 이글거리는 벽난로의 불꽃 앞에서 의자에
묶여 있었다. 그 옆에는 괴한 네 명이 무엇을 어떻게 해야 할지
몰라 서 있었지만 어떤 방법을 쓰더라도 이 독한 적수를 눌러
야겠다는 결심을 한 표정이었다.

부르네프는 나머지 공범들과 눈빛을 교환한 후 최종 결심을
한 것 같았다. 파트리스가 보기에 부르네프는 키가 작았으나
체격이 다부졌고 무엇보다 풍성한 콧수염과 두툼한 입술이 인
상적이었다. 부르네프는 파키보다 표정이 덜 표독스럽고 덜 권
위적이었으나 더 침착하고 냉정해 보였다.

공범들 모두 죽은 대장에 대해서는 신경 쓰지 않는 눈치였

다. 이번 일에서 연민은 중요하지 않아 보였다.

부르네프는 계획이 선 사람처럼 단단히 결심한 표정이었다. 문가로 가서 회색 중절모를 집어들고는 안감을 뒤집어 둘둘 만 가느다란 줄을 꺼냈다. 파트리스는 그 줄을 보고 몸을 떨었다. 야봉이 잡아온 공범 무스타파 로발라이오프의 목에 감겨 있던 붉은색 끈과 똑같았기 때문이다.

부르네프는 끈을 길게 풀어낸 뒤 양쪽에 매듭을 지어 무릎에 대고는 강도를 점검했다. 그리고 에사레스에게 다가가 재갈을 풀어준 후 갖고 있던 끈으로 목을 감았다.

"에사레스." 부르네프가 말했다. 대장의 빈정거림보다 더 강렬한 느낌이 드는 침착한 태도로 말했다. "에사레스, 고통은 주지 않을 거야. 고문은 내 방법이 아니야. 고문을 사용하고 싶지 않아. 자네는 자네 할 일을 알고 있고 나는 내 할 일을 알고 있어. 자네는 말 한마디만 하면 돼. 그것으로 끝이야. 자네가 할 말은 '예' 아니면 '아니오' 둘 중 하나야. 자네의 대답에 따라 내 행동도 정해지네. 자네를 풀어주느냐, 아니면…."

부르네프는 잠시 말을 멈춘 후 다시 입을 열었다.

"죽이는 거지."

짧은 말이지만 너무나 단호해서 돌이킬 수 없는 선고처럼 들렸다. 에사레스가 파멸을 피하려면 무조건 복종할 수밖에 없는 듯했다. 1분이 지나기 전에 입을 열지 않으면 꼼짝없이 죽을 판이었다.

파트리스는 한 번 더 코랄리를 바라봤다. 코랄리에게서 단순한 두려움 이상의 무언가를 느끼면 당장 현장으로 뛰어들 생각이었다. 하지만 코랄리는 여전히 그대로 있었다. 최악의 상황, 즉 남편의 목숨이 위협받는 상황마저도 그대로 받아들일까? 파트리스는 좀 더 기다려보기로 했다.

"다들 찬성이지?" 부르네프가 공범들에게 말했다.

"전적으로 찬성이야!" 공범 한 명이 말했다.

"각자 책임을 지는 거지?"

"우리가 진다."

부르네프는 끈을 쥔 양손을 교차해 에사레스의 목에 끈을 둘렀다. 압력이 느껴질 정도로만 살짝 감고는 다시 냉정한 목소리로 물었다.

"'예'인가 '아니오'인가?"

"좋다."

즐거워하는 웅성거림이 들렸다. 공범들 모두 안도의 숨을 쉬었다. 부르네프도 동의하듯 고개를 끄덕였다.

"아! 받아들이시겠다…? 제때에 잘 정했네…. 자네는 이 세상 누구보다도 더 죽음 가까이 다가갔어. 명심하라고, 에사레스."

부르네프는 끈을 풀지 않은 채 말을 이었다.

"좋아, 입을 열겠다고 했지. 자네를 잘 알아서 그런지 대답을 듣고 놀라기는 했어. 대령에게도 말했지만 자네가 죽어도 비밀을 털어놓지 않으리라고 확신했으니까. 내가 잘못 생각한 건가?"

에사레스가 대답했다.

"죽음이나 고문도 비밀을 털어놓게 할 순 없네…."

"그렇다면 다른 제안이라도 있다는 건가?"

"그래."

"가치 있는 제안이겠지?"

"그래, 아까 자네들이 나간 사이에 대령에게도 제안했지. 그런데 대령은 자네들을 전부 배신하고 우리 단둘이 비밀을 처리하고 싶어서 제안을 거절했네."

"그렇다면 내가 왜 받아들여야 하지?"

"차지하거나 버리기니까. 자넨 대령이 이해하지 못한 것을 이해할 듯 보이네."

"그러니까, 일종의 타협을 하자는 말인가?"

"그래."

"돈이겠지."

"그래."

부르네프가 어깨를 으쓱했다.

"그래 봐야 지폐 몇 다발 아닌가? 부르네프와 친구들이 그렇게 순진하리라고 생각하나…? 자, 에사레스, 우리가 왜 양보해야 하는지 말해보게. 자네의 비밀은 우리가 이미 대부분 알고 있는 거나 다름없을 텐데…."

"무엇에 대한 비밀이란 건 알겠지만 그 비밀을 어떻게 써야 할지는 모르겠지. 표현하자면 그 비밀이 놓인 '자리'에 대해서는 모르니까 말이네. 그런데 모든 게 거기에 달렸네."

"우리가 찾아내면 되지 않겠나."

"절대 못 찾아낼 걸세."

"아니, 자네가 죽으면 더 쉽게 찾아내겠지."

"내가 죽으면? 대령이 고발한 덕에 몇 시간 후면 자네들 모두 경찰의 추적을 당해 붙잡힐 거야. 결론적으로 자네들에게는 선택의 여지가 없어. 내가 제안한 돈을 가지든가 아니면 감옥 신세를 져야겠지."

"만일 우리가 제안을 수락하면 보상은 언제 받을 수 있나?" 부르네프가 수긍하듯 물었다.

"지금 당장."

"그런 액수의 돈이 여기 있다고?"

"그래."

"보잘것없는 액수는 아니겠지?"

"그래, 자네가 기대하는 것보다 아주 큰 액수지. 상상도 못 할 큰 액수."

"얼마인가?"

"400만 프랑."

5
남편과 아내

공범들은 전기 충격을 받은 것처럼 움찔했다. 부르네프가 서둘러 다시 물었다.

"뭐? 지금 뭐라고 한 건가?"

"400만 프랑이라고 했네. 자네들 각자 100만 프랑씩 갖는 거지."

"잠깐…! 보자! 확실한가…? 400만 프랑…?"

"400만 프랑."

갑작스러운 제안인 데다 보상 액수가 엄청났기에 공범들은 물론 파트리스 벨발마저 똑같은 생각이 떠올랐다. 함정일지도 모른다는 생각. 부르네프가 말했다.

"사실 우리 예상보다 훨씬 많은 액수야…. 왜 그런 생각을 했는지 궁금하군."

"그보다 적은 액수에도 만족했을 거란 말인가?"

"그래." 부르네프가 솔직히 말했다.

"안타깝지만 그 이하의 제안은 할 수 없었어. 죽음에서 벗어나려면 금고를 공개하는 것밖에 없으니까. 그런데 내 금고 안에는 1000프랑짜리 지폐 다발이 네 개나 있어."

부르네프가 너무 놀라 오히려 점점 더 의심하려 눈치였다.

"우리가 400만 프랑만 받고 더 이상 무언가를 요구하지 않으리라고 어떻게 장담하나?"

"무얼 요구한다는 말인가? 장소의 비밀?"

"그래."

"아니, 내가 죽으면 죽었지 말하지 않으리라는 것을 잘 알 텐데. 400만 프랑은 내가 최대로 제안할 수 있는 액수야. 어때? 약속이나 맹세 같은 건 원치 않아. 자네들은 일단 돈으로 주머니를 채우면 한 가지 생각밖에 안 하겠지. 이곳을 빠져나갈 생각 말이야. 자네들을 파멸시킬 살인 사건에 연루되지 않고 빠져나가는 게 가장 중요하지 않나."

논리가 그럴듯해서 부르네프는 더 이상 토를 달지 않았다.

"금고는 이 방 안에 있나?"

"그래, 첫 번째 창문과 두 번째 창문 사이 내 초상화 뒤에 있네."

부르네프가 그림을 떼어내고 말했다.

"아무것도 없는데."

"아니, 벽 중앙에 작은 널빤지가 있는데 그 테두리 안에 금고가 있어. 장미 문양이 하나 있을 거야. 나무가 아니라 쇠로 된 것이네. 그리고 널빤지의 네 귀퉁이에 또 다른 문양이 각각 하나씩 있을 거야. 네 개의 문양은 각각 오른쪽으로 톱니바퀴가 돌아가게 되어 있네. 비밀번호인 'Cora'라는 단어의 네 글자 순서대로 말이지."

"코랄리의 처음 네 글자인가?" 부르네프는 에사레스가 알려준 대로 조작하면서 물었다.

"아니." 에사레스가 말했다. "코란Coran의 네 글자야. 잘되나?"

잠시 후 부르네프가 대답했다.

"됐다. 열쇠는?"

"열쇠는 없어. 마지막 다섯 번째 글자 n이 중앙의 장미 문양을 여는 비밀번호네."

부르네프는 다섯 번째 장미 문양을 돌렸고 이내 딸깍거리는 소리가 났다.

"돈을 꺼내기만 하면 돼." 에사레스가 지시했다. "금고는 그리 길지 않아. 건물의 외관을 이루는 석재 속을 파서 만든 거야. 팔을 집어넣어 보게. 지폐 다발 네 개가 있을 거야."

사실 바로 그 순간, 파트리스 벨발은 생각지도 못한 일이 일어나 부르네프가 돈을 가져가지 못하고 에사레스의 함정에 걸려드는 게 아닌가 하고 생각했다. 공범 세 명도 얼굴이 창백한 것으로 봐서는 비슷한 걱정을 하는 듯했다. 부르네프 자신도 매우 조심하며 천천히 행동했다.

그러나 잠시 후 부르네프는 에사레스의 곁으로 돌아와 앉았다. 부르네프의 손에는 헝겊 띠로 단단히 묶은 뭉툭하고 두툼한 지갑이 네 개 들려 있었다. 부르네프는 지갑 하나의 끈을 풀어 열었다. 무릎 위에 지갑들을 올려놓을 때부터 이미 다리를 떨고 있던 부르네프는 지갑 안에서 묵직한 지폐 다발을 꺼낸 다음부터는 열에 들뜬 노인처럼 부들거리며 중얼거렸다.

"1000프랑 지폐··· 1000프랑짜리 지폐 다발이 열 뭉치."

나머지 공범들은 마치 싸움에 뛰어드는 사람들처럼 갑자기 달려들어 지갑을 각자 하나씩 차지하고는 안을 살피며 중얼거렸다.

"열 뭉치··· 계산이 어떻게 되는 거야···. 1000프랑짜리 지폐 다발이 열 뭉치면."

곧바로 공범 한 명이 목이 멘 소리로 크게 말했다.

"어서 가자···. 가자고···."

괴한들은 갑자기 두려움에 사로잡혔다. 이곳을 빠져나가기도 전에 에사레스에게 전부 빼앗길지도 모른다는 생각이 들었다. 에사레스가 함정을 파놓지 않고서야 이 많은 돈을 순순히 내놓을 리가 없다고 생각한 것이다. 음모가 있는 게 분명했다. 천장이 무너지는 건 아닐까? 사방의 벽이 좁아져 에사레스를 제외한 자신들 모두가 압사하지는 않을까?

파트리스 벨발도 의심하기는 마찬가지였다. 얼마 안 있어 생각지도 못한 일이 일어나고 에사레스의 복수를 피할 수 없는 상황이 생겨날 것 같았다. 에사레스 정도의 강한 싸움꾼이라면 머릿속에 꿍꿍이속이 없고서야 400만 프랑이라는 어마어마한 액수를 쉽게 내주지 않을 것 같았다. 파트리스는 가슴이 눌린 듯 답답해 숨이 가빠졌다. 아까부터 처참한 광경을 연이어 지켜보았지만 지금만큼 불안한 순간은 없었다. 흘낏 바라본 코랄리의 얼굴에도 불안감이 잔뜩 드리워져 있었다. 그러나 냉정함을 되찾은 부르네프는 동료들을 진정시키며 이렇게 말했다.

"바보같이 굴지 마! 저 시메옹 영감의 도움이 있으면 에사레스는 결박을 풀고 얼마든지 우리를 뒤쫓을 수 있다."

"멍청한 놈들! 엄청난 비밀을 알아내기 위해 여기 들어왔으면서 고작 400만 프랑 앞에서 쪼잔해지다니, 차라리 대령이 배포가 큰 인물이군."

에사레스의 입에 다시 재갈이 물렸다. 부르네프는 에사레스의 얼굴을 주먹으로 세게 쳐 기절시켰다.

"이렇게 해야 우리가 안전하게 도망칠 수 있어." 부르네프가 말했다.

그러자 동료 한 명이 물었다.

"그럼 대령은 그대로 놔두고 갈 건가?"

"안 될 것도 없잖아?"

그러나 이내 부르네프는 별로 좋은 방법이 아니라고 생각했는지 말을 고쳤다.

"아니지, 에사레스가 난처해지면 우리도 좋을 게 없어. 그리고 될수록 빨리 모두 사라져줘야 우리에게나 에사레스에게나 좋은 일이야. 대령이 경찰청에 보낸 그 빌어먹을 편지가 도착하기 전에, 그러니까 정오 전에 말이야."

"그럼 어떡하지?"

"일단 대령의 시체를 차에 싣고 적당한 곳에 버리는 거야. 경찰이 알아서 하겠지."

"그럼 대령의 서류는?"

"가는 도중에 뒤지자고. 나 좀 도와주게."

괴한들은 대령의 시체에서 더 이상 피가 흐르지 않도록 상처를 붕대로 감았고 각자 대령의 팔다리를 하나씩 맡아 들고 나갔다. 그 와중에 단 1초도 지갑을 놓친 사람이 없었다.

다른 방을 허겁지겁 지나 현관 바닥을 달리는 소리가 파트리스의 귀에 들렸다.

'이제라도 에사레스나 시메옹이 버튼 하나만 누르면 놈들이 꼼짝없이 잡힐 텐데.'

그러나 에사레스는 움직이지 않았다.

시메옹도 움직이지 않았다.

밖에서 문이 닫히고 시동이 걸린 후 자동차가 출발하는 소리가 들렸다. 그 소리는 점점 멀어지더니 곧 아무 일도 일어나지 않은 듯 조용해졌다. 괴한들은 400만 프랑을 들고 도망친 것이다.

기나긴 적막이 이어지는 동안 파트리스는 불안감에 휩싸여 어쩔 줄 몰랐다. 이번 일이 끝은 아닌 것 같았다. 생각지도 못한 일이 일어날 것 같아 너무나 두려운 나머지 자신이 여기에 있음을 코랄리에게 알려야겠다고 생각했다.

그런데 새로운 상황이 발생해 계획을 접을 수밖에 없었다. 코랄리가 자리에서 일어난 것이다.

코랄리의 얼굴에는 더 이상 두려움도, 놀라움도 없었다. 눈썹과 입술이 일그러지고 눈동자에 알 수 없는 빛이 감도는, 사악한 기운이 가득한 얼굴이었다. 파트리스는 그런 코랄리의 얼굴에 깜짝 놀랐다. 코랄리가 어떤 행동을 하리라는 생각이 머릿속을 스쳤다. 무엇을 하려는 걸까? 비극이 마무리되는 걸까?

코랄리는 두 개의 나선 계단 중 하나가 설치된 난간 끝으로 간 뒤 발소리를 쿵쿵 내며 아래로 내려갔다.

에사레스는 분명 그 발소리를 들었을 것이다. 파트리스는 거울을 통해, 에사레스가 고개를 들어 코랄리가 다가오는 것을 보는 모습을 보았다. 코랄리는 걸음을 멈추었다.

코랄리는 전혀 주저하는 기색이 없었다. 계획이 확실한 듯했다. 그 계획을 행동으로 옮길 방법만을 생각하는 듯했다.

'아! 무얼 하려는 겁니까, 코랄리 엄마?' 파트리스가 몸을 떨며 생각했다.

파트리스는 벌떡 일어났다. 코랄리의 시선이 향한 방향, 동시에 이상할 정도로 집요하게 고정된 시선은 코랄리가 품은 생각이 무엇인지 알려주었다. 코랄리는 대령이 바닥에 떨어뜨린 단도를 바라봤던 것이다.

파트리스는 바로 이해했다. 만일 코랄리가 그 단도를 집어든다면 남편을 찌르려는 게 분명하다. 코랄리의 창백한 얼굴에 어찌나 살의가 가득한지 코랄리가 무슨 행동을 하기도 전에 에사레스는 공포에 사로잡혀 결박을 풀려고 애썼다. 코랄리는 다시 앞으로 다가가다 멈추더니 부리나케 단도를 집어들었다. 그리고 두 발짝 더 앞으로 갔다. 코랄리는 에사레스가 기절해 있던 안락의자 오른쪽으로 다가갔다. 에사레스는 살짝 고개를 돌려 아내를 바라봤다. 무시무시한 1분이 흘러갔다. 남편과 아내는 그렇게 서로 마주 보고 있었다.

죽이려는 자와 죽게 될지도 모르는 자의 머릿속을 어지럽히는 온갖 생각, 공포, 증오, 열정이 파트리스 벨발의 머릿속 깊은 곳까지 전해지는 듯했다. 파트리스는 어떻게 해야 할까? 눈앞에 보이는 이 상황에서 어떤 역할을 해야 할까? 일단 나가서 코랄리가 돌이킬 수 없는 짓을 하지 못하게 말려야 할까? 아니면 에사레스의 머리에 파트리스가 먼저 총을 쏘아주어야 할까?

그러나 솔직히 말하자면 처음부터 파트리스 벨발은 마음이 복잡해지는 와중에도 모든 내적 갈등이 소용없게 느껴졌다. 그저 호기심만 커질 뿐이었다. 단순히 남의 은밀한 비밀을 알아내려는 호기심이 아니라 사랑하는 여인의 비밀스러운 마음을 알아내고 싶은 호기심이었다. 그동안 파란만장한 사건에 휘말리다가 갑자기 마음을 다잡고 조용히 무언가 굳은 결심을 하게 된 코랄리의 마음이 궁금해졌다. 파트리스는 또 다른 질문도 해봤다. 왜 코랄리가 갑자기 굳은 결심을 한 걸까? 복수인가, 벌인가? 아니면 증오심을 풀기 위해서인가?

파트리스 벨발은 꼼짝하지 않고 있었다.

코랄리는 팔을 치켜들었다. 그런 코랄리 앞에서 남편 에사레스는 마지막 발악으로 볼 수 있을 절망적인 움직임도 더 이상 하지 않았다. 에사레스의 눈에는 애원도 위협도 느껴지지 않았다. 체념했는지 그저 기다리고만 있었다.

두 사람으로부터 멀지 않은 곳에 있던 시메옹 영감이 여전히 결박당한 채 팔꿈치를 짚어 몸을 반쯤 일으켰고 뚫어지게 두 사람을 쳐다보고 있었다. 코랄리는 다시 팔을 들어 올렸다. 마치 어떤 보이지 않는 힘에 의지를 다지는 것처럼 더욱 높이 치켜들었다. 단도를 막 내리칠 듯했다. 코랄리의 시선이 급소를 찾고 있었다. 그런데 불현듯 그 시선에서 살의의 그림자가 서서히 걷혔다. 파트리스가 보기에 코랄리는 주저하는 듯했다. 평소 같은 부드러움까지는 아니더라도 여성적인 우아함을 다시금 조금씩 회복하고 있었다.

'아! 코랄리 엄마.' 파트리스가 생각했다. '다시 당신의 모습으로 돌아오고 있군요. 이제야 당신 같아요. 무엇 때문에 남편을 죽이려고 했는지는 모르겠으나 죽이지 못할 겁니다…. 나도 그러기를 바라고요.'

코랄리가 치켜든 팔은 천천히 옆구리를 따라 내려갔다. 코랄리의 얼굴에서도 긴장이 풀어졌다. 파트리스는 살의를 품고 있던 코랄리가 서서히 마음을 푸는 듯한 느낌을 받았다. 코랄리는 악몽에서 깨어난 사람처럼 손에 쥔 단도를 놀라운 눈으로 바라봤다. 그리고 남편에게 몸을 숙여 단도로 끈을 끊어주기 시작했다.

그런데 코랄리는 남편의 몸에 손이 닿거나 남편과 시선이 마주치는 것을 피하며 거부감을 드러냈다. 끈이 하나씩 끊길 때마다 에사레스는 자유로워졌다.

그런데 황당한 일이 일어났다. 에사레스는 코랄리에게 고맙다는 말 한마디 없었으며 화도 전혀 내지 않은 채 잔혹한 고문으로 여전히 고통스러운 맨발을 절뚝거리며 탁자 위 전화기 쪽으로 급히 다가갔다. 전화기 줄은 벽에 고정된 전화기와 연결되어 있었는데, 에사레스는 마치 오랫동안 굶주리다가 빵 한 조각을 보고 달려드는 사람처럼 전화기로 달려들었다. 전화기가 구원이자 생명의 은인이라도 되는 것 같았다. 에사레스는 수화기를 들고 헐떡이며 큰 소리로 말했다.

"중앙전화국 39-40번."

그런 후 아내 쪽을 돌아보며 말했다.

"꺼져!"

코랄리는 듣지 못한 듯 시메옹 영감 쪽으로 몸을 숙여 끈을 풀어줬다.

에사레스가 전화기에 대고 초조하게 말했다.

"여보세요… 교환원… 내일이 아니라 오늘입니다. 지금 당장… 39-40… 당장 대줘요…."

그리고 에사레스는 코랄리를 향해 다시 강압적으로 말했다.

"꺼지라고…!"

그러나 코랄리는 가지 않은 채 전화 내용을 듣고 있겠다는 태도를 보였다. 에사레스가 주먹을 허공에다 휘두르며 다시 말했다.

"꺼져! 꺼지라고…! 명령이야, 꺼져. 시메옹 자네도 꺼져!"

시메옹이 일어나 에사레스 쪽으로 다가갔다. 무언가 할 말이 있든가, 아니면 저항하려는 것처럼 보였다. 그러나 시메옹은 갑자기 주춤거리며 잠시 생각에 잠기더니, 한마디 말도 없이 문 쪽으로 방향을 틀어 밖으로 나갔다.

"꺼져! 꺼져!" 에사레스가 코랄리를 더욱 위협하며 말했다.

그러나 코랄리는 팔짱을 낀 채 남편에게 다가가 버텼다. 도전하는 듯한 몸짓이었다.

바로 그때, 전화가 연결되었다. 에사레스가 물었다.

"39-40번이지요? 아! 저기 말이지…."

에사레스는 주저했다. 코랄리가 옆에 있어 무척 불편한 게 분명했다. 에사레스는 아내가 알아듣지 못할 말로 설명하려 했으나 시간이 급한 듯했다. 갑자기 결심한 듯 수화기 두 대를 양쪽 귀에 대고는 영어로 말했다.

"그레구아르, 자넨가…? 나야, 에사레스…. 여보세요…. 그래, 레누아르가에서 전화하는 거야…. 시간 낭비하지 말고… 잘 듣게…."

에사레스는 의자에 앉아 말을 계속했다.

"자, 무스타파가 죽었어. 대령도…. 제길! 날 막지 마, 우리 모두 망한다고…. 그래, 망한다고 자네도…. 잘 듣게. 대령과 부르나프 일당이 우리 집으로 들이닥쳐서 강제로 협박해 훔쳐갔어…. 대령은 내가 처리했지. 그런데 대령이 우리 모두를 곤란하게 할 편지를 파리 시 경찰청에 보냈다는군. 편지가 곧 도착할 거야. 내 말이 무슨 말인지 알아듣겠지. 부르네프와 공범 세 명이 조만간 숨어버릴 거야. 그자들이 은신처로 돌아가 서류들을 모을 시간을 계산해보면… 자네가 있는 곳에 한두 시간 후에 도착할 거네. 확실한 은신처니까. 그 은신처를 마련한 건 그자들이지만 자네와 내가 그곳을 안다고는 생각하지 못할 걸세. 실수하지 말게. 그자들이 올 거니까…."

에사레스는 말을 멈추었다. 잠시 무언가 생각하고는 다시 말을 이었다.

"그자들이 사용하는 방 열쇠 복사본은 가지고 있지? 그래…? 좋아. 그 방의 벽장 열쇠도 복제해둔 거지? 그래? 좋았어. 잠든 틈을 타서 그자들이 있는 곳으로 들어가 벽장을 뒤져. 분명 각자 자신의 전리품을 숨겨놓았을 테니까. 쉽게 찾을 거야. 자네도 아는 지갑 네 개야. 그것들을 여행 가방에 넣고 곧장 빠져나와 나와 만나는 거야."

다시 침묵이 이어졌다. 이번에는 에사레스가 듣는 쪽이었다. 그리고 에사레스는 다시 말을 이었다.

"지금 무슨 소리를 하는 거야? 레누아르가로? 여기? 여기로 날 만나러 온다고? 미쳤군! 대령이 이미 경찰에 고발했는데 내가 계속 여기 있겠나? 천만에, 역 근처 호텔에서 기다리게. 나는 정오나 오후 1시쯤에 도착할 거야. 걱정하지 말게. 차분히 점심을 들라고. 이때 의논해보지. 여보세요? 알아들었나? 어쨌든 내가 전부 책임질 거야, 이따 보자고."

통화가 끝났다. 에사레스는 400만 프랑을 다시 찾을 계략이 마련되자 더 이상 걱정거리가 없는 듯했다. 수화기를 내려놓고 아까 고문을 당했던 의자로 돌아가 등받이를 벽난로 쪽으로 돌리고 앉았다. 그런 뒤 바짓단을 내리고 양말과 실내화를 신었다. 발바닥에 화상을 입어 고통이 클 텐데도 약간의 인상만 찌푸릴 뿐 전혀 서두르지 않았다. 코랄리는 그런 남편에게서 눈을 떼지 않았다.

'난 이만 가봐야겠군.' 파트리스가 생각했다. 남편과 아내 사이의 말을 엿듣는 게 왠지 불편하게 생각됐기 때문이다.

하지만 파트리스는 쉽게 자리를 뜨지 못했다. 코랄리가 걱정되었다. 이제 에사레스가 먼저 코랄리를 공격했다.

"뭐야, 왜 그런 눈빛으로 날 보는 거야?" 에사레스가 물었다.

코랄리가 분노를 억누른 목소리로 중얼거렸다.

"정말이에요? 내가 의심하지 않아도 되는 거예요?"

에사레스가 빈정거렸다.

"내가 무엇 때문에 거짓말하겠어? 당신 앞에서 전화했잖아.

처음부터 다 듣고 있었고."

"나는 저 위에 계속 있었어요."

"그럼 다 들었겠군."

"그래요."

"전부 봤고?"

"그래요."

"그럼 내가 고문당하는 모습을 보고, 비명까지 전부 들었으면서도 나를 지키기 위한 노력은 전혀 안 한 거야? 고문을 멈추거나 날 구할 노력은 하지 않았다는 말이냐고!"

"진실을 알고 있었으니 그대로 있었지요."

"무슨 진실?"

"의심했지만 설마 했던 진실이요."

"무슨 진실?" 에사레스가 더 큰 소리로 또다시 물었다.

"당신의 반역에 대한 진실."

"미쳤군. 난 반역하지 않았어."

"아! 말장난하지 마세요. 내가 모든 진실을 아는 게 아니라서 아까 저들이 한 말을 전부 이해한 건 아니에요. 저들이 당신에게 말하라고 요구한 게 정확히 무엇인지도 모르고요. 그러나 저들이 알려던 비밀은 반역 행위에 대한 비밀이겠지요."

에사레스가 어깨를 으쓱했다.

"조국을 배신한 게 반역이지. 난 프랑스인이 아니야."

"당신은 프랑스인이에요." 코랄리가 큰 소리로 말했다. "프랑스인이 되고 싶어 국적을 취득했지요. 프랑스에서 나와 결혼했으며 현재 프랑스에서 살고 있고 프랑스에서 재산도 모았어요.

그러니 당신은 조국 프랑스를 배반하는 거예요."

"그렇다고 치지. 그런데 내가 누굴 위해 그런 짓을 하겠어?"

"아! 아직은 그것까진 잘 몰라요. 몇 달 전, 아니 몇 년 전부터 당신은 대령과 부르네프를 포함한 옛 동료들과 엄청난 일을 꾸몄어요. 그래요, 엄청난 일. 저들이 그렇게 이야기했지요. 그리고 이익을 공동으로 나누려는데 당신이 혼자 차지하려고 하니까 다른 동료들이 비난하며 그 이익을 뺏으려는 거지요. 당신은 당신 것이 아닌 비밀을 차지하려고 애쓰고 있어요. 내가 아까 엿본 것은 반역 행위보다 더 지저분한 사기 행위일지도 모르지요···. 강도나 도둑이 하는 짓 말이에요."

"그만해!"

에사레스는 주먹으로 의자 팔걸이를 내리쳤다. 코랄리는 겁먹는 것 같지 않았다. 코랄리가 말을 이었다.

"그만하지요, 당신 말이 맞아요. 우리 사이에 더 이상 말은 필요 없어요. 더구나 당신은 탈출하는 게 더 시급한 일이겠지요. 솔직히 경찰이 두렵잖아요."

에사레스는 다시 어깨를 으쓱했다.

"난 아무것도 두렵지 않아."

"그렇다 쳐요. 하지만 떠날 거잖아요."

"그래."

"자, 그럼 끝내요. 몇 시에 떠나나요?"

"곧. 정오쯤."

"만일 체포되면요?"

"체포되는 일은 없어."

"그래도 만일 체포되면요?"

"날 풀어줄 거야."

"그래도 조사하고 재판에 넘긴다면요?"

"그럴 리가 없어. 사건이 흐지부지될 테니까."

"그건 당신의 희망 사항이고요."

"확실해."

"신이 돕기를! 물론 프랑스를 떠날 거지요?"

"할 수만 있다면."

"그러니까…."

"2~3주 후에."

"떠나는 날 내게 알려주세요. 그래야 안도의 한숨을 쉴 수 있으니까요."

"알려줄 거야, 그런데 다른 이유야."

"이유가 뭐지요?"

"당신이 나와 합류할 수 있게 알려준다는 거야."

"당신과 합류한다고요!"

"당신은 내 아내야, 아내는 남편을 따라야 해. 당신도 알고 있다시피 내가 믿는 종교에서는 남편이 아내에 대한 모든 권리, 심지어 생사여탈권도 가지고 있어. 그런데 당신은 내 아내란 말이지."

코랄리가 고개를 저었고 매우 경멸하는 말투로 말했다.

"나는 당신의 아내가 아니에요. 당신에게는 증오심과 두려움밖에 없어요. 더 이상 당신을 보고 싶지 않아요. 무슨 일이 있어도, 당신이 아무리 협박해도 나는 당신을 보지 않을 거예요."

에사레스가 자리에서 일어나 다리를 떨며 몸을 굽힌 채 걸어왔다. 에사레스가 다시 주먹을 쥐고 들이댔다.

"지금 무슨 소리를 하는 거야? 감히 무슨 말을 하는 거냐고? 나, 나는 주인이야. 전화하자마자 내게 합류해야 해. 이건 명령이야."

"나는 당신에게 합류하지 않아요. 하느님께 맹세해. 내 영원한 구원을 두고 맹세하지요."

에사레스는 분노에 못 이겨 발을 굴렀고, 이어 험악한 얼굴로 소리쳤다.

"그러니까 여기에 남겠다는 거로군! 좋아, 내가 모르는 이유가 있겠지. 짐작은 가…. 말 못 할 이유 아닌가…? 당신 삶에 무언가 있는 거겠지. 입 다물어! 입 다물라고…! 당신은 날 늘 싫어하지 않았어…? 당신이 날 증오한 건 어제오늘 일이 아니지. 처음부터, 결혼 전부터 날 싫어했어. 우리는 늘 철천지원수처럼 살았지. 그래도 당신을 사랑했어…. 나는 당신을 아꼈어…. 당신의 말 한마디면 당신 발아래에 무릎이라도 꿇었을 거야. 당신 발소리만 들어도 심장까지 두근거렸지…. 그런데 당신은 날 두려워하기만 했어. 나 없이 새로운 삶을 살아가겠다는 거야? 차라리 당신을 죽이는 게 낫지."

에사레스는 손가락을 그러쥔 두 손을 코랄리의 머리 좌우로 내뻗었다. 마치 당장 먹이를 움켜쥐려는 것처럼 부들부들 떨었다. 그뿐만 아니라 에사레스는 신경질적으로 덜덜 턱을 떨었고, 관자놀이를 따라 식은땀까지 흘리고 있었다.

코랄리는 연약하고 작은 체구였지만 조금의 두려움도 없이 에사레스 앞에 그대로 서 있었다. 파트리스 벨발은 불안한 마음이 치솟아 당장 뛰어나가고 싶었다. 파트리스가 보기에도 코랄리의 조용한 얼굴에는 오직 경멸과 혐오감만 있을 뿐이었다. 마침내 에사레스는 마음을 다잡고 말했다.

"당신은 나와 합류하게 될 거야, 코랄리. 당신이 원하든 원치 않든 나는 당신의 남편이니까. 아까 살의를 느껴 내게 단도를 치켜들 때도 당신은 그걸 느꼈지. 차마 날 찌를 용기가 나지 않은 거야. 늘 그런 식일 거야. 당신은 반항심을 점점 누그러뜨리다가 결국 주인인 내게 합류할 거야."

그러자 코랄리가 대답했다.

"당신과 맞서기 위해 여기 남아 있을 거예요. 여기 이 집에요. 당신의 반역 행위를 수포로 돌아가게 할 거예요. 증오심 때문에 그러는 게 아니에요. 더 이상 증오심도 없어요. 당신이 저지른 악행을 치유하기 위해 계속 싸울 거예요."

에사레스가 목소리를 낮춰 말했다.

"나는 증오심을 품고 있어. 조심해, 코랄리. 당신이 더 이상 두려울 게 없다고 생각하는 그 순간이 나에 대한 대가를 치러야 할 순간일 수도 있으니까. 그러니 조심해."

에사레스는 호출 버튼을 눌렀다. 시메옹이 즉각 들어왔다. 에사레스가 시메옹에게 말했다.

"하인 두 명은 달아났나?"

그리고 대답을 듣기도 전에 에사레스가 말했다.

"여행 잘 다녀오라고 해. 가정부와 요리사만 있어도 시중은 충분히 들 수 있으니까. 그 여자들은 아무 소리도 못 들었겠지?

여기서 멀리 떨어진 건물에서 자고 있으니까. 어쨌든 시메옹, 내가 떠난 후에 그 여자들을 잘 감시하게."

에사레스는 아내가 한 발짝도 움직이지 않자 놀란 눈으로 바라보며 시메옹에게 말했다.

"준비하려면 6시에 일어나야 해. 피곤해 죽겠군. 날 내 방으로 데려다주게. 그리고 다시 이리로 와서 불을 끄게."

에사레스는 시메옹의 부축을 받으며 나갔다. 곧이어 파트리스 벨발은 코랄리가 남편 앞에서 약한 모습을 보이기 싫었을 뿐, 사실은 탈진한 상태라 더 이상 한 걸음도 뗄 수 없는 상태임을 눈치챘다. 혼자 남은 코랄리는 기진맥진한 듯 털썩 주저앉아 십자가 성호를 그었다.

코랄리는 잠시 후 일어났고, 자신과 문 사이의 양탄자 위에 자신의 이름이 적힌 쪽지 하나를 발견했다. 코랄리는 얼른 주워 읽었다.

코랄리 엄마, 당신의 힘으로는 싸울 수 없습니다.
내 우정을 이용해보는 게 어떻습니까? 작은 몸짓만 보여주면 당신 곁으로 달려가겠습니다.

코랄리는 알 수 없는 쪽지와 파트리스가 보여준 대담함에 놀라서인지 잠시 멍하니 있었다. 그러나 이내 있는 힘을 다해 남은 의지력에 기대어 밖으로 나갔다. 파트리스가 애원한 몸짓은 없었다.

6
오전 7시 19분

그날 밤, 병원 별관 방에서 파트리스는 잠을 이룰 수 없었다. 끔찍한 악몽에 시달리는 것처럼 초조하고 쫓기는 기분이었다. 여러 가지 험난한 사건이 계속되는 가운데 자신은 그저 지켜볼 수밖에 없는 무기력한 입장에 놓인 것 같았다. 파트리스는 마음을 가라앉히려 했지만 답답한 느낌은 더욱 커져만 갔다. 에사레스와 코랄리가 작별했다고는 하지만 코랄리를 위협하는 상황은 끝나지 않았다. 사방에 위험이 도사리고 있었다. 파트리스 벨발은 그러한 위험을 예측할 능력도 없었고 더욱이 쫓아낼 수도 없었다.

파트리스는 두 시간 동안 잠을 이루지 못하다가 전등불을 켰고 작은 장부에 반나절 동안 겪은 일을 빠르게 적었다. 그렇게 하면 풀리지 않는 실타래를 조금이라도 풀어볼 수 있지 않을까 생각했기 때문이다.

새벽 6시, 파트리스는 야봉을 깨워 방으로 데려왔다. 그리고 멍하니 있는 야봉 앞에서 팔짱을 낀 채 이렇게 말했다.

"자네는 일을 모두 끝냈다고 생각하겠지! 내가 어둠 속에서 뒤척이는 동안 선생은 태평하게 자고 있군! 마음 한번 편하군 그래."

파트리스의 빈정거림이 재미있는지 야봉은 두꺼운 입술로 씩 웃으며 즐겁게 그르렁거렸다.

"연설은 여기까지 하지." 그리고 파트리스가 지시를 내렸다. "자네밖에 믿을 사람이 없네. 앉아서 이 기록을 읽어보고 생각 좀 이야기해주게. 뭐? 글을 못 읽는다고? 자네의 엉덩이 가죽이 세네갈의 중등학교와 고등학교 걸상 위에 그토록 앉아 있었어도 별로 쓸데가 없었나 보군! 참 희한한 교육이야!"

파트리스가 한숨을 쉬고 야봉에게서 장부를 낚아챘다.

"잘 듣고 생각해본 다음 결론을 내려주게. 자, 여기가 우리가 와 있는 지점이야. 간단히 설명해주지. 첫째, 부유한 금융가 '에사레스 베'라는 남자가 있어. 사기꾼 중의 사기꾼으로 프랑스, 이집트, 영국, 터키, 불가리아, 그리스를 배반하는 인물이야. 공범들에게 발바닥 지지는 고문을 당하는 모습을 보고 추측한 거야. 어쨌든 에사레스는 공범을 한 명 죽이고 나머지 네 명에게 수백만 프랑을 주어 매수했어. 그리고 또 다른 공범에게 5분 안으로 400만 프랑을 다시 찾아오라고 시켰네. 이자들은 오전 11시까지 지하로 잠적해야 해. 정오에 경찰이 들이닥칠 테니까, 이상."

파트리스는 다시 숨을 들이쉬고 말을 이었다.

"둘째, 코랄리 엄마. 이유는 모르겠지만 코랄리 엄마는 사기꾼 에사레스 베와 결혼했어. 코랄리 엄마는 남편을 증오하고 죽이고 싶어 해. 에사레스는 코랄리 엄마를 사랑하지만 마찬가지로 죽이고 싶어 해. 대령 한 명이 코랄리 엄마를 사랑했는데, 그 때문에 죽었어. 그리고 무스타파라는 놈은 대령의 부탁으로 코랄리 엄마를 납치하려다가 어느 세네갈인에게 목이 졸려 죽었어. 다리 반쪽이 없는 어느 프랑스 대위도 코랄리 엄마를 사랑하지만 코랄리 엄마는 혐오하는 남편이긴 해도 어쨌든 결혼했다는 이유로 거절하지. 그런데 신기하게도 대위와 코랄리 엄마는 이전에 하나였던 자수정 덩어리를 반쪽씩 나누어 가지고 있어. 자, 여기에 부수적으로 녹슨 열쇠, 붉은색 비단 끈, 목이 졸려 죽은 개, 불이 이글거리는 벽난로가 있어. 내가 한 말 중 하나라도 이해하는 척하면 내가 이 의족으로 자네 옆구리 어딘가를 후려칠 거야. 자네의 대위인 내가 모르는데 자네가 안다는 건 말도 안 되니까."

야봉은 입술과 볼에 난 큰 흉터를 일그러뜨리며 활짝 웃었다. 파트리스의 경고가 아니어도 야봉은 파트리스의 말이 무슨 의미인지 전혀 이해하지 못했다. 파트리스가 툭 던진 말에 그저 즐거워서 팔짝팔짝 뛸 뿐이었다.

"그 정도면 됐어." 파트리스가 말했다. "이제 내가 추리해보고 결론을 지을 차례군."

파트리스는 대리석 위에 팔꿈치를 괴고 두 손으로 머리를 감쌌다. 원래 낙천적이고 쾌활한 파트리스지만 지금은 그저 겉으로만 쾌활한 척하고 있었다. 마음속으로는 끝없이 고통스러운 심정으로 코랄리를 생각하고 있었다. 어떻게 하면 코랄리를 지킬 수 있을까?

여러 계획이 떠오르기는 했다. 무엇을 선택해야 할까? 아까 엿들은 전화번호로 괴한들이 숨어든 그레구아르라는 자의 은 신처를 찾아봐야 할까? 경찰에 신고해야 할까? 레누아르가로 돌아가야 할까? 무엇을 어떻게 해야 할지 몰랐다. 행동은 할 수 있다. 온 힘을 다해 전쟁터로 뛰어드는 때라면 말이다. 그러나 행동을 준비하고 장애물을 예상하고 수수께끼를 풀어내는 것, 즉 보이지 않는 것을 간파하고 잡히지 않는 것을 잡으려는 것 은 파트리스 능력 밖의 일이었다.

파트리스는 자신이 조용히 있자 서운해하고 있던 야봉 쪽을 홱 돌아봤다.

"왜 그렇게 우울하게 있는 거야! 자네가 날 우울하게 하는군. 자네는 늘 모든 것을 어둡게 본단 말이야… 누가 야봉 아니랄 까 봐… 그만 물러나게."

야봉이 어쩔 줄 몰라 하며 물러났다. 그때 누군가 문을 두드 리며 외쳤다.

"대위님, 전화입니다."

파트리스는 얼른 방에서 나왔다. 도대체 누가 이렇게 이른 아침에 전화한 거지?

"누구한테 온 전화입니까?" 파트리스는 지나가는 간호사에 게 물었다.

"모르겠어요, 대위님… 남자 목소리인데… 급한 것 같더라 고요. 벨이 꽤 오랫동안 울렸는데 제가 그만 저 아래 주방에 있 는 바람에…"

파트리스는 자신도 모르게 에사레스 저택의 넓은 거실에 있 던 레누아르가의 전화가 생각났다. 그 전화와 이번 전화가 무슨 관계가 있는 걸까?

파트리스는 층 하나를 내려와 복도를 걸었다. 전화기는 대기실을 지나 내의류를 보관하는 방에 있었다. 파트리스는 문을 닫았다.

"여보세요…! 접니다, 벨발 대위…. 무슨 일이십니까?"

파트리스가 모르는 어떤 남자가 가쁜 숨을 내쉬며 말했다.

"벨발 대위…! 아! 이제야… 자네군…. 너무 늦은 게 아닌가 걱정했는데… 시간이 있을 것 같군…. 열쇠와 편지 받았나…?"

"누구십니까?"

"열쇠와 편지 받았나?" 남자가 다시 물었다.

"열쇠는 받았지만 편지는 못 받았습니다." 파트리스가 대답했다.

"편지는 못 받았다고? 큰일이군. 모르고 있나?"

거친 비명이 파트리스의 귀에 닿았고 전화선 너머로 잡다한 소음이 들려왔다. 무언가 이야기를 나누는 소리였다. 잠시 후 전화기에 입을 바짝 갖다 댄 듯 또렷한 목소리가 더듬거리며 말했다.

"너무 늦었어…. 파트리스… 거기 있나…. 잘 듣게…. 자수정 메달…. 그래, 내가 가지고 있어…. 메달… 아! 너무 늦었어…. 그렇게 바랐는데…! 파트리스… 코랄리… 파트리스… 파트리스…."

그리고 커다란 비명, 찢어질 듯한 비명이 들렸고 좀 더 멀리에서 사람들이 웅성거리는 소리가 들려왔다. 파트리스가 들은 소리는 이랬다. "도와줘…. 오! 살인자… 파렴치한 놈…." 웅성거리는 소리는 점점 약해졌고 곧 아무 소리도 나지 않았다. 그리고 딸깍 하는 소리가 들렸다. 살인자가 수화기를 내려놓은 듯했다.

통화 시간은 20초도 되지 않았다. 파트리스도 수화기를 내려놓으려 했으나 그동안 수화기를 지나치게 꽉 잡고 있었는지, 억지로 힘을 써서 간신히 내려놓을 수 있었다. 파트리스는 영문을 몰라 그대로 있었다. 그러다 우연히 창문 너머의 건물 벽에 걸린 큰 시계로 시선이 갔는데, 바늘은 오전 7시 19분을 가리키고 있었다. 파트리스는 자기도 모르게 마치 중요한 기록처럼 7시 19분을 되뇌었다. 그런 뒤 방금 일어난 일이 아주 갑작스러운 나머지 진짜로 전화가 왔는지, 전화선 너머로 일어난 살인 사건이 아직 잠이 덜 깬 상상 속에서 벌어진 일은 아닌지 의심했다.

그러나 웅성거리던 소리는 여전히 귓가에 남아 있었다. 파트리스는 희미한 희망에 필사적으로 매달린 사람처럼 수화기를 집어들었다.

"여보세요…. 교환원… 전화 연결해준 분인가요? 혹시 비명 들으셨나요…? 여보세요! 여보세요!"

아무런 대답이 없자 파트리스는 화를 내며 교환원에게 욕을 해댔다. 파트리스는 방을 나오다가 마주친 야봉을 밀치며 말했다.

"비켜! 이게 다 자네 때문이야…. 정말로 그렇다고! 자네가 그곳에 남아서 코랄리를 지켜야 했어. 아니, 지금 가서 코랄리를 지켜주게. 난 경찰에 알리러 갈 거야. 자네가 날 말리지 않았다면 벌써 그렇게 했을 거고, 일이 이렇게 되지는 않았겠지. 자, 어서 뛰어!"

그러나 파트리스는 이내 야봉을 붙들었다.

"아니, 가만히 있게. 자네 계획은 괴상해. 여기에 있어. 아! 내 곁에 있으라는 게 아니고! 참 생각이 없군."

파트리스는 야봉을 밖으로 밀치고 다시 내의류 보관실로 들어가 여기저기를 서성였다. 마음은 불안하기만 했고, 도통 무슨 말을 해야 할지 몰랐다. 그런데 그렇게 정신없는 와중에도 파트리스는 어떤 생각 하나가 서서히 떠올랐다. 레누아르가의 저택에서 사건이 발생했다는 증거는 어디에도 없었다. 그곳에 대해 간직한 기억 때문에 일이 생길 때마다 무의식적으로 같은 장면, 같은 배경이 생각나기는 했다. 그러나 이번 일은 다른 장소, 코랄리와는 멀리 떨어진 곳에서 일어났을 수도 있다.

여기까지 생각이 이르자 또 다른 생각이 떠올랐다. 지금부터 직접 조사해보면 어떨까?

'그래, 안 될 것도 없잖아?' 파트리스는 생각했다. '경찰을 귀찮게 하기 전에 내게 전화한 사람의 전화번호를 찾고 출발점으로 거슬러 올라가 보는 거야. 그런데 이런 건 나중에 해도 되는 일이야. 그보다는 핑계는 대충 둘러대고 내가 누구인지도 적당히 둘러대서 레누아르가로 전화해보는 게 어떨까? 운 좋게 중요한 것을 알아낼 수도 있고….' 그러나 파트리스는 이 방법도 큰 효과가 없을 것 같다는 생각이 들었다. 전화를 아무도 받지 않는다고 해서 그곳이 살인 현장이라는 증거가 될까? 더구나 지금 같은 이른 시간에 아무도 일어나지 않아 전화를 못 받

는 거라면? 그러나 파트리스는 무엇이라도 해야 한다는 생각
에 결심을 굳혔다. 파트리스는 전화번호부에서 에사레스 베의
번호를 찾아 전화를 걸었다. 상대가 전화를 받을 때까지 기다
리는 동안 매우 흥분되었다. 이어서 머리부터 발끝까지 충격에
휩싸였다. 통화가 이루어진 것이다. 저쪽에서 분명 누군가 수
화기를 들고 있었다.

"여보세요?" 파트리스가 말했다.

"여보세요?" 어떤 목소리가 응답했다. "누구십니까?" 에사레
스 베의 목소리였다.

이 시간이라면 에사레스가 서류를 챙겨 도망갈 준비를 하고
있을 때라 그리 놀랄 일도 아니었으나 파트리스는 너무나 당황
한 나머지 무슨 말을 해야 할지 몰랐다. 파트리스가 맨 먼저 떠
올린 말은 이것이었다.

"혹시 에사레스 베?"

"그렇습니다. 혹시 누구신지…?"

"야전병원 별관의 상이군인입니다만…."

"혹시 벨발 대위?"

파트리스는 당혹스러웠다. 코랄리의 남편도 파트리스 자신
을 알고 있다는 것인가? 파트리스가 더듬거리며 말했다.

"예…. 맞습니다…. 벨발 대위입니다."

"아! 마침 잘되었군요, 대위님!" 에사레스가 기쁜 듯이 큰 소
리로 말했다. "방금 병원 별관에 전화했거든요…."

"아! 에사레스 씨였군요…." 파트리스는 너무나 놀라 말을 잇
지 못했다.

"예, 벨발 대위님과 몇 시에 통화할 수 있는지 알고 싶었거든요. 감사의 말씀을 드리려고요."

"에사레스 씨였군요…. 댁이…." 파트리스는 점점 어리둥절해서 같은 말을 되뇌었다.

에사레스의 말투에도 놀라움이 배어 있었다.

"예." 에사레스가 말했다. "놀랄 정도로 우연의 일치 아닙니까? 안타깝게도 아까 전화가 끊겼습니다. 다른 전화와 혼선이 있었거든요."

"그럼 들으셨습니까?"

"무얼 말입니까, 대위님?"

"비명…."

"비명이요?"

"적어도 그렇게 들렸습니다. 전화선 상태가 좋지는 않았습니다…!"

"저는 단순히 누군가 대위님에게 급하게 질문하는 소리를 듣긴 했습니다. 저는 그렇게 급한 용무가 아니라 일단 전화를 끊었습니다. 감사의 인사는 다음으로 미루기로 했지요."

"감사의 인사요?"

"예, 어제저녁 아내가 큰일을 당할 뻔했다는 말을 들었습니다. 대위님이 아내를 어떻게 도왔는지 알고 있습니다. 그래서 직접 뵙고 감사의 인사를 드리고 싶습니다. 약속을 정하시겠습니까? 야전병원에서 어떠십니까? 오늘 오후 3시 정도…."

파트리스는 대답하지 않았다. 체포를 당할 수 있어 도망치기에도 정신없을 에사레스가 이렇게 대범하게 나오자 어리둥절했던 것이다. 동시에 이렇게까지 할 필요가 없는데 굳이 전화까지 한 에사레스의 진짜 이유가 무엇인지도 궁금했다. 에사레스는 파트리스가 아무 말을 하지 않아도 개의치 않는 듯 계속해서 예의 바르게 통화를 이끌었다. 에사레스는 자신이 질문을 던지고 자신이 대답하며 마치 독백처럼 통화했다. 마지막으로 두 사람은 작별 인사를 나누고 통화를 마쳤다.

어쨌든 파트리스는 마음이 좀 더 안정되었다. 방으로 돌아와 침대에 누워 두 시간 동안 잠이 들었다. 잠에서 깨고 나서는 곧바로 야봉을 불렀다.

"다음에는 정신 바짝 차리고 아까처럼 멍청하게 굴면 안 돼." 파트리스가 말했다. "아까는 한심했다고. 그 이야기는 그만하기로 하지. 식사했나? 안 했다고? 나도 안 했어. 진찰은 끝난 거야? 아니라고? 나도 안 끝났어. 군의관이 내 머리에 감긴 이 칙칙한 붕대를 풀어주겠다고 약속했지. 얼마나 기쁜지 몰라! 나무 의족은 그렇다 쳐도 사랑에 빠진 남자의 머리에 붕대가 감기다니! 자, 서둘러. 준비되면 야전병원 본관으로 가는 거야. 코랄리 엄마도 내가 그곳에 나타나는 걸 막지 못할 거야!"

파트리스는 너무나 행복한 기분이 들었다. 야봉에게 이미 말했듯, 한 시간 후 마이요 문으로 걸어가는 도중에 수수께끼가 풀리기 시작했다.

"그래, 야봉, 일이 그렇게 시작된 거야. 그러니까 상황은 이래. 우선 코랄리는 위험에 처한 게 아니야. 내가 바란 대로 싸움은 코랄리와 먼 곳에서 일어나고 있었어. 아마도 공범들이 수백만 프랑을 둘러싼 싸움을 벌이는 거겠지. 전화에다 죽음의 비명을 지른 그 불쌍한 남자는, 내게 이름을 부르고 친근한 말투로 이야기하는 것으로 보건대 아마도 내 친구일 거야. 분명 그 남자가 정원 열쇠를 보냈겠지. 그러나 안타깝게도 열쇠와 함께 보낸 편지는 어딘가로 사라졌어. 상황이 급해지자 남자는 내게 전화를 걸어 모든 것을 털어놓으려고 했는데 공격을 받은 거야. 누가 공격했을까? 아마도 진실이 폭로되는 것을 두려워한 공범들 가운데 하나겠지. 자, 이렇게 된 거라고, 야봉. 모든 것이 분명해졌어. 물론 진실은 내 이야기와 반대일 가능성도 있지. 뭐, 상관없어. 중요한 건 맞든 틀리든 가설을 기반으로 해야 한다는 사실이야. 내가 세운 가설이 틀렸다면 자네에게 모든 책임을 씌우는 일은 그만두겠네. 그때까지는 내 말 명심하고⋯."

두 사람은 마이요 문에서부터는 자동차를 탔다. 파트리스는 레누아르가로 우회해 갈 생각이었다. 그렇게 두 사람이 탄 자동차가 파시 교차로로 진입했을 때였다. 코랄리가 시메옹 영감을 동반한 채 레누아르가에서 나오는 모습이 보였다.

코랄리는 자동차를 잡아탔고 시메옹 영감도 차에 올랐다.

파트리스는 샹젤리제의 야전병원까지 가는 코랄리와 시메옹의 차를 뒤쫓았다.

시각은 오전 11시였다.

"잘되고 있어." 파트리스가 말했다. "남편이 도망칠 동안에도 코랄리는 일상의 변화를 원치 않는 거야."

파트리스와 야봉은 근처에서 식사했고 대로변을 따라 걸으면서 야전병원을 주시했다. 두 사람은 오후 1시 반에 야전병원에 도착했다.

파트리스는 곧바로 통유리창으로 둘러싸인 안뜰 구석에서 병사들 사이에 있는 시메옹 영감을 알아봤다. 시메옹은 늘 두르고 다니는 목도리로 얼굴의 반을 가렸고 커다란 노란 테 안경을 쓴 채 여느 때처럼 같은 의자에 앉아 파이프를 피웠다.

한편 코랄리는 4층의 어느 병실에서 한 환자의 침대 머리맡에 앉아 손을 잡아주고 있었다. 환자는 자고 있었다.

코랄리는 매우 지쳐 보였다. 눈그늘이 깊게 드리워 있고 얼굴은 평소보다 더 창백했다. 얼마나 피곤한지 알 수 있었다.

'불쌍한 코랄리.' 파트리스가 생각했다. '환자 놈들보다 당신이 먼저 쓰러지겠군요.'

파트리스는 전날 밤에 본 장면을 떠올리며 이제야 이해할 수 있었다. 왜 코랄리가 자신의 정체를 숨기고, 야전병원이라는 이 작은 세계에서 모두에게 친근하게 이름이 불리며 자애로운 수녀처럼 살아가려고 하는지를 말이다. 자신을 둘러싼 지저분한 상황을 감지한 코랄리는 남편의 성을 부정하고 또 자신이 사는 집을 숨기고 싶었던 것이다. 다만 코랄리의 의지와 순수함이 단단한 벽을 만들어놓았기에 파트리스도 감히 접근할 수 없었다.

'아! 하지만!' 파트리스는 멀리 떨어진 문가에 기대어 코랄리를 몰래 바라보며 생각했다. '그렇지만 내가 떨어뜨린 쪽지를 그저 쥐고만 있게 내버려 두지는 않겠어!'

파트리스는 안으로 들어가기로 했다. 바로 그때 충계를 올라오던 어떤 여자가 옆을 지나가며 큰 소리로 말했다.

"마님 어디 계세요…? 얼른 오셔야 하는데, 시메옹…."

마찬가지로 계단을 올라오던 시메옹 영감은 안에 있던 코랄리를 가리켰고 여자가 안으로 달려갔다.

여자가 코랄리에게 몇 마디 말을 건넸고 코랄리는 당황하며 문 쪽으로 달려왔다. 코랄리는 그대로 파트리스를 지나 시메옹과 여자를 따라 재빨리 계단을 빠져나갔다.

"자동차가 대기해 있습니다, 마님." 여자가 헐레벌떡 더듬거리며 말했다. "다행히 집에서 나오면서 잡아탔는데, 기다리라고 해놓았어요. 서둘러야 합니다, 마님…. 경찰서장이…."

파트리스 역시 뒤따라 계단을 내려갔으나 대화는 더 이상 들리지 않았다. 하지만 이미 들은 내용만으로도 파트리스는 어떤 행동을 할지 결정할 수 있었다. 파트리스는 야봉과 함께 다른 차를 잡아탔다. 파트리스는 운전기사에게 코랄리가 탄 차를 따라가라고 요청했다.

"또 시작이군, 야봉, 또 시작이야." 파트리스가 말했다. "상황이 긴박하게 돌아가고 있어! 저 여자는 분명 에사레스 저택의 하녀일 거야. 경찰서장의 지시로 주인마님을 찾으러 온 거고. 죽은 대령의 고발이 먹혀든 거지. 가택수색과 조사 등으로 코랄리 엄마가 곤란해지겠어. 자네 혹시 나더러 침착하라는 충고를 하려는 건가? 내가 코랄리 엄마를 저 상황에 그대로 놔둘 것 같나? 야봉, 이 딱한 친구야, 성격 한번 고약하군!"

파트리스는 무슨 생각이 났는지 큰 소리로 말했다.

"제길! 그 약아빠진 에사레스가 체포되면 안 되는데! 그러면 정말 많이 곤란해지지! 에사레스는 자신감이 넘쳤어. 그렇게 꾸물거리다가는….”

차가 달리는 동안 파트리스는 지나치게 흥분하고 걱정하는 바람에 조심성이 없어졌다. 이 같은 와중에 한 가지 확신이 들었다. 하녀가 헐레벌떡 찾아오고 코랄리가 급하게 나간 것으로 봐서는 에사레스가 체포된 것이 틀림없었다. 만일 그렇다면 파트리스야말로 더 이상 주저하지 않고 사건에 개입해 사법 당국 앞에서 그동안의 일을 증언해야 하는 게 아닐까? 파트리스가 증언 내용을 어떻게 덧붙이고 빼느냐에 따라 코랄리에게 도움이 될 수도 있고 그렇지 않을 수도 있다.

두 대의 자동차가 거의 동시에 에사레스의 저택 앞에 멈췄다. 이미 또 다른 자동차 한 대가 세워져 있었다. 코랄리는 차에서 내려 아치형 대문 안으로 들어갔다.

하녀와 시메옹도 대문으로 들어갔다.

“가자.” 파트리스가 야봉에게 말했다.

파트리스는 미처 닫히지 않은 문으로 잽싸게 들어갔다. 넓은 현관에는 경찰관 두 명이 있었다. 파트리스는 서둘러 경찰관들에게 인사했고 마치 자신이 이번 사건에서 매우 중요한 역할을 맡은 집안사람인 양 자연스럽게 그 앞을 지나갔다.

파트리스는 바닥을 걸어갈 때 나는 소리를 들으며 부르네프와 공범들이 이곳에서 달아날 때 나던 소리를 떠올렸다. 길은 제대로 들어온 것이다. 게다가 거실 하나가 왼쪽으로 열려 있었는데 그곳을 통해 공범들이 서재에 있던 대령의 시체를 운반한 것 같았다. 그쪽에서 사람들이 웅성거리는 소리가 들렸다. 파트리스는 거실을 지나갔다. 바로 그때 겁에 질린 듯 크게 외치는 코랄리의 목소리가 들렸다.

"아! 하느님! 아! 하느님! 어쩌면 이럴 수가."

다른 경찰관 두 명이 파트리스를 막아섰다. 파트리스가 말했다.

"에사레스 부인의 친척입니다…. 유일한 친척…."

"명령을 받아서 어쩔 수 없습니다, 대위님…."

"제기랄, 알고 있습니다! 그러니 아무도 들이지 마십시오! 야봉, 여기에 있게."

그러고는 훌쩍 안으로 들어섰다.

넓은 실내에는 예닐곱 명이 모여 있었는데 경찰관과 사법관들이 분명했다. 사람들은 무언가를 내려다보고 있었는데 파트리스에게는 아직 보이지 않았다. 사람들 무리에서 코랄리가 갑자기 튀어나와 파트리스가 있는 쪽으로 오더니, 두 손을 허공에 휘저으며 비틀거렸다. 하녀는 코랄리의 허리를 안아 의자에 앉혔다.

"무슨 일입니까?" 파트리스가 물었다.

"마님은 상태가 안 좋으세요." 하녀 역시 경황없는 표정으로 대답했다. "저도 정신이 하나도 없어요."

"도대체 왜…? 무슨 이유로 그렇습니까?"

"주인님이…! 글쎄, 저 광경이… 저도 정신이 없네요."

"무슨 광경인데요?"

둘러선 무리 중 한 남자가 빠져나와 다가왔다.

"에사레스 부인께선 많이 불편하십니까?"

"괜찮을 겁니다." 하녀가 말했다. "잠깐 기절하신 거라…. 많이 약하시거든요."

"걸으실 수 있게 되면 모시고 나가십시오. 여기 계셔도 별 소용이 없을 것 같습니다."

그런 뒤 남자는 파트리스 벨발에게 신문하는 투로 말했다.

"대위님은…?"

파트리스는 알아듣지 못한 척했다.

"알겠습니다, 선생님." 파트리스가 말했다. "우리가 에사레스 부인을 모시고 나가겠습니다. 여기 있어봐야 도움이 안 될 테니까요. 전 이만…."

파트리스는 몸을 돌려 상대를 피했고 문제의 장소에 모인 사법관들이 어수선해진 틈을 타 가까이 다가갔다.

파트리스가 본 광경은 그야말로 끔찍했다. 코랄리가 왜 기절했으며 하녀가 왜 혼비백산했는지 알 듯했다. 전날 본 장면은 비교가 안 될 정도로 끔찍한 장면이 펼쳐져 있어 머리끝까지 소름이 끼칠 정도였다.

벽난로에서 그리 멀지 않은 바닥, 그러니까 에사레스가 고문을 당했던 지점이다. 이곳에 에사레스 베가 반듯하게 누워 있었다. 전날처럼 밤색 플란넬 바지와 장식 끈이 달린 벨벳 윗도리 차림이었다. 어깨와 얼굴은 헝겊으로 덮여 있었다. 법의학자처럼 보이는 어떤 사람이 한 손으로 헝겊을 들추며 나지막한 목소리로 무언가를 설명하고 있었다. 헝겊이 들춰지자 죽은 에사레스의 얼굴이 드러났다. 그 얼굴… 형체를 알 수 없는 살덩이도 얼굴이라 할 수 있을지…. 얼굴 일부는 새카맣게 타버렸고 나머지 일부는 피가 엉겨붙어 있었다. 뼈와 살, 머리카락, 수염이 한데 엉겨붙었으며 일그러진 안구 하나가 불거져 나와 있었다….

"오!" 파트리스가 더듬거렸다. "어찌 이리 처참할 수가! 누군가 에사레스의 얼굴을 불구덩이 속에 처박아 죽인 거지. 그렇게 죽은 시신을 수습한 게 바로 저 지경인 거고!"

가장 중요한 위치에 있는 듯한 사람, 아까 파트리스에게 말을 건 남자가 다시 다가왔다.

"도대체 당신은 누구십니까?"

"벨발 대위라고 합니다. 에사레스 부인의 친구지요. 부인의 간호 덕분에 목숨을 구한 상이군인 가운데 한 명입니다…."

"그렇군요." 남자가 말했다. "하지만 여기에 계시면 안 됩니다. 아무도 여기에 있으면 안 돼요. 경찰서장님, 실례하지만 의사만 남기고 나머지 분들은 전부 내보내 주시기 바랍니다. 어떤 이유로든 사람들을 출입시키지 마시기 바랍니다. 어떤 이유에서든…."

"선생님." 파트리스가 말했다. "아주 중요한 사실을 알려드리고 싶습니다."

"기꺼이 듣겠습니다, 대위님. 하지만 잠시 후에요. 실례합니다."

7
오후 12시 23분

레누아르가에서 정원의 상단 테라스로 통하는 커다란 현관은 절반이 큰 계단이었다. 이 현관을 통하지 않고는 건물을 크게 양분하는 두 구역을 지날 수 없었다.

현관 왼쪽에는 거실과 서재가 있었고, 이곳과 이어진 별도의 계단을 갖춘 독립된 건물이 있었다. 오른쪽에는 다른 곳보다 비교적 낮은 천장을 떠받치고 있는 당구장과 식당이 있었고 그 위에는 거리를 면한 에사레스 베의 방과 정원을 면한 코랄리의 방이 있었다.

이어서 시메옹 영감을 포함한 하인들의 숙소로 사용되는 행랑이 있었다.

파트리스가 야봉과 함께 기다리라는 말을 듣고 대기 중인 공간은 당구장이었다. 파트리스는 이곳에서 15분을 기다렸고 마침내 시메옹과 하녀가 들어왔다.

시메옹 영감은 주인의 죽음으로 정신이 나가 보였다. 이상한 태도로 줄곧 무언가를 중얼거렸다. 파트리스가 질문하자 시메옹 영감은 귓속말로 이렇게 중얼거렸다.

"끝난 게 아닙니다…. 걱정해야 할 게 있어요…. 걱정할 것…! 심지어 오늘… 조금 있으면…."

"조금 있으면?" 파트리스가 물었다.

"예…. 예…." 시메옹 영감이 떨며 말했다. 그 뒤로는 입을 꾹 다물었다. 파트리스가 하녀에게 질문하자 이렇게 말했다.

"선생님, 오늘 아침에 제일 먼저 놀란 일은… 급사장, 사환, 관리인이 동시에 보이지 않았다는 거예요. 세 명 모두 떠났습니다. 6시 30분에 시메옹 비서님이 오더니 주인님 지시를 전달했어요. 주인님께서는 서재에 틀어박혀 있는 중인데, 그 누구의 방해도 받고 싶지 않으니 식사 때를 비롯해 아무도 귀찮게 굴지 말라고요. 마님께서는 조금 힘들어하셨어요. 마님께는 9시에 코코아를 갖다 드렸습니다. 마님은 11시에 시메옹 비서님과 밖으로 나가셨어요. 저는 방을 청소한 다음 주방에만 있었고요. 11시가 지나고 정오가 되었어요…. 오후 1시를 알리는 종소리가 울리자 갑자기 출입구에서 초인종 소리가 울렸어요. 창문으로 내다보니 자동차가 한 대 서 있었고 남자 네 명이 있었어요. 저는 얼른 문을 열었습니다. 경찰서장이 자신을 소개하며 주인님을 뵙고 싶다고 했어요. 그래서 경찰서장님 일행을 서재로 안내했지요. 서재 문을 노크했는데 문은 잠겨 있었고 아무 대답도 없었어요. 문을 아무리 흔들어도 반응이 없자 결국 일행 중 한 분이 곁쇠질로 문을 열었어요…. 그런데, 그런데… 아까 보신 것처럼… 끔찍한 장면이 펼쳐져 있었습니다. 가엾게도 주인님은 벽난로 석쇠에 머리가 박혀 있는 상태였어요…! 누군가 침입한 거지요…! 그러니까 살인 아닌가요? 저와 같이 방에 들어간 분 중 한 명이 주인님은 뇌졸중으로 쓰러져 벽난로 속에 처박혔다고 했어요. 하지만 제가 보기에는…."

시메옹 영감은 덥수룩한 수염과 목도리에 얼굴을 묻은 채 노란 안경 너머로 눈을 깜빡이며 아무 말 없이 듣고 있었다. 그러다 하녀가 말을 끝맺기도 전에 약간 히죽거리고는 파트리스에게 다가와 귓속말로 말했다.

"걱정해야 할 일들이 있어요…! 걱정해야 할 일들…! 코랄리 마님은… 얼른 떠나셔야 해요…. 당장… 안 그러면 마님에게 불행한 일이…."

파트리스는 흠칫 몸서리를 치며 무슨 말인지 더 물어보려 했다. 그런데 갑자기 경찰관 한 명이 들어와 시메옹 영감을 서재로 데려가 버렸다.

시메옹 영감의 증언은 오랫동안 계속되었다. 이어서 요리사와 하녀의 증언이 이어졌다. 그다음에는 코랄리를 데리러 왔다.

오후 4시에 또 한 대의 자동차가 도착했다. 파트리스는 모두에게 깍듯이 인사를 받는 두 남자가 현관으로 걸어 들어오는 모습을 바라봤다. 한 명은 법무장관, 다른 한 명은 내무장관이었다. 두 장관은 서재에서 30분 정도 회의한 다음 떠났다.

마침내 오후 5시쯤 경찰관 한 명이 와서 파트리스를 찾더니 2층으로 데리고 갔다. 파트리스를 데리고 온 경찰관은 문 앞에서 노크해주고는 자리를 떠났다. 파트리스는 장작불이 타고 있는 아담한 규방 안으로 들어갔다. 두 사람이 앉아 있었다. 파트리스는 코랄리에게 고개를 숙여 인사했고 코랄리 맞은편에 있는 남자를 바라봤다. 파트리스가 서재에 처음 들어왔을 때 말을 걸던 남자였다. 수사를 총괄하는 사람 같았다.

오십 대 정도로 보이는 그 사람은 얼굴과 몸에 살집이 있고 둔해 보였지만 눈빛만은 지적인 빛이 번뜩였다.

"예심판사님이시지요?" 파트리스가 물었다.

"아닙니다." 남자가 말했다. "데말리옹이라고 합니다. 전직 판사고 특별히 이번 사건을 맡게 되었습니다…. 예심은 아닙니다. 이번 사건은 예심을 적용할 수 있을 것 같지 않습니다."

"예? 예심 사항이 아니라고요?" 파트리스가 아주 놀라서 물었다.

동시에 코랄리를 바라보았다. 코랄리는 파트리스를 뚫어지게 바라봤다. 그런 뒤 데말리옹 쪽으로 고개를 돌렸다. 데말리옹이 말했다.

"대위님, 일단 설명을 듣고 나면 모든 점에서 동의할 겁니다…. 부인과 제가 의견 일치를 본 것처럼 말이지요."

"그렇기는 할 겁니다." 파트리스가 말했다. "하지만 정말로 많은 부분이 명확해질지는 모르겠습니다."

"분명 그럴 겁니다. 우리가 함께 밝혀낼 수 있을 겁니다. 그러니 대위님께서 알고 계신 것을 말씀해주시겠습니까?"

파트리스는 잠시 생각해보고는 입을 열었다.

"정말 놀랍군요. 제가 할 이야기는 대단히 중요합니다. 하지만 이 이야기를 받아 적을 사람도 와 있지 않습니다. 그러니까 증거로서의 가치가 부여되지 않고, 선서도 필요하지 않은 진술이 되는 겁니까?"

"대위님, 대위님이 하는 진술에 가치를 부여하고 효력을 주는 것은 대위님이 결정할 일입니다. 지금은 그보다 먼저 대화를 해보고 사실 관계에 대해 서로의 생각을 교환하자는 거지요…. 더구나 대위님이 주실 정보는 에사레스 부인이 모두 알려준 상태고요."

파트리스는 대답을 미루기로 했다. 코랄리와 전직 사법관 사이에는 합의 같은 게 이루어진 듯 보였고, 이 상태에서 자신은 아무리 열정을 보여도 대충 달래서 가만히 있게 할 그런 존재에 불과할지도 모른다는 생각이 들었다. 파트리스는 상대방의 의도를 알 때까지는 침착하게 있기로 했다.

"부인께서 다 알려주셨겠지요." 파트리스가 말했다. "그럼 어제 레스토랑에서 제가 엿들은 대화 내용도 아시겠군요?"

"예."

"에사레스 부인이 납치당할 뻔한 일도요?"

"예."

"그럼 살인 사건도요…?"

"예."

"에사레스 부인이 전부 이야기했다는 말씀이군요? 지난밤에 에사레스 씨가 받은 공갈 협박과 고문이 무엇인지, 대령이 어떻게 죽었는지, 400만 프랑이 어디로 갔는지, 에사레스 씨와 그레구아르가 전화로 무슨 이야기를 했는지, 에사레스 부인이 에사레스 씨에게 어떤 협박을 당했는지 등 에사레스 부인이 전부 말했다는 거지요?"

"예, 대위님, 전부 알고 있습니다. 다시 말해 대위님이 알고 계신 내용은 저도 다 알고 있습니다. 여기에 제가 개인적으로 조사해 얻은 정보도 있어 그보다 더 많은 것도 알고 있고요."

"그렇다면… 그렇다면…." 파트리스가 계속 말했다. "내 이야기는 도움이 안 되겠군요. 이제 결론을 내릴 일만 남았군요."

파트리스는 질문을 받을 틈도 주지 않고 계속 물었다.

"어떤 방향으로 결론을 내리셨는지 여쭤봐도 되겠습니까?"

"아, 대위님, 아직 결정적인 결론은 내리지 않았습니다. 다만 반증이 나타나기 전까지는 에사레스가 오늘 정오쯤에 에사레스 부인에게 남긴 편지에만 신경 쓰고 있습니다. 쓰다가 만 편지인데 책상 위에서 발견되었습니다. 에사레스 부인이 제게 이 편지를 읽어보라 했고 필요하다면 대위님께도 보여드리라 했습니다. 편지는 이겁니다."

4월 4일 오늘, 정오

코랄리에게,

어제 당신은 내가 떠나는 이유를 제대로 모르면서 아는 척했지. 그런 당신의 말에 제대로 변명하지 않은 건 내 잘못이야. 내가 떠나는 이유 중 하나는 나를 향한 주위의 증오 때문이야. 당신도 나를 둘러싼 주변의 증오가 얼마나 끔찍한지 충분히 봤을 거야. 수단과 방법을 가리지 않고 내 모든 것을 빼앗으려는 적들에게서 벗어날 유일한 구원책은 피하는 것밖에 없어. 그래서 나는 이렇게 떠나지만 내 강한 의지를 다시 한 번 당신에게 알려주고 싶어. 코랄리, 내가 첫 신호를 보내면 내게 합류해야 해. 만일 당신이 파리를 떠나지 않으면 그 때문에 생긴 분노에서 무사할 수 없을 거야. 내가 죽는다 해도 마찬가지야. 그 경우를 대비해 내가 할 수 있는 모든 조치를 해놓았으니까….

"편지는 여기서 끝났습니다." 데말리옹이 코랄리에게 편지를 돌려주며 말했다. "분명 에사레스 씨는 편지를 거의 다 써갈 때쯤 죽음을 맞이한 것 같습니다. 명백한 증거도 있고요. 에사레스 씨가 쓰러지면서 책상에서 바닥으로 떨어진 소형 추시계 바늘이 정확히 오후 12시 23분을 가리킨 채 멈춰 있었습니다. 에사레스 씨는 왠지 불편한 상태를 느끼고 일어서려다가 곧바로 현기증이 나 바닥에 쓰러진 것 같습니다. 하필이면 불꽃이 세게 타오르던 벽난로가 매우 가까이 있었고 에사레스 씨는 벽난로 안 석쇠에 머리를 부딪혀 깊은 부상을 당한 것이지요. 이는 의사에게 확인한 정보입니다. 에사레스 씨는 그대로 정신을 잃었고 나머지 일은 가까이 있던 벽난로 불이 마무리를 지어준 겁니다…. 에사레스 씨의 시신 상태가 어떤지는 보셨겠지요…."

파트리스는 놀란 표정으로 예상치 못한 설명을 듣고 있다가 중얼거렸다.

"그러니까 에사레스 씨가 사고로 죽었다는 겁니까? 살해된 게 아니고?"

"살해라니요! 살해당했다는 증거는 전혀 없습니다."

"하지만…."

"대위님, 무언가 크게 착각하고 있군요. 어제부터 비극적인 광경을 목격해왔기에 살인이라는 가장 극단적인 결말을 상상하시는 것 같습니다. 다만… 생각해보시기 바랍니다…. 살인이 날 이유가 무엇이겠습니까? 누가 살인했단 말입니까? 부르네프와 일당? 무엇 때문에요? 이미 두둑이 돈을 챙긴 상태입니다. 설령 그레구아르라는 미지의 인물이 그 돈을 다시 빼앗았더라도 부르네프 일당이 이런 식으로 에사레스 씨를 살해하면 돈을 다시 가져갈 수 있을까요? 만일 부르네프 일당이 왔다고 해도 어떻게 여기에 들어왔다가 나갈 수 있었단 말입니까? 죄송하지만 대위님, 에사레스 씨는 사고로 죽은 겁니다. 부정할 수 없는 사실입니다. 법의학자 역시 같은 의견이고 이런 방향으로 보고서를 작성할 겁니다."

파트리스 벨발은 코랄리 쪽을 바라봤다.

"부인도 같은 생각입니까?"

코랄리는 얼굴이 조금 빨개진 채 대답했다.

"예."

"시메옹 영감의 생각도요?"

"오! 시메옹 영감은 횡설수설하더군요." 전직 사법관이 끼어들어 대답했다. "시메옹 영감은 마치 모든 것이 다시 시작될 것처럼 말하더군요. 무엇인가 커다란 위험이 부인에게 닥칠 수 있으므로 부인이 얼른 이곳을 떠나야 한다고 말합니다. 한 가지 이상한 점은 시메옹 영감이 나를 레누아르가와 수직으로 만나는 골목 쪽 정원에 있는 어느 낡은 문으로 데려가서는 집 지키는 개가 죽어 있는 모습을 보여주었습니다. 그다음에는 문에서 시작해 서재 옆 작은 계단까지 이어진 누군가의 발자국을 보여주었습니다. 그 발자국은 대위님도 잘 아시는 흔적이겠지요? 바로 대위님과 세네갈인 부하의 발자국일 테니까요. 개를 목 졸라 죽인 사람도 대위님과 세네갈인 부하겠지요? 그렇지 않습니까?"

파트리스는 상황이 이해되기 시작했다. 전직 사법관이 어째서 말을 아끼며 이번 사건을 이렇게 설명하는지, 전직 사법관과 코랄리가 어떤 합의를 했는지 그 의미를 이해하기 시작했다. 파트리스가 분명히 물었다.

"그렇다면 범죄 행위는 없었다는 겁니까?"

"없었습니다."

"예심도 없는 거고요?"

"없습니다."

"이번 사건을 두고 호들갑을 떨 필요도 없겠군요? 아무 말도 하지 않고 잊어버리는 게 낫다는 거지요?"

"바로 그겁니다."

파트리스는 평소 습관대로 여기저기를 왔다 갔다 하며 걷기 시작했다. 그리고 에사레스가 예언처럼 했던 말을 떠올렸다.

'나를 체포할 순 없어…. 체포한다 해도 풀어줄 거야…. 사건이 무마될 거라고….'

에사레스는 모든 것을 꿰뚫어보았던 것이다. 사법 당국은 예상대로 입을 다물었다. 코랄리 역시 입을 다물도록 유도한 것은 꽤 쉬운 일이 아니었을까?

이 때문에 파트리스는 마음이 혼란스러웠다. 코랄리와 데말리옹 사이에는 어떤 계약 관계가 맺어진 게 틀림없다. 파트리스는 데말리옹이 코랄리를 구슬려 설득했고 코랄리가 자신의 이익을 희생하도록 유도한 게 아닌가 생각했다. 상황이 이렇다 보니 파트리스 자신을 따돌려야겠다는 전략이 나온 것일지도 몰랐다.

'오! 오!' 파트리스가 생각했다. '이 사람 거슬리기 시작하는군. 말을 아끼고 빈정대는 말투야. 날 중요한 문제에서 제외하려는 속셈이 있는 것 같아.'

그러나 파트리스는 마음을 가라앉히고 협력적인 태도를 보이는 척하며 전직 사법관의 곁에 앉았다.

"실례지만, 선생님." 파트리스가 말했다. "제 끈질긴 성격이 무례하게 느껴진다면 죄송합니다. 지금 저는 에사레스 부인이 홀로 고립된 이 같은 상황을 동정하거나, 혹은 동정 비슷한 감정을 품어서 이렇게 행동하는 게 아닙니다. 물론 부인은 이전보다 훨씬 완강하게 제 감정들을 거부하는 것 같고요. 제가 이렇게 행동하는 이유는 부인과 저를 서로 맺어주는, 아주 오랜 시절부터 이어진 알 수 없는 관계가 있는 것 같아서입니다. 제게는 너무나 중요하게 생각되는 부분인데, 에사레스 부인에게서 아무 이야기도 듣지 못하셨습니까? 그 관계가 모든 사건과 어떤 관련이 있다고 보는데요?"

데말리옹은 코랄리를 바라봤고 코랄리는 고개를 끄덕였다. 데말리옹이 이렇게 말했다.

"예, 에사레스 부인에게 들었습니다. 그리고…."

데말리옹은 다시 한 번 주저하며 코랄리를 바라봤다. 코랄리는 얼굴이 빨개졌고 평정심을 잃은 듯했다. 데말리옹은 코랄리가 계속 이야기해도 좋다는 뜻을 보일 때까지 기다렸다. 마침내 코랄리가 낮은 목소리로 말했다.

"벨발 대위님도 우리가 알아낸 것을 알고 있어야 합니다. 진실은 저와 대위님 모두에게 관련된 것이니까요. 제게는 대위님께 숨길 권리가 없습니다. 그러니 말씀해주세요."

그러자 데말리옹이 말했다.

"말보다는 제가 찾아낸 이 사진첩을 보여드리면 충분할 것 같습니다. 이겁니다, 대위님."

데말리옹은 파트리스에게 얇은 사진첩을 내밀었다. 회색빛 천으로 제본되어 고무줄로 묶인 사진첩이었다.

파트리스는 사진첩을 받으며 무척 불안한 기분을 느꼈다. 사진첩을 펼쳐보던 파트리스는 생각지도 못한 내용에 그만 크게 소리 지르고 말았다.

"이럴 수가!"

사진첩 첫 장에 사진 두 장이 네 귀퉁이가 끼워져 나란히 고정되어 있었다. 오른쪽 사진에는 영국 초등학교 교복을 입은 소년이, 왼쪽 사진에는 그보다 더 어린 여자아이가 찍혀 있었다. 그 아래에는 두 개의 메모가 적혀 있었다. '파트리스 열 살, 코랄리 세 살'.

파트리스는 너무나 놀란 표정으로 사진첩을 넘겼다. 두 번째 장은 파트리스가 열다섯 살 때 사진과 코랄리의 여덟 살 때 사진이 나란히 꽂혀 있었다.

이어서 파트리스가 열아홉 살 때와 스물세 살 때, 스물여덟 살 때의 사진이 나왔고 이와 함께 코랄리가 소녀일 때와 처녀일 때, 성숙한 여인일 때의 사진이 있었다.

"이럴 수가!" 파트리스가 중얼거렸다. "어떻게 이럴 수 있지? 내가 모르던 사진들이 있잖아. 아마추어가 찍은 사진 같은데 내 성장 과정을 담고 있는 사진이라니. 군대 생활할 때 병사였던 시절의 사진도 있고… 말 탄 사진도 있어…. 누가 이 사진들을 찍은 걸까요? 그리고 누가 내 사진들과 부인의 사진들을 나란히 모아놓은 건가요?"

파트리스가 코랄리를 뚫어지게 바라봤다. 코랄리는 무언가를 묻는 파트리스의 시선을 피했고, 마치 사진들이 보여주는 두 사람의 긴밀한 관계가 혼란스러운 듯 고개를 아래로 떨구었다.

파트리스가 계속 물었다.

"누가 이 사진들을 모은 걸까요? 알고 있습니까? 이 사진첩은 어디서 난 겁니까?"

데말리옹이 대신 대답했다.

"의사가 에사레스 씨의 옷을 벗기는 과정에서 발견한 겁니다. 에사레스 씨는 셔츠를 입고 있었는데 셔츠 안에 실로 꿰맨 주머니가 있었습니다. 의사가 주머니를 만져보다가 무언가 딱딱한 것이 느껴져서 봤더니 이 작은 사진첩이 나왔다고 합니다."

이번에는 파트리스와 코랄리의 시선이 바로 마주쳤다. 에사레스가 25년 동안 파트리스와 코랄리의 사진을 모아 가슴속에 품은 채 살아왔으며 에사레스의 죽음과 함께 이 사진첩이 발견되었다는 사실은 엄청난 충격이었다. 그래서 사진첩에 어떤 수수께끼 같은 의미가 있는지 살펴볼 여력조차 없었다.

"지금 말씀하신 게 모두 사실입니까?" 파트리스가 물었다.

"저 역시 현장에 있었습니다." 데말리옹이 말했다. "사진첩이 발견되는 과정을 직접 봤습니다. 또한 이 사실을 충격적으로 재확인할 또 다른 것도 발견했습니다. 이번에는 제가 직접 발견했습니다. 금세공으로 테를 두른 자수정 메달이었습니다."

"뭐라고요? 지금 뭐라고 하셨습니까?" 파트리스가 큰 소리로 물었다.

"직접 보시지요." 데말리옹이 에사레스 부인과 다시 한 번 눈짓을 교환한 후 자수정을 건네주었다.

코랄리와 파트리스가 가지고 있는 반쪽짜리 자수정을 합한 것보다 좀 더 큰 자수정이었다. 묵주 장식 줄이 달려 있고 제작 방식만큼이나 세밀하게 금세공 테가 둘려 있었다. 보석을 물고 있는 거미발은 걸쇠 같은 기능을 하고 있었다.

"벗겨봐도 될까요?" 파트리스가 물었다.

코랄리가 수긍의 표시를 했다.

파트리스가 걸쇠를 벗겼다.

내부는 두 쪽의 수정 조각으로 나뉘어 있고 각각 축소된 사진을 한 장씩 담고 있었다. 하나는 간호사 복장을 한 코랄리였고 다른 하나는 장교 복장을 한 채 다리가 잘린 파트리스였다.

파트리스는 아주 창백한 얼굴로 생각에 잠겼다가 잠시 후 말했다.

"이 메달은 어디서 났습니까? 직접 찾아내신 겁니까?"

"예, 대위님."

"어디서 찾아냈습니까?"

데말리옹은 망설이는 눈치였다. 코랄리의 태도로 보건대 이 부분에 대해서는 잘 모르는 것 같았다.

마침내 데말리옹이 대답했다.

"시신의 손에서 찾아냈습니다."

"시신의 손에서요? 에사레스 씨의 손에서요?"

파트리스는 생각지 못한 충격을 받아 소스라치게 놀랐다. 같은 대답을 또 들어야 직성이 풀리겠다는 듯 데말리옹에게 몸을 기울인 채 연거푸 같은 질문을 했다.

"예, 에사레스 씨의 손에 있었습니다. 그 자수정을 빼내느라 굳어버린 손가락을 힘들게 펴야만 했습니다."

파트리스는 몸을 일으켜 탁자를 주먹으로 치면서 큰 소리로 말했다.

"그렇다면 마지막으로 남겨놓은 이야기를 해야겠군요. 이 이야기를 듣고 나면 제 협력이 쓸모없다고는 생각하지 못할 겁니다. 방금 알아낸 내용으로 판단하건대 제 이야기는 아주 중요한 의미를 띨 겁니다. 오늘 아침 누군가 전화를 걸어왔습니다. 통화는 잠깐 이루어졌는데, 매우 흥분한 듯한 미지의 사람이 살해당하는 것 같았습니다. 소리가 들렸어요. 격투 소리와 끔찍한 비명이 울리는 가운데 그 미지의 인물은 제게 놀라운 정보를 전하려는 듯 이렇게 말했습니다. '자수정 메달… 그래, 내가 가지고 있어…. 메달… 아! 너무 늦었어…. 그렇게 바랐는데…! 파트리스… 코랄리….' 여기에는 분명한 사실이 두 가지 있습니다. 첫째는 오늘 아침 7시 19분에 자수정 메달을 가지고 있던 누군가가 살해되었다는 것으로 이는 부인할 수 없는 사실입니다. 두 번째는 통화가 끝난 몇 시간 후인 오후 12시 23분, 똑같은 자수정 메달이 다른 사람 손에 들려 있다는 겁니다. 이역시 부인할 수 없는 사실입니다. 이 두 가지 사실을 서로 맞춰봅시다. 그러면 제가 전화로 들은 첫 번째 살인은 이 저택, 바로이 서재에서 발생했다고 결론 내릴 수 있습니다. 어제저녁 우리가 목격한 온갖 끔찍한 사건이 일어난 바로 이 서재 말입니다."

에사레스 베에게 새로운 혐의를 씌우는 듯한 파트리스의 증언은 데말리옹의 마음을 혼란스럽게 했다. 실제로 파트리스는악의를 품지 않고는 그 누구도 반박할 수 없는 논리와 놀라운열정을 동원해 증언한 것이다.

코랄리는 고개를 살짝 돌리고 있었다. 파트리스는 코랄리의얼굴을 보지는 않았으나 당혹스러움과 수치심으로 쩔쩔매는게 느껴졌다.

데말리옹이 반박했다.

"두 가지 사실을 부인할 수 없다고 하셨지요?" 데말리옹이말했다. "첫 번째 사실에 대해서 말씀드리자면 오늘 아침 7시19분에 살해당했다고 추정되는 자의 시체는 전혀 발견되지 않았습니다."

"발견될 겁니다."

"그렇다고 하지요. 이제 두 번째 사실에 대한 의견입니다. 에사레스 베의 손에서 발견된 자수정 말입니다. 에사레스 베가다른 사람도 아니고 하필 살해당한 자의 손에서 자수정을 빼앗았다면 과연 그 이유가 무엇이었을까요? 또한 아직은 에사레스 베가 그 시각에 서재는커녕 집 안에 있었는지조차 확인할 방법이 없습니다."

"그건 제가 알고 있습니다."

"어떻게요?"

"처음에 한 통화가 끊기고 몇 분 지나지 않아 제가 이쪽으로 전화를 걸었고 에사레스 씨가 받았습니다. 더구나 에사레스 씨는 미리 모든 가능성에 대비하듯 자신이 먼저 전화를 걸었는데 그만 통화가 끊겼다고 둘러댔습니다."

데말리옹이 잠시 생각한 후 다시 물었다.

"오늘 아침에 에사레스 씨가 외출했습니까?"

"부인이 대답해줄 겁니다."

코랄리는 파트리스와 눈을 마주치지 않겠다는 태도로 고개를 돌린 채 말했다.

"외출한 것 같지는 않아요. 죽었을 당시 입고 있던 옷도 실내복이고요."

"어젯밤 이후로 남편분을 만난 적이 있습니까?"

"아침 7시에서 9시 사이에 세 번이나 제 방문을 노크했습니다. 그러나 열어주지 않았습니다. 그리고 11시 정도에 저 혼자 외출했습니다. 남편이 시메옹을 불러 절 수행하라고 지시하는 소리가 들렸습니다. 시메옹은 지시에 따라 거리에서 절 수행했습니다. 제가 아는 것은 이게 전부입니다."

꽤 오랜 침묵이 흘렀다. 각자 나름대로 이 기이한 일에 대해 생각하는 듯했다.

마침내 데말리옹은 파트리스 같은 사람은 쉽게 떼어내기 어려운 사람이라는 사실을 깨달은 듯했다. 데말리옹은 타협하기에 앞서 파트리스가 마지막으로 간직한 정보에 대해 정확히 알아야겠다는 생각에 이렇게 물었다.

"단도직입적으로 이야기하겠습니다, 대위님. 제 생각에 대위님은 매우 모호한 가설을 세우고 있는 것 같습니다. 대위님의 가정은 정확히 무엇입니까? 제가 그 가정을 수락할 수 없다면 어떻게 하시겠습니까? 이 두 질문에 먼저 대답해주십시오."

"질문만큼 간결히 대답하겠습니다."

파트리스는 데말리옹에게 다가와 말했다.

"바로 결투와 공격이 벌어진 거지요. 그래요, 공격이 일어났다는 게 맞을 겁니다. 옛날에 저를 알았고 어린 시절의 코랄리엄마도 아는 어떤 남자가 있습니다. 그 남자는 우리 두 사람에게 지대한 관심이 있어 나이별로 사진을 수집했고, 이유는 모르지만 애정도 품고 있었던 것 같습니다. 이번 사건만 없었다면 사진을 모은 이유를 공개하고 우리 두 사람을 가까이 맺어주려고 한 겁니다. 그래서 이곳 정원의 열쇠를 제게 몰래 보내주었지만 결정적인 순간에 살해당한 겁니다. 그래서 저는 어떤 결과가 있다 해도 정식으로 그 살인자를 잡을 생각입니다. 제 의지는 함부로 꺾을 수 없습니다. 방법은 많으니까요…. 최악에는 지붕 위에 올라가 세상에 대고 진실을 폭로하는 한이 있어도요."

데말리옹이 웃기 시작했다.

"이런, 대위님. 보통이 아니시군요!"

"제 양심에 따라갈 뿐입니다. 에사레스 부인도 절 이해해주리라고 믿습니다. 부인을 위해 이런 일을 한다는 것을 알 테니까요. 그리고 이번 사건이 대충 무마되거나 사법부의 지원을 받지 못한다면 부인 역시 큰 위협에 시달릴 것이라는 사실을 알 겁니다. 적들은 목표를 이루고 부인을 제거하기 전에는 절대로 물러나지 않을 테니까요. 제일 우려되는 점은 아무리 눈을 크게 뜨고 봐도 적들이 무엇을 노리는지 알 수 없다는 점입니다. 다시 말해 적을 상대로 치열한 게임을 벌였지만, 게임의 판돈이 어느 정도인지조차 모르는 것과 같습니다. 오직 사법 당국이 나서서 밝혀주기를 바랄 뿐입니다."

데말리옹은 잠시 침묵을 지키더니 한 손을 파트리스의 어깨에 얹고 조용히 말했다.

"만일 사법 당국이 그 판돈에 대해 알고 있다면요?"

파트리스가 놀란 눈으로 데말리옹을 바라봤다.

"뭐, 알고 있다고요…?"

"그럴지도요."

"말씀해주시겠습니까?"

"이런! 대위님이 그토록 알고 싶어 한다면야…."

"대체 무엇입니까…?"

"오! 별것 아닌 싸움입니다…."

"그러니까…."

"10억 프랑입니다."

"10억 프랑?"

"딱 그 정도입니다. 그중 4분의 3, 아니 3분의 2는 이미 전쟁 전에 프랑스 밖으로 빠져나갔습니다. 아직 프랑스에 남아 있는

2억 5000만에서 3억 정도가 어떤 이유로 10억 이상의 가치를
지니고 있지요….”

　“어떤 이유라니요?”

　“황금으로 되어 있거든요.”

8
에사레스 베의 계획

그제야 파트리스는 다소 누그러진 태도를 보였다. 사법 당국이 싸움을 신중하게 끌고 나갈 수밖에 없는 이유를 막연하게나마 이해한 것이다.

"확실합니까?" 파트리스가 물었다.

"예, 대위님. 저는 2년 전에 이 일을 조사하는 일을 맡았습니다. 조사한 바로는 프랑스에서 황금이 반출되고 있는데 어떻게 이루어지는지 알 수 없었습니다. 솔직히 말해서 에사레스 부인과 이야기하기 전에는 황금 반출이 어디에서 비롯된 것인지, 일개 시골 마을에 이르기까지 프랑스 전역에 걸쳐 누가 그토록 어마어마한 조직을 이루어 조금씩 황금을 빼돌리는지 알 수가 없었습니다."

"에사레스 부인이 이미 알고 있었다는 말입니까…?"

"아니요, 다만 많은 것을 의심하고 있었습니다. 그러다가 지난밤에 대위님이 나타나기 전, 부인은 괴한들과 에사레스 씨의 대화를 통해 더 많은 정보를 얻은 겁니다. 부인이 그 모든 내용을 제게 털어놓으셨는데 그중에는 만만치 않은 수수께끼도 포함되어 있었습니다. 그 수수께끼를 대위님 없이 저 혼자 해결하려고 했습니다. 내무장관 각하의 지시이기도 하고 에사레스 부인이 원하는 바이기도 하고요. 그런데 대위님의 열정을 보니 망설여지는군요. 대위님을 마땅히 따돌릴 방법도 없는 것 같고요. 그래서 솔직하게 알려드리고자 합니다. 저도 대위님처럼 열정적인 협력자를 무시할 수 있는 처지가 아니고요."

"그렇다면." 파트리스가 좀 더 알고 싶은 마음에 들떠 말했다.

"즉 음모의 주모자가 여기에 있었다는 거지요. 라파예트가에 있는 프랑스 동방 은행장이고 겉으로는 이집트인이지만 실제로는 터키 혈통이며 파리에 터를 잡고 금융계를 쥐락펴락한 에사레스 베 말입니다. 에사레스 씨는 영국에 귀화한 상태로 이집트의 옛 실력자들과 인맥을 유지해오고 있었습니다. 외국인의 권리를 이용해 힘이 닿는 한 모든 황금을 프랑스 밖으로 반출해온 겁니다. 반출이라는 표현밖에 떠오르지 않는군요. 일부 자료에 의하면 에사레스 씨는 2년 사이에 그런 방법으로 7억 프랑의 황금을 반출했습니다. 가장 최근의 시도는 전쟁이 선포되었을 때였습니다. 전시에는 평화로운 시기보다 막대한 양의 황금을 밀반출하기가 어려워지지요. 화물 차량은 국경마다 일일이 검사받아야 하니까요. 항구에서도 출항하려는 배는 모두 수색 대상이 되지요. 그래서 그 후로는 황금 밀반출이 일어나지 않았습니다. 그런 이유로 2억 5000만 프랑에서 3억 프랑의 황금이 프랑스에 머물게 된 겁니다. 그 상태로 10개월이 흘렀고 결국에는 올 것이 왔습니다. 에사레스 베는 막대한 보물을 보관해오면서 서서히 욕심이 나기 시작했고, 점점 보물을 자신의 것으로 착각하다가 마침내는 차지해버리겠다고 결심한 겁니다. 다만 공범들이 문제였습니다…."

"지난밤에 제가 봤던 자들이군요?"

"예, 대여섯 명의 공범들은 근동제국 출신이며 위장 귀화한 뒤 약간의 변장으로 불가리아인 행세를 하며 독일 연방의 군소 제후령의 밀정 노릇을 했습니다. 이전에는 에사레스 씨의 은행 지점을 맡아 관리하는 일을 했으나 진짜 임무는 전국 마을마다 있는 똘마니들을 매수해 에사레스의 일을 돕는 것이었습니다. 마을 농부들과 어울리고 장을 열어 술을 마시면서 프랑스의 금 조각을 화폐나 증권으로 바꾼 다음 전부 반출시키는 일이었지요. 그런데 전쟁이 터져 상점들이 문을 닫자, 라파예트가의 본사 역시 폐점시킨 대장 에사레스 주위로 몰려들게 된 겁니다."

"그래서요?"

"그런 뒤 우리로서는 알 수 없는 일들이 벌어졌겠지요. 공범들은 각자의 정부에서 들려온 소식을 통해 마지막 밀반출이 이루어지지 않았음을 알았을 겁니다. 공범들은 에사레스 베가 다 같이 노력해 거둔 3억 프랑의 황금을 혼자 차지하려 한다는 것을 눈치챘을 겁니다. 흔히 그렇듯 어제의 동지들이 치열한 다툼을 벌이게 되었지요. 공범들은 자기 몫의 과자를 내놓으라는 것이고 에사레스 씨는 반출이 이루어졌다고 시치미 떼면서 조그마한 조각조차 내놓으려 하지 않은 겁니다. 어제가 최악으로 싸움이 치달은 상황이었고요. 오후에 괴한들은 에사레스 부인을 납치하려 했습니다. 부인을 인질로 잡으면 에사레스 씨를 마음대로 조종할 수 있으리라 본 겁니다. 그리고 그날 저녁, 대위님이 보신 일이 일어난 겁니다."

"그런데 왜 하필이면 어젯밤이었을까요?"

"어젯밤에 황금이 처분되리라고 믿은 이유가 있었을 겁니다. 괴한들은 에사레스 베가 황금을 밀반출할 때 어떤 방법을 쓰는지 정확히 몰랐지만 어떤 신호는 있으리라고 본 거지요."

"혹시 불똥비 아닙니까?"

"맞습니다. 정원 한쪽 구석에는 오래된 온실들이 있습니다. 그 아래의 큰 화덕에서 불을 지필 수 있게 되어 있지요. 그런데 그을음과 찌꺼기가 잔뜩 낀 상태라 불을 지필 때면 멀리서도 볼 수 있을 만큼 수많은 불티나 불꽃이 솟구쳐 자연스럽게 신호 역할을 했습니다. 어젯밤에 에사레스 베는 직접 불을 붙였습니다. 그러자 곧바로 공범들이 놀라서 달려온 겁니다."

"그럼 에사레스 베의 계획은 실패한 겁니까?"

"예. 공범들의 계획도 실패로 돌아갔습니다. 대령이 죽었으니까요. 나머지 놈들은 지폐 몇 다발만 나눠 가졌지요. 그 지폐마저도 다시 빼앗기겠지만요. 그러나 그것으로 싸움이 끝난 건 아니었습니다. 가장 최악의 싸움은 오늘 아침에 이루어졌습니다. 대위님은 당신을 잘 알고 연락하려 했던 어떤 남자가 오전 7시 19분에 살해당한 것 같다고 했지요. 그 남자의 개입이 두려운 에사레스 베가 살해했을 가능성이 큽니다. 그리고 오후 12시 23분에 에사레스 베가 이번에는 공범 중 누군가에게 살해당합니다. 이것이 대위님이 주장하는 사건의 전모입니다. 대위님도 저만큼 사건에 대해 잘 알고 있으니 예심이 비밀리에,

평소와는 다른 방식으로 진행되어야 한다는 것을 이해하시지요?"

파트리스는 잠시 생각한 후 대답했다.

"예, 그래야 할 것 같군요."

"자! 그렇습니다." 데말리옹이 큰 소리로 말했다. "상상력을 자극할 사라진 황금이 어디에 있는지를 알아내는 것보다 더 중요한 게 있습니다. 2년 동안이나 그런 엄청난 양의 황금을 들키지 않고 반출했다면 어떤 공모 관계가 있었을 겁니다. 나는 개인적으로 조사해 꽤 유명한 은행과 일부 금융기관들에서 일어난 일련의 은밀한 흥정을 밝혀낼 생각입니다. 이 사실이 알려지면 큰 파문이 일겠지요. 그러니 침묵을 지켜주십시오."

"하지만 침묵하는 게 가능할까요?"

"안 될 이유가 있습니까?"

"이런! 여러 구의 시체가 나왔습니다. 예를 들어 파키 대령의 시체가 있고요."

"자살로 처리되었습니다."

"무스타파의 시체 역시 갈리에라 박물관 정원에서 발견될 텐데요."

"기껏해야 단신으로 처리되겠지요."

"에사레스의 시체는요?"

"사고사로 보도될 겁니다."

"사실 모두 연결된 사건인데 별개의 사건으로 각각 처리한다는 말입니까?"

"그 사건들을 하나로 연결할 근거가 드러나지 않을 겁니다."

"하지만 대중은 그렇게 생각하지 않을 겁니다."

"대중은 우리가 유도하는 방향대로 생각하겠지요. 지금은 전쟁 중이니까요."

"언론이 터뜨릴 텐데요."

"언론은 떠들지 못할 겁니다. 검열이 있으니까요."

"하지만 새로운 사건이 일어난다면요?"

"사건이 또 일어난다고요? 왜 그렇지요? 사건은 이미 끝났습니다. 적어도 가장 극적인 부분은 막을 내렸습니다. 중요 인물들은 전부 죽었으니까요. 에사레스 베가 살해되면서 일단 막을 내린 셈입니다. 부르네프와 그 일당은 일주일도 채 안 되어 일망타진될 겁니다. 지금 남아 있는 건 그 누구도 소유권을 주장할 수 없고 오직 프랑스만이 손댈 수 있는 막대한 황금 덩어리입니다. 제가 적극 매달려야 할 부분이지요."

파트리스 벨발이 고개를 저었다.

"에사레스 부인의 문제가 남아 있습니다. 에사레스가 분명히 경고했고 그 경고를 무시해서는 안 됩니다."

"에사레스 씨는 이미 죽었습니다."

"상관없습니다. 그래도 위협은 계속 존재합니다. 시메옹 영감도 계속 이야기하고 있지 않습니까?"

"시메옹 영감은 정신이 반쯤 나갔습니다."

"정확히 말하면 시메옹 영감은 너무나 엄청난 위험이 있으리란 생각으로 머릿속이 꽉 차 있습니다. 싸움은 끝난 게 아닙니다. 어쩌면 시작에 불과한 것일 수도 있고요."

"그렇지만 대위님, 지금은 우리가 있지 않습니까? 대위님이 가진 방법과 제가 제공할 방법을 모두 동원해 에사레스 부인을 보호해주십시오. 저는 이곳에서 조사 업무를 하겠습니다. 그리고 전 의심스러우나 대위님이 반드시 일어날 것이라고 믿는 싸움이 벌어진다 해도 이 집과 정원의 범위를 벗어나지는 않을 겁니다."

"그렇게 생각하는 이유는요?"

"에사레스 부인이 어제저녁에 몇 가지 이야기를 들었다며 알려주었습니다. 파키 대령이 여러 번 말했다는군요. '황금은 여기에 있어, 에사레스'라고요. 그리고 이렇게 덧붙였다는군요. '수년 전부터 매주 라파예트가의 자네 은행에서부터 자동차가 물건들을 실어날랐어. 자네는 시메옹과 운전기사와 함께 건물 맨 왼쪽 지하실 환기창을 통해 자루들을 들여보냈어. 그런데 그다음에는 어떻게 된 건가? 잘 모르겠더군. 어쨌든 전쟁이 터진 이후로 700~800개의 자루가 여기서 나간 적이 분명 없어. 나는 단번에 의심스러워서 밤낮으로 감시했는데 알 수가 없더군. 황금은 틀림없이 여기 있어'라고 말입니다."

"증거는 전혀 못 찾았습니까?"

"전혀요. 찾은 건 오로지 이것뿐입니다. 그나마 가치 있어 보이지만."

데말리옹은 호주머니에서 구겨진 종이를 꺼내 펴 보이며 말을 이었다.

"에사레스 베의 손에서 메달과 함께 있었던 쪽지입니다. 잉크로 급하게 휘갈겨 쓴 것이라 겨우 읽을 수 있는 글자는 '황금 삼각형'뿐입니다. 황금 삼각형이 무얼까요? 이번 사건과 무슨 관계가 있을까요? 지금으로서는 알 수가 없습니다. 추리해보자면 이 쪽지도 메달과 마찬가지로 에사레스 베가 오늘 아침 7시 19분에 살해당한 알 수 없는 남자에게서 빼앗은 것이고 에사레스 베도 이걸 보고 있다가 오후 12시 23분에 살해당한 것 같습니다."

"예, 틀림없이 그랬을 겁니다." 파트리스가 모든 요소가 서로 관련 있다고 확신하듯 결론을 지었다. "그것 보세요. 어쨌든 하나로 연결된 사건입니다."

"그렇다고 볼 수 있지요." 데말리옹이 자리에서 일어나며 말했다. "하나의 사건이 두 부분으로 나뉜 거군요. 대위님은 두 번째 부분을 조사해보십시오. 에사레스 부인과 대위님의 사진이 같은 메달, 같은 사진첩에 있는 이유가 궁금할 테니까요. 그 문제가 풀리면 진실이 단번에 밝혀질 만큼 꽤 중요한 부분 같습니다. 그럼 대위님, 다음에 다시 뵙겠습니다. 저와 부하들의 도움이 필요하면 알려주십시오."

데말리옹은 이렇게 말하면서 파트리스와 악수했다.

"그러겠습니다. 하지만 지금 당장 무언가 필요한 조치를 해놓아야 하지 않을까요?"

"필요한 조치는 취해졌습니다, 대위님. 이 집은 일단 우리가 점거하지 않았습니까?"

"예…. 그렇지요…. 알고 있습니다…. 하지만 당장에… 오늘 하루가 이대로 끝나지 않을 것 같은 예감이 듭니다…. 시메옹 영감의 이상한 이야기를 생각해보십시오…."

데말리옹이 웃기 시작했다.

"자, 대위님, 너무 과장할 필요 없습니다. 우리가 싸워야 할 적이 남아 있다 해도 힘을 비축할 필요가 있을 겁니다. 이 문제에 대해서는 내일 이야기해보는 게 어떨까요, 대위님?"

데말리옹은 파트리스와 악수하고 에사레스 부인에게 고개를 숙여 인사한 다음 방에서 나갔다.

파트리스는 데말리옹과 함께 나가는 척하다가 문가에서 조심스럽게 다시 돌아왔다. 코랄리는 파트리스의 발소리를 듣지 못한 듯 고개를 돌린 채 꼼짝하지 않고 있었다. 파트리스가 조용히 입을 열었다.

"코랄리."

코랄리가 아무 대답도 하지 않자 파트리스는 다시 한 번 불렀다. "코랄리."

이름을 부르면서도 파트리스는 지금은 아무 말도 듣지 않는 게 낫다는 생각에 코랄리가 대답하지 않기를 은근히 바랐다. 코랄리는 이제 더 이상 거북해하거나 거부하지 않는 듯했다. 파트리스가 도움을 줄 수 있는 친구로 곁에 있는 것을 받아들인 것이다. 파트리스는 지금까지 골치 아팠던 문제들, 즉 연이어 터진 살인 사건이나 계속 주변을 맴도는 위협에 대해서는 더 이상 생각지 않았다. 오직 코랄리의 외로움과 괴로움만 생각했다.

"대답하지 마세요, 코랄리. 아무 말도 하지 마세요. 내가 말하겠습니다. 당신이 모르고 있는 것을 알려줘야 할 것 같군요. 당신이 이 집과 당신 인생에서 왜 나를 멀리하는지… 그 이유를 말입니다…"

파트리스는 코랄리가 앉은 안락의자 등받이에 손을 얹었고 그때 코랄리의 머리쓰개에 손이 스쳤다.

"코랄리, 당신은 부끄러운 가정일 때문에 날 멀리해야 한다고 생각하고 있습니다. 그런 남자의 아내라는 게 부끄러웠고 죄인이 된 듯 어쩔 줄 몰라 했지요. 도대체 왜 그래야 하나요? 그게 당신 잘못인가요? 이미 당신과 남편 사이에는 증오와 악의만 남아 있는데, 내가 그걸 눈치채지 못했을 것 같습니까? 아니요, 코랄리, 다른 이유가 있습니다. 그것을 이야기해주겠습니다. 그 다른 것에 대해…."

파트리스는 코랄리에게 좀 더 몸을 기울였다. 장작불에 비친 코랄리의 옆모습은 아주 아름다웠다. 파트리스는 애정 어린 편한 말투로 점점 커지는 연정을 담아 말했다.

"내가 직접 이야기해야 할까요, 코랄리? 그건 아니겠지요? 당신도 이미 알고 있을 테니까. 이미 자신의 마음속을 분명히 들여다보았을 테니까. 당신, 온몸을 떨고 있군요. 그래, 처음부터 당신은 칼자국에 다리까지 잘린 이 키 큰 상이용사를 사랑하고 있었어요. 아무 말도 하지 마세요. 아니라고 하지 마세요. 그래, 알고 있어요…. 오늘 이런 말을 들어 기분이 안 좋을 수도 있겠지요. 내가 좀 더 참았어야 했을 수도 있어요…. 왜냐고요? 당신에게 바라는 게 아무것도 없기 때문이에요. 나는 당신의 마음을 알고 있어요. 그것으로 충분해요. 얼마나 걸릴지 모르지만 더 이상 이런 말은 하지 않겠어요. 당신 스스로 말하기 전까지, 다시는 내 입으로 말하지 않겠어요. 그때까지는 침묵을 지킬 거예요. 하지만 우리 사이에는 사랑이 함께할 거예요. 감

미로운 사랑 말이에요, 코랄리. 당신이 날 사랑한다는 걸 아는
이 기분은 정말 감미로워요…. 그래, 이제 울고 있군요! 아직도
부정하고 싶은 거예요? 하지만 당신이 눈물을 흘려도 나는 다
알아요. 당신의 고운 마음이 애정과 사랑으로 넘치기 때문이란
것을 말이에요. 눈물을 흘리는 건가요? 아! 코랄리, 당신이 날
그 정도로 사랑하고 있는 줄은 몰랐어요."

파트리스의 눈에도 눈물이 고였다. 코랄리의 창백한 뺨 위로
눈물이 흘렀다. 파트리스는 촉촉이 젖은 코랄리의 양 볼에 입
맞추고 싶었다. 그러나 지금 이 순간만은 어떤 애정 어린 행위
도 무례하게 느껴질 것 같아 그저 열정적인 눈빛으로 바라보기
만 했다.

그런데 코랄리는 파트리스와는 다른 생각에 빠진 듯 예기치
못한 광경에 시선이 쏠렸다. 코랄리는 사랑의 침묵 속에서, 파
트리스의 귀에는 들리지 않을 만큼 작은 어떤 소리를 들은 것
같았다.

불현듯 파트리스도 정체를 알 수 없는 소리를 들었다. 저 멀
리 도시의 소음 속에 섞인 인기척 같기도 했다. 대체 무슨 일이
벌어진 걸까?

파트리스가 의식하지 못한 사이, 어느덧 날이 저물었다. 규
방은 넓지 않았지만 벽난로의 열기로 가득했다. 코랄리가 창문
을 살짝 열어놓은 상태였는데 파트리스는 미처 모르고 있었다.
그런데 코랄리는 바로 그 창문 쪽을 열심히 보고 있었다. 그곳
에서 위험이 다가오고 있었다!

파트리스는 얼른 창문 쪽으로 달려갈 생각이었으나 그러지

않았다. 이미 위험이 분명하게 모습을 드러냈기 때문이다. 바깥에는 황혼의 그림자 속에서 사람의 윤곽이 창틀 너머로 모습을 드러내고 있었다. 파트리스는 열린 창문 사이로 불빛에 반짝이는 무엇인가를 보았다. 권총 같았다.

'만일 내가 조금이라도 경계하고 있는 걸 눈치채면 코랄리가 위험해져.' 파트리스가 생각했다.

실제로 코랄리는 창문 맞은편에 완전히 무방비 상태로 있었다. 파트리스는 태연히 큰 소리로 말했다.

"코랄리, 좀 피곤해 보이는군요. 이만 작별 인사를 하지요."

동시에 파트리스는 의자를 빙 돌아 창문으로부터 코랄리를 보호하려 했다.

그러나 그럴 틈도 없었다. 코랄리도 총이 번쩍하는 것을 보았는지 갑자기 뒤로 물러서며 중얼거렸다.

"아! 파트리스… 파트리스…."

총성이 두 번 울렸고 코랄리의 신음이 들렸다.

"다친 거예요?" 파트리스가 코랄리에게 달려들어 큰 소리로 말했다.

"아니, 아니에요." 코랄리가 말했다. "다만 무서워요…."

"아! 코랄리가 조금이라도 다치기만 해봐. 가만두지 않는다!"

"아니에요, 아니라고요…."

"정말 괜찮은 거예요?"

파트리스는 불을 켜고 상태를 살피면서 코랄리가 안정을 찾을 때까지 불안한 마음으로 바라봤다. 그렇게 30~40초의 시간이 흘렀다.

파트리스는 뒤늦게 창가로 달려가 창문을 활짝 열었고 곧장 발코니 난간을 넘었다. 방은 2층이지만 벽을 따라 철망이 쳐져 있었다. 그러나 파트리스는 한쪽 다리뿐이라 내려가는 데 꽤 애를 먹었다.

파트리스는 가까스로 아래로 내려갔지만 테라스에 굴러다니는 사다리에 다리가 걸리고 말았다. 1층에서 몰려나오는 경찰관 중 한 명이 소리쳤다.

"누군가의 그림자가 저만큼 달아났습니다."

"어느 쪽으로요?" 파트리스가 물었다.

그 순간 한 남자가 골목길 방향으로 달리고 있었다. 파트리스가 뒤쫓았다. 바로 그때 그쪽 문 근처에서 날카로운 소리와 울부짖는 소리가 들렸다.

"살려줘요…! 살려줘!"

파트리스가 도착했을 때는 경찰관이 이미 손전등으로 바닥을 살피고 있었다. 두 사람은 이윽고 덤불숲에서 몸부림치는 사람을 발견했다.

"문이 열려 있습니다." 파트리스가 외쳤다. "놈이 도망친 것 같습니다…. 어서 가보십시오!"

경찰관이 골목길 쪽으로 가는 동시에 야봉이 뒤따라 달려왔다. 파트리스가 야봉에게 지시했다.

"어서 달려, 야봉. 경찰이 골목을 거슬러 올라갔으니 자네는 내려가게. 어서 달려, 난 피해자를 살필 테니까."

그동안 파트리스는 몸을 숙인 채 경찰이 놔둔 손전등으로 바닥에서 몸부림치는 남자를 비추었다. 피해자는 시메옹 영감이었다. 붉은 비단 끈으로 목이 졸리기 일보 직전이었다.

"괜찮습니까?" 파트리스가 물었다. "내 말 들립니까?"

파트리스는 끈을 풀어주었고 다시 한 번 괜찮은지 물었다. 시메옹은 알아들을 수 없는 소리를 내다가 노래를 부르기 시작했고 갑자기 웃음을 터뜨렸다. 중간중간 딸꾹질을 해대는 와중에 끊어졌다 이어지는 낮고 묘한 소리를 냈다. 시메옹 영감은 미쳐 있었다.

"이것 보십시오." 달려와 자초지종을 들은 데말리옹에게 파트리스가 말했다.

"이래도 사건이 끝났다고 생각하십니까?"

"대위님 말이 맞았습니다." 데말리옹이 인정했다. "에사레스 부인의 안전을 위해 필요한 모든 조치를 해놓겠습니다. 집도 밤새 지키겠습니다."

몇 분 후 경찰관과 야봉은 허탕을 친 채 돌아왔다. 한 가지 수확은 문을 여는 데 사용된 듯한 열쇠를 골목길에서 발견한 것이다. 그 열쇠는 파트리스가 가지고 있는 것과 똑같았고 역시 낡고 녹이 슬어 있었다. 범인이 도망치다 떨어뜨린 것 같았다.

저녁 7시에 파트리스는 야봉을 대동한 채 레누아르가의 저택을 나와 뇌이가로 향했다. 늘 하던 대로 파트리스는 야봉의 팔을 붙잡고 기대며 걸었다. 파트리스가 야봉에게 말했다.

"자네 생각을 말해볼까, 야봉?"

야봉이 그르렁거렸다.

"그래, 그거야." 파트리스가 맞장구쳤다. "우리는 모든 면에서 완전히 통한다니까. 이번 일에 경찰이 이토록 속수무책이었다는 게 놀라워. 안 그런가? 전부 소용없는 행동이었다고 말하려는 거지? 하지만 야봉 선생, 그렇게 말하면 어리석은 데다가 무례하기도 하지. 자네에게 그런 면이 조금 있다는 걸 알긴 해도 계속 그렇게 말한다면 내게 혼날지도 몰라. 어쨌든 자네가 뭐라고 하든 경찰은 할 일을 다 한 셈이라고. 지금 같은 전쟁 시기에는 에사레스 부인과 벨발 대위 사이의 수수께끼 같은 관계에 대해 생각하는 것 말고도 할 일이 많을 테니까. 그러니 내 일만 신경 쓰면 되는 내가 나서야지. 하지만 내가 적들과 싸워갈 수 있을지 모르겠어. 생각 좀 해봐! 적은 대범하게도 경찰들이 진을 치는 저택으로 와서 사다리를 타고 기어오른 후 데말리옹 씨와 내가 나눈 이야기, 코랄리에게 내가 한 이야기까지 모두 엿들은 후 총을 두 발 쐈다고! 자, 어떻게 생각해? 내가 그런 적과 싸울 수 있을까? 이미 지쳐버린 프랑스 경찰이 내게 도움을 줄 수 있을까? 아니, 이런 문제를 풀려면 모든 능력을 자유자재로 발휘할 특별한 사람이 필요하지. 정말로 보기 드문 친구 말이야."

파트리스가 야봉의 팔에 더욱 기댔다.

"자네처럼 인간관계가 좋은 사람은 그런 친구 한두 명쯤은 알고 지내겠지? 천재, 거의 천재 같은 친구 말이야."

야봉이 쾌활한 태도로 다시 그르렁거리며 파트리스의 팔을 뺐다. 야봉은 늘 지니고 다니는 작은 손전등을 꺼내 켠 다음 손잡이 부분을 잇새에 물었다. 그리고 가로줄무늬 호주머니에서 분필 하나를 꺼냈다.

길을 따라 죽 늘어서 있는 담벼락은 회반죽으로 칠해져 있었으나 오랜 세월이 흘러 우중충한 빛깔을 띠었다. 야봉은 담벼락 앞에 서서 입에 문 손전등으로 빛을 비추며 글자 하나하나에 온 힘을 기울여 무언가를 열심히 썼다. 야봉이 쓴 글씨는 두 단어였다. 파트리스는 단숨에 읽었다.

아르센 뤼팽

"아르센 뤼팽." 파트리스가 나지막이 말했다. 그리고 놀란 눈으로 야봉을 바라봤다.

"자네 머리가 어떻게 되었나? 이게 무슨 뜻인가, 아르센 뤼팽이라니? 뭐? 아르센 뤼팽을 내게 추천하는 건가?"

야봉이 고개를 끄덕였다.

"아르센 뤼팽? 아르센 뤼팽을 안다는 건가?"

"예." 야봉이 그르렁거렸다.

문득 파트리스는 야봉이 병원에 있을 때 동료들에게 아르센 뤼팽에 관한 모든 기사를 읽어달라고 했던 일을 떠올렸다. 파트리스가 빈정거렸다.

"그래, 기사를 읽은 사람들처럼 자네도 아르센 뤼팽을 알겠지."

"아니요." 야봉이 발끈했다.

"개인적으로 알고 지낸다는 거야?"

"예."

"이런 멍청이! 아르센 뤼팽은 죽었어! 암벽 꼭대기에서 바다로 떨어졌다고. 그런데도 안다는 거야?”

“예.”

“아르센 뤼팽이 죽은 후 만날 기회가 있었다는 거야?”

“예.”

“말도 안 돼! 야봉 선생이 큰 힘을 발휘해 아르센 뤼팽이 부활했고, 게다가 야봉 선생이 신호만 보내면 그 뤼팽이 곧장 달려온다는 거군?”

“예.”

“이런! 안 그래도 존경하는 분인데 이제는 고개가 절로 숙여지는군. 죽은 아르센 뤼팽의 친구라, 이것만큼 멋진 일이 있을까! 아르센 뤼팽의 유령을 우리 앞에 부르려면 얼마나 걸리나? 여섯 달? 석 달? 한 달? 보름?”

야봉이 몸짓으로 말했다.

“약 보름 정도라.” 파트리스가 해석했다.

“좋아, 자네 친구의 영혼을 불러줘. 나야 아르센 뤼팽을 알게 된다면 정말 기쁘지. 하지만 내가 도움을 받을 사람이 필요하다고 해서 자네가 날 무시하나 본데…. 그게 어때서? 나를 설마 무능한 멍청이로 생각하는 건가?”

9
파트리스와 코랄리

모든 상황은 데말리옹의 예상대로 흘러갔다. 언론은 아무 말
도 없었고 대중도 별 관심을 두지 않았다. 이런저런 사건과 그
사건을 언급한 신문의 단신은 무관심 대상이 되었다. 최고 금
융가인 에사레스 베의 장례식도 별다른 시선을 끌지 못했다.

장례식 다음 날, 파트리스 벨발 대위가 군대 윗선을 대상으
로 수완을 발휘했다. 여기에 파리 시 경찰청의 적극적인 협조
를 이끌어낸 끝에 레누아르가의 저택에 새로운 조치가 내려졌
다. 즉 샹젤리제의 병원 제2의 별관으로 지명되면서 코랄리의
관리 아래 파트리스와 상이용사 일곱 명의 전용 숙소가 된 것
이다.

이렇게 해서 코랄리는 유일한 홍일점이 되었다. 하녀나 요리
사도 없었다. 시중을 드는 일은 상이용사 일곱 명으로도 충분
했다. 한 명은 관리인, 또 한 명은 요리사, 또 한 명은 급사장 역
할을 했다. 하녀 역할을 하기로 한 야봉은 코랄리의 개인 시중
을 들기로 했다. 밤이면 코랄리의 방문 앞 복도에서 잠을 자고
아침이 되면 코랄리의 방 창가에서 보초를 섰다.

"문이든 창문이든 누구도 접근하게 해서는 안 돼! 모기 한 마리라도 있으면 자네는 혼날 줄 알아!" 파트리스가 지시를 내렸다.

그럼에도 파트리스는 마음이 진정되지 않았다. 모든 수단을 동원하고 완벽한 보호 체계가 있다고 믿기에는 적이 공격할 가능성을 뒷받침하는 증거들이 너무 많았다. 위험은 언제나 예상치 못한 곳으로 들어오며 또 어떤 방식으로 닥칠지 모르기 때문에 효과적으로 피하기가 어려웠다. 에사레스 베가 죽었다. 그자가 하던 일을 누가 계속해나갈까? 에사레스가 마지막으로 남긴 편지에서 코랄리를 향한 협박은 과연 무엇일까?

데말리옹이 즉각 조사를 시작하긴 했으나 파트리스가 궁금해하는 이 같은 부분은 무관심하게 다루어졌다. 파트리스가 전화로 들은 비명의 주인공 시신은 발견되지 않았고 저녁이 다가올 무렵 파트리스와 코랄리에게 총을 쏘고 사라진 의문의 괴한에 대해서도 단서가 나오지 않았다. 괴한이 사용한 사다리가 어디에서 나왔는지도 알 수 없었다. 마침내 데말리옹은 이런 문제들에 대해 더 이상 신경 쓰지 않고 오로지 1800개의 자루를 찾는 일에 집중했다. 데말리옹에게는 이것이 가장 중요한 문제였다.

"이곳 어딘가에 있으리라고 생각하는 데에는 이유가 있습니다." 데말리옹이 말했다. "그러니까 이곳 건물들과 정원이 이루는 사변형의 공간 말입니다. 50킬로그램의 황금 자루는 같은 무게의 석탄 자루보다 훨씬 작을 겁니다. 그래도 1800여 개의 자루는 적어도 7~8세제곱미터 정도의 공간은 필요하므로 그런 공간을 차지하는 짐은 쉽게 숨길 수 없습니다."

이틀간 조사 끝에 데말리옹은 황금 자루가 건물 안이나 그 지하에는 없다고 확신했다. 그나마 확인된 정보라면 밤을 틈타 에사레스 베의 자동차 운전기사가 프랑스 동방 은행의 금고 내용물을 운반해 왔을 때 에사레스 베, 운전기사, 그레구아르가 대령이 이야기한 지하 환기창을 통해 굵직한 철사 줄을 설치했다는 것이다. 자루를 하나씩 걸어 정확히 서재 바로 아래에 있는 커다란 와인 저장고로 보냈을 수도 있음이 증명된 셈이다.

데말리옹과 경찰관들은 끈기 있고 꼼꼼하게 지하 저장고 구석구석을 조사했다. 그러나 그렇게 고생해서 하나 얻은 사실이라면 지하 저장고에는 조그만 비밀 장소도 전혀 없다는 것이었다. 그나마 발견한 특이 사항이라면 서재와 직접 이어지는 계단이 있다는 사실, 입구의 뚜껑문은 서재 바닥의 양탄자로 숨겨져 있다는 사실이었다. 또한 레누아르가 쪽의 지하 환기창 외에 정원 쪽으로 향한 환기창이 하나 더 있었다. 둘 다 육중한 철문으로 차단되어 있기 때문에 수천, 수만 개의 황금 덩어리가 안전하게 반출될 때까지 쌓여 있을 게 분명했다.

'밀반출은 어떻게 이뤄진 걸까?' 데말리옹은 생각했다. '수수께끼로군. 그리고 무엇 때문에 레누아르가의 지하로 운반했을까? 이 또한 수수께끼야. 파키와 부르네프를 위시한 일당은 마지막 밀반출이 이뤄지지 않은 것과 지금도 여전히 물건이 있다는 것을 어떻게 알았을까? 뒤지기만 하면 찾아낼 수 있을 것이라고 자신 있게 생각한 증거가 무엇일까? 저택은 샅샅이 뒤진 셈이니 이제 정원을 살펴보자.'

18세기 말, 이 고풍스러운 정원은 파시의 광천수를 찾는 사람들이 모이던 광대한 지역의 일부였다. 레누아르가에서 시작해 센 강 기슭까지 폭 200여 미터에 걸쳐 평평한 성토 네 개가 겹겹이 쌓여 층을 이루었고, 푸른 관목림이 우거진 가운데 키 큰 나무들이 모여 굽어보는 균형 잡힌 잔디밭이 펼쳐져 있었다.

하지만 정원의 아름다움은 무엇보다도 네 개의 성토, 그리고 강 좌안의 평야 지대와 머나먼 언덕이 바라다보이는 근사한 전망이었다. 오솔길들이 축대를 따라 이어져 있거나 혹은 물결처럼 위에서 아래로 내려오는 송악들 사이로 숨어서 각각의 성토를 이어주고 있었다.

여기저기에 조각상과 기둥들이 솟아 있었고 제일 위쪽 성토의 가장자리를 두르는 석조 발코니는 오래된 토기 화병들로 장식되어 있었다. 옛날에 약수터로 사용된 작은 원형 사원 두 곳은 폐허였다. 서재의 창문 앞에는 소년 석상이 소라로 가느다란 물줄기를 뿜는 둥근 분수대가 있었다.

파트리스가 처음에 여기에 왔던 날 저녁, 축축했던 바위들은 분수대의 물이 넘쳐서 젖은 것이었다.

"3~4헥타르는 파봐야겠군." 데말리옹이 말했다. 이 작업에 파트리스의 상이용사들 대신 경찰관 열 명가량이 동원되었다. 그렇게 어렵지도 않고 확실한 결과가 드러날 작업이었다. 데말리옹이 늘 주장하듯 1800여 개의 자루를 숨기기는 쉽지 않은 일일 수도 있었다. 흙을 파면 흔적이 남는 법이다. 땅을 파고 들어가든 다시 나오든 하나의 출입용 구멍이 있을 수밖에 없다.

그러나 잔디밭의 어디에도, 오솔길의 어느 모래에도 흐트러진 자국이 전혀 없었다. 혹시 송악들에 있을까? 축대나 성토에? 전부 살펴봤으나 소용없었다. 여기저기 간혹 있는 도랑들에서는 센 강으로 물을 흘리는 옛 수로의 흔적과 파시의 광천수를 유통하는 도관 토막들이 눈에 띄기도 했다. 그러나 지붕이나 엄폐물로 숨긴 무언가는 그 어디에도 보이지 않았다. 파트리스와 코랄리는 이 같은 조사 활동을 지켜보며 그 중요성을 이해했다. 갑자기 당한 사건들로 아직 불안에 시달리고 있긴 하지만 가장 관심 있는 것은 자신들의 운명이었다. 서로 나누는 이야기도 아련한 과거로 흘러가고 있었다.

코랄리의 어머니는 테살로니키 주재 프랑스 영사의 딸로서 현지에서 세르비아계의 유서 깊은 가문 출신이었고 나이가 지긋한 갑부 오돌라비츠 백작과 혼인했다. 코랄리가 태어난 이듬해에 남편과 사별한 코랄리의 어머니는 딸을 데리고 프랑스로 돌아왔고, 생전에 백작이 비서이자 집사인 젊은 이집트인 에사레스에게 시켜 사들인 이 레누아르가의 저택에 자리를 잡았다.

코랄리는 이곳에서 3년 동안 어린 시절을 지내다 갑자기 어머니를 여의었다. 혼자가 된 코랄리는 에사레스의 손에 이끌려 다시 테살로니키로 돌아갔다. 그곳에서 영사직을 맡고 있던 코랄리의 외할아버지는 코랄리 어머니의 한참 어린 여동생에게 코랄리를 맡겼다. 안타깝게도 어린 이모는 에사레스에게 속아 일련의 서류들에 섣불리 서명하고, 자신의 어린 조카에게도 서명하게 했다. 결국 코랄리가 물려받아야 할 재산은 에사레스의 관리 아래 들어가 점차 사라져갔다.

코랄리가 열일곱 살쯤 되었을 때 어떤 사건이 일어난다. 훗날 가장 끔찍한 기억으로 남아 인생에 치명적인 악영향을 끼칠 사건이었다. 코랄리는 어느 날 아침 테살로니키의 들판에서 터키 산적에게 납치당해 언덕에 있는 테살로니키 지방의 지사 성에 2주 동안 갇혀 지냈다. 그러다가 결국 에사레스에게 구조되었으나 그 과정이 상당히 이상해서 코랄리는 터키 산적과 에사레스가 짜고 꾸민 사건이 아닐까 자주 생각했다. 그 후 코랄리는 또다시 납치당할까 봐 불안하고 두려워서 심신이 약해졌다. 그로부터 한 달 뒤, 코랄리는 이모에게 등을 떠밀려 에사레스와 결혼했다. 에사레스는 그동안 구애 공세를 펼쳐왔고, 납치 사건을 통해 코랄리를 구했다는 이미지까지 얻은 상태였다. 두 사람의 결합은 당일부터 추악함이 드러났다. 코랄리는 자신이 증오하는 남자의 아내가 되어 있었고 코랄리가 증오와 경멸을 내비칠수록 에사레스의 왜곡된 애정은 더욱 커졌다. 신혼 첫해, 코랄리와 에사레스는 레누아르가의 저택으로 돌아와 살림을 차렸다. 오래전부터 테살로니키에 프랑스 동방 은행의 지점을 열어 운영하던 에사레스는 그 은행의 주식을 대부분 모아 라파예트가의 은행 본점 건물을 구매하는 데 썼고, 파리에서 금융계의 대부 중 한 명이 되어 이집트로부터 베의 칭호를 받았다.

여기까지가 코랄리가 아름다운 파시 정원을 산책하며 어느 날 털어놓은 이야기였다. 파트리스와 코랄리는 서로의 과거를 이야기하고 비교해보았다. 그러나 두 사람이 공유한 공통점은 없었다. 살아온 지역도 달랐고 아는 사람도 달랐다. 아무리 생

각해도 두 사람이 똑같은 자수정 메달을 반쪽씩 나눠 가지게
된 이유, 하나의 자수정 메달과 사진첩 안에 두 사람의 사진이
나란히 보관된 이유에 대해서는 알 수 없었다.

"어쨌든 에사레스의 손에서 발견된 메달은 언제나 우리를
지켜보던 어느 미지의 사람이 가지고 있었으며, 에사레스가 그
를 죽이고 빼앗은 것 같습니다. 다만 에사레스가 속옷 호주머
니 안에 간직하던 사진첩은 어찌 된 일인지 모르겠습니다."

파트리스와 코랄리는 말이 없었다. 파트리스가 문득 이렇게
물었다.

"시메옹은요?"

"시메옹도 여기에 살았어요."

"어머니가 살아 계셨을 때도요?"

"아니요. 어머니가 돌아가시고 1~2년쯤 후 내가 테살로니키
로 떠난 다음에 에사레스 베에게 고용되었어요. 이곳을 관리하
는 일을 맡았습니다."

"에사레스의 비서였던 거지요?"

"시메옹의 정확한 역할은 잘 모릅니다. 비서요? 아니에요. 개
인 참모? 더욱 아닙니다. 두 사람은 거의 대화를 나누지 않았어
요. 시메옹이 서너 번 테살로니키에서 우리를 보러 온 적은 있
어요. 시메옹이 방문했던 어느 날이 기억나요. 내가 아주 어렸
을 때였어요. 시메옹은 에사레스에게 격렬하게 뭐라고 했는데
위협하는 것 같았습니다."

"무엇 때문에요?"

"모르겠어요. 시메옹에 대해서는 아는 바가 없어요. 이곳에

서 따로 떨어져 살았는데 늘 정원에서 파이프를 피우며 멍하니 딴생각을 하거나 가끔 정원사 두 명의 도움을 받아 꽃과 나무를 돌보기도 했습니다."

"시메옹의 행동은 어땠습니까?"

"정확히 무어라고 말씀드리지 못하겠어요. 우리도 말을 거의 하지 않았고 시메옹이 하는 일은 나와 관계된 게 거의 없었거든요. 다만 시메옹이 노란 안경 너머로 나를 바라보는 눈빛이 심상치 않았어요. 아주 진지하게 내 기분을 살피는 눈빛이었어요. 그리고 최근에 병원까지 나와 동행했는데 길거리에서 평소보다 더 긴장하고 서두르는 듯했어요. 하루 이틀 전부터는 이런 생각이 들기도 했어요…."

코랄리는 잠시 주저하다가 말을 이었다.

"오! 막연한 생각인데요…. 그러고 보니… 대위님에게 미처 말할 생각을 하지 못한 이야기가 있어요…. 내가 어떻게 해서 샹젤리제의 병원에 들어가게 되었을까요? 대위님이 부상당해 누워 있던 그 병원 말이에요. 왜일까요? 시메옹이 날 그 병원으로 데려갔어요. 시메옹은 내가 간호사로 일하고 싶어 한다고 생각해 내게 그 병원을 추천했어요…. 우리가 마주치게 되리라는 사실을 확신한 거지요…. 생각해보세요…. 메달에 있던 사진… 군복을 입은 대위님과 간호사 복장의 내 사진을 찍을 수 있는 곳은 병원뿐이에요…. 그런데 이 집 사람 중 병원을 자유롭게 드나들었던 사람은 시메옹뿐이었어요. 시메옹이 테살로니키에 온 적이 있다는 말을 기억하지요? 그곳에서 내가 어렸을 때와 처녀 때의 모습을 전부 봤을 거예요. 작은 사진첩에 넣

을 스냅 사진을 찍을 수 있지 않았을까요? 마찬가지로 시메옹
이 누군가를 시켜 대위님의 성장 과정도 사진으로 남겼을 수
있어요. 대위님에게 정원 열쇠를 보내주고 우리 사이에 개입하
려고 했던 그 미지의 친구가…."

"그 미지의 친구가 시메옹 영감일 수도 있다고요?" 파트리스
가 끼어들어 물었다. "말도 안 되는 가정입니다."

"왜지요?"

"그 미지의 인물은 죽었기 때문입니다. 우리 사이에 개입하
려 했고 정원 열쇠를 내게 보냈으며 전화로 진실을 말하려던
그 인물은 살해당했습니다. 그건 확실합니다. 내가 전화로 들
은 비명은 목이 졸려 죽기 전에 마지막으로 내뱉은 비명이었어
요."

"확실한가요?"

"확실합니다. 조금의 주저함도 없이 확신합니다. 내가 '미지
의 친구'라고 부르는 그 사람은 목표를 이루기 전에 살해당했
습니다. 하지만 시메옹은 살아 있지요."

이어서 파트리스가 덧붙였다.

"더구나 내가 들었던 전화 목소리는 시메옹의 목소리와 아주
달랐습니다. 내가 들어본 적이 없는 목소리였어요."

코랄리는 수긍했는지 더 이상 반박하지 않았다.

두 사람은 정원의 벤치에 앉아 따뜻한 4월의 햇살을 즐겼다.
가지마다 마로니에 새순이 반짝였고 화단에는 노랗거나 금빛
띤 적갈색의 꽃들이 마치 말벌과 꿀벌이 한데 뒤엉켜 소리를
내는 것처럼 산들바람에 출렁였다.

파트리스가 갑자기 깜짝 놀랐다. 코랄리가 아주 자연스러운 동작으로 파트리스의 손을 잡은 것이다. 이어서 파트리스의 눈에 눈물이 글썽일 정도로 감정이 북받쳐 오른 코랄리의 얼굴이 들어왔다.

"왜 그러세요, 코랄리?"

코랄리의 고개가 비스듬히 기울어지면서 부드러운 볼이 파트리스의 어깨에 닿았다. 파트리스는 혹시 우정 어린 코랄리의 행동에 섣부르게 대응했다가 코랄리를 놀라게 할까 봐 그대로 가만히 있었다.

"무슨 일이에요? 왜 그러시나요, 친구?"

"오!" 코랄리가 중얼거렸다. "정말 이상해요! 보세요, 파트리스, 저 꽃들을 보세요."

두 사람은 지금 세 번째 성토에서 좀 더 낮은 네 번째 성토를 굽어보는 중이었다. 네 번째 성토는 꽃무 대신 튤립, 십자화 같은 각종 봄꽃이 어우러진 화단이 펼쳐져 있었다. 중앙에는 크고 둥근 원을 그린 제비꽃들이 모여 있었다.

"저기, 저기요!" 코랄리가 팔을 뻗어 원을 가리키며 말했다. "잘 보세요…. 보여요…? 저 글자…."

파트리스는 여러 봄꽃 중 특정 글자를 나타내며 피어 있는 제비꽃들을 알아보았다. 처음에는 잘 몰랐지만 시간이 지날수록 꽃들로 이루어진 글자들이 더욱 선명하게 보였다. 파트리스와 코랄리였다.

"아!" 파트리스가 나지막한 목소리로 말했다. "이제 알겠습니다."

파트리스와 코랄리의 이름이 삼색제비꽃으로 한데 엮어지도록 누군가 씨를 뿌렸다고 생각하니 매우 이상한 기분이 들었다! 알 수 없는 누군가의 노력으로 땅을 밀고 올라와 질서 있게 활짝 핀 꽃들이 두 사람을 응원해주고 있다니! 코랄리가 자리에서 일어나 말했다.

"정원은 시메옹 영감이 손질하고 있어요."

"그렇긴 하지만요." 파트리스는 조금 당황스러운 표정으로 말했다. "내 생각에는 변함이 없습니다. 우리의 미지의 친구는 죽었습니다. 시메옹이 알고 지내는 친구일지도 모르겠습니다. 시메옹은 그 친구와 어떤 내용에 대해 의논했을 수도 있지요. 시메옹은 분명 더 알고 있을 겁니다. 아! 시메옹이 입을 열어 우리를 올바른 방향으로 이끌어준다면 좋을 텐데."

한 시간 후 해가 지평선으로 기울었고 파트리스와 코랄리는 성토를 거슬러 올라갔다.

제일 위에 있는 성토에 다다른 두 사람은 데말리옹을 발견했다. 데말리옹은 두 사람에게 와달라고 신호했고 이렇게 말했다.

"흥미로운 사실을 알려드리지요. 부인에게도, 대위님에게도 특별한 의미가 있을 겁니다."

데말리옹은 두 사람을 데리고 마당 가장자리까지 갔고 서재로 이어지는 빈 구역에 멈춰 섰다. 곡괭이를 든 경찰관 두 명은 데말리옹의 지시에 따라 토기 화병들이 죽 늘어선 작은 담장의 송악들부터 치워냈다. 거기에 있는 무언가가 데말리옹의 눈길을 끌었다. 자세히 보니 담장은 최근에 손질된 듯 수 미터에 걸처 석고층으로 뒤덮여 있었던 것이다.

"왜 그랬을까요?" 데말리옹이 말했다. "중요하게 다룰 단서가 아닐까요? 제가 이 석고층 일부를 허물라고 지시했습니다. 그러자 여기 보이듯 얇고 거친 석재층이 아래에 나타났습니다. 이리로 가까이 와보십시오… 아니, 좀 더 뒤로 물러나는 게 낫겠군요. 자… 잘 보이시지요?"

아래의 석재층은 일련의 흰색 자갈들을 고정해주는 역할을 했다. 흰색 자갈들은 검은색 자갈과 모자이크처럼 얽혀 어떤 글자를 나타내고 있었다. 그 글자는 파트리스와 코랄리였다.

"어떻게 생각하십니까?" 데말리옹이 물었다. "글자는 꽤 오래전에 새겨진 것 같습니다. 담장에 매달린 송악을 통해 추정하자면 적어도 10년 전이라 할 수 있습니다."

"최소 10년 전이라…" 파트리스는 코랄리와 단둘이 남자 데말리옹이 했던 말을 되뇌었다. "10년 전이면 당신이 아직 결혼하지 않은 채 테살로니키에 살던 때예요. 그러니까 이 정원에 사람이 다니지 않던 때지요…. 단 시메옹, 그리고 시메옹이 허락한 사람들을 제외하면 말입니다."

그리고 파트리스는 이렇게 결론을 내렸다.

"그 사람들 가운데 우리의 미지의 친구가 있었을 겁니다, 코랄리. 시메옹은 진실을 알고 있을 거예요."

늦은 오후 파트리스와 코랄리는 시메옹 영감을 보았다. 에사레스가 살해된 이후 시메옹 영감은 안경을 바싹 당겨 끼고 목도리를 얼굴에 둘둘 둘 만 채 줄곧 불안하고 광기 어린 모습으로 건물 복도나 정원을 돌아다니며 알아들을 수 없는 말만 중얼거렸다. 시메옹 영감이 흥얼대는 노랫소리를 밤에 여러 번 들었다는 상이용사도 있었다.

파트리스는 두 번이나 시메옹의 입을 열려고 노력했다. 그러나 시메옹 영감은 고개를 저으며 아무 대답도 하지 않았고 바보처럼 웃어 보이기만 했다.

문제는 생각보다 더욱 복잡하게 얽혀 쉽게 해결될 것 같지 않았다. 도대체 누가 파트리스와 코랄리의 운명을 예정된 섭리로 묶듯 어릴 때부터 배필로 정해놓았을까? 두 사람이 서로 알기도 전에 누가 삼색제비꽃의 씨앗을 이런 식으로 뿌려놓았을까? 도대체 누가 10년 전 담장 안에 흰색 자갈로 두 사람의 이름을 새긴 걸까? 이러한 의문점을 생각할 때마다 파트리스와 코랄리는 서로에 대한 애정에 눈을 떴고 서로 연결된 머나먼 과거를 떠올릴 때마다 두 사람의 마음은 사정없이 흔들렸다. 정원을 함께 산책하며 한 걸음 한 걸음 내디딜 때마다 잃어버린 기억 속으로 가는 순례처럼 느껴졌다. 오솔길의 모퉁이를 돌아올 때는 인연의 새로운 증거들이 나타날까 봐 마음이 설레기도 했다.

실제로 며칠 사이에 파트리스와 코랄리는 나무줄기에서 두 번, 벤치 등받이에서 한 번 두 사람의 이름이 새겨져 있는 것을 발견했다. 송악으로 뒤덮인 낡은 담벼락의 회반죽 칠에서는 이와 같은 것을 두 번이나 더 보았다.

그런데 그 두 번의 경우에서는 두 사람의 이름은 물론 날짜도 병기되었다.

파트리스와 코랄리, 1904년

파트리스와 코랄리, 1907년

"11년 전, 8년 전이군요." 파트리스가 말했다. "언제나 우리 두 사람의 이름이 있어요…. 파트리스와 코랄리라고."

두 사람은 손을 잡았다. 수수께끼 같은 과거의 비밀이 두 사람을 더욱 결속시켰다. 직접 말하지는 않았어도 둘은 서로에게 깊은 사랑의 감정을 느꼈다.

두 사람은 무의식적으로 호젓한 곳을 찾아다녔다. 에사레스 베가 살해당한 2주 후 어느 날, 두 사람은 우연히 골목길 맞은편의 쪽문 앞을 지나치다 밖으로 나가, 내친김에 센 강의 제방까지 가보기로 했다. 쪽문 주변과 그에 이르는 오솔길이 키 큰 회양목 숲에 가려져 있었고 데말리옹은 부하들과 정원 반대쪽, 그러니까 신호용 굴뚝이 있는 오래된 온실을 조사하고 있어서 밖으로 빠져나가는 파트리스와 코랄리를 아무도 보지 못했다.

밖으로 나온 파트리스가 걸음을 멈추었다. 맞은편의 담벼락에도 거의 똑같이 생긴 쪽문이 있었던 것이다. 파트리스가 생각에 잠기자 코랄리가 말했다.

"놀랄 것 없어요. 저 벽 너머에는 옛날에, 방금 우리가 나온 정원에 딸려 있던 또 다른 정원이 있었어요."

"지금은 누가 살고 있습니까?"

"아무도 살지 않아요. 저 정원에는 레누아르가의 저택보다 더 먼저 지어진 작은 집이 있는데 늘 닫혀 있거든요."

파트리스가 중얼거렸다.

"같은 문이니… 열쇠도 같을지도…."

파트리스는 녹슨 열쇠를 열쇠 구멍에 꽂았다.

자물쇠가 열렸다.

"됐어." 파트리스가 말했다. "기적의 연속이군. 우리에게 유리한 기적이어야 할 텐데."

여러 식물이 방치되어 자라는 좁은 땅이 펼쳐졌다. 잡초 한가운데에 사람의 발길로 다져진 오솔길이 문에서 시작해 좀 더 위쪽의 높은 지대로 이어져 있었다. 바로 그 위에 별장이 있었는데 온통 덧문이 채워졌고 낡고 낡은 단층 건물 꼭대기에는 전망대로 보이는 등잔 모양의 작은 구조물이 있었다.

레누아르가 쪽으로 난 출입구는 따로 있었다. 그곳은 안뜰과 높은 담벼락으로 가로막혀 있었는데 출입구 자체도 얼키설키 뒤얽힌 말뚝과 널빤지들로 막혀 있었다.

두 사람은 건물을 빙 돌아 살펴봤다. 그런데 오른쪽 모퉁이를 돌 때 눈앞에 드러난 어떤 광경에 두 사람은 깜짝 놀라고 말았다. 나무와 풀로 이루어진 회랑 같은 것이 장방형으로 펼쳐져 있었는데, 회양목과 주목으로 배열된 아치와 더불어 정성 들여 가꾸어놓은 듯했다. 오랜 세월 침묵과 평화가 켜켜이 쌓인 이 공간은 마치 정원의 정교한 모형 같았다. 여기에도 향꽃무와 삼색제비꽃이 어우러져 있었다. 회랑의 모퉁이 네 곳에서 시작된 각각의 오솔길이 가운데로 뻗어 나와 하나로 합쳐졌고, 기둥 다섯 개가 빙 둘러 있고 지붕을 인 아담한 사원식 구조물이 있었다. 자갈과 건축용 석재를 반반씩 섞어 서툴게 지은 축조물이었다.

돔 형식으로 만들어진 지붕 아래에는 묘석이 하나 있었고 그 앞에는 좌측 창살에 상아로 조각한 그리스도 조각상이 있었다. 오른쪽 창살에는 자수정과 황금 줄로 된 묵주가 놓인 낡은 목제 기도대가 있었다.

"코랄리, 코랄리." 파트리스가 떨리는 목소리로 중얼거렸다. "저기에 누가 묻혀 있는 걸까요?"

두 사람은 조심스럽게 묘석으로 다가갔다. 비석 위에는 지난 19년에 걸쳐 열아홉 번의 제조연도가 새겨진 진주 화환 열아홉 개가 가지런히 겹쳐 있었다. 화환을 들추자 빗물에 닳은, 금박으로 새겨진 글자가 드러났다.

여기 파트리스와 코랄리가 쉬고 있다.
1895년 4월 14일, 두 사람은 살해되었다.
두 사람의 복수는 이루어질 것이다.

10
붉은 끈

코랄리는 두 다리가 떨릴 정도로 정신을 못 차렸고, 기도대 위로 풀썩 쓰러지듯 앉아 열심히 기도했다. 누구를 위한 기도일까? 알지도 못 하는 어떤 영혼의 명복을 위해? 코랄리 자신도 몰랐다. 다만 기도문이라도 외워야 마음이 진정될 정도로 흥분해 있었다. 파트리스가 코랄리의 귀에 대고 말했다.

"어머니의 성함이 어찌 되나요, 코랄리?"

"루이즈예요." 코랄리가 대답했다.

"우리 아버지의 이름은 아르망입니다. 그러면 당신 어머니도, 우리 아버지도 아닌데…."

파트리스도 적잖이 당황했다. 그는 몸을 숙여 열아홉 개의 화환과 묘석을 살펴보며 이렇게 말했다.

"코랄리, 그렇지만 우연이라고 생각하기에는 너무 이상합니다. 우리 아버지가 돌아가신 해가 1895년이었거든요."

"우리 어머니도 같은 해에 돌아가셨어요. 정확한 날짜는 모르겠고요."

"그건 곧 알게 되겠지요, 코랄리." 파트리스가 말했다. "차차 모든 게 밝혀질 겁니다. 다만 지금으로서 확실한 진실은 이것입니다. 우리가 지금까지 보아온, 파트리스와 코랄리라는 이름을 나란히 해놓은 사람은 우리를 위해 준비한 것이 아니며 또한 미래를 예언한 것도 아닙니다. 그 사람에게는 무언가 중요한 과거가 있는 것 같습니다. 살해당한 코랄리와 파트리스라는 사람을 생각하며 복수를 결심한 것으로 보이고요. 자, 코랄리, 우리가 여기까지 왔다는 걸 들키지 않도록 어서 나갑시다."

두 사람은 오솔길을 내려와 골목 맞은편에 있는 문을 통해 정원으로 돌아왔다. 아무도 보지 못했다. 파트리스는 코랄리를 집 안까지 바래다준 후 야봉과 동료들에게 경계를 강화하라고 지시했다. 그리고 밖으로 나왔다. 저녁이 되어서야 파트리스는 돌아왔고 다음 날도 날이 밝는 대로 밖으로 나갔다. 다음 날 오후 3시쯤, 파트리스는 코랄리를 찾아와 할 말이 있다고 했다.

코랄리가 바로 물었다.

"알아냈나요?"

"많은 것을 알아냈지만, 코랄리, 지금의 수수께끼를 푸는 데에는 별로 도움이 되지 않습니다. 오히려 과거의 사건과 관련된 흥미로운 사실을 발견했습니다."

"그저께 우리가 본 것에 대한 건가요?" 코랄리가 초조하게 물었다.

"잘 들어요, 코랄리."

파트리스가 코랄리 앞에 앉아 말을 이었다.

"내가 어떻게 했는지 일일이 설명하지는 않겠습니다. 얻은 결과만 간단히 요약할게요. 먼저 나는 파시의 동사무소와 세르

비아 공사관으로 달려갔습니다."

"그럼 여전히 우리 어머니가 연관되어 있다고 생각하는 거군요." 코랄리가 말했다.

"그래요, 코랄리. 당신 어머님의 사망신고서 사본을 얻었습니다. 어머님은 1895년 4월 14일에 돌아가셨더군요."

"오!" 코랄리가 말했다. "비석에 새겨진 날짜군요."

"같은 날짜지요."

"하지만 코랄리라는 이름은…? 제 어머니 성함은 루이즈란 말이에요."

"오돌라비츠 백작부인인 어머님의 성함은 루이즈 코랄리로 불리셨습니다."

코랄리가 더듬거렸다.

"오! 우리 어머니…. 우리 어머니가… 그러니까 살해당하셨다는 건가요…. 내가 기도드린 게 바로 우리 어머니를 위해서였군요."

"그런 셈이지요, 코랄리. 그리고 우리 아버지를 위한 기도이기도 하고요. 우리 아버지의 정확한 성함은 아르망 파트리스 벨발이더군요. 1895년 4월 14일에 사망하신 걸로 나오고요."

과거의 흥미로운 점들이 밝혀지고 있다는 파트리스의 말은 사실이었다. 비석에 새겨진 내용은 두 사람의 아버지와 어머니에 관련된 것이고 이들이 같은 날에 살해되었다는 사실은 분명했다. 도대체 누구에게 살해당한 걸까? 살해당한 이유는? 어떤 사연이 있는 걸까? 코랄리는 파트리스에게 이 같은 질문을 해댔다.

"아직은 질문에 답할 수가 없습니다. 그렇지만 좀 더 쉽게 답을 찾을 수 있는 문제는 있습니다. 아주 근본적인 문제에 확신을 가져다줄 만한 것이지요. 바로 그 별장의 소유주는 누구냐는 겁니다. 레누아르가에서 보면 아무런 단서도 보이지 않습니다. 담벼락이나 문에도 주목할 만한 부분이 없고요. 하지만 번지 수 하나만 있으면 알아낼 수 있지요. 그 구역 세금 징수원을 찾아가 알아낸 사실이 있습니다. 오페라 가도에 있는 어느 공증인이 그곳의 세금을 내고 있다는 겁니다. 그 공증인을 찾아갔는데 알고 보니…."

파트리스가 잠시 말을 멈추었다가 다시 이었다.

"21년 전에 우리 아버지가 그 별장을 샀다는 겁니다. 그로부터 2년 뒤, 아버지가 돌아가시고 유산 목록에 포함된 별장은 현재 공증인의 전임자 중개로 시메옹 디오도키스라는 어느 그리스인에게 팔렸다고 합니다."

"그 사람이에요!" 코랄리가 큰 소리로 말했다. "디오도키스는 시메옹의 성이라고요."

"시메옹 디오도키스가 우리 아버지의 친구였나 봅니다." 파트리스가 말했다. "아버지의 유언장에 시메옹 디오도키스가 대리인으로 지목되었을 뿐만 아니라 아까 말씀드린 전임 공증인과 런던의 사무 변호사 중개로 향후 나의 연금 관리와 성년이 되어 받을 20만 프랑의 나머지 유산 금액을 지급하는 일도 시메옹 디오도키스가 맡기로 되어 있었습니다."

두 사람은 오랫동안 아무 말도 하지 않았다. 여러 사연이 밝혀졌지만 저녁 안개 너머의 풍경처럼 여전히 모호해 보였다.

그중에서도 한 가지 사실이 매우 중요하게 다가왔다. 파트리스가 중얼거렸다.

"당신의 어머니와 우리 아버지는 연인이었던 거예요, 코랄리."

두 사람은 이 같은 생각에 마음 깊이 혼란스러우면서도 한편으로는 더욱 가까워졌다. 그들 사이의 애정은 비극적인 시련과 살인으로 끝난 과거의 또 다른 사랑으로 더욱 단단해진 것이다.

"당신의 어머니와 우리 아버지는 연인이었습니다." 파트리스가 다시 말했다. "두 분의 사랑은 순수한 열정으로 가득했을 겁니다. 그래서 아무도 사용하지 않는 둘만의 방법으로 서로를 부르고 싶어 했겠지요. 당신의 이름과, 또 나의 이름과 같은 두 분의 중간이름으로 말입니다. 어느 날 당신의 어머니가 자수정 알로 된 묵주를 우연히 떨어뜨려 묵주 알이 두 동강 났습니다. 아버지는 그중 한쪽을 자신의 시곗줄에 장신구로 달고 다니셨어요. 당신 어머니와 우리 아버지 모두 배우자와 사별하고 홀몸이었습니다. 당시 당신은 두 살, 나는 여덟 살이었지요. 아버지는 사랑하는 여인에게 헌신하기 위해 나를 영국으로 보냈습니다. 그리고 당신 어머니의 저택 바로 옆에 있는 별장을 사들였고요. 그때부터 당신의 어머니는 골목을 지나 똑같은 열쇠로 문을 따고 들어가 자유롭게 제 아버지와 만난 거예요. 아마도 그 별장이나 정원 안에서 두 분이 살해당한 것 같습니다. 살인에는 흔적이 남기 마련이고 시메옹 디오도키스가 그 증거를 본 겁니다. 그래서 비석에 그 사실을 썼을 테고요."

"그럼 살인자는 누구였을까요?" 코랄리가 중얼거렸다.

"코랄리, 당신도 나와 같이 짐작할 겁니다. 아직 확실한 증거는 없지만 어떤 이름 하나가 머릿속을 맴돌겠지요."

"에사레스!" 코랄리가 신음에 가까운 소리를 내뱉으며 말했다.

"그럴 가능성이 큽니다."

코랄리는 얼굴을 두 손에 파묻었다.

"아니, 아니야…. 그럴 리가 없어…. 내가 우리 어머니를 죽인 자의 아내였다니, 그럴 수는 없어."

"당신은 그자의 성을 사용하지만 그자의 아내였던 적은 없습니다. 에사레스가 죽기 전날 당신이 그자에게 한 이야기이기도 하고요. 우리가 확신할 수 없는 것을 장담할 필요는 없지만 반드시 명심해야 할 게 있습니다. 먼저 에사레스는 당신에게 악령 같은 사악한 존재입니다. 시메옹은 우리 아버지의 친구이자 유산 대리인이었고 우리 아버지와 당신 어머니, 두 연인의 추억이 있는 별장을 일부러 사들인 겁니다. 거기에 비석을 세워주고 복수를 다짐하기 위해서지요. 그리고 당신 어머니가 돌아가시고 몇 달이 지나지 않아 시메옹은 에사레스의 비서로 들어왔습니다. 그렇게 에사레스 곁에 있으며 일해온 이유가 무엇이었을까요? 복수 계획을 실행하기 위해서가 아니었을까요?"

"복수는 없었어요."

"그렇다고 장담할 수 있을까요? 에사레스 베가 어떻게 죽었는지 아시잖아요? 물론 시메옹이 죽인 것은 아니지요. 그 시간에 시메옹은 병원에 와 있었으니까요. 그러나 시메옹이 누군가를 시켜 계획을 실행하지 않았을까요? 복수의 방법은 여러 가지 있을 수 있습니다. 어쨌든 시메옹은 우리 아버지의 부탁을 그대로 따른 것 같습니다. 우리 아버지와 당신 어머님이 제안한 목표를 대신 이루기로 한 겁니다. 즉 당신과 나의 결합이지요. 시메옹은 그 목표가 인생 자체가 된 겁니다. 당신의 묵주에 있는 자수정의 나머지 반쪽을 어릴 적 내가 보관한 잡동사니 안에 몰래 넣은 것도 시메옹입니다. 우리의 사진을 모으고 내게 열쇠를 보내준 것도 시메옹이고, 안타깝게 내가 받지는 못했지만 편지를 보내준 것도 시메옹인 거예요!"

"파트리스, 그럼 그 미지의 친구가 죽은 거라는 생각은 사라진 거예요? 죽어가는 비명을 들었다면서요?"

"모르겠습니다. 시메옹이 혼자 행동했을까요? 일을 돕는 사람이나 동료를 두지 않았을까요? 7시 19분에 살해당한 사람은 시메옹의 동료가 아닐까요? 아직 모르겠습니다. 그날의 불길한 아침에 일어난 일이 아직 어떻게 된 일인지는 모르겠습니다. 지금 우리가 유일하게 확신할 수 있는 사실은 20년간 시메옹 디오도키스가 우리를 위해, 그리고 우리 부모를 살해한 사람에게 복수하기 위해 계속 작업해왔다는 사실입니다. 그리고 시메옹 디오도키스는 아직 살아 있습니다."

파트리스가 덧붙여 말했다.

"살아 있으나 제정신은 아니지요! 그래서 지난날 해준 노력에 감사드릴 수도 없고 시메옹이 알고 있을 비밀의 사연, 당신을 위협하는 은밀한 정체를 물어볼 수도 없는 상황입니다. 그래도 오직 시메옹만이…."

파트리스는 다시 한 번 더 시도해보기로 했다. 비록 아무 소득도 없을 것이 뻔했지만 말이다. 시메옹은 전에 하인들의 숙소로 사용된 행랑채 가운데 상이용사 두 명이 사용하는 방의 옆방에 있었다. 파트리스가 그 방에 갔을 때 마침 시메옹 영감도 있었다.

시메옹은 정원을 향해 몸을 돌린 채 의자에 앉아 반쯤 잠들어 있었다. 입에는 불 꺼진 파이프가 물려 있었다. 변변한 가구는 없었으나 깨끗하고 밝은 방이었다. 시메옹의 베일에 가려진 인생이 방 전체에 떠다니는 듯했다. 데말리옹은 시메옹이 없을 때 그 방을 여러 번 들여다보곤 했다. 파트리스도 그럴 생각이었다. 다만 데말리옹과는 다른 관점으로 말이다.

딱 하나가 파트리스의 눈을 사로잡았다. 서랍장 뒤에서 연필 스케치를 발견했는데, 세 개의 선으로 이루어진 삼각형이 그려져 있었다. 삼각형 한가운데에는 접착성 금칠이 돼 있었다. 황금 삼각형! 그 외에는 데말리옹이 조사한 내용에서 더 밝혀진 사항이 없었다.

파트리스가 시메옹 영감 쪽으로 바로 걸어가 어깨를 두드렸다.

"시메옹." 파트리스가 말했다.

시메옹 영감은 눈을 뜨며 얼른 노란 안경을 추켜올렸다. 순간 파트리스는 안경을 치워내 그 너머에 감춰진 눈빛, 눈 속 깊은 영혼과 머나먼 과거 기억의 비밀 속으로 들어가고 싶은 충동을 느꼈다.

시메옹은 바보처럼 웃기 시작했다.

'아!' 파트리스가 생각했다. '이분은 나의 친구이자 우리 아버지의 친구야. 시메옹은 우리 아버지를 사랑했고, 우리 아버지의 의사를 존중했고, 우리 아버지를 잊지 않고 기억하고 있어. 우리 아버지의 비석을 따로 마련하고 복수를 다짐했지. 그런데 이렇게 정신을 잃은 상태라니.'

파트리스는 그 어떤 말을 해도 소용없으리라고 느꼈다. 사람의 목소리는 시메옹 영감의 정신 나간 머릿속에 아무런 영향도 미칠 것 같지 않았다. 그런데 시메옹의 눈동자는 무언가 조금이라도 기억하고 있으리라는 생각이 들었다. 파트리스는 종이 위에 시메옹이 자주 봤을 게 분명한 문구를 적었다.

파트리스와 코랄리―1895년 4월 14일

시메옹 영감은 문구를 힐끗 보고는 고개를 설레설레 흔들었고, 또다시 멍청한 웃음을 지어 보였다. 파트리스는 계속 썼다.

아르망 벨발

시메옹 영감은 계속 멍하게 있을 뿐이었다. 파트리스는 계속 시도했다. 에사레스와 파키 대령의 이름을 적거나 대충 삼각형을 그려보기도 했다. 그러나 시메옹 영감은 역시 아무것도 이해하지 못한 듯 바보처럼 웃었다.

그런데 시메옹 영감의 웃음이 약간 심상치 않을 때가 있었다. 바로 에사레스의 공범 부르네프의 이름을 봤을 때였다. 시메옹 영감은 무언가 생각난 듯 천천히 일어나려다가 의자에 도로 털썩 주저앉았고, 다시 겨우 일어나 벽에 걸린 모자를 집어 들었다. 시메옹 영감은 방을 걸어나갔는데, 파트리스가 뒤따르는 걸 아는지 모르는지 죽 직진하다 왼쪽으로 돌아서는 오퇴유 쪽으로 걸어갔다. 마치 최면에 걸려 정처 없이 걷는 몽유병 환자처럼 보였다. 조금도 서두르지 않는 걸음으로 불랭빌리에가로 들어간 시메옹 영감은 센 강을 건너 그르넬 구역으로 들어섰다.

그런 뒤 대로변에서 잠시 멈추고는 팔을 쭉 뻗어 파트리스에게 멈추라는 듯한 신호를 보냈다.

신문 가판대가 앞에 놓여 있었다. 시메옹이 신문 가판대 너머를 바라보기에 파트리스도 따라 했다.

맞은편에는 두 개의 대로가 만나는 모퉁이 어귀에 카페가 하나 있었다. 참빗살나무 화분들이 테라스 가장자리를 수놓고 있었다.

참빗살나무 뒤쪽에 손님 네 명이 앉아 있었는데 그중 세 명은 등을 돌린 채 앉아 있었다. 파트리스는 맞은편에 있는 한 손님의 얼굴을 알아봤는데 바로 부르네프였다.

그 순간 시메옹 영감은 자신의 역할이 끝났고 나머지는 알아서 처리하라는 듯 저만치 멀어져갔다. 파트리스는 주변을 두리번거리다가 우체국을 발견하고 서둘러 들어갔다. 레누아르 가에 있을 데말리옹을 생각했다. 파트리스는 급히 전화를 걸어 부르네프가 나타났다는 소식을 전했다. 데말리옹은 곧 가겠다고 말했다.

마침 에사레스 베가 살해당한 후 데말리옹의 수사는 파키 대령의 공범 네 명에 관해서 진전을 보지 못하고 있었다. 그레구아르의 은신처와 벽장이 있는 방을 찾아냈지만 모두 텅텅 비어 있었고 공범들은 흔적도 없이 사라진 후였다.

'시메옹 영감은 저들의 습관에 대해 알고 있었던 거야.' 파트리스가 생각했다. '주 중 몇 시쯤에 저 카페에 모인다는 사실을 알고 있었던 거라고. 부르네프라는 이름을 보자 마침 그 생각이 떠오른 거지.'

얼마 후 데말리옹은 경찰관들과 함께 자동차에서 내렸다. 일은 신속히 이루어졌다. 카페의 테라스는 포위되었다. 공범들은 저항하지 않았다. 데말리옹은 그중 세 명을 따로 떼어내 파리 경찰청 유치장에 가두었고 부르네프는 독방에 가두었다.

"같이 갑시다." 데말리옹이 파트리스에게 말했다. "신문을 해 보지요."

그러나 파트리스는 다른 의견을 내놓았다.

"에사레스 부인이 혼자 있습니다…."

"혼자는 아니지요. 대위님의 부하들이 있는데."

"예, 하지만 내가 있는 게 더 나을 것 같습니다. 이렇게 떨어져 있는 게 처음이라 걱정스럽습니다."

"몇 분 안 걸립니다." 데말리옹이 말했다. "체포된 직후 정신 없는 틈을 타 신문해야 합니다."

파트리스는 데말리옹의 뒤를 따랐다. 하지만 이들은 이내 부르네프가 순순히 넘어올 사람이 아니라는 걸 깨달았다. 아무리 위협해도 부르네프는 어깨를 으쓱해 보일 뿐이었다.

"소용없습니다, 선생. 아무리 겁을 주든 말입니다. 두려울 게 아무것도 없거든요. 총살이라도 시키겠다는 겁니까? 농담이겠지요! 프랑스는 아무나 총살하지 않지요. 그리고 우리는 중립국 사람들입니다. 재판? 유죄판결? 감옥? 절대 그런 일은 없습니다. 댁들도 아시다시피 지금까지 사건을 무마해왔지요. 무스타파, 파키, 에사레스의 살인 사건도 쉬쉬했는데 특별한 이유 없이 같은 사건을 들쑤실 리가 없어요. 나는 끄떡없습니다. 기껏해야 수용소가 고작이겠지요."

"그럼 대답하지 않겠다는 건가?" 데말리옹이 물었다.

"당연하지! 수용소나 보내주시지요. 수용소도 여러 단계가 있으니 선생의 호의를 기대해보겠습니다. 그래야 종전을 좀 더 편하게 맞이할 테니까요. 그나저나 어디까지 알고 있습니까?"

"거의 다."

"이런, 내 가치가 떨어지는군. 에사레스가 죽기 전날 밤의 일도요?"

"그래, 400만 프랑을 놓고 흥정이 있었지. 그 돈은 어떻게 됐나?"

순간 부르네프가 화를 냈다.

"도로 가져갔지! 도둑맞았어! 함정이었지!"

"누가 가져간 건가?"

"그레구아르라는 작자였어요."

"그게 누군가?"

"우리도 알고 있던 놈이었지. 에사레스의 자동차 운전기사를 하던 놈이더군요."

"즉 에사레스의 은행에서 저택까지 황금 자루를 운반하는 것을 도왔던 자란 말인가?"

"그래요. 그리고 거의 확실하긴 해도 우리 생각인데… 그레구아르는 여자입니다."

"여자라고!"

"그래요, 에사레스의 정부지요. 증거도 여러 개 있고요. 남자처럼 강단 있는 여장부에 웬만한 일에는 눈 하나 깜짝하지 않아요."

"그 여자의 주소는 알고 있나?"

"모릅니다."

"황금에 대해서는 어떤 단서나 짚이는 바도 없고?"

"전혀요. 황금은 정원이나 레누아르가의 저택에 있습니다. 일주일 내내 황금이 안으로 들어가는 모습을 봤으니까요. 그 이후로 황금이 나오는 모습은 보지 못했습니다. 매일 밤 감시하며 지켜봤거든요. 황금 자루들은 그 안에 있다고 확신합니다."

"확실한가?"

"내가 왜 거짓말을 하겠습니까?"

"만일 범인이 자네라면… 아니면 공범 중 하나라든지?"

"우리도 그런 의심을 받으리란 걸 알고 있습니다. 그러나 다행히 우리에게는 알리바이가 있습니다."

"증명할 수 있나?"

"당연하지요."

"한번 두고 보겠네. 다른 할 말은?"

"없습니다. 다만 한 가지… 질문이 있으니 대답해주십시오. 도대체 누가 밀고한 겁니까? 선생의 대답에 따라 매우 중요한 사실이 밝혀질 테니까. 매주 이 요일 오후 4시에서 5시 사이에 우리가 여기에 모인다는 것을 아는 사람은 오직 한 사람… 에사레스 베입니다…. 에사레스는 직접 우리와 자리를 함께하기도 했으니. 그런데 에사레스는 죽었지. 도대체 누가 우리를 밀고한 겁니까?"

"시메옹 영감."

"뭐라고요! 시메옹! 시메옹 디오도키스가!"

"시메옹 디오도키스, 에사레스 베의 비서 말이네."

"그자가! 아! 젠장! 두고 보자…. 아니지. 그럴 리가 없어!"

"왜 그럴 리가 없다는 건가?"

"왜라니요? 당연하지…."

부르네프는 꽤 오랫동안 생각에 잠겼다. 말해도 좋을지를 생각해보는 것 같았다. 마음을 정한 듯 부르네프가 곧 이렇게 말했다.

"시메옹 영감은 우리와 타협했으니까요."

"그게 무슨 소리입니까?" 이번에는 파트리스가 깜짝 놀라며 큰 소리로 물었다.

"분명히 말하지만 시메옹 디오도키스는 우리와 타협했습니다. 그러니까 우리 쪽 사람이란 말이지. 그동안 에사레스 베의 수상한 행동을 우리에게 알려준 사람도 시메옹이었습니다. 밤 9시에 에사레스 베가 오래된 온실 화덕에 불을 붙여 불똥 신호를 보낼 거라고 전화로 알려준 사람도 시메옹, 저항하는 척하면서 우리에게 문을 열어준 사람도 시메옹이지. 그리고 나머지 하인들에게 돈을 쥐어 내보낸 사람도 시메옹이었습니다."

"그러나 파키 대령이 시메옹을 대하는 말투는 같은 편 같지 않았습니다."

"전부 에사레스의 마음을 바꾸기 위한 연극이었습니다. 처음부터 끝까지!"

"그렇다 칩시다. 하지만 시메옹이 에사레스를 왜 배반한 겁니까? 돈 때문입니까?"

"아니요, 증오심 때문이지요. 에사레스에 대한 시메옹의 증오심 때문에 우리도 자주 놀랐습니다."

"이유는?"

"모르겠습니다. 시메옹은 워낙 말이 없어서…. 꽤 오래전 일 때문인 것 같긴 합니다."

"시메옹은 황금이 감춰진 장소를 아는가?" 데말리옹이 물었다.

"아니요, 찾아보긴 했겠지요! 하지만 시메옹도 황금 자루들이 지하 저장고에서 어떻게 나갔는지 모릅니다. 그곳은 임시 은닉처였으니까요."

"그래도 황금 자루들이 밖으로 유출되기는 하지 않았나. 그러니 이번에도 그렇지 않다고 말할 수 없지 않을까?"

"이번에는 우리가 사방에서 감시했습니다. 시메옹 혼자서는 할 수 없었으니까."

파트리스가 다시 물었다.

"시메옹 영감에 대해 더 아는 건 없습니까?"

"없어요. 아! 그런데 좀 이상한 일이 있었습니다. 그날 밤 사건 전 오후에 편지를 한 장 받았습니다. 시메옹이 몇 가지 정보를 전하는 내용인데 같은 봉투 안에 또 다른 편지가 있었습니다. 실수로 잘못 넣은 편지 같았어요. 매우 중요한 내용이었는데."

"무슨 내용이었습니까?" 파트리스가 초조하게 물었다.

"열쇠 이야기였습니다."

"좀 더 자세히 이야기해줄 수 있습니까?"

"편지는 여기 있습니다. 나중에 시메옹에게 돌려주고 조심하라고 알릴 생각으로 간직하고 있었습니다. 자, 보세요. 시메옹의 필체입니다."

파트리스는 편지를 봤다. 제일 먼저 자신의 이름이 눈에 띄었다. 자신에게 보내려고 한 편지지만 받지 못한 편지였던 것이다.

파트리스, 오늘 저녁에 열쇠를 하나 받을 거야. 센 강으로 내려가는 골목길 중간쯤에 있는 문 두 개를 열 수 있는 열쇠지. 하나는 자네가 사랑하는 여인의 정원 문이고 다른 하나는 4월 14일 아침 9시에 자네와 만나기로 할 정원 문이네. 자네가 사랑하는 여인도 그날 그곳에 나올 거야. 그날 자네와 여인은 내가 누군지 알게 될 것이고 내가 고대해온 목표가 무엇인지 알게 될 걸세. 자네와 자네가 사랑하는 여인을 가깝게 만들어줄 과거 이야기도 알려주겠네.

4월 14일까지는 끔찍한 싸움이 벌어질 테지만 그것을 지켜봐야 하네. 내가 그 싸움에서 실패하면 자네가 사랑하는 여인이 큰 위험에 빠지게 될 걸세. 그 여인을 잘 돌보게, 파트리스. 잠시도 한눈을 팔아서는 안 돼. 나는 결코 실패하지 않을 거야. 내가 오랫동안 준비한 자네 두 사람의 행복을 반드시 이루겠네.

애정을 담아.

"발신자의 서명은 없습니다." 부르네프가 말했다. "하지만 시메옹의 필체가 틀림없습니다. 여인은 에사레스 부인이겠지요."

"그런데 에사레스 부인에게 어떤 위험이 닥친다는 겁니까? 에사레스는 죽었고 더 이상 두려워할 일이 없는데."

"그야 모르지요. 지독한 인간이니까."

"누구에게 보복해달라고 지시라도 했단 말입니까? 에사레스 대신 일을 처리할 사람은 누구일까요?"

"나도 모릅니다. 어쨌든 조심해야지요."

파트리스는 더 이상 아무 말도 들리지 않았다. 파트리스는 데말리옹에게 서둘러 편지를 건네고 급히 밖으로 나갔다.

"레누아르가로 가주세요." 파트리스는 차에 올라타자마자 운전기사에게 말했다.

시메옹 영감이 언급한 위험이 코랄리의 머리 위에 맴돌고 있는 듯한 느낌이 들었다. 이미 적은 자리를 비운 틈을 타 파트리스가 사랑하는 여인에게 다가가고 있을지도 모른다. '내가 쓰러지면 누가 여인을 지켜줄 수 있을까?'라고 시메옹이 말하지 않았던가? 시메옹이 정신을 잃은 상태이니 그 걱정은 현실이 된 셈이다.

"이런." 파트리스가 중얼거렸다. "바보같이… 내가 망상을 하고 있군…. 아무 이유도 없이…."

그런데도 파트리스의 불안감은 시간이 갈수록 더해갔다. 가만히 생각해보니, 시메옹은 파트리스가 조용히 정원 문을 열고 들어올 수 있도록 조치해놓고는 비상시에 코랄리를 지켜줄 수 있도록 상황을 만들어준 것이다.

저 멀리 시메옹이 보였고 곧 어둠이 내렸다. 시메옹 영감은 저택 안으로 들어갔다. 파트리스는 관리인 숙소 앞에서 시메옹 영감을 앞질러 갔다. 시메옹 영감이 콧노래를 부르는 소리가 들렸다. 파트리스는 보초병에게 물었다.

"별일 없었나?"

"없습니다, 대위님."

"코랄리 엄마는?"

"정원을 산책한 후 30분 전에 방으로 올라가셨습니다."

"야봉은?"

"코랄리 엄마를 수행했습니다. 문 앞에 있을 겁니다."

파트리스는 안심하며 계단을 올라갔다. 그런데 2층에 도착한 파트리스는 전등이 켜져 있지 않아 깜짝 놀랐다. 파트리스는 스위치를 돌렸다. 그제야 복도 끝 코랄리의 방 앞에서 야봉이 무릎을 꿇고 벽에 머리를 기대고 있는 모습이 보였다. 방문은 열려 있었다.

"무슨 일인가?" 파트리스가 달려가 외쳤다. 야봉에게선 대답이 없었다. 파트리스는 야봉의 제복 어깨 부분에서 피가 스며 나온 것을 보았다. 야봉은 그 순간 기절했다.

"이런! 야봉이 다쳤어…! 죽은 건 아니겠지!"

파트리스는 야봉을 건너뛰어 서둘러 방에 들어가 전등부터 켰다.

코랄리는 소파에 축 늘어져 있었다. 소름 끼치는 붉은색 비단 끈이 코랄리의 목을 친친 감고 있었다. 파트리스는 놀랐지만, 이상하게도 이 처참한 광경 앞에서 절망하지는 않았다. 코랄리의 얼굴이 죽음을 떠올릴 만큼 창백하지 않았기 때문이다. 실제로 코랄리는 숨을 쉬고 있었다.

'죽지 않았어…. 죽지 않았다고.' 파트리스가 생각했다. '죽지는 않을 거야…. 확실해…. 야봉도 마찬가지고…. 치명적인 상처는 아니야.'

파트리스는 끈을 풀었다.

잠시 후 코랄리는 숨을 크게 내쉬며 정신을 차렸다. 그러고는 미소를 지어 보였다.

그러나 이내 코랄리는 어떤 기억이 떠오르는지 힘없는 팔로 파트리스를 안으며 떨리는 목소리로 말했다.

"오! 파트리스, 무서워요…. 당신도 걱정되고요…."

"무엇이 걱정된다는 말인가요, 코랄리? 놈은 누구였나요?"

"보지 못했어요…. 불을 껐거든요…. 그리고 내 목을 곧장 잡더니 나지막한 목소리로 '너부터…. 오늘 밤에는 네 애인 차례야'라고 말했어요. 오! 파트리스, 당신이 걱정돼요…. 당신이 걱정된다고요, 파트리스…."

11
심연 속으로

파트리스는 즉각 결심했다. 코랄리를 안아 침대 위에 눕혔고 꼼짝하지 말고 누구도 부르지 말라고 당부했다. 파트리스는 야봉의 상태도 심각하지 않음을 확인했다. 끝으로 저택 곳곳에 직접 지정한 경계 장소마다 소리가 닿게끔 모든 호출벨을 울려 댔다.

서둘러 부하들이 달려왔다. 파트리스가 부하들에게 소리쳤다.

"너희 모두 엉터리야. 누군가 이곳에 침입했단 말이다. 코랄리 엄마와 야봉이 죽을 뻔했다고…."

부하들이 웅성거렸다.

"조용히 해!" 파트리스가 명령했다. "너희 모두 몽둥이찜질을 당해도 마땅해. 하지만 한 가지 일만 잘해내면 전원 용서하겠다. 오늘 저녁, 그리고 밤새 내내 코랄리 엄마가 죽었다고 헛소문을 내는 거야."

그러자 부하 한 명이 반박했다.

"대위님, 누가 듣는다고 그러십니까? 여기에는 아무도 없습니다."

"누군가 있다, 멍청이야. 그러니 코랄리 엄마와 야봉이 공격을 당했겠지. 너희 소행이 아니라면 말이지… 너희 짓은 아니라고? 그것 봐… 바보 같은 소리는 그만해! 누군가에게 일부러 이야기하라는 게 아니라 너희끼리 떠들란 말이야… 마음속으로도 그렇게 생각할 정도로 감쪽같이 말이지. 누군가 너희를 엿듣고 엿보고 있어. 너희가 나누는 이야기는 물론 말하지 않은 것조차 예측한다고 생각하란 말이다. 코랄리 엄마는 내일까지 방에서 나오지 않을 거야. 이제부터 각자 돌아가며 밤새 코랄리 엄마를 지키도록. 나머지는 저녁 식사를 끝내고 잠자리에 들어도 좋아. 그 외에는 누구도 집 안을 서성이지 않게 해. 침묵을 지키고."

"그럼 시메옹 영감은요, 대위님?"

"방에 가둔다. 제정신이 아니라 위험할 수 있어. 누군가 제정신이 아닌 시메옹 영감을 이용해 문을 열 수도 있고. 그러니 시메옹 영감은 방에 가둔다!"

파트리스의 계획은 간단했다. 적은 코랄리가 죽은 것으로 믿고 이번에는 파트리스를 죽이러 올 게 분명했다. 따라서 누구의 의심도 받지 않고 경계 태세를 따로 발령하지 않은 채 적이 자유롭게 행동할 수 있다고 믿게 하는 게 중요했다. 적은 안심하고 또다시 행동하다가 함정에 빠질 것이다.

파트리스는 적과의 싸움을 기다리며 야봉의 상태를 살폈다. 다행히 상처는 심각하지 않았다. 파트리스는 야봉과 코랄리에게 번갈아 질문했다.

둘의 대답은 같았다. 당시 코랄리는 누워서 책을 읽는 중이었고 야봉은 일부러 열어둔 방문 앞에 아랍인처럼 쭈그려 앉아 있었다고 한다. 두 사람 모두 수상한 소리는 듣지 못했다. 그런데 갑자기 그림자 하나가 복도 불빛을 가리며 나타나는가 싶더니 전등이 꺼졌고 거의 동시에 방 안의 전등도 꺼졌다. 몸을 반쯤 일으키려던 야봉은 갑자기 어깨에 날카로운 통증을 느껴 정신을 잃었다. 코랄리는 규방 문으로 도망치려 했으나 문을 열기도 전에 붙들려 나동그라지면서 비명을 질렀다. 불과 몇 초만에 일어난 일이었다.

파트리스가 얻은 단 한 가지 단서는 괴한이 계단이 아닌 하인들 행랑채로 쓰이는 건물 옆쪽에서 곧장 들어왔다는 것이다. 그곳은 소형 계단을 통해 주방으로 이어졌고 거기서 찬방으로 나가면 뒷문을 거쳐 레누아르가로 나가게 되어 있었다.

그런데 파트리스가 확인해보니 그 문은 잠겨 있었다. 그렇다면 누군가 열쇠를 가지고 있다는 뜻이었다.

그날 저녁 파트리스는 코랄리의 침대 머리맡을 지키다가 9시쯤 건물 같은 쪽, 조금 떨어진 자신의 방으로 돌아왔다. 전에 에사레스 베가 흡연실로 사용하던 방이었다.

파트리스는 밤이 깊어지기 전까지는 무슨 일이 일어날까 싶어 벽에 붙여놓은 뚜껑이 달린 책상 앞에 앉았다. 그리고 사건을 자세히 적은 장부를 꺼내 일기를 썼다. 30~40분 동안 글을 쓴 파트리스는 장부를 덮으려 할 때 무언가 스치는 희미한 소리를 들었다. 신경이 예민하지 않았다면 놓쳐버릴 만큼 작은 소리였다. 소리는 창밖에서 들렸다. 이전에 괴한이 창문을 통해 파트리스와 코랄리에게 총을 겨눴던 일이 생각났다. 물론 이번에는 창문이 단단히 닫혀 있었다.

파트리스는 고개도 돌리지 않고 계속 일기를 썼다. 이미 경계 태세에 들어갔다는 것을 침입자가 눈치채지 못하게 하기 위해서였다. 파트리스의 문장에는 자신도 모르게 불안감이 반영되어 있었다.

놈이 와 있다. 놈이 나를 바라본다. 어떻게 나올 것인가? 놈이 창문을 깨고 총을 쏠 것 같지는 않다. 확실한 방법이 아닌 데다 실패할 확률도 높다. 아니, 놈은 좀 더 색다르고 지능적인 계획을 짰을 것이다. 놈은 잘 때를 기다렸다가 내가 푹 잠이 들고 나면 아무도 몰래 침입하겠지.

그때까지는 놈의 시선 아래 있는 이 짜릿한 기분이나 맛봐야겠어. 적도 나를 매우 증오하고 있는 듯한데, 나와 놈의 증오심은 마치 두 개의 검처럼 마주칠 거야. 놈은 흡사 야수처럼 나를 바라보고 있어. 어둠 속에 웅크린 채로 어느 곳에 송곳니를 찔러 넣을지 살피는 중일 거야. 하지만 놈이야말로 내 먹잇감이지. 잡혀서 으깨질 운명인 먹잇감 말이야. 단도나 붉은 끈을 준비하고 있겠지. 하지만 싸움을 결판낼 것은 바로 나의 두 손이야. 이미 단단히 손에 힘이 들어가는군. 이 두 손만큼 좋은 무기는 없어….

파트리스는 접이식 책상 덮개를 덮었다. 그리고 저녁마다 하듯 담배에 불을 붙여 조용히 담배를 피웠다. 그런 다음 옷을 벗어 의자 등받이에 가지런히 놓고 나서 시계태엽을 감았고 침대에 누워 전등을 껐다.

'어디 보자고.' 파트리스가 생각했다. '어느 놈인지 보겠어. 에사레스의 친구인가? 에사레스의 계획을 대신 해주는 사람일까? 그런데 왜 코랄리에게 그토록 깊은 증오심을 보일까? 나를 해치려고 하는 것을 보면 놈도 코랄리에게 마음이 있는 게 아닐까? 차차 알게 되겠지…. 알게 될 거야….'

한 시간이 흘렀다. 또 한 시간이 지났다. 그러나 창문 쪽에서는 아무 일도 일어나지 않았다. 딱 한 번 삐걱 소리가 났지만 창문이 아니라 책상에서 나는 소리였다. 매우 고요한 한밤중에 흔히 들리는 작은 소음이었다.

파트리스는 긴장했으나 이내 너무 예민하게 구는 게 아닐까 하는 생각이 들었다. 코랄리가 죽었다고 소문을 퍼뜨려봤자 얼을 효과가 별로 없을 듯했고 적이 그런 얕은수에 넘어갈 것 같지도 않았다. 점차 잠이 왔다. 그때 아까와 비슷한 방향에서 마찬가지로 삐거덕 소리가 들렸다.

파트리스는 얼른 침대에서 일어나 불을 켰다. 모든 것이 그대로 있었다. 수상한 흔적은 보이지 않았다.

'자.' 파트리스가 생각했다. '상대는 보통이 아니야. 내 계획을 간파하고 함정을 눈치챈 것 같아. 일단 자자고. 오늘 밤에는 아무 일도 일어나지 않을 거야.'

실제로 아무 일도 일어나지 않았다.

다음 날 파트리스는 창문을 조사하다가 무언가를 발견했다.

건물의 전면 1층 위에서 석조 쇠시리가 죽 이어져, 발코니와 빗물받이 홈통을 붙들고 사람 한 명이 쉽게 지나다닐 공간이 있었던 것이다. 파트리스는 쇠시리를 따라 접근할 수 있는 2층의 모든 방을 둘러봤는데 그중 하나가 시메옹 영감의 방이었다.

"여기서 나가진 않았지?" 파트리스가 경비병 두 명에게 물었다.

"그럴 겁니다, 대위님. 적어도 문을 열어준 적은 없습니다."

파트리스가 시메옹 영감 방에 들어갔다. 불 꺼진 파이프를 물고 있는 시메옹 영감을 아랑곳하지 않고 여기저기를 뒤졌다. 괴한이 이 방에 숨어들었을 수도 있다는 생각에서였다.

그러나 아무도 없었다. 하지만 파트리스는 벽장 속에서 이전에 데말리옹과 함께 조사했을 때 보지 못한 몇 가지 물건들을 발견했다. 줄사다리, 가스관처럼 생긴 납으로 된 도관 토막 하나, 용접용 소형 램프였다.

'왠지 수상한데.' 파트리스는 생각했다.

'왜 이것들이 여기에 들어와 있는 거지? 시메옹이 아무 이유 없이 모아놓은 걸까? 아니면 시메옹이 적에게 이용당하고 있는 걸까? 제정신일 때 알고 지낸 적에게 지금은 나쁜 영향을 받아 조종될 수도 있겠고.'

시메옹은 등을 돌린 채 창문 앞에 앉아 있었는데, 파트리스는 시메옹에게 다가갔다가 깜짝 놀랐다. 시메옹이 흑진주와 백진주로 꿰어 만든 화환을 들고 있었던 것이다. 화환에는 1915년 4월 14일이라는 날짜가 새겨져 있었다. 시메옹이 죽은 친구들의 묘비 위에 놓을 스무 번째 화환이었다.

"가져다 놓겠지." 파트리스가 큰 소리로 말했다. "친구이자 원수를 갚아줄 사람으로 평생을 살아왔으니까! 아무리 정신이 나갔어도 그것만은 변치 않을 거야. 그런 거지요, 시메옹? 내일 그걸 가져갈 거지요? 내일은 4월 14일, 신성한 기일이니까요…."

파트리스는 정체를 알 수 없는 시메옹 쪽으로 몸을 기울였다. 시메옹은 수수께끼 같은 존재, 마치 교차로에서 모든 길이 만나듯 갖가지 좋고 나쁜 사연들이 복잡하게 얽혀 있는 의문의 존재였다. 시메옹은 누군가 자신의 화환을 훔치려는 줄 알고 와락 껴안았다.

"걱정하지 마세요." 파트리스가 말했다. "건드리지 않을게요. 내일 봐요, 시메옹. 영감이 알려준 그 장소에 코랄리와 함께 가 있을게요. 어쩌면 내일, 영감의 머리가 끔찍한 과거의 기억에서 비로소 자유로워질지도 몰라요."

그날 하루는 파트리스에게 매우 길게 느껴졌다. 어둠 속의 빛과 같은 그 무언가가 나타나길 기다리는 마음이 그만큼 간절했다. 스무 번째 4월 14일인 내일이, 마치 어둠을 몰아낼 찬란한 빛처럼 여겨졌다.

해가 지는 늦은 오후에 레누아르가에 들렀던 데말리옹은 파트리스를 보자마자 말했다.

"이 쪽지를 받았는데, 보세요. 좀 이상합니다…. 익명의 편지인데… 한번 읽어보십시오."

선생님, 황금이 사라질 것이라는 통보를 받았을 겁니다. 하지만 조심하십시오. 내일 밤 황금 자루 1800개가 외국으로 나갈 겁니다. 프랑스의 친구로부터.

"내일이라면 4월 14일이잖아." 즉시 머리를 굴리며 파트리스가 말했다.

"그렇습니다만, 그게 어쨌다는 건가요?"

"아닙니다…. 그저 해본 소리예요…."

파트리스는 자칫 데말리옹에게 4월 14일에 얽힌 사연과 시메옹 영감의 기이한 행동과 관련된 사실을 모두 이야기할 뻔했다. 그러나 파트리스는 입을 열지 않았다. 데말리옹을 과거의 비밀에 개입시키지 않으려는 조심성이 작용했고, 이번 사건의 이 부분만큼은 혼자서 해결하고 싶다는 욕심이 생겼기 때문이다. 결국 파트리스는 시침을 떼며 이렇게 말했다.

"그나저나 이 편지는 웬 겁니까?"

"글쎄, 어떻게 생각해야 할지 모르겠습니다. 타당한 경고일까요? 아니면 우리를 어딘가로 유도하려는 전략일까요? 하여튼 부르네프와 이야기해보지요."

"부르네프에게선 특별한 정보를 기대할 수 없을 텐데요?"

"예, 더 이상 무언가를 기대하지도 않습니다. 부르네프의 알리바이는 사실로 확인되었습니다. 부르네프 일당은 단역에 불과했고 이미 역할이 다 끝난 셈이지요."

이런 이야기를 주고받으며 파트리스는 분명한 하나의 사실에만 주목했다. 날짜가 우연히 일치한다는 것이다.

데말리옹과 파트리스는 그동안 각자 나뉘어 나름대로 이 사건에 접근해왔는데, 오래전에 운명적으로 정해진 한 날짜 안에서 두 사람의 노선이 마주치는 셈이었다. 과거와 현재가 만나는 시점이라고도 볼 수 있다. 결말이 다가오고 있었다. 황금이 사라지려는 날이 4월 14일이었고 동시에 어느 알 수 없는 목소리가 파트리스와 코랄리를 불러내 20년 전 4월 14일에 각자의 부모가 한 약속을 이어가려 하고 있었다.

그 결정적인 날인 4월 14일이 다가왔다.

9시에 파트리스는 시메옹 영감의 상황에 대해 물었다.

"외출했습니다, 대위님." 부하가 말했다. "금족령을 풀어주셨잖아요."

파트리스는 방 안으로 들어가 진주 화환을 찾았으나 보이지 않았다. 벽장 속에 있던 줄사다리, 납봉, 용접용 램프도 마찬가지였다. 파트리스가 부하에게 물었다.

"시메옹이 무언가 들고 나가지 않았나?"

"예, 대위님. 진주 화환입니다."

"다른 건 안 가지고 나갔나?"

"예, 대위님."

창문이 열려 있었다. 파트리스는 물건들이 창문으로 빠져나갔을 것이라는 결론을 내렸다. 시메옹 영감이 무의식중에 누군가의 하수인 노릇을 하고 있음이 증명된 것이다.

10시가 안 되어 코랄리는 정원에서 파트리스와 만났다. 파트리스는 코랄리에게 그동안 일어난 일을 알려주었다. 코랄리는 얼굴이 창백해진 채 불안해했다.

파트리스와 코랄리는 잔디밭을 산책했고 아무도 모르게 참빗살나무 숲으로 들어갔다. 숲은 골목으로 난 문을 감추어주었다.

파트리스는 문을 여는 순간 망설여졌다. 데말리옹에게 알리지 않고 코랄리와 단둘이서 위험할 수도 있는 모험을 하려니 왠지 마음에 걸렸다. 그러나 이내 불안감을 떨쳐버렸다. 권총도 두 자루나 가져왔는데 겁낼 게 뭐가 있는가?

"함께 들어갈 거지요, 코랄리?"

"예." 코랄리가 말했다.

"그런데 왠지 망설이는 듯하고 불안해 보이는군요….."

"맞아요." 코랄리가 중얼거렸다. "마음이 조마조마해요."

"왜 그러시나요? 무섭습니까?"

"아니요…. 아니, 그럴 수도요…. 오늘이 아니라 옛날 일 때문에 두려운 거겠지요. 어느 4월의 아침, 어머니는 지금의 나처럼 이 문을 넘었겠지요. 얼마나 행복했을까요! 사랑을 향해 달려가셨을 테니…. 그러나 지금이라면 어머니를 붙잡고 이렇게 말씀드리고 싶어요. '가지 마세요…. 죽음이 도사리고 있어요…. 가지 마세요…'라고요. 지금 내 귀에 이런 소리가 들리는 것 같아요…. 계속 귓가에 맴돌아요…. 그래서 이번에는 내가 발이 붙들린 것 같아요. 두려워요….."

"그럼 돌아갑시다, 코랄리."

하지만 코랄리는 파트리스의 손을 잡고 단호한 목소리로 말했다.

"가요. 기도하고 싶어요. 기도하면 괜찮을 거예요."

코랄리는 예전에 어머니가 걸었을 좁은 오솔길을 나뭇가지와 헝클어진 잡초들을 헤치며 성큼성큼 걸어갔다. 두 사람은 별장을 왼편에 끼고 그렇게 걸어가다가 각자의 아버지, 어머니가 잠들어 있는 녹지로 들어섰다. 그곳에는 스무 번째 진주 화환이 새로 놓여 있었다.

"시메옹이 온 겁니다." 파트리스가 말했다. "그 무엇보다 강한 본능이 시메옹을 이곳까지 데려온 겁니다. 지금도 이 근처 어딘가에 있을 겁니다."

코랄리가 무릎을 꿇고 기도하는 동안 파트리스는 수목의 회랑을 여기저기 살피고 정원의 절반 정도까지 다시 내려와 시메옹 영감을 찾아보았으나 영감의 모습은 보이지 않았다. 이제 남은 곳은 별장 안뿐이었는데, 이것이야말로 파트리스와 코랄리가 미루고 미뤄오던 일이다. 딱히 무언가가 무서워서라기보다는 끔찍한 현장일지도 모를 그곳에 쉽게 들어갈 마음이 들지 않았던 것이다.

이번에도 코랄리가 행동을 부추겼다.

"가요." 코랄리가 말했다.

파트리스는 창문과 출입구가 모두 잠긴 듯한 건물 안으로 어떻게 들어가야 할지 난감했다. 그러나 점차 건물 가까이 다가갈수록 작은 뜰 쪽으로 열려 있는 뒷문이 보였다. 시메옹 영감이 여기서 기다릴지도 모른다는 생각이 들었다.

파트리스와 코랄리는 정확히 10시에 별장 문턱을 넘었다. 좁은 현관 양쪽으로 주방과 방이 있었다. 또한 주된 생활 공간이었으리라고 생각되는 방이 정면에 있었는데, 방문이 반쯤 열려 있었다. 코랄리가 말했다.

"옛날에… 여기서 일이 벌어진 것 같아요…."

"그래요." 파트리스가 말했다. "시메옹이 저기 있을 겁니다. 그러나 코랄리, 내키지 않으면 이쯤에서 그만둬도 돼요."

그러나 코랄리의 마음속에는 이미 끝까지 해보겠다는 의지가 가득했다. 지금 이 순간에는 세상 그 무엇도 코랄리의 앞을 가로막을 수 없을 듯했다. 코랄리는 앞으로 나갔다.

방은 꽤 널찍했으나 가구가 배치된 방식 때문에 아담한 느낌을 풍겼다. 디방(등받이와 팔걸이는 없으나 쿠션이 있는 침대 겸용의 긴 의자 – 옮긴이)과 안락의자, 태피스트리, 벽지 등이 모두가 편안한 분위기를 조성했다. 여기 살고 있던 사람이 비극적으로 죽은 이후에도 어느 것 하나 변하지 않은 듯했다. 전망대 같은 구조물이 있는 높은 천장은 큼직한 유리로 되어 있어 여기로 쏟아지는 햇빛이 마치 아틀리에 같은 느낌을 주었다. 창문 두 곳에는 커튼이 쳐져 있었다.

"시메옹은 없군요." 파트리스가 말했다.

코랄리는 아무 대답도 하지 않고 방 안의 물건들을 진지한 표정으로 살폈다. 그중에는 지난 세기에 나온 책들도 있었다. 몇몇 권은 노란색이나 파란색 표지였고 연필로 '코랄리'라는 서명이 적혀 있었다. 그리고 미완성된 여성 공예 작품, 자수용 캔버스, 한쪽 귀퉁이에 바늘이 꽂혀 있는 태피스트리가 있었다. '파트리스'라는 서명이 적힌 책들도 있었다. 시가 담배 상자, 글을 쓸 때 사용하는 밑받침, 펜대와 잉크병도 여기저기 보였다. 두 아이의 모습이 담긴 작은 사진들, 즉 파트리스와 코랄리의 어린 시절 사진도 있었다.

짧게나마 열정적으로 사랑했던 두 연인의 삶이 이렇게 이어지고 있었다. 그뿐만 아니라 그 연인의 아들과 딸이 만나 차분하게, 그리고 오랫동안 함께할 것이라고 확신하며 삶을 이어가고 있었다.

"오! 엄마, 엄마." 코랄리가 속삭였다.

옛 기억이 떠오르자 코랄리는 감정이 북받친 듯했다.

결국에는 몸을 떨며 파트리스의 어깨에 기댔다.

"그만 갑시다." 파트리스가 말했다.

"그래, 그래요. 그게 낫겠어요. 나중에 다시 오지요…. 두 분 곁에서 우리가 다시 살아가야지요…. 이어지지 못한 두 분의 인생을 우리가 이어나갈 거예요. 그만 가요. 오늘은 더 이상 힘이 없네요."

그런데 두 사람은 몇 발짝 가다가 어리둥절하며 멈춰 섰다. 문이 닫혀 있었던 것이다.

두 사람은 불안하게 눈을 마주쳤다.

"문을 닫아놓지 않았잖아요?" 파트리스가 말했다.

"예. 닫아놓지 않았어요." 코랄리가 말했다.

두 사람은 문을 열기 위해 다가갔다. 그런데 손잡이도, 자물쇠도 없는 문이었다.

참나무 줄기를 통째로 베어 만든 듯한 통나무 문은 아주 단단하고 육중해 보였다. 그런데 광택도, 페인트칠도 되어 있지 않은 문에는 누군가 도구를 사용해 긁은 듯한 자국이 있었다.

그리고… 오른쪽에 연필로 다음과 같은 글자가 적혀 있었다.

파트리스와 코랄리, 1895년 4월 14일
하느님이 우리의 원수를 갚아주실 것이다.

십자가 아래에는 또 다른 날짜가 적혀 있었다. 그런데 아까의 글씨와는 달리 최근에 쓰인 듯했다.

1915년 4월 14일

"1915년…! 1915년이라니…." 파트리스가 말했다. "끔찍하군! 바로 오늘이잖아! 이 날짜를 누가 쓴 거야? 방금 적은 것 같은데. 오! 끔찍하군…! 봐요, 보세요…. 이렇게 있다가는 우리가…."

파트리스는 창가로 달려가 커튼을 젖히고 창문을 열려고 했다.

파트리스의 입에서 비명이 튀어나왔다.

창문이 막혀 있었다. 단단한 건축용 석재가 유리와 덧문 사이에 단단히 틀어막혀 있었다.

파트리스는 다른 창문으로 달려갔다. 역시 마찬가지였다.

문은 두 개 더 있었다. 오른쪽 문은 다른 방으로 통해 있었고 왼쪽 문은 주방에 딸린 쪽방으로 연결된 듯했다.

파트리스는 재빨리 문으로 달려가 둘 다 활짝 열어보았다.

모두 막혀 있었다.

파트리스는 미친 듯이 사방을 뛰어다녔고 세 개의 문 중 첫 번째 문으로 달려들어 다시 흔들어보았다.

문은 꼼짝도 하지 않았다. 마치 전혀 꿈쩍도 않는 돌덩어리 같았다.

두 사람은 다시 한 번 놀란 눈으로 서로 바라봤다. 두 사람의 머릿속에는 무시무시한 생각 하나가 동시에 떠올랐다. 과거의 일이 반복되는 것이다. 비극은 과거와 똑같은 상황에서 다시 시작되고 있었다. 어머니와 아버지에 이어 그 딸과 아들이 똑같은 상황에 놓였다.

과거의 연인과 마찬가지로 지금의 연인은 꼼짝없이 잡혔다. 적은 강한 발톱으로 두 사람을 움켜쥐었다. 이제 이들은 자신의 부모가 어떻게 죽었는지 알게 될 것이다… 1895년 4월 14일에 벌어졌던 일이… 1915년 4월 14일에 일어날 테니까….

제2부

아르센 뤼팽의 승리

1
공포 상황

"아! 안 돼, 안 돼." 파트리스가 소리쳤다. "이럴 수는 없어!"

파트리스는 창문과 문으로 달려들어 받침쇠로 나무 문짝이든 석조 벽체든 마구 두드렸다. 소용없는 짓이었다! 아버지가 했던 행동과 똑같았다. 아무리 그래 봐야 나무 문짝과 돌벽에 긁힌 자국만 만들어낼 뿐이다.

"아! 코랄리, 코랄리." 파트리스가 절망스럽게 외치며 말했다. "모두 내 잘못입니다. 내가 당신을 이 엄청난 구렁텅이로 끌어들였어요! 혼자서 싸우려 한 게 미친 짓이었어요. 이런 일에 익숙하고 잘 아는 사람들에게 도움을 구했어야 했는데…! 어리석게도 내가 할 수 있으리라 믿은 거예요… 용서해줘요, 코랄리."

코랄리는 의자에 쓰러지듯 앉았다. 파트리스는 거의 무릎을 꿇은 채 두 팔을 벌려 코랄리를 안으며 애원했다.

코랄리는 미소를 지으며 파트리스를 달랬고 부드러운 목소리로 말했다.

"자, 용기를 잃지 마세요. 우리가 착각한 것일 수도 있어요….

이 모든 게 우연한 일일지도 몰라요."

"이 날짜를 봐요!" 파트리스가 말했다. "이 날짜, 바로 오늘 날짜입니다. 누군가 다른 사람이 새겨넣은 거예요…. 코랄리, 우리를 해치기 위해 계획을 세운 누군가가 적은 게 아니겠어요?"

코랄리는 몸을 떨었다. 하지만 코랄리는 파트리스를 달래려는 듯 다시 한 번 말했다.

"그래요, 그렇다고 쳐요. 하지만 아직 끝난 건 아니잖아요. 우리에게 적이 있다면 친구도 있어요…. 친구들이 우리를 찾을 거예요."

"우리를 찾고 있다 해도 어떻게 발견하겠어요, 코랄리? 우리가 어디로 가는지 모르게 하려고 모든 수단을 다 동원했잖아요. 게다가 이 집을 아는 사람은 아무도 없습니다."

"시메옹 영감은 알잖아요?"

"시메옹은 여기에 와서 화환을 놓고 갔어요. 하지만 누군가 다른 사람도 시메옹과 함께 온 겁니다. 그 사람이 제정신이 아닌 시메옹을 조종한 거예요. 어쩌면 지금쯤 시메옹을 제거해버렸을 수도 있고요. 시메옹의 역할은 끝난 셈이니까요."

"그럼 앞으로 어쩌지요, 파트리스?"

코랄리의 불안에 떠는 마음을 느낀 파트리스는 나약한 모습을 보인 게 몹시 부끄러웠다.

"일단 기다려보지요." 파트리스가 마음을 가라앉히며 말했다. "어쨌든 공격이 없을 수도 있으니까요. 갇혔다고 해서 우리가 끝장난 것도 아니고요. 적어도 우리 둘은 싸워나갈 거잖아요? 아직 나는 힘도 있고 싸울 방법도 있습니다. 기다려요, 코랄리. 방법을 찾아봅시다. 지금 무엇보다 중요한 것은 생각지 못한 공격이 들어올 입구가 있는지 알아보는 일이에요."

그러나 한 시간을 찾아도 공격이 이루어질 입구는 찾을 수 없었다. 벽 여기저기를 두드려도 같은 소리만 났다. 양탄자를 전부 걷어냈지만 사각형 무늬의 타일 바닥만 있을 뿐이었다.

마지막으로 남은 것은 결국 문이었다. 바깥으로 여닫게 되어 있어서 누군가 문을 열려고 하면 안에서는 막을 수 없었다. 두 사람은 임시방편으로나마 문 앞에 가구들을 쌓아 바리케이드를 쳤다.

그리고 파트리스는 권총 두 개를 장전해 잘 보이는 곳에 두었다.

"이렇게 하니까 안심이 되는군요." 파트리스가 말했다. "어떤 적이든 나타나기만 하면 끝장일 겁니다."

그러나 과거의 기억은 두 사람을 무겁게 짓눌렀다. 어떤 말을 하든 또 어떤 행동을 하든, 이와 비슷한 옛날의 상황에서 이미 일어난 일이라는 생각이 들었던 것이다. 파트리스의 아버지 역시 파트리스처럼 무기를 장전했을 것이고, 코랄리의 어머니 또한 코랄리처럼 두 손 모아 기도했을 것이다. 또 가구들로 문앞에 바리케이드를 세워놓거나 벽을 두드리고 태피스트리를 들춰보았을 것이다.

가뜩이나 불안한데 과거의 일까지 상상되니 더욱 불안했다!

파트리스와 코랄리는 끔찍한 생각을 떨치기 위해 부모들이 읽었을 듯한 책, 소설, 소책자들을 훑어보았다. 그중 몇 권은 장이 끝날 때쯤 혹은 마지막 책장을 넘길 때쯤 몇몇 글이 적혀 있었다. 파트리스의 아버지와 코랄리의 어머니가 서로에게 쓴 편지들이었다.

내 사랑 파트리스, 어제 우리의 삶을 다시 느끼고 조만간 닥칠 우리의 인생에 대해 생각해보려고 오늘 아침 여기까지 달려왔어요. 당신이 나보다 먼저 도착하면 이 글을 읽어보세요. 당신을 사랑한다는 이 글을 읽어보세요….

그리고 또 다른 책에는 이렇게 적혀 있었다.

사랑하는 코랄리. 당신이 방금 떠났군요. 내일까지는 당신을 보지 못하겠지. 우리의 사랑이 그토록 기쁨을 맛보았던 이 은신처를, 다시는 당신에게 말없이 떠나지 않겠습니다….

파트리스와 코랄리는 책 대부분을 훑어보았지만 지금 상황을 해결할 만한 단서는 전혀 찾지 못했다. 오직 두 남녀의 애정과 정열만을 확인했을 뿐이다.

기다림, 그리고 무슨 일이 벌어질지도 모른다는 불안감 속에서 두 시간이 지났다.

"아무 일도 일어나지 않을 겁니다." 파트리스가 말했다. "정작 그것이 가장 두렵습니다. 아무 일도 일어나지 않으면 우리는 여기서 빠져나가지 못할 테니까요. 그렇게 되면…."

파트리스는 차마 말을 맺지 못했다. 코랄리는 파트리스가 무슨 말을 하려 했는지 이해했다. 두 사람 모두 굶주림이 불러올 죽음의 그림자를 느꼈다. 그러나 파트리스가 큰 소리로 말했다.

"아니, 아닙니다. 그렇게 두려워할 필요가 없습니다. 그래요, 우리 나이의 사람들은 쉽게 굶어 죽지 않습니다. 사흘이나 나흘 그 이상은 걸릴 겁니다. 우리는 그전에 구조될 거고요."

"어떻게요?" 코랄리가 물었다.

"어떻게 말인가요? 우리의 병사들인 야봉과 데말리옹 씨가 있지요. 오늘 밤 우리가 너무 오랫동안 보이지 않으면 모두가 걱정할 겁니다."

"하지만 파트리스, 아까 그랬잖아요? 우리가 어디에 있는지 아는 사람이 아무도 없다고 말이에요."

"곧 알아낼 겁니다. 쉬운 일이에요. 사이에 골목길 하나를 놓고 두 정원이 인접해 있으니까요. 그리고 우리의 행동은 내 일기장에 기록되어 있습니다. 그 일기장을 알고 있는 야봉이 데말리옹 씨에게 이야기할 겁니다. 그리고… 그리고 시메옹이 있어요…. 시메옹은 어떻게 되었을까요? 시메옹이 여기저기 다니는 모습을 누군가 보지 않았을까요? 시메옹이 무언가 알려줄 수도 있지 않겠습니까?"

하지만 아무리 이런 이야기를 나눠봐도 두 사람은 안심할 수 없었다. 설령 굶어 죽지는 않는다 해도 적이 또 다른 시련을 마련해놓았을 수도 있다. 둘은 아무것도 할 수 없는 지금의 상황이 괴로웠다. 파트리스는 혹시 우연한 방법을 찾을 수 있지 않을까 싶어 새로운 방향으로 다시 조사를 시작했다.

두 사람이 아직 들춰보지 않은 책들이 있었다. 책들을 마저 들춰보던 파트리스는 1895년에 출간된 어떤 책 한 권을 보았다. 책의 두 페이지가 접혀 있었다. 자세히 살펴보니 아버지가 파트리스에게 남긴 메모가 적혀 있었다.

파트리스, 내 아들아. 만일 네가 우연히 이 메모를 본다면 우리가 지독한 죽음의 그림자를 피하지 못해 미처 이 메모를 지우지 못했기 때문일 것이다. 파트리스, 그 죽음에 대해서는 창문 두 개 사이에 있는 아틀리에의 벽에서 진실을 찾거라. 내가 거기에 진실을 새길 시간은 있을 테니까.

즉 당시 두 사람은 이들에게 다가올 비극적인 운명을 예상하고 있었다. 파트리스의 아버지와 코랄리의 어머니는 이 별장을 드나들면서 어떤 위험을 감수해야 하는지를 알고 있었다.

이제 파트리스의 아버지가 적어놓은 대로 진실이 그 자리에 새겨져 있는지 살펴보는 일만 남았다.

두 개의 창문 사이에는 방의 다른 벽체와 마찬가지로 윗부분에 수평 쇠시리가 더해진 장식용 나무판자가 2미터 높이에 붙어 있었고, 쇠시리 위쪽은 회반죽이 칠해진 단순한 벽체였다. 그런데 이곳의 장식용 판자는 다른 것들과 니스칠이 달라 보였다. 마치 나중에 따로 손질한 듯 보였는데, 파트리스와 코랄리는 아까 이 특이점을 눈여겨보지 못했다. 파트리스는 장작 받침쇠를 지렛대로 이용해 윗부분의 수평 쇠시리와 판자를 뜯어냈다.

판자는 쉽게 떨어져 나갔다. 판자 아래에는 어떤 글자가 적혀 있었다.

"시메옹 영감이 사용하던 방법과 똑같군. 벽에 글을 쓰고 그 위에 회반죽을 칠하거나 판자로 덮어놓는 방식이야."

파트리스가 다른 판자들을 뜯어낼수록 연필로 급하게 적은 듯한 글자들이 점차 완전한 모습으로 드러났다.

파트리스는 감정이 북받친 채 글을 해독했다! 아버지는 죽음의 위협에 시달리는 가운데 글을 남겼고, 몇 시간 후 목숨을 잃었다. 아버지가 죽기 전에 남긴 증언이자 자신과 사랑하는 여인을 죽인 적에 대한 저주의 글이었다.

파트리스가 나지막한 목소리로 읽었다.

나는 악당이 계획을 이루지 못하고 벌을 받게 하기 위해 이 글을 쓰고 있다. 아마도 코랄리와 나, 우리는 죽을 것이다. 하지만 우리가 왜 죽는지, 적어도 그 이유는 알릴 것이다.

며칠 전, 그자가 코랄리에게 이렇게 말했다고 한다.

"당신은 내 사랑을 거부했습니다. 당신은 증오심으로 나를 아주 비참하게 만들었지. 좋아요, 나는 당신의 애인과 함께 당신을 죽일 겁니다. 사람들은 자살이라고 알 테니까 내게 혐의를 둘 수는 없겠지. 모든 준비가 끝났어요. 조심해요, 코랄리!"

실제로 모든 준비가 끝난 것이다. 그자는 나를 모르지만 코랄리가 이곳에서 매일 누군가와 만난다는 것을 알았고 그래서 이 별장을 우리의 무덤으로 선택한 것이다.

우리를 어떻게 죽일까? 우리로서는 잘 모르겠다. 먹을 것이 부족해질 수도 있다. 지금 우리는 네 시간째 갇혀 있다. 문은 대단히 육중해서 꿈쩍도 하지 않는다. 간밤에 그자가 설치한 게 분명하다. 나머지 문짝, 창문들도 석재와 시멘트로 메워져 있다. 우리의 지난번 만남 이후에 막아놓은 것이다. 빠져나갈 방법이 전혀 없다. 우리는 어떻게 될까?

글은 여기까지였다. 파트리스가 말했다.

"봤지요, 코랄리. 두 분도 우리와 똑같은 상황이었어요. 역시나 굶주림을 두려워했습니다. 오랜 시간을 대책 없이 기다리다보니 매우 고통스러웠을 거예요. 이런 글을 남긴 이유도 점점 절망에 빠져드는 생각을 쫓아내기 위해서였어요."

파트리스는 잠시 뚫어질 듯 글을 바라본 후 다시 말했다.

"두 분은 자신들을 죽음으로 몬 범인이 이 글을 읽지 못하리라 생각했을 겁니다. 실제로 그런 것 같고요. 이것 좀 봐요. 당시에는 이 창문과 그 사이 벽체가 넓은 커튼 한 장으로만 가려져 있었습니다. 저 위에 커튼을 매다는 가로대가 하나만 있는 것만 봐도 알 수 있어요. 두 분이 죽은 후에도 사람들은 커튼을 젖힐 생각을 하지 못했습니다. 진실은 그렇게 영원히 감춰졌고요. 그런데 어느 날 시메옹이 이걸 발견하고는 판자로 가리고 커튼 한 장이 늘어져 있던 곳에 두 장의 커튼을 쳐놓은 거예요. 그렇게 모든 것이 자연스럽게 감춰질 수 있도록 말이에요."

파트리스가 다시 작업을 시작했다. 판자들이 떨어져 나가자 더 많은 글자가 나왔다.

아! 차라리 나 혼자 고통받고 죽는 거라면! 정말로 견디기 어려운 고통은 내가 사랑하는 코랄리를 이 지경으로 몰아넣었다는 것이다. 코랄리는 기절했다가 지금은 다시 안정을 취하고 있다. 코랄리는 공포에 사로잡혀 있지만 마음을 달래려고 노력한다. 불쌍한 코랄리! 사랑스러운 코랄리의 얼굴에 죽음의 창백함이 드리워지는 듯하다. 용서해줘요, 용서해줘요, 코랄리.

파트리스와 코랄리는 서로 마주 보았다. 글에 나타난 감정은 두 사람을 뒤흔드는 감정과 똑같았다. 사랑하는 연인의 고통 앞에서 자신의 문제를 잊는 고결한 마음 그대로였다.

파트리스가 중얼거렸다.

"내가 당신을 사랑하는 만큼 우리 아버지도 당신 어머니를 사랑한 거예요. 나 역시 죽음은 두렵지 않습니다. 죽음이라면 지금까지도 숱하게 헤쳐왔으니까요! 하지만 당신, 코랄리, 당신이 여기에 있어서 괴롭습니다…."

파트리스는 이리저리 걸어 다니기 시작했다. 분노가 다시 치솟았다.

"당신을 구할 겁니다. 코랄리, 맹세하지요. 그리고 보란 듯이 통쾌하게 복수할 겁니다! 놈이 우리에게 준비해둔 비극적인 운명을 오히려 그놈이 맛보게 해줄 겁니다. 그놈이 바로 여기서 죽게 될 겁니다…. 아! 이 증오심을 꼭…!"

파트리스는 다시 한 번 판자들을 뜯어냈다. 과거와 같은 조건에서 같은 사태가 벌어졌으니 이 상황에 무언가 도움이 될 만한 단서를 찾을 수 있으리라는 희망이 있었다.

하지만 이어서 나타난 문장들도 방금 읽었던 문장들처럼 복수를 다짐하는 내용뿐이었다.

코랄리, 놈은 벌을 받을 겁니다. 우리 손이 아니라도 하늘의 심판에 따라 벌을 받을 겁니다. 그래, 놈의 악마 같은 계획은 수포로 돌아갈 겁니다. 그래요, 우리가 기쁨과 행복으로 가득한 인생을 놓고 자살한다고 믿는 사람은 아무도 없을 겁니다. 놈의 범죄는 알려질 겁니다. 시간이 지날수록 반박할 수 없는 증거들을 남길 겁니다.

"말뿐이야! 말뿐이라고!" 파트리스가 분노하며 큰 소리로 말했다. "복수를 다짐하는 말과 고통을 호소하는 말뿐이군요. 우리에게 길을 알려주는 정보는 하나도 없어…. 아버지, 사랑하는 여인의 딸을 구해줄 만한 이야기는 한마디도 안 해주실 건가요? 아버지의 연인은 쓰러졌지만 제발 나의 연인만이라도 고통에서 벗어날 수 있게 도와주세요, 아버지! 도와주세요! 조언해달라고요!"

그러나 아버지의 글은 절망에 휩싸인 호소만 아들에게 전할 뿐이었다.

누가 우리를 구해줄 것인가? 우리는 산 채로 이 꽉 막힌 무덤에 갇혀 있다. 알 수 없는 위험 속에 무방비 상태로 놓여 있다. 탁자 위에 권총이 있다. 그러나 이게 다 무슨 소용인가? 적은 우리를 공격하지 않는다. 적이 가진 무기는 시간이다. 자신의 힘만으로도 죽음을 가져다줄 시간. 누가 우리를 구해줄 것인가? 누가 나의 사랑하는 코랄리를 구해줄 것인가?

끔찍한 상황이었다. 파트리스와 코랄리는 과거의 이 상황이 가져왔을 비극적인 공포를 느낄 수 있었다. 두 분의 죽음이 마치 지금 자신들의 죽음처럼 느껴졌다. 심지어 이미 그때 한 번 죽었으며 지금 다시 한 번 똑같은 조건에서 죽음을 맞이한다는 느낌마저 들었다. 두 사람의 운명은 과거 자신들의 부모가 처한 운명과 너무나 닮아 있었다. 그래서 고통은 더욱 커졌고, 이제 그 두 번째 시련을 맞고 있다는 절망감이 엄습해오기 시작했다.

코랄리는 기진맥진해진 채 울기 시작했다. 코랄리가 눈물을 흘리자 파트리스는 어찌나 마음이 미어지는지 더 열심히 판자를 뜯어내는 데 집중했다. 가로장으로 단단히 고정된 판자들을 뜯어내는 일은 꽤 힘들었다.

마침내 파트리스는 다음의 글을 읽었다.

무슨 일일까? 정원 앞을 누군가 걷는 것 같다. 그래, 석재 담벼락으로 꽉 막힌 창에 귀를 바짝 대면 사람 발소리가 들리는 것 같다. 가능한 일일까? 제발 가능하다면! 그래야 결투를 할 수 있으니…. 숨 막히는 적막과 끝나지 않는 불안감만 아니라면 뭐든 좋아.

그래 이거다…! 그래 이거야…! 소리가 또렷이 들린다…. 또 다른 소리는 곡괭이로 땅을 파는 소리다. 누군가 땅을 파고 있어. 집 앞이 아니라 오른쪽 주방 쪽에서.

파트리스는 더욱 열심히 판자들을 뜯어냈다. 코랄리가 다가와 도왔다. 이번에 파트리스는 비밀의 베일 한쪽이 걷히는 듯한 느낌이 들었다. 글이 계속되었다.

소음과 적막이 반복되며 한 시간이 또 흘렀다…. 흙이 파헤쳐지는 소리와 적막이 반복된다. 무언가 작업이 계속되고 있는 것 같다.

그리고 누군가 현관에 들어왔다…. 한 사람이다…. 분명 그자다. 발소리로 알아볼 수 있다…. 그자는 쿵쿵 걷고 있다…. 그리고 주방으로 향했고 그곳에서 전처럼 곡괭이질을 했다. 이번에는 흙이 아니라 돌멩이에다 곡괭이질을 하고 있다. 바닥의 타일이 깨지는 소리도 들렸다.

지금은 밖으로 나갔다. 이 건물의 외벽을 타고 올라가는 소리가 들린다. 무얼 하려는지는 모르겠지만 위로 올라가야 하는 일인가 보다….

파트리스가 읽는 것을 멈추고 주변을 바라봤다.

파트리스와 코랄리는 귀를 기울였다. 파트리스가 나지막하게 말했다.

"들어봐요…."

"그래요, 그래." 코랄리가 말했다. "들려요…. 바깥에서 나는 발소리…. 집 앞 아니면 정원에서 나는 발소리…."

파트리스와 코랄리는 창가로 다가가 귀를 기울였다.

정말로 누군가 걷는 소리였다. 두 사람은 적이 다가오는 것을 느꼈다. 옛날 자신들의 부모처럼 차라리 안심되었다.

발소리는 집 주변을 두 번 맴돌았다. 그러나 옛날의 부모님들과 마찬가지로 발소리의 정체는 알 수 없었다. 낯선 사람의 발소리 혹은 일부러 불규칙한 보조로 내는 발소리 같았다.

그리고 몇 분 동안 발소리가 끊겼다. 갑자기 다른 소리가 들렸다. 파트리스와 코랄리는 예상하고 있었음에도 막상 소리가 들리자 놀랐다. 20년 전에 아버지가 적어놓은 글을 떠올리며 파트리스가 말했다.

"곡괭이로 흙을 팔 때 나는 소리가 바로 저것이군…."

그래, 분명 그랬다. 누군가 집 앞이 아닌 주방 쪽에서 땅을 파고 있었다.

신기하게도 20년이라는 세월의 터울을 두고 끔찍한 사건이 재현되고 있었다. 상황 자체는 평범하지만 이미 오래전에 이와 똑같은 일이 벌어졌고, 그렇게 과거에 일어난 죽음의 순간이 지금 다시 재현되는 것 자체가 매우 당혹스럽고 기괴했다.

한 시간이 흘렀다. 작업은 불규칙하게 이루어졌다. 마치 무덤을 파는 소리 같았다. 곡괭이질을 하는 사람은 그다지 서두르지 않았다. 잠시 쉬다가 다시 작업을 이어가곤 했다.

파트리스와 코랄리는 일어서서 귀를 기울였다. 그러고는 손을 잡고 마주 바라봤다.

"멈췄어요." 파트리스가 아주 낮은 목소리로 말했다.

"그래요." 코랄리가 말했다. "이제 아마도⋯."

"그래요, 코랄리. 누군가 현관으로 들어오겠지요⋯. 아! 들을 필요도 없어요⋯. 기억하기만 하면 됩니다⋯. '그리고 주방으로 향했고 그곳에서 전처럼 곡괭이질을 했다. 이번에는 흙이 아니라 돌멩이에다 곡괭이질을 하고 있다⋯.' 오! 코랄리, 역시 바닥의 타일이 깨지는 소리가 들려요⋯."

정말로 옛날 일이 그대로 재현되었다. 과거의 기억이 현재의 음산한 현실과 뒤섞여 하나가 되었다. 파트리스와 코랄리는 순간 과거에 일어난 일을 모두 떠올렸다. 적은 여지 없이 밖으로 나갔고 '이 건물의 외벽을 타고 올라가는 소리가 들린다. 무얼 하려는지는 모르겠지만 위로 올라가야 하는 일인가 보다.'

그리고⋯ 그리고⋯ 어떻게 되었을까? 파트리스와 코랄리는 더 이상 벽에 적힌 글을 읽을 생각을 못 했다. 용기가 나지 않았던 건지도 모른다. 지금은 두 사람의 힘으로도 어쩔 수 없는, 예상할 수 없는 상황에서 적이 하게 될 행동에만 정신이 팔려 있었다. 적의 행동은 두 사람의 파멸을 위해 마치 시계태엽처럼 규칙적으로 진행된, 알 수 없는 음모이자 사악한 계획에 따른 것이다. 무려 20년 후에 말이다!

적은 집 안으로 들어왔다. 파트리스와 코랄리는 문 아래에서 무언가 부드러운 것들이 서로 스치는 소리를 들었다. 나무 문짝 아래에 무언가를 쌓으면서 다지는 듯했다. 그리고 양쪽 옆에 있는 방들의 막힌 문에서도 또 다른 소리가 어렴풋이 들렸고 뒤이어 창문 바깥쪽을 막은 돌담과 벌어진 덧문 사이에서도 같은 소리가 들렸다.

파트리스와 코랄리는 고개를 들었다. 이번에야말로 대단원의 막이, 적어도 그중 한 장면이 닥쳐온다는 생각이 들었다. 두 사람에게 지붕이란 천장 한복판을 차지하는 유리창이었다. 그 유리창에서 새어드는 빛만이 방 안을 비추고 있었다.

두 사람의 머릿속에는 여전히 똑같은 질문 하나가 불안하게 맴돌았다. 어떤 일이 일어날까? 적은 저 유리창으로 자신의 얼굴을 드러내고 마침내 가면을 벗을 것인가?

지붕 위의 작업은 꽤 오랫동안 계속되었다. 지붕을 덮고 있는 함석판 위로 발소리가 들려왔는데, 발소리 방향은 건물 오른쪽에서 천장 쪽으로 진행되었다.

갑자기 천장의 유리창, 아니, 그 일부인 타일 네 개 중 하나가 아주 가볍게 들어 올려졌고 손 하나가 막대기를 창문 사이에 끼워 반쯤 열린 상태로 고정해놓았다.

그리고 적은 다시 지붕을 가로질러 내려가고 있었다.

아주 실망스러웠다. 파트리스는 적의 정체를 알고 싶어 잔뜩 마음을 졸이고 있었는데…. 파트리스는 벽에 붙은 장식 판자 중 마지막 판자, 즉 마지막 글이 숨겨진 부분을 떼어냈다.

이 글에는 방금 일어난 상황이 그대로 담겨 있었다. 적이 집 안으로 들어와 문짝 아랫부분과 막힌 창문들, 그리고 천창에서 소리를 냈으며 이후에 천창을 반쯤 열어둔 채 고정한 일 등 방금 일어난 일이 같은 순서대로 적혀 있었다. 역시나 파트리스의 아버지와 코랄리의 어머니는 지금과 똑같은 상황을 경험하고 똑같은 느낌을 받은 것이다. 기어이 운명은 같은 오솔길을 걸어와 같은 걸음으로 같은 목표에 도달하는 것인가?

상황은 계속되었다.

"놈이 다시 올라가고 있어…. 다시 올라가고 있다고…. 자, 지붕에서 다시 소리가 들려…. 놈이 천창 쪽으로 다가오고 있어…. 놈이 이 안을 들여다볼까…? 우리도 놈의 역겨운 얼굴을 볼 수 있을까…?"

"그자가 다시 올라가고 있어요…. 다시 올라가고 있어요…." 코랄리가 파트리스의 품을 파고들며 더듬거렸다.

실제로 적의 발소리는 함석판 지붕을 지나고 있었다.

"그래요." 파트리스가 말했다. "놈이 옛날과 완전히 똑같은 계획에 따라 올라가고 있어요. 놈의 얼굴이 어떻게 생겼는지만이라도 보고 싶군요…. 우리 부모님도 놈을 알고 있었을 겁니다."

코랄리는 어머니를 죽인 범인의 얼굴을 상상하며 몸을 떨었다. 코랄리가 파트리스에게 물었다.

"어머니를 죽인 사람도 그자였겠지요?"

"그래요, 그자였어요…. 여기 우리 아버지가 적어놓은 그자의 이름이 있습니다."

파트리스는 벽에 적힌 글자를 거의 모두 복원한 상태였다.

파트리스가 반쯤 몸을 숙여 손가락으로 글을 가리켰다.

"여기요…. 이 이름을 한번 읽어봐요…. '에사레스'…. 보이시지요…. 우리 아버지가 마지막으로 쓴 글 중 하나입니다…. 읽어봐요, 코랄리."

천창이 좀 더 들어 올려졌다…. 손 하나가 천창을 밀어 올렸다…. 우리는 보았다…. 놈은 우리를 보며 웃었다…. 아! 역겨운 놈…. 에사레스… 에사레스…. 에사레스는 열린 창문을 통해 무언가를 내리고 있었다. 우리 머리 위로 방 한가운데에 무언가 내려오고 있었다…. 사다리… 줄사다리…. 도대체 무슨 일인지 이해되지 않는다…. 줄사다리가 우리 눈앞에서 흔들거렸다…. 이제야 알 것 같다…. 사다리 아래쪽에 둘둘 말린 종이쪽지가 핀으로 꽂혀 있었다…. 쪽지를 펼쳐 읽어보니 에사레스의 필체로 쓰인 글이 있었다.

코랄리만 올라오라. 코랄리는 목숨을 구할 것이다. 10분을 주겠으니 선택하라. 그러지 않으면….

"아!" 파트리스가 몸을 일으키며 말했다. "그렇다면 같은 일이 다시 벌어진다는 것인가? 사다리… 시메옹 영감 방의 벽장 안에 있던 그 줄사다리."

코랄리는 천창에서 시선을 떼지 않았다. 천창 주변에서 발소리가 들렸기 때문이다. 그러다 어느 순간 발소리가 끊겼다. 파트리스와 코랄리는 마지막 순간이 왔다고 생각했고 직접 두 눈으로 그자의 얼굴을 볼 수 있으리라 생각했다.

파트리스가 갑자기 목소리 톤을 바꾸며 말했다.

"누굴까? 옛날에 일어난 끔찍한 비극과 관계된 사람은 세 명밖에 없는데. 에사레스와 우리 아버지는 이미 이 세상 사람이 아니고… 남아 있는 시메옹 영감은 정신이 나가버렸지. 혹시 시메옹 영감이 미친 상태라 자신도 모르게 이런 일을 계속하는 것은 아닐까? 아니지…. 아니야…. 다른 자가 있어. 시메옹 영감을 조종하며 아직 모습을 드러내지 않은 다른 사람 말이야."

파트리스는 코랄리가 자신의 팔을 세게 붙드는 것을 느꼈다.

"조용히 하고 저길 봐요…."

"아니, 아니…." 파트리스가 말했다.

"맞아요, 분명해요…."

코랄리는 다음에 일어날 일을 짐작했다. 옛날과 마찬가지로 누군가의 손이 천창을 좀 더 들어 올리고 있었다…. 손이 천창을 밀고 있었다. 그리고 파트리스와 코랄리는 보았다….

두 사람은 반쯤 열린 창문을 통해 안을 들여다보는 사람의 얼굴을 보았다.

그 얼굴은 바로 시메옹 영감이었다.

사실 파트리스와 코랄리는 그리 놀라지 않았다. 다만 자신들을 괴롭혀온 사람이 바로 **저 인간**이라는 사실이 괴상하게 느껴질 뿐이었다. **저 인간**은 몇 주 동안 파트리스와 코랄리의 삶에 깊이 연관되어 있었기에 이 알 수 없는 상황에서 중요한 역할을 맡아 움직이는 것 자체는 이상할 게 없었다. 두 사람이 어디에서 무엇을 하든 시메옹 영감은 늘 주변을 맴돌며 애매한 위치에 있지 않았는가. 혹시 시메옹 영감은 운명의 강력한 힘에 이끌려서 자신도 모르는 사이에 범인의 공범 역할을 해온 게 아닐까? 아무렴 어떤가. 이제 와 달라질 것도 없다. 어쨌든 파트리스와 코랄리를 끝없이 공격해온 자는 바로 시메옹 영감이었다.

파트리스가 중얼거렸다.

"저 미친 사람이… 저 미친 사람이….”

그러나 코랄리는 다른 의견을 내놓았다.

"미치지 않았을 수도 있어요…. 미쳤을 리가 없어요.”

코랄리는 계속 몸을 떨었다.

위에서는 시메옹 영감이 노란색 안경 너머로 파트리스와 코랄리를 바라보고 있었다. 증오심이나 만족스러움이 나타나지 않은 무표정한 얼굴이었다.

"코랄리.” 파트리스가 나지막하게 말했다. "내가 시키는 대로 해요…. 이쪽으로 와요….”

파트리스가 코랄리를 부축해 의자로 데리고 가는 척하며 부드럽게 떠밀었다. 이때 파트리스는 오로지 한 가지 생각뿐이었다. 탁자 위에 놓은 권총을 집어들고 위를 향해 쏴야겠다는 생각이었다.

시메옹은 움직이지 않았다. 마치 폭우를 일으키려고 벼르는 사람 같았다. 코랄리는 자신을 뚫어지게 바라보는 시메옹 영감의 시선을 피할 수가 없었다.

"안 돼요.” 코랄리가 저항하며 중얼거렸다. 만일 파트리스의 계획이 실패하면 끔찍한 결말이 더 빨리 다가올 수 있기에 두려웠던 것이다.

그러나 파트리스는 완강했다. 목표 지점에 거의 접근했으며 이제 손만 내밀면 권총을 잡을 수 있었다.

파트리스는 재빨리 결심했다. 순식간에 총이 발사되면서 요란한 소리가 울렸다.

저 위의 얼굴은 사라졌다.

"아!" 코랄리가 말했다. "잘못 생각한 거예요, 파트리스. 저자가 복수할 거라고요…."

"아니요…. 혹시…." 파트리스가 권총을 쥔 채 말했다. "혹시 맞았을지 누가 압니까…! 총알이 창틀에 맞기는 했지만… 총탄 파편으로 혹시…."

파트리스와 코랄리는 손을 잡고 일말의 희망을 품으며 기다렸다.

그러나 희망은 오래가지 않았다. 지붕 위에서 다시 소리가 들렸다.

곧이어 옛날처럼, 마치 옛날에 직접 본 일이 다시 재연되듯 열린 천창을 통해 무언가 방 한가운데로 내려오고 있었다…. 사다리… 줄사다리… 파트리스가 시메옹 영감의 벽장에서 봤던 바로 그 줄사다리였다.

옛날에 이들의 부모가 그랬듯이 파트리스와 코랄리는 그저 바라보기만 했다. 모든 것이 놀라우리만치 똑같은 방법으로 다시 시작되었음을 두 사람은 알고 있었다. 이들의 시선은 사다리 아래쪽에 핀으로 꽂혀 있을 종이쪽지를 찾고 있었다.

정말로 돌돌 말린 종이쪽지가 있었다. 노랗게 색이 바래고 메마른 낡은 종이쪽지였다.

에사레스가 20년 전에 사용했으며 또 그때와 마찬가지로 회유와 협박의 내용이 담긴 그 종이쪽지였다.

코랄리만 올라오라. 코랄리는 목숨을 구할 것이다. 10분을 주겠으니 선택하라. 그러지 않으면….

2
관의 못

"그러지 않으면…."

파트리스는 두 사람에게 무시무시한 의미를 띤 이 말을 무의식적으로 여러 번 되뇌었다. 그러지 않으면… 결국 코랄리가 적의 말에 복종하여 목숨을 구걸하지 않으면, 또 이 감옥 같은 곳의 열쇠를 가진 적을 따르지 않으면 여기서 나가지 못하고 오직 죽음만이 남아 있다는 의미였다.

지금 이 순간만큼은 파트리스나 코랄리 모두 곧 다가올 죽음이 어떤 죽음일지, 죽음 자체는 생각하지 않았다.

적이 요구하는 것은 두 사람의 영원한 이별이라는 사실만 떠오를 뿐이었다. 한 명은 살고 다른 한 명은 죽는 것. 파트리스만 버리면 코랄리의 목숨은 보장된다. 하지만 그 보장의 대가는 무엇일까? 연인을 희생시켜 얻은 보상을 무엇으로 대신할 것인가?

두 사람 사이에는 오랫동안 모호하고 불안한 침묵이 흘렀다. 이제야 상황이 명확해졌다. 더 이상 애매한 수수께끼 같은 사건이 아니라 힘없는 희생자인 파트리스와 코랄리가 당할 수밖에 없는 비극이 일어나고 있는 것이다. 두 사람의 마음에 따라, 두 사람의 결정에 따라 결말이 달라질 비극이었다. 끔찍한 고민거리였다. 이미 과거 코랄리라는 이름의 여성에게 지워진 고민이었고, 결국 사랑을 택해 죽음을 맞이했다….

바로 그 고민이 다시 제시되었다.

파트리스는 벽에 적힌 마지막 글씨 중 마구 휘갈겨 써서 희미하게 보이는 문장을 읽었다.

> 나는 코랄리에게 애원했다…. 코랄리는 내 앞에 무릎을 꿇었
> 다. 나와 함께 죽고 싶다는 것이다….

파트리스는 코랄리를 바라봤다. 방금 나지막하게 읽어준 글을 코랄리는 전혀 듣고 있지 않았다.

파트리스는 열정에 사로잡혀 코랄리를 세게 끌어안고는 큰소리로 말했다.

"당신은 떠나야 해요, 코랄리. 내가 처음부터 이 말을 꺼내지 않은 건 주저해서가 아니란 걸 알 거예요. 천만에…. 다만 저자의 제안을 생각해봤어요…. 당신이 걱정되니까…. 저자의 요구는 끔찍해요, 코랄리. 당신의 목숨을 살려주는 이유는 흑심을 품어서겠지…. 당신도 알 거예요…. 하지만 코랄리, 지금은 저자의 말에 따라야 해요…. 살아야 한다고…. 어서 가요…. 10분이 흐를 때까지 기다려봐야 소용없어요…. 저자가 생각을 바꿀 수도 있어…. 당신마저 죽이겠다고 나올 수 있다고요. 그러니 코랄리, 어서 가요, 당장 가요."

코랄리가 짤막하게 대답했다.

"나는 여기 있을 거예요."

파트리스가 깜짝 놀랐다.

"그건 정신 나간 짓이에요. 왜 그런 쓸데없는 희생을 감수하 겠다는 거예요? 제안을 받아들인 후의 일을 걱정하는 건가요?"

"아니에요."

"그럼 어서 가요."

"여기 남을 거예요."

"도대체 왜? 왜 이렇게 고집을 부리는 거예요? 그래 봐야 소 용없어요. 도대체 왜 그러는 거예요?"

"당신을 사랑하니까요, 파트리스."

파트리스는 혼란스러웠다. 물론 코랄리가 자신을 사랑하고 있음을 모르지는 않았다. 자기 입으로 코랄리가 자신을 사랑하 고 있다고 말하지 않았던가. 하지만 곁에서 죽겠다고 할 정도 로 사랑하고 있는 줄은 몰랐다. 파트리스에게 이 사실은 생각 지 못한 기쁨이자 동시에 끔찍한 느낌으로 다가왔다.

"아!" 파트리스가 말했다. "나를 사랑하고 있군요, 코랄리…. 날 사랑하고 있어…."

"사랑해요, 파트리스."

코랄리는 파트리스의 목에 팔을 둘렀다. 파트리스는 그 무엇 으로도 떼어놓을 수 없을 듯한 포옹처럼 느껴졌다. 하지만 파 트리스는 포기하지 않고 코랄리를 구해야겠다고 결심했다.

"만일 정말로 나를 사랑한다면 내 말을 따라 살아 나가야 해 요." 파트리스가 말했다. "혼자 죽는 것보다 함께 죽는 것이 얼마나 괴로운 일인지 생각해봐요. 당신이 여기서 빠져나가 살 수만 있다면 죽음조차 감미로울 거예요."

코랄리는 듣지 않았다. 그저 오랫동안 가슴에 묻어온 사랑을 기쁜 마음으로 계속 고백했다.

"처음 본 순간부터 사랑하고 있었어요, 파트리스. 당신이 내게 군이 이야기해줄 필요도 없었어요. 좀 더 일찍 고백하지 않은 이유는 엄숙한 순간을 기다렸기 때문이에요. 당신의 눈을 바라보면서 나를 온전히 당신에게 바치며 이야기할 수 있는 순간을요. 이 세상에서 그런 순간에 가장 걸맞은 때라면 죽음을 맞이하기 바로 직전일 거예요. 그러니 내 말 들으세요. 죽음보다 못한 이별을 강요하지 마세요."

"안 돼, 안 돼." 파트리스는 마음을 가다듬으려고 노력하며 말했다. "당신이 해야 할 일은 이곳을 떠나는 겁니다."

"내가 해야 할 일은 사랑하는 사람 곁에 남는 거예요."

파트리스는 안간힘을 다해 코랄리의 손을 잡았다.

"당신이 해야 할 일은 떠나는 거예요." 파트리스가 중얼거렸다. "당신이 여기서 자유의 몸이 되면 날 구할 수 있어요."

"그게 무슨 소리예요, 파트리스?"

"그래요." 파트리스가 말했다. "나를 구하기 위해서입니다. 당신이 저 야비한 놈의 손아귀에서 빠져나가 저놈을 고발하고 도움을 청하고 내 친구들에게 알려야 합니다…. 비명을 지르거나 무언가 꾀를 낼 수도 있고요…."

코랄리가 너무나 쓸쓸한 미소와 회의적인 표정을 짓자 파트리스는 입을 다물었다.

"나를 속이려고 하는군요." 코랄리가 말했다. "당신도 나만큼이나 당신의 말을 믿지 못하잖아요. 아니에요, 파트리스. 내가 저자에게 가는 순간부터 자유로울 수 없으리란 걸 잘 알잖아요. 당신이 마지막 숨을 거둘 때까지 손발을 꽁꽁 묶은 채 어느 구석에 가둬놓을 거예요."

"정말 그렇게 생각하세요?"

"당신도 마찬가지예요, 파트리스. 당신도 그다음에 어떤 일이 벌어질지 잘 알잖아요."

"어떤 일이 벌어진다는 거예요?"

"파트리스, 저자가 내 목숨을 구해주는 건 마음이 넓어서가 아니에요. 나를 일단 손에 넣은 다음 어떤 역겨운 속셈을 생각하고 있는지, 정말로 몰라서 그래요? 내가 벗어날 방법은 오직 하나예요. 정말 모르겠어요? 여기서 빠져나간다 해도 내가 택할 방법은 역시 죽음일 텐데 차라리 당신 품에 안겨 죽는 편이 나아요···. 내가 왜 그 길을 마다하겠어요? 당신과 입을 맞추면서 동시에 죽음을 맞는 것. 죽음이란 그런 게 아닐까요? 그렇게 죽는 편이 오히려 인생의 가장 아름다운 순간을 사는 게 아닐까요?"

그러면서 코랄리는 파트리스를 껴안았지만 파트리스는 뿌리쳤다. 코랄리의 입맞춤 한 번으로 자신의 의지가 무너질 것임을 알고 있었기 때문이다.

"말도 안 되는 소리." 파트리스가 중얼거렸다. "내가 어떻게 당신의 희생을 두고 볼 수 있단 말인가요? 당신은 아직 너무 젊고··· 앞으로 행복하게 살아야 할 날들이 그토록 많은데···."

"당신이 없다면 슬픔과 절망의 나날일 거예요…."

"살아야 해요, 코랄리. 내 영혼을 바쳐 이렇게 애원할게요."

"당신 없이는 못 살아요, 파트리스. 당신은 나의 유일한 기쁨이에요. 내가 살아가는 유일한 이유는 당신을 사랑하기 때문이에요. 당신은 내게 사랑을 가르쳐주었어요. 사랑해요…."

오! 참으로 신성한 말이다! 또한 이 방에서 두 번째로 울려 퍼진 말이다. 과거에 어머니가 숭고한 희생을 각오하며 털어놓은 사랑 고백을 지금은 그 딸이 똑같이 되뇌는 것이다! 과거의 기억과 더불어 현재의 죽음을 앞둔 순간에 쏟아진 이 절절한 말은 더욱 신성한 의미를 띠었다! 코랄리는 숨김없이 낱낱이 고백했다. 모든 두려움이 사랑 앞에서 흩어져 사라진 듯했다. 사랑만이 코랄리의 목소리와 아름다운 눈빛을 흔들리게 했다.

파트리스는 코랄리를 흥분된 눈으로 바라봤다. 이제 파트리스도 이 순간이야말로 죽음을 받아들일 값진 순간이라고 생각했다.

그럼에도 파트리스는 코랄리를 설득하기 위해 더욱 안간힘을 썼다.

"내가 당신에게 떠나라고 명령한다면요, 코랄리?"

"저자의 품에 안기라는 건가요?" 코랄리가 중얼거렸다. "그게 정말로 당신이 원하는 건가요, 파트리스?"

파트리스는 너무 놀라 몸이 떨렸다.

"아! 끔찍한 소리! 저 인간… 저런 인간에게… 당신이, 너무나 순수하고… 청순한 나의 코랄리가…."

파트리스나 코랄리 모두 천창 너머의 남자에게서 시메옹의 이미지가 떠오른 건 아니었다. 적의 모습은 어딘가 수수께끼 같은 구석이 있었다. 시메옹은 하수인에 지나지 않을 수도 있다. 어쨌든 저 위에서 내려다보는 사악한 악당은 두 연인을 위해 고통스러운 죽음을 준비하고 있으며 코랄리에게 역겨운 욕망을 품고 있다.

파트리스가 조용히 물었다.

"혹시 시메옹이 당신에게 품은 흑심을 눈치챈 적은 없습니까…?"

"전혀요…. 전혀… 흑심을 품긴커녕… 날 피하는 눈치였어요…."

"그렇다면 미쳐서 그런 거군요…."

"미친 게 아닌 것… 같아요…. 복수하려는 거예요."

"그럴 리가 없어요. 시메옹 영감은 우리 아버지의 친구였고 평생 우리를 맺어주기 위해 노력했어요. 그런데 왜 지금 우리를 죽이려 하겠어요?"

"모르겠어요, 파트리스. 뭐가 뭔지 모르겠어요…."

두 사람은 더 이상 시메옹에 관련된 이야기를 하지 않았다. 누구의 손에 죽음을 맞느냐는 그리 중요하지 않았다. 누가 죽음으로 위협하든 죽음 그 자체에 저항하는 게 중요했다. 하지만 어떻게 저항할 수 있단 말인가?

"내 말대로 하는 거지요, 파트리스?" 코랄리가 나지막이 말했다.

파트리스는 대답하지 않았다. 코랄리가 다시 말했다.

"나는 떠나지 않을 거예요. 그렇지만 당신의 동의를 구하고 싶어요. 제발 부탁이에요. 이 일로 당신이 고통스러워하는 것이 내겐 고문이에요. 그러니 내 말대로 하는 거지요?"

"그래요." 파트리스가 말했다.

"이리 손을 줘봐요. 내 눈을 봐요. 그리고 우리 미소를 지어요, 파트리스."

두 사람은 잠시 열정적인 사랑의 환희에 빠져들었다. 코랄리가 파트리스에게 말했다.

"왜 그래요, 파트리스? 아직도 마음이 편치 않은 거예요?"

"저길 봐요…. 저길….'

파트리스는 쉰 목소리로 신음했다. 너무 놀라운 장면을 본 것이다.

사다리가 다시 올라가고 있었다. 벌써 10분이 흐른 것이다.

파트리스는 서둘러 사다리 아래를 잡았다.

코랄리는 꼼짝하지 않았다.

파트리스는 무엇을 하려는 걸까? 파트리스 자신도 몰랐다. 다만 이 사다리는 코랄리를 구할 유일한 기회였다. 사다리를 포기하고 피할 수 없는 운명을 그대로 받아들여야 하는 걸까? 1분이 지나고 2분이 지났다. 사다리가 팽팽하게 당겨지는 걸로 보건대 저 위의 어딘가에 고정된 것 같았다.

코랄리가 애원했다.

"파트리스, 파트리스, 도대체 어쩌려고요…?"

파트리스는 좋은 생각을 떠올리기라도 한 듯 주변과 위쪽을 바라봤다. 그렇게 하다 보니 언뜻 자신의 내면이 보인 것 같았다. 이를테면 아버지도 있는 힘을 다해 사다리를 잡았을 그 아슬아슬한 순간을 떠올리면서 뭔가 좋은 생각을 건지려는 듯 말이다.

갑자기 파트리스는 왼발로 힘껏 뛰어올라 사다리 다섯 단을 올랐고 재빨리 팔을 뻗어 줄사다리를 기어오르기 시작했다.

터무니없는 시도였다! 줄사다리를 기어올라 천창까지 이른다? 적을 쓰러뜨려 파트리스 자신과 코랄리를 구하겠다? 아버지도 실패했는데 자신이 무슨 수로 성공하겠는가?

모험은 채 3분도 지속되지 않았다. 파트리스는 갑자기 바닥에 다시 떨어졌다. 사다리는 천창 근처의 나사에서 벗어나 파트리스와 함께 떨어졌다.

동시에 위에서 기분 나쁜 웃음소리가 들렸다. 이어 천창이 닫히는 소리가 들렸다.

파트리스는 씩씩대며 일어나 적을 향해 거친 말을 내뱉었다. 파트리스는 화가 치솟은 듯 천창을 향해 권총을 두 발 발사해 유리창 두 장을 깨뜨렸다.

그런 후 방문이며 창문, 벽, 바닥 등을 장작 받침쇠로 마구 두들기고, 자신을 조롱하는 보이지 않는 악당을 겨냥하듯 허공에 주먹을 휘둘렀다. 그러다 갑자기 파트리스는 화풀이를 멈추고 잠잠해졌다. 두꺼운 베일 같은 것이 미끄러지면서 천창 전체를 덮어 방 안이 캄캄해졌기 때문이다.

파트리스는 상황을 이해했다. 적은 천창마저 커다란 덧문으로 막아버린 것이다.

"파트리스! 파트리스!" 칠흑 같은 어둠에 놀란 코랄리가 소리쳤다. "파트리스, 어디 있어요? 파트리스? 아! 무서워요…. 어디 있어요?"

두 사람은 마치 시각장애인처럼 더듬거리며 서로를 찾았다. 앞이 안 보이는 칠흑 같은 어둠 속에서 헤매자니 아주 두려웠다.

"파트리스! 어디 있어요, 파트리스?"

두 사람의 손이 마침내 만났다. 코랄리의 얼음장 같은 손과 파트리스의 불덩이 같은 손이 한데 뒤엉켰다. 두 사람은 맞잡은 손으로만 서로의 존재를 확인할 수 있다는 듯 아주 꽉 부여잡았다.

"아! 날 떠나지 마세요, 파트리스." 코랄리가 애처로운 목소리로 말했다.

"나 여기 있어요." 파트리스가 말했다. "두려워하지 마세요…. 그 무엇도 우리를 갈라놓지 못하니까."

코랄리가 중얼거리며 말했다.

"그 누구도 우리를 갈라놓지 못해요, 맞아요…. 우리는 지금 우리의 무덤 속에 있는 거예요."

코랄리가 너무나 고통스러운 목소리로 말하자 파트리스는 발끈했다.

"말도 안 돼요…! 그게 무슨 소리예요? 절망해서는 안 돼요…. 마지막 순간에도 구원이 일어날 수 있어요."

파트리스는 코랄리의 손을 잡은 한쪽 손을 빼내 권총을 쥐었다. 그리고 천창의 미세한 틈새로 새어 들어오는 광선을 겨냥해 세 발을 연속으로 발사했다. 그러나 나무가 삐걱대는 소리와 웅얼대며 빈정거리는 적의 목소리만 들릴 뿐이었다. 아무리

총을 쏴도 갈라지지 않는 것을 보면 천창을 가린 덧문은 금속제인 것 같았다.

한 줄기의 빛이 새어들던 틈새마저도 무엇인가로 즉시 막혔다. 적은 다른 창문과 문짝에 해놓은 공사를 지금은 천창에 하는 것 같았다. 공사가 마무리되기까지는 꽤 오랜 시간이 걸렸다. 작업에 꽤 신경을 쓰는 게 분명했다. 심지어 덧문을 천창 틀에 대고 아예 못으로 박아버리는 것이었다.

무시무시한 소리! 망치질은 가볍고 빨랐다. 두 사람의 머릿속에 망치질 소리가 깊이 파고드는 듯했다! 마치 두 사람을 함께 매장한 관 뚜껑에 못을 박는 것 같았다. 단단한 뚜껑으로 머리 위를 뒤덮은 커다란 관에 단단히 못질하는 셈이었다. 이제 조금의 희망도 없다! 더 이상 도움을 받을 가능성도 없다! 망치질할 때마다 컴컴한 감옥은 더욱 단단해졌고 한 쌍의 연인과 세상 사이에는 인간의 힘으로는 건너뛸 수 없는 장벽이 두터워지고 있었다.

"파트리스." 코랄리가 애처롭게 말했다. "무서워요…. 오! 저 망치 소리가 너무 무서워요."

코랄리는 파트리스의 품에 쓰러지듯 안겼다. 파트리스는 코랄리의 뺨에 흐르는 눈물을 느꼈다.

위에서 하는 작업이 마무리되었다. 두 사람의 심정은 마치 사형 집행일 새벽에 사형수가 느낄 법한 처절한 감정과 비슷했다. 사형수들은 독방에 갇힌 채 여러 가지 채비가 갖춰지고 음산한 장치가 설치되는 소리를 듣는 법이다. 조그만 운으로라도 죽음을 면치 못하도록 여러 사람이 만반의 준비를 하고 한 치의 오차도 없이 사형이 집행되도록 준비하는 소리를 듣는 그 끔찍한 심정.

파트리스와 코랄리는 사형수의 심정으로 최후의 순간을 기다렸다. 죽음의 신은 적의 편이었다. 죽음과 적은 함께 손을 잡고 일심동체가 되어 제거할 상대를 표적으로 한 싸움을 빈틈없이 이끌어왔던 것이다.

"날 떠나지 마세요." 코랄리가 흐느끼며 말했다. "날 떠나지 마세요…."

"조금만 참아봅시다." 파트리스가 말했다. "나중에 우리가 복수해줍시다."

"소용없어요, 파트리스. 뾰족한 수가 없잖아요?"

파트리스의 성냥갑에는 성냥 몇 개비가 들어 있었다. 파트리스는 성냥을 하나씩 켜며 글씨가 적힌 벽 쪽으로 코랄리를 데려갔다.

"뭐하려는 거예요?" 코랄리가 물었다.

"사람들이 우리의 죽음을 자살로 생각하게 내버려 둘 수 없지. 우리의 부모가 과거에 하신 일을 그대로 따라 할 생각입니다. 내가 쓴 글을 누군가 읽는다면 우리의 복수를 해줄 겁니다."

파트리스는 몸을 웅크려 호주머니에서 연필을 꺼냈다. 벽 아래쪽에 공간이 남아 있었다. 파트리스는 글을 쓰기 시작했다.

파트리스 벨발과 약혼녀 코랄리는 1915년 4월 14일 시메옹 디오도키스에게 살해당했다.

그런데 파트리스가 글을 다 썼을 때쯤이었다. 예전 글에서 미처 읽지 못한 내용이 눈에 들어왔다. 아마도 다른 글과 떨어진 곳에 있어서 보지 못한 듯했다.

"성냥 하나만 더 줘보세요." 파트리스가 말했다. "보여요…? 여기 또 글자가 있습니다…. 아마도 아버지가 쓴 마지막 글 같군요."

코랄리가 성냥불을 켰다.

흔들리는 불빛 속에서 아무렇게나 휘갈겨 쓴 듯한 두 단어가 나타났다. 파트리스와 코랄리는 그 단어를 읽었다.

질식… 산소….

성냥불이 꺼졌다.

파트리스와 코랄리는 아무 말 없이 몸을 일으켰다.

질식이라니…. 이제야 두 사람은 부모님이 어떻게 죽어갔으며 자신들 역시 어떻게 죽어갈지를 알게 되었다. 그러나 무슨 일이 어떻게 일어날지는 아직 파악되지 않았다. 넓은 공간이기에 몇 날 며칠을 버티기에는 산소가 충분해서 질식사할 것 같지는 않았다.

"적어도 이 안의 공기가 달라지지 않는다면…." 파트리스가 중얼거렸다.

파트리스가 잠시 말을 멈추었다가 다시 이었다.

"그래…. 그거야…. 기억나…."

파트리스는 코랄리에게 자신의 짐작을, 아니, 그보다는 더 이상 의심할 여지가 없을 만큼 사실인 이야기를 들려주었다.

시메옹 영감의 벽장에서 파트리스가 본 것은 줄사다리뿐만이 아니었다. 납으로 된 도관도 있었다. 파트리스와 코랄리가 여기에 갇힌 이후로 시메옹 영감은 별장 이곳저곳을 어슬렁거리며 틈새란 틈새는 모두 막았고 오랜 시간을 걸쳐 벽과 지붕에 작업을 해놓았다. 이러한 행동들을 되짚어 보건대 모든 것이 분명해졌다. 시메옹 영감은 미리 가져온 도관을 주방에 있는 가스 계량기에 연결해 벽과 지붕을 따라 설치하기만 하면 되는 것이다.

이런 식으로 파트리스와 코랄리의 부모가 숨을 거둔 것이다. 파트리스와 코랄리 역시 조명용 가스에 질식해 숨을 거둘 게 분명했다.

두 사람은 놀라 어쩔 줄 몰랐고 손을 잡은 채 방 여기저기를 뛰어다녔다. 마치 강한 폭풍에 휘날리는 작은 사물들처럼 두 사람은 아무 생각도, 아무 의지도 떠오르지 않았으며 정신만 혼미해졌다.

코랄리는 두서없는 말을 내뱉었다. 파트리스는 코랄리에게 진정하라고 했으나 그 자신도 다가오는 죽음의 압박 때문에 무얼 어떻게 해야 할지 갈피를 못 잡고 우왕좌왕했다. 탈출하고 싶었다. 목덜미에 서늘하게 감겨드는 가스의 느낌에서 벗어나고 싶었다. 도망쳐야 한다. 일단 도망쳐야 한다. 하지만 어디로? 벽은 넘을 수 없고 칠흑 같은 어둠은 벽보다 더 견고해 보였다.

두 사람은 기진맥진해져 멈췄다. 어디선가 바람 빠지는 소리

같은 게 들렸다. 열어놓은 가스관에서 나오는 소리였다. 귀를 기울이던 두 사람은 소리가 위쪽에서 난다는 것을 알았다.

고통이 시작되었다. 파트리스가 중얼거렸다.

"기껏해야 30분에서 한 시간의 여유밖에 없습니다."

코랄리도 정신을 가다듬고 말했다.

"우리 용기를 가져요, 파트리스."

"아! 내가 혼자였더라면! 불쌍한 코랄리, 당신만 없었어도….'

코랄리가 아주 나지막한 목소리로 말했다.

"고통스럽지 않아요."

"당신은 고통스러울 거예요. 몸이 너무 약해져 있으니까!"

"몸이 안 좋으니까 고통도 느끼지 못할 거예요. 그리고 난 알아요. 우리는 고통스럽지 않을 거예요, 파트리스."

코랄리는 갑자기 마음의 안정을 되찾은 듯 매우 담담한 태도를 보였다.

두 사람은 여전히 손을 잡고 넓은 디방에 앉아 아무 말도 하지 않았다. 두 사람은 점점 마음이 편안해졌다. 마치 결판이 난 상황에 초연해진 듯했고, 저항할 수 없는 힘 앞에서 체념하고 복종하는 듯한 태도였다. 두 사람은 천성적으로 확실한 운명이라고 생각되면 저항하지 않는 타입이었다. 이제는 상황에 순응하고 기도하는 수밖에 없는 셈이었다.

코랄리는 파트리스의 목을 껴안고 말했다.

"하느님 앞에서 당신은 나의 약혼자예요. 하느님이 우리 두 사람을 부부로 축복해주셨으면 해요."

코랄리의 감미로운 말에 파트리스는 눈물을 흘렸다. 코랄리는 파트리스의 눈물을 입술로 훔치며 파트리스의 입에 키스했다.

"아!" 파트리스가 말했다. "당신 말이 맞아요. 이렇게 죽는 것이 곧 사는 거예요."

영원할 듯한 침묵이 두 사람을 감쌌다. 천창에서 내려온 가스 냄새가 주위에 퍼지기 시작했지만 전혀 두렵지 않았다.

파트리스가 속삭였다.

"마지막 1초까지, 모든 것이 옛날과 똑같은 방식으로 일어날 겁니다, 코랄리. 우리가 사랑하듯 서로 사랑한 당신의 어머니와 우리 아버지는 우리처럼 포옹하고 입술을 맞댄 채 숨을 거두었겠지요. 그때 두 분은 우리의 결합을 원하셨고 결국 지금의 우리를 결합시킨 거예요."

그러자 코랄리가 중얼거렸다.

"우리의 무덤도 두 분의 무덤 가까이에 마련될 거예요."

두 사람의 머릿속은 점점 흐려졌다. 점점 짙어지는 안개 너머로 서로를 바라보고 있다는 생각이 들었다. 배고픔이 점점 현기증으로 변했고 정신은 계속 멍해졌다. 현기증이 심해질수록 걱정과 불안감은 무뎌졌다. 일종의 황홀감과 무감각한 마비 상태에 빠져들었는데, 이는 조금 있으면 세상에 존재하지 않을 것이라는 두려움을 지우는 휴식 같았다.

코랄리가 먼저 정신을 잃기 시작했다. 코랄리의 헛소리에 파트리스는 깜짝 놀랐다.

"내 사랑, 꽃들이 떨어지고 있어요. 장미꽃이요. 오! 정말 예뼈요!"

그러나 이어서 파트리스도 나른하고 감미로운 기분에 휩싸이며 점차 황홀경에 빠져들었다.

파트리스는 코랄리가 조금씩 자신의 품에서 축 늘어지고 있음을 느꼈지만 두렵지 않았다. 파트리스 역시 코랄리를 따라 빛으로 일렁이는 거대한 심연 속으로 빠져들었다. 그 심연 속에서 두 사람은 행복의 땅으로 함께 훨훨 날아가는 듯했다.

몇 분, 혹은 몇 시간이 지났다. 두 사람은 계속해서 심연으로 빠져들었다. 코랄리는 눈을 감고 미소를 지은 채 몸을 뒤로 젖혀 파트리스에게 안겨 있었다. 파트리스는 두 정령의 커플이 빛과 공기에 취한 채 미끄러지듯 하늘을 날아다니는 모습을 보았다. 자신도 행복의 땅 위에서 원을 그리며 훨훨 나는 것 같았다.

그런데 파트리스는 심연에 가까워질수록 몸에서 기운이 빠져나가는 것처럼 느껴졌다. 팔에 안긴 코랄리의 몸이 무거운가 싶더니 하강하는 속도도 점차 빨라지는 것이다. 더불어 빛의 파도가 어두워지며 두툼한 구름이 하나 보이고 이어서 또 다른 구름들이 어둠의 소용돌이를 이루었다.

파트리스는 불현듯 이마에 땀이 맺히고 몸에 열이 오르면서 커다랗고 어두운 구멍 속으로 곤두박질치는 듯한 기분이 들었다.

3
낯선 사람

아직 완전한 죽음은 아니었다. 죽음을 앞둔 상황에서 의식은 가까스로 버티고 있었고 현실의 삶에 새로운 세상, 즉 상상 속 죽음의 삶이 뒤섞인 악몽 같은 상태였다.

지금 파트리스가 경험하는 세상에서 코랄리는 더 이상 존재하지 않았고 이 때문에 미칠 듯 슬펐다. 다만 감긴 눈꺼풀 너머로 무언가를 중얼거리는 그림자를 통해 누군가 곁에 있다는 생각이 들었다.

파트리스는 그 누군가를 시메옹 영감이라고 생각했다. 그렇게 생각하는 특별한 이유는 없었다. 다만 시메옹 영감이 희생자들의 죽음을 확인한 후 코랄리부터 옮기고 파트리스를 옮기는 작업을 할 것 같았다. 그런데 갈수록 주변의 행동이 어찌나 선명하게 느껴지는지 파트리스는 자신이 완전히 깨어난 것 같았다.

그러고도 몇 시간… 아니, 몇 초가 지난 듯했다. 마침내 파트리스는 깊은 잠에 빠졌다는 느낌이 들었고, 지옥처럼 깊은 잠 속에서 사형수가 겪을 듯한 정신적, 육체적 고통에 시달린다고 생각했다. 파트리스는 바다에 빠져 물 위로 떠오르기 위해 안간힘을 쓰는 조난자처럼 있는 힘을 다해 심연을 벗어나려고 애썼다. 차오르는 물로 숨이 막히지만 물결을 헤치고 또 헤치며 있는 힘을 다하는 셈이었다. 물 위에 둥둥 떠다니는 물건들을 팔다리로 잡고 사라지려는 줄사다리에 필사적으로 매달리는 느낌이었다.

그런데 어둠이 점차 옅어지는 듯했다. 청록빛 햇살이 녹아들고 있었다. 파트리스는 답답한 기분이 조금 풀렸다. 눈을 살짝 뜨고 여러 번 숨을 내쉰 파트리스는 눈앞에 펼쳐진 광경에 깜짝 놀라고 말았다. 문이 활짝 열려 있고, 바로 그 옆 탁 트인 바깥에 놓인 디방에 자신이 누워 있는 것이다.

파트리스 옆에는 또 다른 디방에 코랄리가 몸을 축 늘어뜨린 채, 간혹 몸을 뒤척이며 괴로워하고 있었다.

파트리스는 생각했다.

'코랄리도 심연에서 벗어나려고 애쓰고 있어…. 나처럼 코랄리도 애쓰고 있다고…. 가여운 코랄리.'

두 사람 사이에는 물컵 두 잔이 놓인 외발 탁자가 있었다. 아주 목이 말랐던 파트리스는 물컵 하나를 집어들었다. 하지만 마실 엄두가 나지 않았다. 바로 그때 누군가 별장 문으로 나왔다. 파트리스는 시메옹 영감이리라고 생각했지만 아니었다. 한 번도 본 적이 없는 낯선 사람이었다.

파트리스는 생각했다.

'난 잠들어 있는 게 아니야…. 확실히 깨어났어. 그리고 이 사람은 우리를 구해준 친구라는 생각이 들어.'

파트리스는 자신의 확신이 맞는지 알아보기 위해 목소리를 높여 무언가를 말하려고 애썼지만 기운이 없었다.

낯선 이는 파트리스에게 다가와 부드러운 목소리로 말했다.

"무리하지 마십시오, 대위님. 모든 것이 잘되고 있습니다. 자, 어서 마십시오."

낯선 이가 파트리스에게 물컵 하나를 건넸고 파트리스는 아무 의심 없이 단숨에 들이켰다. 그리고 바로 곁에서 마찬가지로 물을 마시는 코랄리의 모습을 보니 행복했다.

"그렇군요, 모든 것이 잘되고 있군요." 파트리스가 말했다. "하느님! 산다는 건 정말 좋은 일입니다! 코랄리도 살아 있는 거지요?"

그러나 파트리스는 대답을 듣기도 전에 기분 좋은 잠에 빠져들었다.

마침내 파트리스가 눈을 떴다. 머릿속은 여전히 윙윙대고 숨쉬기도 힘들었지만 위험한 고비는 넘긴 상태였다. 파트리스는 자리에서 일어나 감각도 정상으로 돌아왔음을 확인했다. 지금 자신은 별장 입구에 있었다. 물을 두 잔이나 마신 코랄리는 평온하게 잠들어 있는 상태였다. 파트리스가 큰 소리로 외쳤다.

"산다는 건 좋은 거야!"

파트리스는 좀 더 움직이고 싶었지만 문이 활짝 열려 있는 별장 안에는 도무지 들어갈 엄두가 나지 않았다. 오히려 무덤이 있는 수목의 회랑을 돌아 별장에서 멀어졌다. 딱히 방향이 정해진 건 아니었다. 아직은 왜 이렇게 걷고 있는지조차 몰랐기 때문이다. 또한 도대체 무슨 일이 일어난 것인지도 알 수 없었다. 파트리스는 무턱대고 걸었다. 그렇게 걷다 보니 결국 별장 쪽으로 되돌아왔고 출입구가 있는 곳의 정반대, 즉 정원이 내다보이는 외벽 쪽까지 왔다. 파트리스는 걸음을 멈추었다.

외벽에서 몇 미터 떨어진 곳, 비스듬한 오솔길을 굽어보는 어느 나무 아래에 한 남자가 얼굴은 나무 그늘에, 두 발은 따뜻한 햇볕에 묻은 채 버들가지로 만들어진 긴 의자 위에 누워 있었다. 졸고 있는 남자의 무릎에는 책 한 권이 펼쳐져 있었다.

그제야 파트리스는 코랄리와 자신이 정말로 죽음에서 벗어났으며 자신들의 목숨을 구해준 사람이 이 남자라는 사실을 실감했다. 남자가 조는 모습이, 이제는 절대적으로 안심해도 되는 상황이며 일을 잘 해결해 뿌듯함을 느끼고 있다는 뜻으로 보였다.

파트리스는 남자를 관찰했다. 호리호리하지만 어깨는 넓었고 하얀 피부에 가는 콧수염이 입술 위에 가지런했다. 관자놀이 부근에 희끗희끗한 머리카락이 몇 가닥 있는 등 전체적으로 보건대 이 낯선 남자는 많게 봐도 오십 대로 보였다. 또한 우아함을 중시하는 복장이었다. 파트리스는 몸을 숙여 남자의 무릎에 놓인 책 제목을 훑어보았다.

《벤저민 프랭클린의 회고록》

또한 파트리스는 남자의 모자 안에 새겨진 머리글자를 읽었다.

L. P.

'이 남자가 날 구했어.' 파트리스는 생각했다. '얼굴을 알아보겠어. 우리 둘을 별장 밖으로 끌어내 돌봐준 사람이야. 그런데 어떻게 이런 기적이 일어난 거지? 도대체 누가 이 남자를 보낸 걸까?'

파트리스가 남자의 어깨를 두드렸다. 곧바로 남자는 자리에서 일어나 환한 미소를 지었다.

"실례합니다, 대위님. 워낙에 바빠서 그런지 시간만 나면 눈을 붙입니다… 장소를 가리지 않고 말이지요…. 나폴레옹도 그랬다지요? 이런, 물론 이렇듯 사소한 닮은 점이 있다는 게 기분 나쁘지는 않군요. 내 이야기는 여기까지 하겠습니다. 대위님, 몸은 어떻습니까? 코랄리 엄마도 불편한 게 많이 가셨나요? 문을 열고 두 분을 밖으로 옮겼을 때는 아무리 흔들어 깨워도 소용없을 것 같더군요. 그래서 침착하게 필요한 조치를 취했습니다. 두 분이 숨을 쉴 수 있도록 말이지요. 그다음은 맑은 공기가 알아서 해주었고요."

파트리스가 어리둥절한 태도를 보이자 남자는 말을 멈추었다. 이제 남자는 미소 대신 유쾌한 웃음을 터뜨렸다.

"아! 내 정신 좀 봐, 절 모르시겠습니까? 모르시겠지요. 내가 대위님께 보낸 편지가 중간에 차단당했으니까요. 우선 내 소개를 하겠습니다. 에스파냐의 오랜 귀족 가문 출신인 돈 루이스 페레나라고 합니다. 정식 신분증명서는…."

돈 루이스는 더욱 크게 웃었다.

"신분증은 소용없겠군요. 아마도 야봉이 이쪽 거리 담벼락에 내 이름을 적었을 때는 완전히 다른 이름이었을 테니까요. 아! 이제 이해되시는 모양이군요…. 예, 맞습니다. 대위님이 도움을 요청한 신사는… 굳이 그 이름을 공개해야 하는지 모르겠습니다…. 자, 대위님. 여기 아르센 뤼팽이 대위님을 돕기 위해 있습니다."

파트리스는 놀란 표정을 지었다. 그러고 보니 야봉이 뤼팽을 부르겠다고 한 적이 있으며 자신은 그러라고 허락하지 않았던가. 그런데 정말로 아르센 뤼팽이 눈앞에 있는 것이다. 더구나 뤼팽이 한 번 움직인 것만으로도 정교하게 밀폐된 무덤 속에서 다 죽어가던 자신과 코랄리가 기적적으로 살아났다.

파트리스가 손을 내밀며 말했다.

"고맙습니다."

"쉿!" 돈 루이스가 다정하게 말했다. "고맙다는 말씀은 마십시오! 이렇게 친절한 악수 한 번이면 충분합니다. 나와 악수한다고 큰일 날 건 없습니다, 대위님. 비록 양심에 찔리는 사소한 일들이 있었으나 정직한 분들의 칭찬을 들을 만한 행동도 많이 했습니다. 우선 나 자신이 생각하기에 훌륭한 일부터…. 그건 그렇고…."

돈 루이스는 다시 말을 멈추었다. 그리고 파트리스의 군복 단추 하나를 잡고 생각에 잠기는가 싶더니 말했다.

"움직이지 마십시오…. 누군가 우리를 염탐하고 있습니다."

"누가요?"

"정원 끝에 있는 제방 위에 누군가 있습니다…. 담벼락이 높지는 않지요. 아래에는 철책이 있고요. 창살 사이로 엿볼 수 있습니다. 지금 누군가 우리를 엿보려고 하고 있습니다."

"어떻게 아십니까? 선생은 지금 제방 쪽을 등지고 있는 데다 나무 숲으로 가로막혀 있는데요."

"들어보십시오."

"특별한 소리는 들리지 않아요."

"자동차 엔진 소리… 주차한 자동차의 엔진 소리입니다. 주거지도 없는 담벼락 앞 제방 쪽에 차를 세웠다면, 왜 그랬겠습니까?"

"그렇다면 대체 누가 엿보는 건가요?"

"당연히! 시메옹 영감이지요."

"시메옹이요?"

"확실합니다. 지금 시메옹은 내가 두 분을 구한 것을 분명히 알고 있을 겁니다."

"그렇다면 시메옹이 미친 게 아니란 겁니까?"

"시메옹이 미쳤다고요? 대위님과 나만큼이나 멀쩡합니다."

"하지만…."

"시메옹이 두 분을 보호해왔고 두 분을 맺어주고 싶어 했으며 대위님에게 정원 열쇠를 보내주었다는 말씀을 하고 싶으신 거지요?"

"전부 알고 계십니까?"

"잘 알고 있어야지요. 그렇지 않으면 내가 어떻게 두 분을 도울 수 있었겠습니까?"

"하지만…." 파트리스가 불안해하며 말했다. "놈이 주변을 어슬렁거리는데 우리도 무언가 조치를 취해야 하지 않을까요? 어서 별장으로 돌아갑시다. 코랄리가 혼자 있습니다."

"위험은 전혀 없습니다."

"왜 그렇지요?"

"내가 있으니까요."

파트리스는 더욱 놀라며 이렇게 물었다.

"시메옹이 선생을 안단 말입니까? 선생이 여기에 있다는 것을 안다고요?"

"그렇습니다. 내가 야봉을 통해 대위님께 편지를 보냈지만 시메옹이 가로챘지요. 시메옹은 내가 올 것을 알았기에 일을 서두른 겁니다. 그리고 난 평소 하던 대로 도착 일정을 몇 시간 정도 앞당겼습니다. 현장을 급습하기 위해서였지요."

"하지만 그때만 해도 선생은 시메옹이 범인이라는 사실을 몰랐을 겁니다…. 아무것도 몰랐겠지요…."

"전혀 몰랐습니다…."

"오늘 아침에 오신 겁니까?"

"아니요. 오늘 오후, 1시 45분쯤에 도착했습니다."

파트리스가 손목시계를 봤다.

"지금은 4시니까, 그러니까 두 시간 만에…."

"그 정도도 아닙니다. 정작 이곳에 온 건 1시간 전이었지요."

"야봉에게 물어본 거군요?"

"내가 그렇게 시간을 낭비할 것 같습니까? 야봉은 잔뜩 당황 해서는 두 분이 사라졌다는 말밖에 하지 않았습니다."

"그렇다면?"

"그때부터 두 분을 찾아 나섰지요."

"어떻게요?"

"먼저 대위님의 방을 조사했습니다. 워낙 이런 경험이 많아서 그런지 대위님의 벽에 바짝 붙은 개폐식 책상 구석에 작은 구멍이 난 것을 보았습니다. 그 구멍이 책상이 붙어 있는 이웃 방 벽에 난 구멍과 연결되어 있더군요. 책상 속에는 대위님이 매일 일상을 기록하는 장부가 있었고요. 그 장부를 보고 어떤 일이 일어나고 있는지를 대충 이해했습니다. 그런데 시메옹도 이웃 방에서 몰래 대위님의 장부에 기록된 내용을 볼 수 있었더군요. 그래서 4월 14일에 대위님이 성지 순례를 하듯 여기를 돌아볼 것이라는 계획도 알고 있었고요. 지난밤에도 대위님이 무언가를 쓰고 있음을 눈치챈 시메옹은 대위님을 처리하기 전에 장부 내용을 알아야 한다고 생각했겠지요. 그런데 보아하니 대위님이 방어 준비를 단단히 해두었다는 내용이라 시메옹은 야밤 공격을 미루기로 한 겁니다. 이제 이해가 되시나요? 모든 일이 얼마나 쉽게 일어났는지 이해하실 겁니다. 대위님이 사라진 것을 알면 데말리옹 씨도 놀라 조사를 벌여 여기까지는 알게 될 테지만 내일 정도는 되어야 가능했겠지요."

"그럼 너무 늦지요." 파트리스가 말했다.

"그래요, 너무 늦어집니다. 그런 일은 데말리옹 씨나 경찰이 나설 일이 못 되지요. 나 역시 경찰의 개입을 꺼리는 편입니다. 그래서 대위님의 부하인 상이용사들에게 애매한 것에 대해서는 입조심하라고 당부했습니다. 데말리옹 씨가 오늘 도착해도 아무 일도 일어난 적이 없었던 것처럼 말입니다. 그리고 대위님의 장부를 통해 충분한 정보를 파악한 나는 야봉을 데리고 골목길을 지나 이 정원까지 온 겁니다."

"문이 열려 있었습니까?"

"아니요, 다행히도 마침 시메옹이 정원을 나오는 길이더군요. 시메옹에게는 실수였지만 내게는 절호의 기회였고요. 일단 문 걸쇠부터 잡았습니다. 우리가 들어가도 시메옹이 감히 막아설 수는 없었을 겁니다. 내가 누구인지 시메옹은 바로 알아봤을 테고요."

"하지만 시메옹이 적이라는 사실을 알 리가 없지 않았습니까?"

"모른다니 그게 무슨 말씀입니까…? 대위님의 장부는 뭐고요?"

"그런 내용을 쓴 적이 있던가요…."

"대위님, 장부의 매 장마다 그자를 고발하는 내용이 쓰여 있더군요. 그자가 등장하지 않는 사건은 단 하나도 없었습니다. 이는 그자가 배후에서 계획을 짜서 행동했다는 뜻이지요."

"그렇다면 그자를 잡는 게 먼저였겠군요."

"그다음에는요? 그래서 무슨 도움이 되겠습니까? 그자에게 자백을 받아낼 수 있었을까요? 아니지요, 오히려 그자를 자유롭게 다니게 놔두어야 확실히 잡을 수 있는 겁니다. 스스로 덫에 걸리게 하는 겁니다. 보십시오, 그자는 도망치기보다는 주변을 얼씬대고 있지 않습니까? 무엇보다 두 분을 구하는 일이 급했습니다…. 시간이 너무 늦지 않았다면 말이지요. 야봉과 나는 별장 문까지 달려갔습니다. 문이 열려 있더군요. 또 다른 문인 계단 쪽 문은 열쇠로 잠겼고 빗장까지 채워져 있었습니다. 나는 빗장 두 개를 빼냈습니다. 우리 같은 사람에게 자물쇠를 따는 일은 그리 어려운 일이 아니지요. 안으로 들어오니 가스 냄새만 났습니다. 바로 상황을 이해했습니다. 시메옹이 골목길 가로등에 가스를 공급하는 낡은 계량기를 가지고 수작을 부린다는 것을 말입니다. 두 분은 그 때문에 질식 상태였지요. 우리는 두 분을 얼른 밖으로 옮기고 인공호흡 등 일상적인 조치를 취했습니다. 그렇게 두 분을 구한 겁니다."

파트리스가 계속 물었다.

"그자는 살인 장치를 모두 거두어 갔겠지요?"

"아니요. 모든 것을 정리하기 위해 현장에 돌아오는 일은 그리 서두르지 않았을 겁니다. 자신이 개입하지 않고 현장을 그대로 놔두어 두 분이 자살했다고 사람들이 믿게 하기 위해서지요…. 특별한 이유가 없는 수수께끼 같은 자살 말입니다. 대위님의 부친과 코랄리 엄마의 모친이 겪은 비극이 재현되는 셈이고요."

"그 일도 알고 있습니까…?"

"눈은 괜히 있는 줄 아십니까? 벽에 있는 글, 대위님의 부친께서 남긴 글이 있지 않습니까? 나도 대위님만큼 훤히 다 알고 있습니다…. 어쩌면 그보다 더 많은 것을 알고 있는지도 모르겠습니다."

"그보다 더 많은 것을요?"

"이런, 연륜과… 경험이지요. 다른 사람들에게는 해독하기 어려운 문제도 내게는 세상에서 가장 간단한 일이 됩니다. 그래서…."

"그래서요?"

돈 루이스는 주저하더니 마침내 이렇게 대답했다.

"아니, 아닙니다…. 지금은 말하지 않는 편이 낫겠습니다….
어둠은 서서히 걷히는 법이니까. 기다려봅시다. 지금으로서
는…."

돈 루이스가 갑자기 귀를 기울였다.

"자, 그자가 대위님을 본 것 같군요. 상황이 어떻게 돌아가는
지 알았으니 가버리겠지요."

파트리스는 초조했다.

"가버리다니요! 여봐요…. 잡는 편이 나을 텐데요. 그러다가
그 악당을 다시는 찾을 수 없게 되면 어찌합니까? 우리가 복수
나 할 수 있겠습니까?"

돈 루이스가 미소를 지었다.

"그런데 지난 20년간 대위님을 지켜보며 코랄리 엄마와 맺
어주려고 한 자를 지금은 악당 취급하시는군요! 대위님에게는
은인일 텐데!"

"아! 나도 뭐가 뭔지 모르겠습니다! 모든 것이 정말 안개처럼
모호합니다! 지금은 그자를 증오할 수밖에 없습니다…. 그자가
도망쳐서 유감일 뿐입니다…. 그자를 고문하고 싶지만…."

파트리스는 절망적인 태도로 머리를 두 손으로 감쌌다. 돈
루이스가 파트리스를 달랬다.

"아무 걱정도 하지 마십시오. 지금이야말로 그자가 파국을
맞이할 때입니다. 마치 이 낙엽처럼 내 손아귀에 들어와 있으

낯선사람 245

니까요."

"하지만 어떻게 말입니까?"

"시메옹이 탄 차를 모는 운전사는 내 부하입니다."

"뭐라고요? 지금 뭐라고 하신 겁니까?"

"부하 한 명에게 택시 운전사로 분장하라고 했습니다. 내 지시에 따라 부하가 탄 택시가 골목길 주변을 배회하게 했지요. 그러면 시메옹이 냉큼 탈 수 있으니까."

"그러니까 그저 추측일 뿐이군요…." 파트리스가 점점 당황스러운 표정으로 말했다.

"내가 아까 대위님에게 알려드렸을 때 정원 아래에서 자동차 엔진 소리를 들었습니다."

"부하는 믿을 만한 사람입니까?"

"당연하지요."

"그건 아무래도 상관없습니다! 시메옹은 택시에 탄 뒤 파리에서 멀리 떨어진 곳으로 가달라고 한 다음 선생의 부하를 해칠 수도 있습니다…. 그러면 우리로서는 방법이 없는 게 아닙니까?"

"지금은 전시 중입니다. 특별한 허가증 없이 파리를 벗어나 대로를 마음껏 다닐 수 있는 사람이라면 그렇겠지요…! 하지만 시메옹은 파리를 떠나려면 우선 역으로 가야 합니다. 그러면 20분 뒤에 우리에게 소식이 들려올 겁니다. 그때 우리도 즉각 출발하는 거지요."

"어떻게요?"

"자동차로요."

"선생은 자동차 통행증을 가지고 있습니까?"

"예, 프랑스 전국을 다닐 수 있는 통행증입니다."

"그게 가능한 일입니까?"

"물론입니다. 돈 루이스 페레나라는 이름으로 내무장관의 친필 서명과 연서가 있습니다⋯."

"연서도요?"

"공화국 대통령의 연서지요."

지금까지는 그저 정신이 없었던 파트리스였으나 지금은 매우 흥분하지 않을 수 없었다. 너무나 강력한 적의 힘에 눌려 언제 닥쳐올지 모르는 무서운 위험에 시달렸으나 이제는 갑자기 적보다 강한 상대가 나타나 자신의 편을 들어주겠다고 나선 것이다! 모든 것이 갑자기 변했다. 마치 순풍에 뱃머리가 항구 쪽으로 향하듯 운명이 다른 방향으로 접어드는 순간이었다.

"대위님." 돈 루이스가 말했다. "코랄리 엄마처럼 눈물이라도 흘리실 것 같군요. 신경이 예민해지셨나 봅니다⋯. 많이 시장하실 것도 같고⋯ 일단 기운을 차려야겠습니다. 가시지요⋯."

돈 루이스는 파트리스를 부축해 별장으로 데려갔다. 그리고 진지한 목소리로 덧붙였다.

"대위님, 특히 입조심하시길 부탁합니다. 몇몇 오래된 친구들, 그리고 아프리카에서 만나 내 목숨을 구해준 야봉을 제외하고는 프랑스에서 나의 본명을 아는 사람이 없습니다. 내 이름은 언제까지나 돈 루이스 페레나입니다. 모로코에서 전투에 참가했을 때 프랑스의 이웃 국가라 할 수 있는 어느 중립국의 호의적인 국왕에게 도움을 준 적이 있었습니다. 국왕은 속마음을 표현하기 어려운 위치에 있었으면서도 프랑스가 승리하기를 기원해주었지요. 국왕이 나를 불러들였는데, 그때 국왕에게 요청했습니다. 전적으로 나를 믿어달라는 것과 완벽한 통행 허가증을 얻게 해달라는 요청이었습니다. 그렇게 나는 이틀 안에 완수해야 할 비공식적인 비밀임무를 띠고 이곳으로 오게 된 겁니다. 이틀 후에는 전쟁 동안에 내 나름대로 프랑스를 위해 봉사한 그곳으로 돌아갑니다. 조만간 그곳에서 내가 한 일이 세상에 알려지게 될 테지만, 그리 나쁘지는 않았지요."

두 사람은 어느새 코랄리가 자는 의자 곁으로 왔다. 돈 루이스가 파트리스를 세운 채 이야기를 이어갔다.

"한마디만 더 하겠습니다, 대위님. 나는 오로지 조국의 이익을 지키는 데 이번 임무 기간의 모든 시간을 바치기로 결심했습니다. 날 믿어준 분에게 서약도 했습니다. 그런 이유로 대위님에게 미리 알려드리고자 합니다. 대위님에게 호감을 품고 있긴 하지만 황금 자루 1800개를 발견하면 더 이상 이곳에 머물 수 없습니다. 분명히 말씀드립니다. 사실 야봉의 부탁에 답한 것도 오직 그 한 가지 이유 때문입니다. 그러니까, 늦어도 모레까지 우리 수중에 황금이 떨어지면 그 즉시 떠날 겁니다. 지금의 두 사건은 서로 관계가 있습니다. 한 사건이 해결되면 나머지 사건도 해결되는 셈이지요. 이제 이야기는 그만하겠습니다. 날 코랄리 엄마에게 소개해주십시오. 그리고 작전에 나서봅시다!"

돈 루이스가 웃음을 터뜨렸다.

"부인에게는 숨길 필요 없습니다, 대위님. 내 진짜 이름을 알려주셔도 됩니다. 걱정할 것 없어요. 모든 여성은 아르센 뤼팽의 팬이니까요."

40분 후 코랄리는 방에서 정성스럽게 간호를 받았다. 돈 루이스가 테라스에서 담배를 피우는 동안 파트리스는 푸짐한 식사를 했다.

"됐습니까, 대위님? 시작할까요?"

돈 루이스가 손목시계를 봤다.

"5시 반. 아직 날이 저물려면 한 시간은 더 남았군요. 그 정도면 충분합니다."

"충분하다고요…? 설마 한 시간 안에 끝내겠다는 말은 아니지요?"

"완벽하게는 아니지만 내가 세운 목표까지는 갈 수 있을 겁니다. 그래요…. 그보다 일찍 끝날 수도 있지요. 한 시간? 그럴 필요도 없을 듯하군요. 몇 분 만에 황금이 숨겨진 장소를 알아낼 수도 있지요."

돈 루이스는 에사레스 베가 반출 직전까지 황금 자루를 보관해둔 서재 및 지하 창고로 향했다.

"그러니까 이 환기창으로 자루가 던져졌다는 말이지요, 대위님?"

"예."

"다른 통로는 없나요?"

"서재로 직접 통하는 계단, 그리고 높이가 같은 환기창 외에는 없습니다."

"정원으로 통하는 것이지요?"

"예."

"그러면 분명하군요! 황금 자루들은 첫 번째 환기창으로 들어와 두 번째 환기창으로 나간 겁니다."

"하지만…."

"하지만이란 없습니다, 대위님. 다른 가능성이 있습니까? 사람들이 늘 하는 실수가 있습니다. 오후 2시에 정오를 찾으려 합니다. 즉 모든 것을 어렵게 보려고 하지요."

두 사람은 함께 정원 쪽으로 향했다. 돈 루이스는 지하 환기창에 바짝 붙어서 주위를 살폈다. 그리 오래 걸리지 않았다. 서재의 창문에서 4미터 정도 떨어진 곳에 눈길을 끄는 것이 있었다. 중앙에 서 있는 아이의 소라 모양 장식 중 물을 뿜는 원형 분수대였다.

돈 루이스는 그곳으로 다가가 분수대를 살펴봤다. 그리고 몸을 숙인 후 아이의 조각상을 오른쪽에서 왼쪽으로 돌렸다.

조각상의 몸통이 4분의 1 정도 돌아갔다.

"됐습니다." 돈 루이스가 몸을 일으키며 말했다.

"뭐라고요?"

"수반의 물이 빠질 겁니다."

정말로 얼마 지나지 않아 수위가 내려가 바닥이 드러났다.

돈 루이스는 안으로 들어가 허리를 잔뜩 구부리고 살펴보았다. 내벽은 흰색과 붉은색의 대리석이 이루는 큼직한 모자이크 무늬로 덮여 있었다. 이러한 무늬는 그리스식 번개 문양으로 불렸다. 돈 루이스는 한 문양의 가운데에 있는 고리를 잡아당졌다. 그러자 문양이 있는 내벽 전체가 덜컹거렸고 가로 30센티미터, 세로 25센티미터 정도의 구멍이 생겼다.

돈 루이스가 말했다.

"황금 자루들은 이곳을 통해 빠져나갔습니다. 2단계인 셈이지요. 1단계와 마찬가지로 철사 줄에 매달린 고리를 통해 옮긴 겁니다. 여기 출발점에 철사 줄이 있군요."

"이럴 수가!" 파트리스가 외쳤다. "그러나 철사 줄을 따라가 볼 수는 없지 않습니까?"

"그렇긴 하지요. 하지만 어디에 도착하는지는 아니까 그것으로 충분합니다. 자, 대위님은 건물과 수직을 이루는 방향을 따라가 담벼락 근처까지, 정원의 저 아래까지 가십시오. 거기서 좀 긴 나뭇가지를 하나 꺾으십시오. 참, 깜빡한 게 있습니다! 나는 골목으로 나갈 겁니다. 열쇠 있습니까, 대위님? 있다면 열쇠를 내게 주십시오."

파트리스는 열쇠를 건넸고 제방에 가까운 담벼락까지 갔다.

"조금만 더 오른쪽으로!" 돈 루이스가 지시했다. "조금만 더요. 좋습니다. 이제 기다리십시오."

그런 뒤 돈 루이스는 골목길을 통해 정원으로 나가 제방으로 갔으며 이윽고 담벼락 맞은편에 도착했다. 돈 루이스가 파트리스를 불렀다.

"거기 계십니까, 대위님?"

"예."

"여기서 잘 보이도록 나뭇가지를 꽂으십시오…. 좋습니다!"

이제 파트리스는 돈 루이스와 합류해 제방을 가로질렀다.

제방은 센 강에 있던 둑길 위에 따로 지어져 주로 하천 운항을 위해 사용되었다. 강줄기를 따라 펼쳐진 제방에 바닥이 평평한 하천용 수송선들이 여기저기 정박해 짐을 내리거나 실었지만 대부분은 선창에 묶인 채 그대로 있었다. 파트리스와 돈 루이스가 제방 계단을 통해 내려간 곳에는 선대가 죽 늘어서 있었다. 그중에서도 두 사람은 전쟁 발발 이후 버려지다시피 한 작업장으로 발걸음을 옮겼다. 여러 석재 더미와 벽돌 등 쓸모없는 자재들이 쌓여 있고 유리창이 전부 깨진 오두막이 하나 있었다. 증기 기중기의 잔해도 보기 흉하게 남아 있었다. 말뚝에 걸린 판자에는 '베르투 조선소'라고 적혀 있었다.

돈 루이스는 제방을 받친 축대를 따라 걸었다.

축대의 절반 정도는 모래로 채워져 있었다. 그 속에 반쯤 묻히다시피 한 철책 하나가 눈에 들어왔다.

돈 루이스가 철책을 끌어당기며 농담하듯 말했다.

"지금까지 어떤 문도 닫혀 있지 않았다는 거 알고 계십니까…? 이번 모험도 그랬으면 좋겠군요."

바람은 현실이 되었다. 놀랍게도 철책이 열렸고 두 사람은 일꾼들이 연장을 보관해놓은 구석진 곳으로 들어갔다.

"여기까지는 이상한 점이 없어." 돈 루이스가 손전등을 켜며 중얼거렸다. "양동이, 곡괭이, 수레, 사다리…. 아! 아! 내가 생각했던 것이 여기군…. 레일… 잘게 분리되어서 그렇지 잘만 조립하면 괜찮은 선로가 되겠는걸…. 대위님, 좀 도와주십시오. 구석의 짐들을 치워봅시다. 좋았어…. 드디어 나타났습니다."

제방의 지면 높이로 철책을 마주 보는 지점에 직사각형 구멍이 나타났다. 저쪽 수반에 있는 직사각형 구멍과 크기가 같았다. 아니나 다를까, 그 위로 철사 줄이 이어져 있고 고리들이 연달아 매달린 모습이 눈에 들어왔다.

　돈 루이스가 설명했다.

　"황금 자루들은 이곳으로 도착하게 되어 있었습니다. 그쪽 구석에 보이는 소형 수레 안으로 떨어져 날이 어둑해지면 신기하게도 선로를 따라 둑길을 가로질러 수송선이 대기하고 있는 곳까지 다다르게 됩니다!"

　"그래서 결국?"

　"결국 프랑스의 황금이 그곳을 통해 빠져나간 거지요. 어딘지 모를 외국으로요."

　"황금 자루 1800개도 밀반출되었다고 생각합니까?"

　"그랬을까 봐 걱정입니다."

　"우리가 너무 늦은 건가요?"

　두 사람 사이에 긴 침묵이 흘렀다. 돈 루이스는 생각에 잠겨 있느라 말이 없었지만 파트리스는 예상치 못한 결과에 대한 실망과 더불어 이토록 짧은 시간 안에 수수께끼를 풀어버린 돈 루이스의 솜씨에 어안이 벙벙해졌기 때문이었다.

　파트리스가 중얼거렸다.

　"정말 기적입니다. 도대체 어떻게 한 겁니까?"

　돈 루이스는 한마디 말도 없이 주머니에서 책을 꺼냈다. 아까 돈 루이스의 무릎 위에 있었던 책《벤저민 프랭클린의 회고록》이었다. 돈 루이스는 책의 어느 부분을 손가락으로 짚었다.

루이 16세 말기에 쓰인 글이었다.

매일 아침 우리는 집에서 가까운 파시 마을로 간다. 그곳의 아름다운 정원에서 물을 긷는다. 사방에는 시냇물과 작은 폭포가 많았는데 정비가 잘된 수로에 의해 물이 모였다. 내가 기계에 대한 지식이 있다는 것을 아는 사람들이 근방의 샘물이 모이는 수반을 보여주었다. 그곳에 있는 대리석 조각상을 왼쪽으로 4분의 1 정도 돌리면 내벽이 열리고 수로를 통해 센 강으로 곧장 물이 빠져나간다.

파트리스가 책을 덮었다. 돈 루이스가 설명했다.
"에사레스 베 때문에 변화가 일어난 것 같습니다. 물이 다른 방식으로 빠져나갔고 원래의 수로는 황금이 흘러나가는 길로 바뀌었지요. 게다가 하상도 좁아졌습니다. 제방이 새로 건설되었고 그 아래에는 수로가 지나가게 되었으니까요. 대위님, 책이 알려준 정보 덕분에 이 모든 사실을 쉽게 알아챘습니다. **현명한 사람은 늘 책과 함께하는 법이지요.**"
"예, 그렇지요. 그런데 하필이면 이 책을 읽게 된 이유가 있습니까?"
"우연이었습니다. 시메옹의 방에서 가져온 건데, 왜 이런 책을 읽나 궁금해서 일단 가지고 나왔지요."
"아! 그렇게 해서 시메옹 역시 그전에는 몰랐던 에사레스 베의 비밀을 알게 된 거군요. 주인의 서류 중에 이 책을 찾아내 조사한 겁니다. 어떻게 생각하십니까? 그렇지 않은가요? 어째 저와는 다르게 생각하시는 것 같군요?"

돈 루이스 페레나는 아무 대답도 하지 않았다. 대신 강을 바라보았다. 제방을 따라 선대에서 약간 떨어진 곳에 방치된 듯한 수송선 한 척이 정박해 있었다. 그런데 자세히 보니 갑판에서 튀어나와 있는 어느 관에서 희미하게 연기가 피어올랐다.

"가서 살펴봅시다." 돈 루이스가 말했다.

수송선에는 '농샬랑트 트루아호'라는 글자가 새겨져 있었다.

두 사람은 훌쩍 건너뛰어 배에 올랐고 갑판에 널브러진 밧줄 꾸러미와 텅 빈 대형 통들을 지나쳤다. 계단이 보였고 그 너머로 침실 겸 주방으로 사용되는 선실이 있었다. 선실에 한 남자가 있었다. 딱 벌어진 가슴에 단단한 체격, 검은색 곱슬머리에 수염이 없는 남자였다. 지저분한 윗옷과 바지는 여기저기 꿰맨 자국이 가득했다.

돈 루이스가 20프랑짜리 지폐를 주자 남자는 덥석 받아 챙겼다.

"하나만 물어보지. 요즘 베르투 조선소 근처에 수송선 한 대를 본 적이 있나?"

"예, 어제 동력선 하나가 출항했지요."

"수송선의 이름은?"

"벨 엘렌호. 남자 두 명과 여자 한 명이 탄 배였는데 영어인지 스페인어지, 아무튼 알 수 없는 언어로 이야기하는 게 외국인들 같았습니다."

"베르투 조선소에서는 더 이상 일을 안 하나?"

"조선소 사장이 군대 동원령으로 군에 갔다고 합니다…. 작업 감독들도 군대에 갔고요…. 누구나 예외가 없지요. 저도 대기하고 있습니다…. 심장병이 있어도 말이지요."

"작업장도 문을 닫았는데 그 수송선은 거기서 무얼 하고 있었나?"

"모르겠습니다. 하지만 밤새워 일하더군요. 제방을 따라 레일을 놓았습니다. 수레 굴러가는 소리도 들렸고 짐을 나르기도 하고…. 저야 자세히 모르지요. 그리고 새벽이 되어 출항하더라고요."

"어디로 갔는가?"

"강을 따라 망트 쪽으로 갔습니다."

"고맙네, 친구. 궁금증이 풀렸어."

그로부터 10분 후, 파트리스와 돈 루이스는 에사레스의 저택으로 돌아오는 길에 시메옹 디오도키스가 탔던 자동차의 운전기사와 마주쳤다. 돈 루이스가 예상한 대로 시메옹은 생 라자르 역으로 차를 몰아달라고 한 후 거기에서 표를 구매했다고 한다.

"어디로 가는 거였나?" 돈 루이스가 물었다.

운전사가 대답했다.

"망트행입니다!"

4
벨 엘렌호

"분명하군요." 파트리스가 말했다. "황금이 몽땅 반출될 것이라며 데말리옹 씨에게 편지가 전해진 것도 그렇고… 밤새 별다른 준비 없이 작업이 신속하게 이루어진 것도 그렇고… 배에 탄 사람들이 외국 국적이라는 것도 그렇고… 배가 떠난 방향도 그렇고… 모든 것이 아귀가 딱 맞아떨어집니다. 처음에 황금 자루들이 보관되던 지하 저장고와 황금 자루들이 최종적으로 도착한 구석진 곳 사이 어딘가에 따로 보관해둘 만한 곳이 있지 않을까요? 황금 자루들이 한꺼번에 배에 실리는 것이 아니라면 철사 줄에 1800개의 황금 자루가 매달린 채 차례를 기다리고 있지는 않겠지요…? 하지만 이 문제는 그리 중요하지 않습니다. 외곽 어느 귀퉁이에서 벨 엘렌호가 절호의 순간만을 기다리며 숨죽이고 있었다는 것이 중요합니다. 예전부터 에사레스 베는 온실을 관리하는 척하면서 예의 그 불똥비로 배에 신호를 보냈습니다. 이번에는 죽은 에사레스를 대신해 시메옹 영감이 황금을 가로챌 마음으로 뱃사람들에게 같은 신호를 보냈고 동방행 증기선이 대기하고 있을 루앙이나 르 아브르 쪽으로 황금 자루들을 빼돌린 겁니다. 배 밑창에 황금 가루 10여 톤을 깐다고 해도 그 위에 석탄만 조금 덮으면 감쪽같지요. 어떻게 생각하십니까? 사건의 전모가 드러나지 않았습니까? 거의 확실합니다… 기차뿐만 아니라 벨 엘렌호도 망트로 향하고 있지 않습니까? 분명해지지 않나요? 망트에서 황금을 가로챈 다음 뱃사람으로 변장해 어딘가로 출항하겠지요…. 아무에게도 들키지 않고 감쪽같이… 황금과 도둑이 사라져버리는 겁니다. 어떻게 생각하십니까? 분명하지 않나요?"

이번에도 돈 루이스는 아무 대답도 하지 않았다. 그러나 잠시 후 돈 루이스가 파트리스의 생각에 어느 정도 동의하듯 이렇게 말했다.

"좋습니다. 가보지요. 가서 봅시다…."

그리고 돈 루이스는 운전기사에게 말했다.

"차고로 가서 80마력 차종을 가져오게. 한 시간 안에 망트에 도착해야 하니까. 그리고 대위님은…."

"저도 같이 가겠습니다."

"그럼 누가 지킵니까?"

"코랄리 엄마요? 이젠 위험도 없지 않습니까? 이젠 더 이상 그 누구도 코랄리 엄마를 공격할 수 없으니까요. 시메옹도 실패했으니 자신의 안전만을 생각하고 있을 겁니다…. 황금 자루들의 안전과 함께 말이지요."

"정말 같이 가실 겁니까?"

"당연하지요."

"잘못 생각하는 걸 겁니다. 하지만 그건 대위님의 일이니까.

갑시다…. 아! 그런데 한 가지 주의점이…."

돈 루이스가 누군가를 불렀다.

"야봉!"

야봉이 달려왔다.

야봉이 파트리스에게 품은 감정이 충견의 애정과 같다면 돈 루이스에게 품은 감정은 종교적인 경외감과 같았다. 대모험가인 돈 루이스의 행동 하나하나가 야봉에게 황홀감을 안겨주었다. 야봉은 돈 루이스 앞에서 계속 싱글벙글 웃었다.

"야봉, 몸은 괜찮나? 상처는 다 나았나? 더 이상 피곤하지도 않고? 좋아. 그렇다면 나를 따라오게."

돈 루이스는 야봉을 베르투 조선소에서 조금 떨어진 제방까지 데려갔다.

"오늘 밤 9시에 여기 이 벤치에 앉아서 바로 감시 작업을 해야 하네. 먹을 것과 마실 것을 전부 챙겨 오게. 특히 저 아래에서 무슨 일이 있는지 잘 감시해야 하네. 무슨 일이 벌어질까? 어쩌면 아무 일도 없을지도 몰라. 어쨌든 내가 돌아올 때까지 꼼짝하면 안 되네…. 무슨 일이 일어나지 않는 한 말이야…."

돈 루이스가 잠시 말을 멈추더니 다시 이었다.

"특히 야봉, 시메옹을 조심하게. 자네에게 상처를 입힌 사람은 바로 시메옹이야. 시메옹을 보면 바로 달려들어 목을 움켜쥐고 이리로 끌고 오게. 대신 죽여서는 안 돼! 농담이 아니네, 알겠나? 자네에게 시체가 아닌 살아 있는 사람을 넘겨받고 싶네. 알겠지, 야봉?"

파트리스가 불안해했다.

"정말 그 부분이 걱정되는 겁니까? 걱정할 필요가 있을까요? 시메옹은 이미 떠났는데…."

"대위님." 돈 루이스가 말했다. "적을 추격하는 훌륭한 장군일수록 정복한 지역에 대한 경계를 소홀히 하지 않습니다. 수비대를 주둔시켜 단단히 지킨 다음에야 적을 추격하는 거지요. 베르투 조선소는 우리가 상대하는 적에게 가장 중요한 요충지 중 하나일 겁니다. 그래서 감시를 늦추지 않는 겁니다."

돈 루이스는 코랄리에 대해서도 진지하게 주의를 기울였다. 코랄리는 이미 많이 쇠약해진 상태라 휴식과 간호가 필요했다. 코랄리를 차에 태워 전속력으로 파리 중심가를 향해 달렸다. 혹시 있을지 모를 염탐에서 벗어나기 위해서였다. 그리하여 코랄리를 마이요 대로의 병원 별관으로 데리고 가 의사의 손에 맡겼다. 코랄리 곁에는 그 어떤 외부인도 접근하지 못하게 했고, 그 어떤 편지에도 답장하지 못하게 했다. '파트리스 대위'라는 서명이 있는 편지만 예외로 했다.

저녁 9시에 자동차가 생제르맹과 망트 도로를 달렸다. 뒷좌석에서 돈 루이스의 옆에 앉은 파트리스는 승리의 기쁨으로 흥분되어 확실하게 맞아떨어질 이런저런 추리를 해보았다. 몇 가지 풀리지 않는 의문점에 대해서는 아르센 뤼팽의 의견을 듣고 싶었다.

"아직 두 가지 문제가 모호합니다." 파트리스가 말했다. "우선 4월 4일 오전 7시 19분에 누가 에사레스를 살해했을까요? 저는 분명 숨이 끊기는 듯한 비명을 들었습니다. 누가 죽은 걸까요? 시체는 어떻게 되었고요?"

돈 루이스는 여전히 아무 대답도 하지 않았다. 파트리스가 말을 이었다.

"그리고 두 번째 문제는 더 이상한데, 바로 시메옹의 태도입니다. 시메옹은 평생 한 가지 일에만 몰두했습니다. 친구 벨발을 죽인 사람에게 복수하고 동시에 저와 코랄리의 행복을 이루어주는 일이지요. 살면서 그 목적을 흐지부지하게 다룬 적은 단 한 번도 없었고요. 사람들은 그런 모습을 보며 집착과 광기라고도 했습니다. 그런데 원수였던 에사레스 베가 죽자마자 어떻게 그리 갑자기 돌변할 수 있습니까? 시메옹은 에사레스 베가 우리 부모에게 했던 끔찍한 계략과 방식을 동원해 코랄리와 날 해치려고 했습니다! 정말 황당합니다. 엄청난 보물에 정신이 돌아버릴 걸까요? 무언가 비밀을 알아버린 걸까요? 이것이 올바른 해명이 될까요? 성실했던 사람이 갑자기 본능이 깨어나 정반대의 악당이 될 수 있습니까? 어떻게 생각하십니까?"

돈 루이스는 여전히 아무 말도 하지 않았다. 파트리스는 자신이 궁금해하는 수수께끼 같은 문제가 대모험가인 돈 루이스의 간단한 설명으로 깨끗하게 풀릴 것이라고 기대했다. 그런데 돈 루이스가 대답하지 않으니 놀랍기도 했고 은근 약이 오르기도 했다.

파트리스는 마지막으로 한 번 더 다른 질문을 했다.

"그리고 황금 삼각형은요? 여전히 수수께끼 아닙니까? 아무리 봐도 삼각형의 흔적은 없지 않습니까! 황금 삼각형은 어디에 있는 걸까요? 이 점에 대해서는 어떻게 생각하십니까?"

돈 루이스는 역시 침묵했다. 파트리스는 급기야 이렇게 말하고 말았다.

"대체 왜 그러십니까? 대답도 안 하시고…. 걱정이 있어 보이는데…."

"아마 그럴지도 모릅니다." 돈 루이스가 말했다.

"도대체 왜요?"

"오! 이유는 없습니다."

"하지만…."

"어쨌든 앞으로 일이 아주 잘 풀릴 것입니다."

"뭐가 잘될 거라는 겁니까?"

"우리의 일."

파트리스가 더 질문하려고 하자 돈 루이스가 먼저 말했다.

"대위님, 대위님에게 진심으로 호감을 품고 있으며 대위님의 일에도 관심이 많습니다. 하지만 지금 내 머릿속에는 오로지 한 가지 생각만이 가득합니다. 모든 노력도 그 한 가지 목표를 위해 기울이는 겁니다. 바로 프랑스가 도둑맞은 황금을 되찾아 오는 일이지요. 황금이 영영 프랑스 손을 떠나는 것을 그대로 볼 수 없습니다…. 대위님의 문제는 어느 정도 해결되었지만 다른 문제는 아직 아닙니다. 대위님과 부인은 무사하고 건강을 회복해가고 있지만 내게는 아직 황금 자루 1800개가 들어오지 않았습니다. 그게 있어야 합니다…. 그게 있어야 해요…."

"하지만 어디에 있는지 아니까 되찾게 될 겁니다."

"눈앞에 보여야 되찾은 겁니다." 돈 루이스가 말했다. "그때까지는 모르는 일이지요."

망트에서의 조사 작업은 그리 오래 걸리지 않았다. 다행히 파트리스와 돈 루이스는 도착하자마자 한 가지 사실을 알아냈다. 시메옹 영감과 비슷하게 생긴 여행객이 트루아 장프뢰르 호텔에 묵었고 현재 4층 객실에서 잠을 자고 있다는 것이다.

돈 루이스는 같은 호텔 1층에 묵었다. 하지만 잘린 다리 때문에 관심을 끌 수 있는 파트리스는 그랑 호텔에 따로 묵기로 했다.

다음 날 파트리스는 늦잠을 자다가 돈 루이스의 전화벨 소리에 잠이 깼다.

시메옹이 호텔을 나가 맨 먼저 우체국에 들렀고 센 강 기슭으로 갔다가 다시 역으로 갔다고 한다. 그리고 짙은 모자 베일로 얼굴을 반쯤 가린 우아해 보이는 여자 한 명을 데리고 왔으며 두 사람은 함께 4층 객실에서 점심을 들었다는 소식이었다.

오후 4시, 다시 전화벨 소리가 울렸다. 돈 루이스였다. 도시 어귀에 있는, 강을 마주한 어느 작은 카페로 지금 당장 나오라는 전화였다. 파트리스는 그곳에 도착해 제방 위를 어슬렁거리는 시메옹을 보았다.

"목도리, 안경, 여전히 같은 차림새에 같은 걸음걸이." 파트리스가 말했다.

그리고 이렇게 덧붙였다.

"잘 보십시오. 겉으로는 태연한 척하지만 저쪽 강어귀로 자꾸 시선을 주고 있습니다. 바로 벨 엘렌호가 들어올 곳입니다."

"그렇습니다, 그렇지요." 돈 루이스가 중얼거렸다. "저기에 여자도 있습니다."

"아! 저 여자 말이군요?" 파트리스가 말했다. "전에 거리에서 두세 번 본 적이 있습니다."

개버딘 외투로 감싼 여자의 어깨와 체격은 매우 강단 있고 단단해 보였다. 펠트 천으로 된 챙 넓은 모자 가장자리에는 베일이 늘어져 있었다.

여자는 시메옹에게 푸른색 종이 한 장을 건넸고 시메옹은 서둘러 읽었다.

그리고 이야기를 주고받으며 함께 걸었다. 이들은 카페 앞을 지나쳐 좀 더 걷다가 멈추어 섰다.

시메옹은 종이에 무언가를 적어 여자에게 주었다.

여자는 자리를 떠 시내로 돌아갔다. 시메옹은 계속 강가를 걸었다.

"가만히 계십시오, 대위님." 돈 루이스가 말했다.

"하지만 적은 전혀 경계하지 않는 눈치입니다. 이쪽은 보지도 않는다고요." 파트리스는 발끈했다.

"그래도 신중한 게 낫습니다, 대위님. 시메옹이 종이에 적은 내용을 알 수 없어 안타깝군요."

"제가 따라간다면…."

"여자를 따라간다고요? 안 되지, 안 될 말입니다, 대위님. 기분 나쁘게 할 생각은 없지만 대위님은 힘이 모자랍니다. 나라면 모를까…."

돈 루이스는 저만큼 멀어져갔다.

파트리스는 기다렸다. 선박 몇 척이 강을 오갔다. 파트리스는 무심결에 배들의 이름을 바라봤다. 돈 루이스가 자리를 떠난 지 30분이 지났다. 불쑥 오래전부터 일부 화물 운송용 선박에만 사용되는 강력한 엔진의 굉음이 들려왔다.

수송선 한 척이 강 주변에서 모습을 드러냈다. 수송선이 앞을 지나갈 때 파트리스는 흥분을 감추지 못하고 배에 새겨진 이름을 봤다. **벨 엘렌호!**

수송선은 규칙적인 엔진 소리를 내면서 유유히 수면을 가르며 지나갔다. 선체는 육중하고 불룩했으며 화물은 그다지 많이 실리지 않은 듯하면서도 움푹 꺼져 안정감 있어 보였다.

파트리스는 뱃사람 두 명이 앉아서 한가롭게 담배를 피우는 모습을 바라봤다. 수송선 끝에는 소형 보트 한 척이 매여 둥둥 떠가고 있었다.

수송선은 점점 멀어져 만곡 지점에 이르렀다.

파트리스는 한 시간을 더 기다렸고 마침내 돈 루이스가 돌아왔다. 파트리스는 곧장 물었다.

"자, 벨 엘렌호는요?"

"여기서 2킬로미터 떨어진 지점에서 소형 보트를 띄워 시메옹을 찾으러 나오더군요."

"시메옹이 함께 떠났습니까?"

"예."

"아무것도 눈치채지 못했겠지요?"

"대위님, 조금 어려운 질문이군요."

"아무렴 어떻습니까! 승리한 거나 마찬가지입니다. 차로 따라잡을 수 있을뿐더러 앞지를 수도 있습니다. 베르농에서 군경대나 경찰에 신고하면 곧바로 체포할 수 있을 겁니다…."

"대위님, 우리는 신고하지 않을 겁니다. 우리끼리 소소하게 작전에 들어갈 거니까요."

"우리끼리요? 어떻게요? 하지만…."

두 사람은 서로를 바라봤다. 파트리스는 머릿속 생각을 고스란히 얼굴에 드러냈다. 그러나 돈 루이스는 별다른 내색을 하지 않았다.

"대위님은 제가 3억 프랑의 황금을 전부 가지고 도망갈까 봐 걱정이신가 보군요? 이런, 아무리 그래도 그대로 가져가기엔 너무 무거운 짐이 될 것 같은데요?"

"그렇다면 계획이 무엇인지 알려주실 수 있습니까?" 파트리스가 물었다.

"궁금하시겠지요. 하지만 우리가 결정적인 성공을 거둘 때까지는 대답을 유보하겠습니다. 지금 당장 급한 일은 수송선을 따라잡는 것입니다."

두 사람은 트루아 장프뢰르 호텔로 돌아와 다시 차를 타고 베르농으로 향했다.

두 사람 모두 아무 말도 하지 않았다.

길은 수 킬로미터를 더 이어져 로스니에서 시작된 가파른 언덕 자락에서 다시 강과 만났다. 차가 로스니에 도착할 때 벨 엘렌호는 꼭대기에 로슈 기용이라는 마을이 있는 거대한 만곡으로 들어섰다. 거기서는 다시 보니에르의 국도로 빠져나오게 되어 있었는데 수로로 그 길을 다 가려면 적어도 세 시간은 걸렸다. 하지만 자동차는 언덕을 그대로 가로질러 15분 만에 보니에르에 도착할 수 있었다.

두 사람이 탄 자동차는 여유롭게 마을을 가로질렀다.

좀 더 멀리 오른쪽에서 여관 하나가 보였다. 돈 루이스는 차를 세우며 운전사에게 말했다.

"만일 자정까지 우리가 돌아오지 않으면 파리로 돌아가게. 같이 가겠습니까, 대위님?"

파트리스는 돈 루이스를 따라 오른쪽으로 갔다. 두 사람은 좁은 길을 통해 강 둑길까지 갔다. 둑길을 따라 15분 정도 걸어가자 돈 루이스가 찾고 있던 것이 눈앞에 나타났다. 소형 보트 한 척이 어느 별장 근처의 말뚝에 매여 있었다. 별장은 덧문까지 전부 닫혀 있었다.

돈 루이스는 보트를 묶은 쇠사슬을 풀었다.

지금 시각은 저녁 7시 정도였다. 이미 어둑해졌지만 달빛이 아름답게 비추었다.

"우선 한마디만 하겠습니다." 돈 루이스가 말했다. "앞으로의 계획을 설명해드리지요. 우리는 수송선을 기다릴 겁니다. 수송선은 10시 정도에 모습을 드러낼 겁니다. 배는 강을 지나다가 우리를 보게 될 겁니다. 달빛도 있고 내 손전등도 있으니… 우리가 배에 멈추라고 신호를 보낼 겁니다. 아마도 대위님의 군복을 보면 멈출 수밖에 없을 겁니다. 그러면 우리가 배에 올라타는 겁니다."

"수송선이 멈추지 않으면요?"

"접근해야지요. 수송선에 탄 사람은 세 명, 우리는 두 명이니까…."

"그다음에는요?"

"그다음이요? 선원 두 명은 자세한 사항은 모른 채 그저 시메옹을 도와주는 단역일 가능성이 높습니다. 자신들이 무엇을 하는지, 배 안에 있는 화물이 무엇인지도 잘 모를 겁니다. 그러니 시메옹을 꺾고 선원들에게는 대가만 두둑하게 주면 내가 원하는 곳으로 배를 움직여줄 겁니다. 수송선을 마음대로 부리는 것이야말로 내가 간절히 바라는 바지요. 내가 지정한 시각에 짐을 내리며 배 안에 있는 짐은 전부 나의 전리품이 되는 겁니다. 승자인 나만이 전리품에 대한 권리를 가질 수 있습니다."

파트리스가 발끈했다.

"그렇다면 전 이번 일을 도울 수 없습니다…."

"그렇다면 이번 일을 전부 비밀로 하겠다는 약속을 해주십시오. 그리고 여기서 각자 헤어질 수밖에 없지요. 난 보트를 수송선에 댈 것이고 대위님은 대위님의 일을 보면 될 겁니다. 지금당장 대답을 원하는 건 아닙니다. 충분히 생각한 후 대위님의 이익과 자부심에 맞는 결정을 내리시기 바랍니다. 지난번에 내사소한 약점을 말씀드린 적이 있지요. 잠시 시간이 있으니 눈을 붙이려고 합니다. 어느 시인이 '잠을 붙잡아라'라고 말했지요. 그럼 이만 실례하겠습니다, 대위님."

그리고 돈 루이스는 더 이상 아무 말 없이 망토를 뒤집어쓰고는 소형 보트로 올라가 누웠다.

파트리스는 화를 누르려 애써야 했다. 침착하고 예의 바르면서도 빈정거리는 말투가 참을 수 없을 만큼 신경을 건드렸다. 그러나 파트리스는 돈 루이스 없이 아무것도 할 수 없음을 잘알고 있었다. 더구나 파트리스와 코랄리의 생명을 구해주지 않

있는가?

시간은 계속 흘렀다. 돈 루이스는 시원한 밤공기를 맞으며 잠을 잤다. 파트리스는 시메옹을 공격해 해치우는 동시에 돈 루이스가 엄청난 보물에 손대지 못하게 막을 방법을 고심했다. 어쩌다 보니 유명한 도둑의 하수인으로 전락한 자신의 처지가 파트리스는 당황스러울 수밖에 없었다.

저 멀리서 수송선의 엔진 소리가 들려왔고 돈 루이스는 그 소리에 잠에서 깼다. 파트리스는 그 곁에서 행동에 들어갈 준비를 하고 있었다.

두 사람은 서로 한마디도 하지 않았다. 마을의 시계 종소리는 11시를 알렸다. 벨 엘렌호가 다가오고 있었다.

파트리스는 점점 흥분했다. 벨 엘렌호의 시메옹을 붙잡아 수백만 프랑을 되찾고, 코랄리를 위험에서 벗어나게 해 끔찍한 악몽을 끝냄으로써 에사레스의 계획을 모두 물거품으로 만들 기회였다. 엔진 소리가 점점 가깝게 들렸다. 규칙적이고 강한 엔진 리듬은 잔잔한 센 강 위로 넓게 퍼져 나갔다. 돈 루이스는 노를 잡고 빠르게 저어 강 한가운데로 나갔다.

갑자기 저 멀리서 희미한 달빛 아래로 검은색 물체가 나타났다.

12~15분이 지나자 그 모습이 분명해졌다.

"도와줄까요?" 파트리스가 중얼거렸다. "유속이 빨라 균형을 잡기 힘들어 보입니다."

"전혀 그렇지 않습니다." 돈 루이스가 말했다. 콧노래까지 부르기 시작했다.

"하지만…."

파트리스는 깜짝 놀랐다. 보트가 갑자기 방향을 틀어 강기슭을 향해 갔기 때문이다.

"아니… 왜…." 파트리스가 말했다. "왜 그러십니까? 갑자기 등을 돌리는… 이유가 뭐지요? 포기하는 겁니까…? 이해되지 않는군요…. 아니면 우리가 둘 뿐이라서… 저쪽은 세 명이라서… 겁이 나는 겁니까…? 그렇습니까?"

돈 루이스는 강기슭에 얼른 내리고는 파트리스에게 손을 내밀었다.

파트리스가 손을 뿌리치며 투덜댔다.

"도대체 무슨 일입니까?"

"설명하자면 너무 깁니다." 돈 루이스가 대답했다. "문제는 단 하나입니다. 내가 시메옹 영감의 방에서 발견한《벤저민 프랭클린의 회고록》말입니다. 대위님이 그 방을 조사할 때도 있었습니까?"

"젠장! 우린 다른 이야기를 하던 중인 걸로 아는데요…."

"급한 질문입니다. 대위님."

"좋습니다. 없었어요. 보지 못했습니다."

"이런." 돈 루이스가 말했다. "그거였어. 우리가 농락당한 거군. 정확히 말하자면 내가 농락당했지요. 어서 갑시다, 대위님. 서둘러야 합니다."

파트리스는 배에서 꼼짝도 하지 않았다. 갑자기 대위는 배를 밀고는 노를 잡으며 투덜거렸다.

"젠장! 저자가 나를 가지고 노는 것 같군!"

그렇게 10미터 정도를 가자 파트리스가 큰 소리로 말했다.

"그렇게 두려우면 저 혼자 하겠습니다. 아무도 필요 없습니다!"

돈 루이스가 대답했다.

"이따 봅시다, 대위님. 숙소에서 기다리겠습니다."

이렇게 홀로 행동에 나선 파트리스는 별다른 어려움에 부딪히지 않았다. 파트리스가 강한 목소리로 정지하라고 하자 벨 엘렌호는 정지했다. 벨 엘렌호에 올라타는 과정도 아주 평화롭게 이루어졌다.

바스크 지방 출신인 나이 지긋한 선원 두 명은 군 당국에서 나온 조사관이라는 파트리스의 말에 순순히 배에 올라타게 해 주었다.

그런데 시메옹 영감은 물론이고 황금 주머니는 단 한 개도 없었다. 배의 화물창은 거의 텅텅 비어 있었다.

조사는 간단하게 이루어졌다.

"어디로 가는 길입니까?"

"루앙입니다. 식량국이 요청해서요."

"도중에 누군가를 태운 적이 있습니까?"

"예, 망트에서 태웠습니다."

"그 사람의 이름은?"

"시메옹 디오도키스."

"그 사람은 어떻게 되었습니까?"

"배에 탄 지 얼마 후 기차를 탄다며 내렸습니다."

"용건은 뭐라고 했습니까?"

"보수를 주겠다고 했습니다."

"무엇 때문에?"

"파리에서 짐을 실어주는 대가를 주겠다고 했습니다. 이틀 전 일입니다."

"자루들?"

"예."

"안에는 무엇이 들어 있었습니까?"

"그건 모릅니다. 보수는 두둑하게 쳐주어서 별 신경을 쓰지 않았습니다."

"자루들은 어디에 있습니까?"

"지난밤에 푸아시 어귀에서 접현한 소형 증기선에 옮겨 실었습니다."

"증기선 이름은?"

"샤무아호였습니다. 선원은 여섯 명이었고요."

"그 증기선은 어디에 있습니까?

"앞서갔습니다. 엄청나게 빨리 가더군요. 아마 루앙을 벗어나 더 멀리 갔을 겁니다. 시메옹 디오도키스와 그곳에서 합류하기로 했다고 들었습니다."

"언제부터 시메옹과 알고 지냈습니까?"

"직접 본 건 그때가 처음이었습니다. 하지만 에사레스 씨 밑에서 일한다는 건 알고 있었습니다."

"아! 에사레스 씨를 위해서 일해왔습니까?"

"여러 번이요…. 같은 일과 같은 여정이었지요."

"에사레스 씨는 신호를 통해 호출했습니까?"

"낡은 굴뚝에 불을 지펴서요."

"늘 자루들이었지요?"

"예. 자루들이었습니다. 뭔지는 몰라도 보수는 늘 두둑이 받았습니다."

파트리스는 더 이상 질문하지 않았다. 서둘러 소형 보트에서 내린 다음 강기슭으로 갔다. 숙소로 갔더니 돈 루이스는 느긋하게 저녁을 들고 있었다.

"서둘러야 합니다." 파트리스가 말했다. "짐은 샤무아호라는 소형 증기선에 있습니다. 루앙과 르 아브르 사이에서 따라잡읍시다."

돈 루이스는 자리에서 일어나더니 파트리스에게 흰색 종이로 포장된 꾸러미를 건넸다.

"샌드위치 두 개입니다, 대위님. 힘든 밤이 될 겁니다. 나처럼 잠을 자두지 않으셔서 걱정되는군요. 자, 움직입시다. 이번에는 내가 운전하지요. 신나게 달릴 겁니다. 내 옆에 가까이 앉으십시오, 대위님."

두 사람은 차에 올라탔다. 운전기사도 올라탔다. 그런데 길에 접어들자마자 파트리스가 외쳤다.

"아! 정신 차리십시오! 이쪽이 아닙니다! 이리로 가면 망트와 파리로 돌아가는 거잖아요."

"제가 원하는 게 그겁니다." 돈 루이스가 빈정거렸다.

"예? 뭐라고요? 파리로 돌아간다고요?"

"물론이지요."

"안 됩니다! 이건 좀 심하지 않나요? 아까 선원 두 명의 이야기도 전했는데….”

“대위님이 말한 선원들 말입니까? 허풍쟁이들이지요.”

“그 선원들 말로는 짐들을 중간에서….”

“짐들을 옮겨 실었다고요? 헛소리지요.”

“하지만 샤무아호가….”

“샤무아호? 그저 배 이름이겠지요. 우리가 당한 겁니다, 대위님. 아주 완전히 당했어요! 그 시메옹 영감, 보통이 아닙니다. 만만치 않은 상대라고요! 일이 재미있어지겠습니다. 그자가 놓은 함정에 걸려들었으니. 어디 한번 해봅시다. 그러나 아무리 재주를 부려도 한계가 있을 겁니다. 그자에게 좋은 시절은 끝났어요.”

“하지만….”

“아직도 이해되지 않습니까? 벨 엘렌호 다음에 이제는 샤무아호입니까? 그렇다면 좋을 대로 하십시오. 망트에서 내려도 됩니다. 하지만 이것만은 분명히 알아두십시오. 시메옹은 파리에 있습니다. 그것도 우리보다 서너 시간은 먼저 가 있을 겁니다.”

파트리스는 몸을 떨었다. 시메옹이 파리에, 코랄리가 있는 파리에 있다! 더 이상 뭐라 할 말이 없었다. 돈 루이스가 계속 말했다.

“비열한 작자, 정말 대단한 솜씨입니다.《벤저민 프랭클린의 회고록》하며…. 내가 나타나리라는 사실을 알아챈 후 이렇게 생각했을 겁니다. ‘아르센 뤼팽이 온다? 위험한 작자지. 뤼팽이라면 서둘러 문제를 해결하고 황금 자루와 나까지도 주머니 속에 넣을 사람이야. 뤼팽을 처치하는 방법은 혼선을 주는 거야. 그럴듯한 흔적을 따라가게 하는 거지. 그럴듯하게 속이는 거야.' 대단하지 않습니까? 프랭클린의 책이 미끼로 사용되었고 미리 펼쳐진 부분을 본 나는 수로에 대해 생각했습니다. 아리아드네의 실 끝을 손에 쥔 채 시메옹이 이끄는 대로 지하 저장고에서 베르투 조선소까지 얌전하게 따라간 겁니다. 거기까지만 해도 괜찮았으나 문제는 거기서부터 시작됐습니다. 베르투 조선소는 인적이 드물었습니다. 마침 근처에는 수송선이 떠 있었고요. 떠돌아다니는 정보를 얻기에는 딱 좋은 분위기였습니다. 당연히 난 코로 킁킁댔고 그러면서 모든 것이 엉망이 되었지요."

"그럼 우리가 만난 남자는요?"

"시메옹과 한 패입니다. 그 남자는 우리가 망트로 방향을 잡도록 유도했고 시메옹은 한발 더 나아가 우리가 생 라자르 역까지 쫓아올 것을 알고 망트행 기차표를 끊어 우리를 단단히 혼란스럽게 한 겁니다. 망트에서도 시메옹이 꾸민 연극은 계속되었습니다. 시메옹과 황금 자루가 있을 것 같은 벨 엘렌호가 우리 눈앞을 지나가고 있었으니 우린 무작정 그 배를 쫓아간 겁니다. 물론 배에는 시메옹과 황금 자루 모두 없었고요. 그런데도 대위님은 샤무아호를 쫓아가자는 겁니까? 그 배에 황금 자루가 옮겨졌다고 생각하면서? 그럼 한번 또 따라가 볼까요? 어디로 갈까요? 루앙으로, 르 아브르로, 아니 이 세상 끝까지? 그래 봐야 허탕만 칠 겁니다. 샤무아호는 있지도 않습니다. 그런데도 대위님은 고집스럽게 그 배가 있다고 믿고 쫓아가려 합니다. 시메옹의 속임수에 걸려든 거지요. 이제 우리가 할 수 있는 일은 단 하나, 여기서 모든 조사를 접는 겁니다. 아시겠습니까? 시메옹은 우리가 계속 조사하며 허탕을 치게 해 시간을 벌고 싶어 했고 우리가 이를 도와줄 뻔했습니다."

차는 엄청난 속력으로 달렸다. 그렇게 달리다가도 군인들이 지키는 초소를 지날 때는 놀라운 솜씨로 천천히 멈추었다. 통행 허가증을 제시하고 통과해도 좋다는 신호를 받으면 차는 다시 전속력으로 달렸다.

"그러면 어떻게… 그런 생각을 하게 된 겁니까?" 파트리스가 물었다. 이제 파트리스는 돈 루이스의 말을 받아들이고 있었다.

"망트에서 본 여자 때문이었습니다. 처음에는 별다른 생각이 없었지만 갑자기 우리에게 정보를 준 농샬랑트호의 남자가 떠올랐습니다. 기억하시지요…? 베르투 조선소 근처에서 본 그 뱃사람 말입니다! 그런데 그 남자 얼굴이… 그때도 묘한 기분이 들긴 했습니다. 남장여자를 보는 것 같은 기분이 들었거든요…. 그러다가 망트에서 본 그 여자의 얼굴을 함께 떠올리니 그제야 우리가 속았다는 생각이 든 겁니다."

돈 루이스가 생각에 잠긴 후 다시 나지막하게 말을 이었다.

"그런데 그 여자는 도대체 어디서 온 괴물이랍니까?"

침묵이 흘렀다. 파트리스가 중얼거렸다.

"그레구아르일 겁니다."

"예? 지금 뭐라고 했습니까? 그레구아르?"

"그렇습니다, 그레구아르는 여자입니다."

"뭐라고요? 지금 무슨 말을 하는 겁니까?"

"정말입니다… 잘 생각해보십시오…. 카페 테라스에서 체포되었던 에사레스 베의 공범들이 말해준 여자 말입니다."

"이런! 대위님의 일기에는 그런 말이 전혀 없었단 말입니다!"

"아…! 사실… 그런 소소한 내용은 깜빡했습니다."

"소소한 내용이라니요! 그게 소소한 내용이군요. 그것이야말로 가장 중요한 내용입니다. 대위님! 만일 그 사실을 알았다면 우리를 속인 뱃사람을 봤을 때 그레구아르라고 의심했을 겁니다. 그러면 하룻밤을 낭비하지도 않았을 테고요. 정말 크게 실수한 겁니다, 대위님!"

하지만 그렇다고 해서 돈 루이스의 쾌활한 성격이 누그러지지는 않았다. 오히려 불안한 생각으로 침울해진 사람은 파트리스였다. 그러는 동안 돈 루이스는 승리를 노래했다.

"좋아! 이제야 진정한 싸움답군! 그동안 너무 쉽다 했어. 그래서 그토록 지루했던 거야! 어쩐지 모든 것이 너무 잘 맞아떨어지니 이상하긴 했어. 프랭클린 회고록에서 황금 자루의 운반로까지 너무 딱 맞아떨어졌어. 망트에서의 약속과 벨 엘렌호까지, 지나친 우연의 일치가 주르륵 이어졌지. 벨 엘렌호도 거슬렸어. 모든 일이 한꺼번에 쏟아지는 바람에 '꽃이 너무 많아요, 부인. 더 이상 던지지 마세요!'라고 외치고 싶을 지경이었어. 수송선으로 황금을 빼돌린다는 것 자체가 문제였지! 평화시라면 몰라도 전시에는 통행 허가 제도가 엄격하고 정찰선도 수시로 돌면서 걸핏하면 수색이나 압류를 해대는 판에…. 시메옹처럼 교활한 인간이 그런 위험을 감수했을까요? 아니, 그럴 리가 없지요. 그래서 야봉에게 베르투 조선소를 감시하라고 한 겁니다. 이런 생각이 들더군요…. 그 조선소야말로 사건의 중심지다! 어때요, 내가 옳았을까요? 아니면 뤼팽이 통찰력을 잃은 걸까요? 대위님, 나는 내일 저녁에 떠날 겁니다. 뱉은 말은 지켜야지요. 이기든 지든 떠날 겁니다…. 하지만 우리는 이길 겁니다…. 모든 것이 밝혀질 거예요…. 더 이상 수수께끼도 없고… 황금 삼각형의 수수께끼도 풀릴 겁니다…. 아! 그렇다고 해서 삼각형 모양의 멋진 보석을 가져다주겠다는 것은 아닙니다. 단어 자체에 현혹되어서는 안 됩니다. 황금 자루들을 기하학적으로 그렇게 배치했다는 뜻일 수도 있습니다. 예를 들어서 전체를 삼각형 모양으로 쌓아놓았다든지… 아니면 땅에 판 구덩이가 삼각형 모양일 수도 있고. 어쨌든 황금 삼각형 문제를 해결할 겁니다! 황금 자루들도 우리가 차지할 거고! 파트리스와 코랄리, 당신들은 시장님 앞으로 걸어나갈 것이고 내 축복을 받을 겁니다. 아이들도 많이 낳을 거고요!"

자동차는 파리 관문에 도착했다. 파트리스는 불안한 목소리로 물었다.

"더 이상 걱정할 일은 없다고 생각합니까?"

"오! 그런 이야기는 하지 않았습니다. 아직 사건이 끝난 게 아니지요. 일산화탄소의 장이라 불릴 제3막의 하이라이트 다음에는 제4막이 오를 겁니다. 제5막이 있을지도 모르지요. 적은 아직 기세등등합니다!"

자동차는 제방을 따라 달렸다.

"여기서 내립시다." 돈 루이스가 말했다.

돈 루이스는 가볍게 휘파람을 불었는데, 이어 세 번 반복했다.

"아무 대답이 없군." 돈 루이스가 중얼거렸다. "야봉이 없다는 건데. 싸움이 시작되었나 보군."

"그럼 코랄리…."

"무엇을 그리 걱정하십니까? 시메옹은 부인이 어디에 있는지도 모릅니다."

베르투 조선소에는 아무도 없었다. 제방 저 아래에도 아무도 없었다. 그런데 달빛에 비쳐 또 다른 수송선인 농샬랑트호가 보였다.

"가봅시다." 돈 루이스가 말했다. "저 수송선은 그레구아르라는 자의 거처일까요? 우리가 르 아브르 쪽으로 갔다고 생각하고 다시 돌아가는 걸까요? 그러길 바랍니다. 어쨌든 야봉이 저기를 지나쳤다면 표시를 남겼을 텐데 말입니다. 가실까요, 대위님?"

"그러지요. 그런데 왠지 걱정스럽습니다!"

"뭐가 말입니까?" 돈 루이스가 말했다. 돈 루이스는 대위의 마음을 이해할 정도로 포용력이 컸다.

"우리가 앞으로 보게 될 게 말입니다…."

"이런, 별것 아닐 겁니다."

두 사람은 각자 손전등을 켰고 권총 손잡이를 잡았다.

배와 제방을 연결하는 판자를 지나 계단을 올라갔더니 선실이 나왔다.

문은 닫혀 있었다.

"여봐, 문 좀 열어봐."

아무 대답이 없었다. 두 사람은 강제로 문을 열기 시작했지만 만만치가 않았다. 일반적인 선실 문과는 달리 아주 육중했기 때문이다.

마침내 문이 열렸다.

"이런!" 맨 먼저 뛰어 들어온 돈 루이스가 외쳤다. "생각지도 못했군요!"

"예?"

"보십시오…. 그레구아르라는 이 여자… 죽은 것 같아요."

여자는 쇠침대 위에 엎어져 있었다. 남자용 셔츠 앞가슴이 V 모양으로 헤쳐져 가슴이 드러나 있었다. 얼굴은 극도의 공포로 얼어붙은 표정 그대로였다. 선실이 온통 어지러운 것을 보니 싸움이 격렬했음을 알 수 있었다.

"내 생각이 틀리지 않았군요. 여기, 이 여자가 망트에서 입었던 옷들이 있습니다. 대체 무슨 일일까요, 대위님?"

갑자기 파트리스가 소리를 지르려다 간신히 참았다.

"저기… 우리 맞은편… 창문 아래…."

강으로 통하는 작은 문이었는데 유리는 깨져 있었다.

"글쎄." 돈 루이스가 말했다. "그래요, 누가 저곳으로 뛰쳐나갔나 보군요…."

"저 베일… 저 푸른색 베일…." 파트리스가 중얼거렸다. "코랄리의 간호사용 두건입니다…. 코랄리의 두건…."

돈 루이스가 펄쩍 뛰었다.

"말도 안 됩니다! 그 누구도 코랄리 엄마의 주소는 모르니까요."

"하지만….."

"하지만 뭐예요? 부인에게 편지를 쓰거나 전보를 친 것은 아니겠지요?"

"아니요…. 전보를 쳤습니다…. 망트에서…."

"지금 뭐라고 했습니까? 그러니까… 이런… 말도 안 됩니다…. 그렇게 하지 않은 거지요?"

"아닙니다…."

"정말 망트 우체국에서 전보를 쳤다는 겁니까?"

"그래요."

"우체국에 누군가 있었습니까?"

"예, 어떤 여자 한 명."

"어떤 여자 말입니까? 여기서 살해당한 여자?"

"예."

"설마 그 여자가 대위님의 전보를 읽은 건 아니지요?"

"그랬을 겁니다. 그런데 속달을 두 번이나 다시 썼습니다."

"그렇다면 대위님이 아무 데나 버렸을 첫 번째 속달은… 아무나 주워서 볼 수 있었겠군요…. 이런! 대위님…."

파트리스는 이미 저만치 달려가 재빨리 자동차로 갔다.

그로부터 30분 후 파트리스는 전보 두 장을 들고 돌아왔다. 코랄리의 탁자 위에서 발견된 것이었다. 첫 번째 전보는 다음과 같았다.

모든 것이 잘되고 있어요. 안심해요. 밖에는 나가지 마세요. 나의 애정을 담아.

—파트리스 대위

두 번째 전보는 시메옹이 보낸 것이 분명했다.

중대한 일 발생. 계획 수정. 우린 지금 돌아가요. 오늘 밤 9시. 당신 집 정원 쪽문 앞에서 기다려줘요.

—파트리스 대위

코랄리는 이 두 번째 전보를 8시에 받고 곧장 밖으로 나간 것이다.

5
제4막

"대위님." 돈 루이스가 말했다. "두 가지 실수를 하셨군요. 첫 번째는 그레구아르가 여자라는 사실을 내게 알려주지 않은 것 이고, 두 번째는…."

그러나 파트리스가 풀이 죽어 있는 모습을 보니 더 이상 추 궁할 수 없었다. 그저 파트리스의 어깨에 손을 올려놓고 이렇 게 말했다.

"자, 대위님, 너무 우울해하지 마십시오. 상황은 대위님의 생 각만큼 나쁘지 않습니다."

"코랄리는 그자에게서 빠져나가기 위해 저 창문으로 몸을 던 졌을 수도 있습니다."

돈 루이스가 어깨를 으쓱했다.

"코랄리 엄마는 살아 있습니다… 시메옹 손아귀에 있긴 해 도 살아 있어요."

"그걸 어떻게 아십니까? 더구나 그런 괴물 같은 작자의 손아 귀에 있다는 것만 해도 그 자체로 죽음, 끔찍한 죽음이 아니겠 습니까?"

"죽음의 위협은 있겠지요. 그러나 우리가 제때에 도착한다면 목숨을 건질 겁니다. 우리는 제때 도착할 거고요."

"방법이 있습니까?"

"내가 팔짱만 끼고 있겠습니까? 그리고 나처럼 노련한 사람은 선실에 펼쳐진 수수께끼를 푸는 데 30분이면 충분하지 않겠습니까?"

"그럼 어서 갑시다." 파트리스는 이미 싸울 준비가 된 듯 외쳤다. "적에게 달려가자고요!"

"아직은 아닙니다." 돈 루이스는 계속 주변을 두리번거렸다. "잘 들으십시오. 지금까지 제 머릿속을 맴돌던 생각을 간단히 설명하겠습니다. 내 추리 솜씨를 자랑하지도 않고, 증거가 되는 각종 세세한 사실들을 일일이 이야기하지도 않겠습니다. 다만 있는 그대로의 현실을 이야기하겠습니다. 딱 있는 그대로만…."

"현실은 어떻게 된 겁니까?"

"코랄리 엄마는 밤 9시에 약속 장소로 나왔습니다. 시메옹은 공범과 함께 있었지요. 이 두 명은 부인을 묶고 재갈을 물려 이곳까지 끌고 왔습니다. 대위님과 제가 덫에 걸린 게 분명하다고 생각한 그자들은 이곳이야말로 확실한 은신처라고 생각한 겁니다. 생각해보니 밤에만 사용할 수 있는 은신처라는 생각이 든 시메옹은 부인을 공범에게 맡기고 감옥 같은 좀 더 확실한 은신처를 찾아보기로 했습니다. 다행히 내 선견지명이 통했는지 근처에는 마침 야봉이 있었습니다. 야봉은 어둠 속에 몸을 숨기고 벤치에서 망을 보고 있었을 겁니다. 야봉은 제방을 가로질러 가는 일당을 봤고 그중 시메옹을 발견했을 겁니다. 야봉은 뒤쫓아 수송선 갑판으로 재빨리 들이닥쳤고 시메옹과 공범이 선실로 들어가 문을 닫기 전에 덮쳤을 겁니다. 어둠 속 비좁은 이 공간에 네 사람이 같이 있었으니 매우 소란스러웠을 겁니다. 그 상황에서 야봉이 어떻게 했을지는 잘 알고 있습니다. 무지막지하게 굴었을 테지요. 안타깝게도 그런 야봉의 손에 당한 건 시메옹이 아니라 바로 이 여자였습니다. 그 틈을 타 시메옹은 부인을 놓치지 않았을 겁니다. 시메옹은 부인을 끌고 위로 올라가 갑판 위에 던져놓고 다시 싸움이 벌어지는 곳으로 돌아와 밖에서 문을 잠근 겁니다."

"그렇게 생각하십니까…? 이 여자를 죽인 사람은 시메옹이 아니라 야봉이라 보십니까?"

"확실합니다. 다른 증거는 없긴 해도 여기 이 부분, 후두가 골절된 걸로 보아 야봉의 솜씨입니다. 그런데 이해되지 않는 게 있습니다. 여자를 처치한 야봉이 왜 그대로, 문을 어깨로 들이받고 시메옹을 뒤쫓지 않았느냐는 말입니다. 아마 야봉이 부상당했을 수도 있고, 즉사하지 않은 여자가 자신을 지켜주기는커녕 내팽개치고 도망간 시메옹의 약점을 이야기해주느라 그랬을 수도 있습니다. 어쨌든 야봉은 창문을 깼습니다…"

"외팔인데 부상당한 채 센 강으로 뛰어들었다고요?" 파트리스가 의심스럽다는 듯 말했다.

"그건 아닙니다. 창문 바깥으로 뛰어내린 거지요. 배 가장자리에 틈이 있어서 밟고 빠져나간 겁니다."

"그렇다고 합시다. 시메옹보다 10분에서 20분은 늦었겠군요."

"그래도 여자가 죽기 전에 시메옹이 어디 숨어 있는지를 이야기해주었을 수도 있지 않겠습니까?"

"그걸 어떻게 확신합니까?"

"대위님, 우리가 이렇게 이야기하는 동안에도 나는 계속 단서를 찾고 있습니다…. 지금까지의 설명은 방금 알아낸 정보고요."

"여기서요?"

"예. 야봉도 마찬가지였을 겁니다. 이 죽은 여자가 야봉에게 선실의 한 곳을 가리켰을 겁니다. 보십시오. 저기 열려 있는 서랍에 어떤 주소가 적힌 명함이 들어 있었겠지요. 야봉은 그 명함을 집었고 제게도 알려주기 위해서 커튼에 핀으로 명함을 꽂아두었습니다. 이미 보긴 했지만 특히 눈길을 끈 것은 핀 자체입니다. 내가 야봉의 가슴에 직접 모로코 십자무공훈장을 달아줄 때 사용한 황금 핀이거든요."

"주소는?"

"기마르가 18번지 아메데 바슈로. 기마르가는 여기서 아주 가깝습니다. 그것만 봐도 확실한 정보가 틀림없습니다."

두 사람은 여자의 시체를 놔둔 채 얼른 나갔다. 돈 루이스의 말대로 시체는 경찰이 처리할 문제였다.

두 사람은 베르투 조선소를 지나가면서 구석구석을 훑어보았다. 돈 루이스가 말했다.

"사다리 하나가 없어졌습니다. 이 점을 기억해둡시다. 시메옹은 분명 이쪽으로 지나갔습니다. 시메옹도 허점을 보이기 시작했군요."

곧 두 사람은 자동차를 타고 기마르가로 갔다. 파시가에서 뻗어나간 좁다란 거리의 18번지에는 지은 지 오래된 넓은 임대용 아파트가 있었다. 두 사람은 새벽 2시에 이곳 초인종을 울렸다.

문이 열리기까지 오랜 시간이 흘렀다. 두 사람이 마차가 드나들 수 있는 대문을 지날 때쯤에야 관리인이 고개를 내밀었다.

"누구십니까?"

"아메데 바슈로 씨를 꼭 뵙고 싶습니다."

"접니다."

"당신이라고요?"

"그래요, 이곳 관리인입니다. 그런데 무슨 권리로?"

"경찰청의 명령입니다." 돈 루이스가 이렇게 말하며 어떤 메달을 하나 보여주었다. 그렇게 돈 루이스와 파트리스는 관리인 숙소로 들어갈 수 있었다.

아메데 바슈로는 점잖은 얼굴에 흰 구레나룻을 기른 자그마한 체구의 노인이었다. 마치 교회지기처럼 완고한 인상이었다.

"분명히 대답해주십시오." 돈 루이스가 거친 말투로 지시했다. "이리저리 돌리지 말란 말입니다, 알겠습니까? 우린 시메옹 디오도키스 영감을 찾고 있습니다."

"시메옹 씨에게 해를 입히려고요? 그렇다면 절 조사해봤자 소용없습니다. 그 착한 시메옹 씨에게 해를 입히는 일에 동참하느니 자살하는 게 낫습니다."

돈 루이스는 이번에는 말투를 누그러뜨리며 말했다.

"해가 된다고요? 오히려 엄청난 위험에서 시메옹 씨를 구하려고 하는 겁니다."

"엄청난 위험이라니!" 바슈로가 큰 소리로 말했다. "아! 그럴 줄 알았습니다. 시메옹 씨가 그토록 흥분한 모습은 처음 봤으니까요."

"시메옹 씨가 왔습니까?"

"예. 자정 조금 넘어서요."

"여기에 있습니까?"

"아니요, 다시 나갔습니다."

파트리스는 실망한 표정으로 다시 물었다.

"혹시 누군가를 남겨두었나요?"

"아니요, 하지만 누군가를 데려오고 싶어 했습니다."

"어떤 여성인가요?"

바슈로가 머뭇거렸다.

"우리가 알기로는 시메옹 디오도키스가 대단히 경애하는 어떤 여성에게 은신처를 마련해주려 하고 있습니다." 돈 루이스가 말했다.

"그 여자 이름을 말씀해주시겠습니까?" 관리인이 여전히 의심하며 물었다.

"물론이지요. 시메옹이 비서직을 하면서 모신 은행가 에사레스 씨의 미망인, 에사레스 부인입니다. 에사레스 부인은 몹시 위험한 상황에 놓였는데, 시메옹은 적들로부터 에사레스 부인을 지켜주고 있습니다. 우리 모두 두 분에게 도움을 주고 이번 범죄 사건을 해결하기 위해 노력하고 있습니다…."

"알겠습니다." 바슈로가 완전히 안심한 듯 말했다. "시메옹 디오도키스를 수년째 알고 지내고 있습니다. 시메옹은 제가 목수로 일했을 때부터 도움을 주었습니다. 돈도 빌려주었고 이 자리에도 앉게 해주었습니다. 관리실로 찾아와 종종 저와 많은 이야기를 나누었지요."

"에사레스 베에 대한 이야기, 파트리스 벨발에 관한 계획 같은 겁니까?" 돈 루이스가 은근슬쩍 자연스럽게 물었다.

바슈로는 다시 주저하더니 입을 열었다.

"이런저런 많은 이야기입니다. 시메옹은 훌륭한 사람입니다. 좋은 일도 많이 했습니다. 제가 이 동네에서 좋은 일을 할 수 있도록 도와주었습니다. 얼마 전에는 에사레스 부인을 위해 목숨까지 잃을 뻔했습니다."

"한 가지만 더 묻지요. 에사레스 베가 죽은 다음에도 시메옹 씨와 만난 적이 있습니까?"

"아니요. 이번이 처음이었습니다. 새벽 1시에 왔지요. 시메옹 씨는 숨을 몰아쉬며 낮은 소리로 말했습니다. 그러면서도 거리의 소리에 귀를 기울인 채로 말했습니다. '쫓기고 있어….' 그래서 전 '누가?'라고 물었고요. 시메옹은 '자네는 모르는 사람이야…. 팔이 한쪽밖에 없어. 하지만 그 팔로 목을 졸라 죽인다고'라고 했습니다. 그런 뒤 시메옹은 입을 다물었고 겨우 들릴 만큼 아주 나지막이 말했습니다. '나와 함께 가주어야겠어. 여성을 한 명 찾고 있는데 에사레스 부인이야…. 사람들이 에사레스 부인을 죽이려고 해서 숨겨놓았어…. 그런데 에사레스 부인이 기절했네…. 모시고 와야 하는데… 아니지, 나 혼자 가겠네. 내가 알아서 할게…. 하나 알고 싶은 게 있는데… 내 방은 아직도 비어 있나?' 아참, 시메옹 역시 숨어다녀야 했던 시절부터 이곳에 작은 숙소를 하나 가지고 있습니다. 가끔 들렀지만 다른 세입자들 숙소와 동떨어진 조용한 곳이라 만일의 경우를 생각해서 그대로 놔두었습니다."

"그러고요?" 파트리스가 초조해하며 물었다.

"그러고요? 잠깐 나갔습니다."

"그런데 왜 아직도 안 돌아오는 겁니까?"

"그래서 저도 불안합니다. 혹시 쫓아온다던 누군가에게 공격받은 걸까요? 아니면 그 여성이… 그 여성에게 불행한 일이 생긴 게 아닐까요?"

"무슨 소리를 하는 겁니까? 그 여성에게 불행한 일이라니?"

"걱정할 만하지요. 시메옹이 그 여성을 찾으러 가자면서 이런 말을 했거든요. '서둘러야 해, 어서. 여성을 구하기 위해 어느 구멍 속에 넣어두었어…. 두세 시간은 괜찮지만 그 이상은 질식할 수 있어…. 산소 부족으로…'라고 말입니다."

파트리스가 바슈로를 움켜잡았다. 파트리스는 제정신이 아니었다. 이미 몸이 아프고 기진맥진한 코랄리가 어딘가에서 공포에 사로잡힌 채 죽을지도 모른다는 생각에 무서웠던 것이다.

"어서 말해요, 당장." 파트리스가 소리를 질렀다. "그 여성이 어디 있는지 말하라고요! 아! 이렇게 우리를 골탕먹이다니! 그 여성은 어디에 있는 겁니까? 그자가 말했을 게 아닙니까…. 댁도 알고 있잖아요…."

파트리스는 바슈로의 어깨를 흔들며 자신의 분노를 공격적으로 쏟아냈다.

그런 모습을 보며 돈 루이스가 비아냥거렸다.

"잘하고 있군요, 대위님! 잘하고 계십니다! 나와 협력하더니 정말 많이 발전하셨군요. 바슈로 씨를 거칠게 다루고 있고요."

"두고 봐요." 파트리스가 소리쳤다. "이자의 입에서 답을 끌어낼 겁니다!"

"소용없습니다." 바슈로가 매우 침착하고 단호한 어조로 말했다. "당신들은 절 속였습니다. 두 분은 시메옹 씨의 적입니다. 두 분에게 정보가 될 만한 건 단 한마디도 안 하겠습니다."

"말을 안 한다고? 안 해?"

분노로 가득 찬 파트리스는 바슈로에게 권총을 들이댔다.

"셋까지 세겠다. 그때까지 결정하지 않으면 이 벨발 대위가 어떤 사람인지 똑똑히 보여주겠어."

그 말을 들은 바슈로는 몸을 떨었다. 표정을 보니 현재 상황을 바꿔놓을 새로운 변수가 등장한 듯했다.

"벨발 대위라니요! 지금 뭐라고 하셨습니까? 당신이 벨발 대위라고요?"

"그렇다, 생각나는 게 있나 보군."

"당신이 벨발 대위라고요? 파트리스 벨발?"

"그래, 앞으로 2초 안에 털어놓지 않으면…."

"파트리스 벨발! 파트리스 벨발이라면서 시메옹 씨를 적이라고 생각하는 겁니까? 이럴 수는 없습니다. 어떻게…."

"그놈을 개처럼 죽여버리고 싶어…. 그래, 그 사기꾼 시메옹과 네 녀석, 그리고 그자의 공범까지 모두…. 아! 지독한 자식들! 자! 결정은 내렸나?"

"딱하군요!" 바슈로가 중얼거렸다. "딱해요. 지금 당신은 자신이 무슨 짓을 하고 있는지 모르고 있군요…. 시메옹 씨를 죽이겠다니! 당신이! 어떻게 당신이! 당신이 그런 죄를 저지를 수 있다니!"

"그래? 말이나 해, 이 영감아!"

"당신이 시메옹 씨를 죽인다고, 파트리스 당신이! 벨발 대위인 당신이!"

"그게 어쨌다는 거야?"

"이유가 있지…."

"그 이유가 뭐야?"

"그게…."

"이런! 어서 말해, 이 영감아! 뭐냐고!"

"파트리스! 댁이 시메옹 씨를 죽인다니!"

"안 될 이유가 뭐가 있어? 말해, 젠장! 안 될 이유가 무엇이냐고?"

바슈로는 잠시 입을 다물었다가 이렇게 중얼거렸다.

"당신은 시메옹 씨의 아들입니다."

그 순간, 마음 가득했던 분노와 시메옹 손에 잡혀 어떤 구덩이 안에서 신음하고 있을 코랄리에 대한 생각, 괴롭고 초조한 감정과 걱정 등 이 모든 것이 사라져서 파트리스는 크게 웃었다.

"시메옹의 아들이라니! 지금 뭐라고 지껄이는 거야! 아! 정말 웃기는군! 그놈을 구해주기 위해 애쓰는군, 늙은이! 참 편리하겠어. '그자를 죽이지 마세요. 당신의 아버지입니다'라고 말만 하면 되니 말이야. 그 사악한 시메옹이 우리 아버지라니! 시메옹 디오도키스가 벨발 대위의 아버지라니! 황당한 이야기가 다 있군."

돈 루이스는 조용히 듣고 있다가 파트리스에게 신호를 보내며 말했다.

"대위님, 내게 이 일을 맡겨주시겠습니까? 몇 분이면 됩니다. 지체되진 않을 겁니다. 오히려 그 반대지."

돈 루이스는 파트리스의 대답을 듣기도 전에 바슈로 앞에 몸을 숙이고 천천히 물었다.

"바슈로 씨, 설명 좀 해주십시오. 지금 말씀해주신 내용이 꽤 흥미롭군요. 그저 편하게 말씀하십시오. 군더더기는 빼고 사실만 간단히 말입니다. 시메옹 디오도키스는 바슈로 씨가 존경하는 그 사람의 진짜 이름이 아닌 거지요?"

"그렇습니다."

"그분의 이름은 아르망 벨발일 것이고 사랑하는 연인은 그분의 이름을 파트리스 벨발이라 불렀겠지요."

"그렇습니다. 아들과 같은 이름이지요."

"아르망 벨발은 사랑하는 여인이자 코랄리 에사레스의 모친인 여성과 같은 날에 살해될 뻔했지요?"

"그래요, 코랄리 에사레스의 어머니는 죽었지만 파트리스 벨발은 죽지 않았습니다."

"그때가 1895년 4월 14일이었겠군요."

"1895년 4월 14일, 맞습니다."

파트리스가 돈 루이스의 팔을 잡았다.

"갑시다." 파트리스가 중얼거렸다. "코랄리가 죽어가고 있습니다. 그 괴물이 코랄리를 땅에 묻었다고요. 중요한 건 그 일뿐입니다."

돈 루이스가 대답했다.

"그 괴물이 대위님의 아버지라는 생각은 안 드나 보지요?"

"미쳤군!"

"그러나 대위님, 떨고 있군요…."

"아마도… 아마도… 그건 코랄리 때문이지요…. 이 작자가 떠드는 이야기는 듣고 있지 않습니다! 이 무슨 악몽 같은 말입니까! 저자에게 입 좀 다물라고 해요! 입 닥치라고! 안 그러면 목을 졸라버릴 겁니다."

파트리스가 의자 위에 털썩 앉아 두 손에 얼굴을 파묻었다. 정말로 끔찍한 순간이었다. 그 어떤 재앙도 한 인간을 이보다 더 큰 충격으로 몰아넣을 수는 없을 것이다.

돈 루이스가 안타까운 눈빛으로 파트리스를 바라봤고 이어 바슈로를 돌아보며 말했다.

"바슈로 씨, 설명해보십시오. 간단히 말하는 겁니다, 알겠습니까? 어차피 나중에 밝혀지게 될 테니까. 그러니까 1895년 4월 14일…."

"1895년 4월 14일, 어느 공증인 사무소의 서기가 경찰서장과 함께 근처에 있는 제 가게로 와서 급히 관 두 개를 만들어달라고 했습니다. 즉시 작업이 시작되었습니다. 저녁 10시에 사장님, 그리고 동료 한 명과 저는 레누아르가의 어느 별장으로 갔습니다."

"그건 알고 있습니다. 계속 해보십시오."

"시체 두 구가 있었습니다. 우리는 수의로 둘둘 말린 시체 두 구를 관에 뉘었습니다. 11시에 사장님과 동료는 저를 수녀와 둘이 남겨놓고 자리를 떠났습니다. 남은 일은 관 뚜껑에 못을 박는 것이었습니다. 그런데 열심히 기도문을 외우던 수녀가 잠이 들었습니다. 바로 그때 그 일이 일어났습니다···. 오! 머리털이 쭈뼛 서는 일이었습니다. 절대 잊지 못할 일이지요···. 제대로 서 있을 수도 없었습니다···. 너무나 무서웠습니다···. 글쎄, 남자의 시체가 움직였던 겁니다···. 남자가 살아 있었던 겁니다."

돈 루이스가 물었다.

"당시 살인 사건에 대해서는 몰랐습니까?"

"예, 두 사람이 가스 중독으로 질식사했다는 이야기만 들었지요. 어쨌든 남자가 정신이 들 때까지는 몇 시간이 필요했습니다. 중독되어 있던 상태라서요."

"그런데 왜 수녀에게 알리지 않았습니까?"

"정신이 없었지요. 그저 멍했습니다. 죽은 사람이 눈앞에서 조금씩 살아나고 마침내 눈을 떴으니까요. 남자의 첫 마디는 '여자는 죽었지요?'였습니다. 그리고 남자는 곧장 내게 '한마디도 하지 마십시오. 침묵을 지켜주십시오. 내가 죽었다고 아는 게 낫습니다'라고 했습니다. 전 이유도 모른 채 그런다고 했습니다. 눈앞에서 놀라운 일이 일어나자 정신이 없었던 겁니다…. 어린아이처럼 시키는 대로 했고요…. 그 남자는 몸을 일으켜 옆의 관을 내려다보고는 수의를 헤치고 여자의 얼굴에 여러 번 입을 맞추었습니다. 남자는 중얼거렸습니다. '당신의 복수를 해주겠어요. 내 평생을 바쳐 당신의 복수를 해줄 겁니다. 그리고 당신이 바라는 대로 우리 아이들을 맺어주겠습니다. 내가 자살하지 않는 건 그 아이들, 파트리스와 코랄리 때문입니다. 부디 잘 가요.' 그리고 남자는 제게 좀 도와달라고 했습니다. 우리는 여자의 시신을 관에서 꺼내 작은 옆방으로 옮겨놓았습니다. 그런 뒤 정원으로 가서 묵직한 돌멩이들을 가져다 시체 두 구 대신 관을 채워 넣었습니다. 일이 마무리되자 저는 관 뚜껑에 못을 박고 수녀를 깨워 함께 그곳을 나왔지요. 남자는 문을 걸어 잠그고 여자와 함께 작은 방 안에 틀어박혔습니다. 다음 날 아침 장례식을 거행하러 사람들이 관이 있는 곳으로 몰려왔습니다."

파트리스는 얼굴을 감싸고 있던 손을 풀고 일그러진 얼굴로 돈 루이스와 바슈로를 번갈아 바라봤다. 파트리스는 퀭한 눈을 바슈로에게 고정한 채 중얼거렸다.

"그럼 무덤은요…? 두 명의 망자가 누워 있다고 적힌 그 비명은 무엇입니까…? 살인이 일어난 별장 근처에 있던 그 무덤은 무엇이란 말입니까?"

"아르망 벨발이 원한 대로 이루어진 겁니다. 그 당시 저는 이 건물 지붕 밑에 있는 다락방에 살고 있었습니다. 시메옹 디오도키스라는 이름으로 숨어 지내던 아르망 벨발에게 거처를 빌려주었습니다. 아르망 벨발은 법적으로는 죽은 사람이라 처음

몇 달간은 나가지 않고 집에만 있었습니다. 저의 중개로 아르 망 벨발은 새 이름을 가지고 자신의 별장을 다시 샀습니다. 그리고 저희 둘이서 조금씩 무덤을 팠습니다. 코랄리와 아르망 파트리스 벨발의 무덤이었습니다. 파트리스와 코랄리는 둘 다 죽은 거였어요. 그런 식으로라도 여자 곁을 떠나지 않았다는 느낌을 간직하고 싶었던 겁니다. 절망에 휩싸여 있다 보니 조금 정신이 이상해졌다고 할 수도 있고요…. 오! 약간 그렇다는 겁니다…. 1895년 4월 14일에 죽은 연인에게 오랫동안 이토록 정성을 들여 추모한 것을 보면 집념이 느껴집니다. 연인과 본인의 이름을 무덤이건 벽이건 나무건 화단이건 모든 것에 새겨 넣었지요. 대위님과 코랄리 에사레스 부인의 이름이기도 하고요…. 살인자에 대한 복수, 아들과 연인의 딸 생각만 하는 것 같았습니다…. 오! 그 생각만 하는 것 같았어요! 그 생각만!"

파트리스는 바슈로에게 불끈 쥔 주먹을 내밀며 험악한 표정을 지었다.

"증거를 대!" 파트리스가 목멘 소리로 외쳤다. "당장 증거를 대. 지금 이 순간에도 그 악당의 사악함으로 죽어가는 사람이 있어…. 고통을 겪는 여자가 있다고. 증거를 대!"

"걱정할 것 없습니다." 바슈로가 말했다. "제 친구는 여자를 죽이려는 게 아니라 구하려는 생각밖에 없습니다…."

"그자는 우리 부모에게 했던 것처럼 코랄리와 나를 죽이려고 그 별장에 끌어들였어…."

"당신들 두 사람을 맺어주려는 겁니다."

"그래, 죽음으로 말이지."

"살아서 맺어주려는 겁니다. 당신은 내 친구가 아끼는 아들입니다. 당신의 이야기를 할 때는 무척 자랑스러워했지요."

"그놈은 악당이야! 괴물이라고!" 파트리스가 으르렁거렸다.

"세상에서 제일 고귀한 인물입니다. 당신의 아버지지요."

파트리스는 피가 솟는 모욕감을 느끼며 펄쩍 뛰었다.

"증거를 대, 대란 말이야!" 파트리스가 소리쳤다. "확실한 증명을 보이지 못하면 더 이상 지껄이지 못하게 하겠다."

바슈로는 의자에서 꼼짝하지 않았다. 다만 낡은 개폐식 마호가니 책상 쪽으로 팔을 뻗어 뚜껑을 연 후 용수철 장치를 눌러 서랍을 열었다. 바슈로는 서류 뭉치를 내밀었다.

"아버지의 필체를 알고 있지요, 대위님? 아버지에게서 온 편지들을 간직하고 계시겠지요. 영국에서 초등학교에 다녔을 때받은 편지들입니다. 아버지가 제게 보낸 편지들을 읽어보십시오. 대위님의 이름이 100번은 나올 겁니다. 아들의 이름 말입니다. 아버지가 대위님의 짝으로 정한 코랄리라는 여성의 이름도 확인할 수 있을 겁니다. 대위님의 생활, 공부, 일 등 모든 것이 담겨 있습니다. 또한 심부름꾼을 통해 찍은 대위님의 사진들, 테살로니키에 찾아가 찍은 코랄리의 사진들도 볼 수 있을 겁니다. 특히 아버지가 비서로 일하며 품은 에사레스 베에 대한 증오심, 복수 계획, 의지, 인내심을 확인할 수 있을 겁니다. 아버지는 에사레스와 코랄리의 결혼 소식에 절망했다가 아들인 대위님과 에사레스의 아내 코랄리를 맺어준다면 더없이 잔인한 복수가 될 것이란 생각에 무척 기뻐했습니다. 그런 아버지의 마음이 잘 나타나 있습니다."

바슈로는 편지들을 펼쳐놓았다. 아버지의 익숙한 필체, 그리고 파트리스라는 이름이 끊임없이 대위의 시선을 잡아끌었다.

바슈로는 그런 파트리스를 보며 마침내 이렇게 말했다.

"이제 됐습니까, 대위님?"

파트리스는 다시 한 번 주먹을 쥐고 바슈로의 관자놀이에 갖다 댔다. 파트리스가 말했다.

"그자는 우리 둘이 갇혀 있는 별장에서 천창 위에서 내려봤고 나는 그 얼굴을 똑똑히 봤지…. 우리가 죽어가는 모습을 그대로 보고 있었어…. 깊은 증오심이 서린 얼굴이었지…. 그자는 에사레스보다 우리를 증오하고 있었어…."

"착각입니다! 헛것을 본 거예요!" 바슈로가 발끈했다.

"아니면 미쳤거나." 파트리스가 중얼거렸다.

파트리스는 분통을 터뜨리며 탁자를 주먹으로 세게 쳤다.

"사실이 아니야! 사실이 아니라고!" 파트리스가 외쳤다. "그자는 우리 아버지가 아니야, 아니라고! 그런 사악한 인간이…."

파트리스는 방 안을 왔다 갔다 하다가 돈 루이스 앞에 멈춰서 무뚝뚝하게 말했다.

"갑시다. 이러다간 저까지 미쳐버릴 것 같습니다. 악몽… 그외 다른 말로 표현할 수가 없군요…. 모든 것이 뒤죽박죽이고 머리가 뒤집어질 듯한 악몽을 꾸는 것 같습니다. 갑시다…. 코랄리가 위험합니다…. 중요한 것은 그것뿐입니다…."

바슈로가 고개를 흔들었다.

"제가 걱정하는 건…."

"무얼 걱정한단 말입니까?" 파트리스가 화를 내듯 말했다.

"제 가엾은 친구가 뒤를 쫓아오던 자와 마주치지 않았을까 걱정입니다…. 만일 그렇다면 제 친구가 에사레스 부인을 어떻게 구하겠습니까? 친구가 말하길 그 가엾은 여자는 숨 쉬기가 거의 어려울 것이라고 했습니다."

"숨 쉬기가 어렵다고…." 파트리스가 조용히 중얼거렸다. "그렇게 코랄리는 죽어가고 있어…. 코랄리…."

파트리스는 돈 루이스에게 매달려 술 취한 사람처럼 비틀거리며 관리인 숙소에서 나왔다.

"코랄리는 가망이 없겠지요?" 파트리스가 물었다.

"천만에요." 돈 루이스가 말했다. "시메옹은 대위님과 마찬가지로 잔뜩 흥분해 있을 겁니다. 결말이 다가오고 있으니까요. 시메옹은 불안으로 떨고 있고 말을 아끼지도 않았습니다. 내 말을 믿으십시오. 코랄리 엄마는 지금 당장 위험하진 않습니다. 우리에겐 몇 시간의 여유가 있어요."

"확실합니까?"

"물론입니다."

"하지만 야봉이…."

"야봉이 어쨌다는 겁니까?"

"만일 야봉이 그자를 건드렸다면 어떡합니까?"

"죽이지 말라고 지시했습니다. 그러니 시메옹은 살아 있을 겁니다. 분명 살아 있을 테니 걱정할 필요 없습니다. 그리고 시메옹은 코랄리 엄마를 죽게 놔두지 않을 겁니다."

"그자는 코랄리를 증오하는데요? 왜 그러시는 겁니까? 마음속에 무슨 생각이 있는지 모르겠습니다. 우리 두 사람에게 애정을 쏟아붓는 일에 평생을 몰두했는데, 갑자기 애정이 증오로 바뀌었습니다."

갑자기 파트리스는 돈 루이스의 팔을 잡고 떨리는 목소리로 물었다.

"시메옹이 우리 아버지라고 생각합니까?"

"들어보십시오…. 몇 가지 들어맞는 점이 있긴 합니다…."

"제발요." 파트리스가 끼어들었다. "돌려서 말하지 말고… 분명히 대답해주십시오. 간단히 의견을 말씀해주십시오."

돈 루이스가 대답했다.

"시메옹 디오도키스는 대위님의 아버지입니다."

"아! 조용히 해요, 조용히 하라고요! 끔찍하군요! 이런, 앞이 캄캄합니다!"

"그 반대입니다." 돈 루이스가 말했다. "조금씩 어둠이 걷히고 있습니다. 바슈로 씨와의 대화가 내게는 빛 같은 몇 가지의 단서를 주었습니다."

"어떻게 그럴 수 있습니까…?"

파트리스의 머릿속은 여전히 이 생각 저 생각이 뒤섞여 혼란스러웠다. 파트리스가 갑자기 걸음을 멈추었다.

"시메옹이 다시 숙소로 돌아가는 건 아닐까요…? 우리가 이렇게 나와 있는 중에 말입니다! 그자가 코랄리를 데리고 올지도 모르지 않나요?"

"아닙니다." 돈 루이스가 말했다. "그럴 수 있었다면 그렇게 했을 겁니다. 아니, 우리가 시메옹에게 다가가고 있습니다."

"어느 쪽으로요?"

"아, 이런! 모든 싸움이 시작된 곳이지 어디겠습니까… 황금이 있는 쪽! 적의 모든 작전은 황금을 중심으로 펼쳐지고 있습니다. 어딘가에 숨는다 하더라도 황금으로부터 멀리 떨어지지 못합니다. 확실해요. 게다가 적은 베르투 조선소에서 그리 멀지 않은 곳에 있습니다."

파트리스는 아무 말 없이 따랐다. 그런데 갑자기 돈 루이스가 큰 소리로 말했다.

"들었습니까?"

"예, 총소리예요."

두 사람은 레누아르가로 나오는 참이었다. 주변 건물들이 높아서 총소리가 어디서 났는지 정확한 위치는 알기 어려웠지만 대략 에사레스의 저택이나 그 주변 같았다. 파트리스는 불안해했다.

"야봉일까요?"

"걱정되는군요." 돈 루이스가 말했다. "야봉은 총을 사용하지 않으니 누군가 야봉을 향해 총을 쐈겠지요… 아! 이런, 불쌍한 야봉이 쓰러진다면…."

"코랄리를 향해 발사된 총소리일지도." 파트리스가 중얼거렸다.

돈 루이스가 웃음을 터뜨렸다.

"아! 대위님, 내가 이 사건에 괜히 끼어들었나 봅니다. 내가 개입하기 전에 대위님은 나름 강하고… 똑똑했는데 말입니다. 시메옹이 뭐하러 수중에 들어온 코랄리 엄마에게 총을 쏘겠습니까?"

두 사람은 발걸음을 서둘렀다. 에사레스의 저택 앞을 지나갔으나 사방이 조용했다. 두 사람은 계속 골목길을 내려갔다.

파트리스에게는 열쇠가 있었지만 별장의 정원으로 통하는 쪽문은 안에서 빗장이 질러 있었다.

"오, 오!" 돈 루이스가 말했다. "우리가 제대로 들이닥쳤다는 징표입니다. 제방에서 만납시다, 대위님. 나는 베르투 조선소로 얼른 달려가겠습니다."

몇 분 후 희미한 빛이 밤의 어둠과 뒤섞이기 시작했다.

하지만 제방에는 여전히 사람이 없었다.

돈 루이스는 베르투 조선소에서 특별한 점을 찾지 못한 채 파트리스와 합류했다. 그런데 파트리스가 무엇인가를 손가락으로 가리켰다. 정원 담벼락과 가까운 보도에 베르투의 조선소 구석에서 사라진 사다리가 쓰러져 있었다. 곧바로 돈 루이스는 순발력 넘치는 직관을 발휘해 설명했다.

"시메옹에게 정원 열쇠가 있으니 분명 야봉은 정원으로 들어가기 위해 사다리를 사용했을 겁니다. 야봉은 바슈로의 집으로 와 여기에 숨으려 한 시메옹의 모습을 본 것이지요. 물론 코랄리 엄마를 데려온 다음에요. 코랄리 엄마를 은신처에서 빼내어 데리고 있는 건지, 우선 자신부터 숨든 것인지를 알아야겠습니다. 어느 쪽인지는 잘 모르겠습니다. 어쨌든…."

돈 루이스가 목을 푹 숙여 보도 위를 바라보며 말을 이었다.

"어쨌든 확실해진 것이 있습니다. 야봉은 황금 자루들이 숨겨진 곳을 알고 있으며 코랄리 엄마가 있는 곳도 그 장소라는 겁니다. 그러나 시메옹이 본인의 안전을 우선 생각하느라 코랄리 엄마를 빼낼 시간이 없을 수도 있다는 게 걱정됩니다."

"확실합니까?"

"대위님, 야봉은 늘 분필을 가지고 다닙니다. 내 이름 외에는 글자를 읽을 수 없는 친구지만 여기를 잘 보십시오. 서로 교차하는 두 개의 선이 정원 담벼락의 밑변과 함께 삼각형을 만듭니다. 바로 황금 삼각형입니다."

루이스가 몸을 일으켰다.

"지나치게 간단한 정보이긴 하지만 야봉은 나를 마법사처럼 생각하니 이럴 수도 있겠습니다. 내가 여기까지 올 것이라 믿고 이 세 개의 선으로 된 단순한 도형만으로 충분한 정보라고 확신했을 겁니다. 불쌍한 야봉!"

"하지만 이 모든 일은 우리가 파리로 돌아오기 전에 벌어진 일들 아닐까요? 다시 말해 자정에서 새벽 1시에요."

"예."

"그러면 우리가 방금 들은 총소리는 그보다 네다섯 시간 이후에 벌어진 거지요?"

"나도 그 지점부터 헷갈립니다. 시메옹이 어둠 속에 숨어 있으면서 꼼짝도 안 했겠지요. 해가 뜰 무렵이 될 때까지 야봉의 인기척이 없자 어느 정도 안심하며 슬슬 행동을 시작했겠고요. 그런데 역시 숨을 죽이고 버티던 야봉에게 들켜서 공격을 당했을 겁니다."

"그러니까…."

"그러니까 격투가 있었으리라고 봅니다. 야봉은 부상을 당했을 것이고 시메옹은…."

"시메옹은 도망쳤다는 겁니까?"

"그랬거나 죽었을 수도 있습니다. 어쨌든 앞으로 몇 분 후에 알게 될 겁니다."

돈 루이스는 사다리를 담벼락 위 철책에 걸쳐 세웠다. 파트리스는 돈 루이스의 도움을 받아 담을 넘었다. 이어서 뒤따라 담을 넘은 돈 루이스는 사다리를 집어 올려 정원 구석에 팽개치고는 사방을 둘러봤다. 마침내 두 사람은 높은 풀숲과 무성한 관목림을 헤치며 별장으로 다가갔다.

날이 빠르게 밝아지고 있었다. 주변 사물들이 선명한 윤곽을 드러냈다. 두 사람은 별장을 슬쩍 에둘러 지나쳤다. 도로 쪽이 시야에 들어오자 앞서 가던 돈 루이스가 갑자기 파트리스를 돌아보며 말했다.

"내가 틀리지 않았군요."

이어서 돈 루이스는 달려갔다.

현관문 앞에 두 사람의 몸이 서로 뒤엉켜 있었다. 야봉은 머리에 끔찍한 총상을 입어 얼굴이 온통 피투성이였다. 그 옆에는 시메옹이 야봉의 손에 목이 졸린 채 뻗어 있었다.

야봉은 죽어 있었다. 시메옹 디오도키스는 살아 있었다.

6
시메옹의 전투

야봉의 움켜쥔 손아귀를 풀려면 시간이 필요했다. 야봉은 죽어서도 먹이를 놓지 않았다. 강철같이 강한 손가락과 호랑이 발톱처럼 날카로운 손톱이 기절한 채 헐떡이는 적의 목을 움켜쥐고 있었다. 안뜰 포석에는 시메옹의 권총이 떨어져 있었다.

"기세가 대단했나 보군, 늙은이." 돈 루이스가 나지막이 말했다. "야봉의 힘도 권총이 발사되는 걸 미처 막지 못한 걸 보면 말이야. 잘난 체하지 마. 야봉이 봐준 거니까…. 야봉은 즉사했지만 자네는 가족에게 작별 편지를 쓰고 지옥에 자리를 마련할 시간이 있을 거야. 데 프로푼디스(De profundis, '어둠 속에서 주를 향해 외치나이다'라는 의미의 스페인어 – 옮긴이). 디오도키스, 자네는 더 이상 이 세상 사람이 아니야."

그러고는 애처로운 목소리로 덧붙였다.

"불쌍한 야봉. 언젠가 아프리카에서 끔찍이 죽을 뻔한 날 구해주었지…. 그런데 오늘은 내 지시를 따르다가 이렇게 죽고 말았어…. 불쌍한 야봉!"

돈 루이스는 야봉의 눈을 감겨준 뒤 그 곁에 무릎을 꿇고 앉아 이마에 입을 맞추었다. 이어 충직한 영혼을 위해 온갖 추도의 말들을 속삭여주었다.

돈 루이스는 파트리스의 도움을 받아 야봉의 시체를 큰방 옆의 작은 방으로 옮겼다.

"대위님." 돈 루이스가 말했다. "오늘 밤에 사건이 마무리되면 경찰에 알리겠습니다. 지금은 야봉과 다른 이들의 복수가 더 중요합니다."

돈 루이스는 격투가 벌어진 곳을 자세히 조사한 후 야봉의 시신과 시메옹의 옷과 신발을 자세히 살폈다.

파트리스 벨발은 지긋지긋한 적과 마주하고 있었다. 별장의 벽에 기대어 앉은 시메옹을 증오가 가득한 시선으로 조용히 바라보고 있었다. 시메옹! 시메옹 디오도키스! 이틀 전만 해도 이 사악한 악마는 끔찍한 계획을 세웠고 천장에서 죽어가는 두 연인을 웃으며 내려다봤다! 게다가 야수처럼 코랄리를 어딘가로 납치해서 제멋대로 괴롭히려고 구덩이 속에 숨겨두었다!

시메옹은 괴로워하고 숨 쉬기 어려워하는 것 같았다. 아마도 야봉의 엄청난 힘 때문에 목 부위가 골절을 입은 것 같았다. 격투를 벌이는 와중에 시메옹의 노란 안경이 떨어졌는데 두꺼운 눈꺼풀 위로 흰 눈썹이 수북했다.

돈 루이스가 말했다. "놈을 뒤져보십시오, 대위님."

그러나 파트리스가 왠지 주저하는 것 같아 돈 루이스가 직접 시메옹의 호주머니와 지갑을 뒤져 파트리스에게 내밀었다. 먼저 그리스인 시메옹 디오도키스 이름으로 발급된 체류 허가증이 있었다. 거기에는 목도리, 안경, 긴 머리 등이 나타난 사진이 붙어 있었다. 사진은 최근에 찍은 것으로 1914년 12월이라는 날짜와 파리 시 경찰청의 소인이 찍혀 있었다. 그 외에도 에사레스 베의 비서 시메옹 앞으로 된 여러 사업 관련 서류 견적서, 계산서가 있었다. 그중 관리인인 아메데 바슈로에게서 온 편지한 장도 있었다. 편지의 내용은 다음과 같았다.

시메옹 씨,
성공했습니다. 젊은 친구 중 한 명이 병원 안에서 에사레스 부인과 파트리스가 함께 있는 모습을 사진으로 찍었습니다. 기쁘게 해드릴 수 있어 저도 뿌듯합니다. 그런데 언제 아드님에게 진실을 공개하실 겁니까? 아드님이 알면 얼마나 좋아하겠습니까…!

편지 밑에는 개인적으로 쓴 메모처럼 보이는 시메옹 디오도키스의 글이 적혀 있었다.

다시 한 번 더 나에게 엄숙히 맹세한다. 나의 연인 코랄리의 복수가 끝나기 전까지, 파트리스와 코랄리 에사레스가 자유롭게서로 사랑해 결합하기 전까지는 사랑하는 아들에게 아무것도공개하지 않겠다.

"아버지의 글씨체가 맞습니까?" 돈 루이스가 물었다.
"예." 파트리스가 당황하며 말했다. "더구나 이자가 바슈로에게 보낸 편지의 글씨체와도 같습니다…. 오! 파렴치한 놈…! 이

놈…! 이 작자…!"

시메옹이 움직였다. 눈꺼풀을 몇 번이나 떴다가 감았다 했다. 그러더니 정신이 들자 파트리스를 바라봤다.

즉각 파트리스가 목멘 소리로 물었다.

"코랄리는…? 어디에 있습니까…? 어디에 숨겨놓은 겁니까? 혹시 코랄리가 죽은 건 아닙니까?"

시메옹이 조금씩 의식을 회복했다.

"파트리스… 파트리스…."

시메옹은 주위를 둘러보면서 돈 루이스도 알아봤고 야봉과의 격렬했던 결투도 기억하는 듯했으나 다시 눈을 감았다.

파트리스는 더욱 분노하며 시메옹에게 소리쳤다.

"여보세요…. 꾸물거릴 때가 아닙니다…! 대답해요…. 당신의 목숨이 걸려 있습니다."

시메옹은 다시 눈을 떴다. 눈은 벌겋게 충혈되어 있었다. 시메옹은 말하기가 어렵다는 것을 알리려는 듯 목을 가리켰다. 마침내 안간힘을 쓰며 다시 말을 이었다.

"파트리스, 너니…? 오래전부터 이 순간을 기다려왔어…. 그런데 오늘에야 이렇게 원수처럼…."

"철천지원수지." 파트리스가 무뚝뚝하게 말했다.

"우리 사이에 죽음이 끼어 있습니다…. 야봉의 죽음과… 어쩌면 코랄리도 죽었을지도…. 코랄리는 어디에 있습니까? 말해요…. 그러지 않으면…."

시메옹이 아주 나지막하게 다시 말했다.

"파트리스… 너란 말이냐?"

시메옹의 반말투는 파트리스를 화나게 했다. 파트리스는 시메옹의 멱살을 잡고 흔들었다.

그러나 시메옹은 파트리스의 다른 손에 들린 서류 지갑을 보고는 전혀 저항하지 않으며 말했다.

"날 해치지는 않겠지, 파트리스…. 그 편지들을 봤을 거야. 그러면 우리가 서로 어떤 관계인지 알겠지… 아! 네가 안다면…."

파트리스가 시메옹을 놓아주며 무섭게 노려봤다. 이번에는 파트리스가 아주 나지막하게 말했다.

"그런 말 마십시오…. 말도 안 되는 이야기니까."

"그건 진실이야, 파트리스."

"거짓말! 거짓말이야!" 파트리스가 소리쳤다. 더 이상 참을 수 없었던 파트리스는 고통에 휩싸여 거의 알아볼 수 없을 만큼 얼굴이 일그러져 있었다.

"아! 너도 짐작하고 있었던 거구나. 그러면 굳이 설명이 필요 없겠어…."

"거짓말! 넌 악당일 뿐이야…! 네가 우리 아버지면 왜 코랄리와 나를 해치려고 했어? 왜 우리 둘을 죽이려고 했느냐고!"

"내가 미쳤었어, 파트리스…. 그래, 가끔 정신이 어떻게 되지…. 그동안 여러 끔찍한 일을 당하며 정신이 어떻게 된 거야…. 옛날에 나의 코랄리가 죽었고… 그 뒤 에사레스의 밑에서 보낸 인생… 그리고… 특히 황금 때문에 말이야…. 내가 정말 너희를 죽이려고 했을까? 기억이 더 이상 나지 않아…. 마치 꿈을 꾼 것 같은 기분…. 아마 별장에서였겠지? 옛날처럼 말이

야…. 아! 미쳤다는 것은… 너무나 고통스러워! 누군가의 강요
에 떠밀리듯 내 의지와는 상관없이 행동해야 하니까…! 옛날처
럼 별장 안에서 일이 벌어졌겠지…. 똑같은 방식… 똑같은 장
치, 그렇지…? 그래, 그거야…. 나와 사랑하는 여인이 겪은 고
통을 꿈속에서 다시 재연한 거야…. 내가 고문을 받는 게 아니
라 오히려 고문하다니…. 정말 고통스러워…!"

시메옹은 주저하듯 말을 끊었다가 가슴속 이야기를 하듯 중
얼거렸다. 매우 고통스러워 보였다. 이야기를 들으며 파트리스
는 점점 불안해졌다. 돈 루이스는 상대의 마음을 간파하려는
듯 시메옹에게서 눈을 떼지 않았다.

시메옹이 다시 말을 이었다.

"불쌍한 파트리스…. 널 무척 사랑했어…. 그런데 지금은 지
독한 원수를 대하는 것 같구나…. 어떻게 하면 달라질 수 있을
까…? 어떻게 하면 그 일을 잊을 수 있겠니…? 아! 에사레스가
죽은 후 왜 사람들은 날 가두지 않은 걸까? 그때 내 정신이 나
간 것 같은데…."

"그럼 당신이 에사레스를 죽였습니까?" 파트리스가 물었다.

"아니, 아니야. 다른 사람이 내 복수를 해주었어."

"누가요?"

"모르겠어…. 그게 잘 이해되지 않아. 그 이야기는 그만하
자…. 고통스러우니까…. 코랄리가 죽은 이후로 줄곧 극심한
고통을 겪어왔으니까!"

"코랄리의 죽음이라니!" 파트리스가 외쳤다.

"그래, 내가 사랑했던 코랄리…. 그 딸도 역시 내게 고통을 안

겨주었어…. 에사레스와 결혼하지 말았어야 했어. 그러면 많은 일이 일어나지 않았을 텐데…."

파트리스가 가슴이 답답해져 중얼거렸다.

"코랄리는 어디에 있습니까?"

"말해줄 수 없구나."

"아!" 파트리스가 분노로 몸을 떨며 말했다. "코랄리가 죽은 거군요!"

"아니야, 코랄리는 살아 있어. 맹세해."

"그러면 어디에 있습니까? 중요한 건 그뿐입니다…. 나머지는 전부 과거의 일이지요…. 하지만 한 여자의 목숨, 코랄리의 목숨…."

"잘 들어."

시메옹이 말을 멈추고 돈 루이스 쪽을 흘끗 바라봤다.

"말은 하겠지만…."

"무엇 때문에 말을 못하는 겁니까?"

"저 남자가 있어서 그래, 파트리스. 우선 저 남자 좀 내보내!"

돈 루이스 페레나가 웃기 시작했다.

"저 남자라면 나 말입니까?"

"그래요."

"이 영감탱이가, 그렇게 하면 코랄리가 있는 곳을 가르쳐주겠다?"

"그렇습니다…."

돈 루이스는 한층 더 크게 웃었다.

"아! 코랄리는 황금이 있는 곳에 있겠지. 다시 말해 코랄리를 구하는 것은 황금을 넘겨 주는 일이지."

"그래서요?" 파트리스가 다소 적개심을 드러냈다.

"그래서 말인데요, 대위님." 돈 루이스가 빈정거림 없이 말했다. "저자가 약속대로 장소를 알려주어 코랄리 엄마를 순순히 찾게 놔두지는 않을 것 같습니다. 설마 저자의 말을 믿는 건 아니겠지요?"

"그건 아닙니다."

"그렇지요? 저자를 믿지 않는 건 잘하는 겁니다. 친애하는 시메옹 씨가 비록 제정신이 아닌데도, 우리를 망트 근처에서 서성거리게 하며 시간을 버리게 했습니다. 실력과 지략이 뛰어난 편이지요. 그러니 저자의 약속을 조금이라도 믿으면 위험한 일이 닥칠 겁니다. 그래서 결론은…."

"결론은…?"

"이렇게 될 겁니다, 대위님. 저 친애하는 시메옹 씨가 대위님에게 거래를 제안할 겁니다…. 예를 들어 '네게 코랄리를 넘겨주고 나는 황금을 갖겠다'고 말이지요."

"그래서요?"

"그래서라니? 대위님과 단둘이 남는다면 저자에게 그것만큼 완벽한 일은 없을 겁니다. 거래는 즉각 성사되겠지요. 그러나 나와… 숙녀분은 전혀 고려하지 않았거든!"

파트리스가 벌떡 일어섰다. 파트리스는 돈 루이스에게 다가가 다소 공격적인 말투로 말했다.

"당신이 여기에 반대하고 나서지는 않을 거라 봅니다. 이건 한 여인의 목숨이 달린 일입니다."

"물론이지요. 또한 3억 프랑이 달린 문제이기도 합니다."

"그래서 반대하는 겁니까?"

"반대합니다!"

"코랄리가 죽어가는데 반대한다니! 코랄리가 죽는 게 더 낫다는 말이군요…. 그런데 이번 일이 저와 관계된 일이라는 것을 잊은 듯하군요…. 이 일은… 이 일은…."

파트리스와 돈 루이스는 서로 마주 보았다. 좀 더 여유로운 돈 루이스가 한 수 위처럼 보였기에 파트리스는 초조했다. 결국 돈 루이스의 우위를 받아들였으나 기분을 억누르고 과거를 잘 아는 이 협력자에게 도움을 받아야 한다는 사실이 영 찜찜하게 느껴졌다. 파트리스는 주먹을 쥐고 물었다.

"반대합니까?"

"그래요." 돈 루이스가 여전히 침착하게 말했다. "그래요, 대위님. 이런 말도 안 되는 거래에 반대합니다…. 정말 멍청한 거래지요. 제길! 3억 프랑…. 그 정도의 횡재를 그냥 포기하다니요! 절대 안 됩니다! 하지만 대위님이 친애하는 시메옹 씨와 단둘이 있는 것 자체를 반대하지는 않겠습니다…. 단, 나를 너무 멀리 있게만 하지 마십시오. 괜찮겠지요, 시메옹 영감?"

"좋습니다."

"그럼 이제 둘이서 이야기하고 합의를 보십시오. 아드님을 매우 신뢰하는 시메옹 디오도키스가 코랄리 엄마가 어디 있는지를 알려줄 것이고 대위님은 코랄리 엄마를 구하는 겁니다."

"당신은? 당신은 어쩔 셈입니까?" 파트리스가 흥분하며 물었다.

"전 대위님이 죽을 뻔했던 곳을 다시 한 번 돌아보면서 과거와 현재에 관한 보잘것없는 조사를 보완하고자 합니다. 이따 봅시다. 조심하십시오."

돈 루이스는 손전등을 켜고 별장 안으로 그리고 아틀리에로 들어갔다.

덧문이 내려진 창문 뒤로 어른거리는 손전등 불빛이 파트리스의 눈에 들어왔다.

파트리스는 곧장 시메옹에게 돌아와 다급하게 물었다.

"됐습니다. 갔으니 서두릅시다."

"저자가 정말로 안 들을까?"

"확실합니다."

"저자를 조심해라, 파트리스. 황금을 차지하고 싶어 하는 사람이야."

파트리스는 초조했다.

"시간 낭비하지 맙시다, 코랄리는…."

"아까도 말했지만 코랄리는 살아 있어."

"당신이 자리를 떴을 때는 살아 있었겠지만 그다음에는…."

"아! 그다음이…."

"무슨 일입니까? 걸리는 일이라도 있습니까?"

"아무 대답도 할 수가 없어. 이미 대여섯 시간이 지난 밤이라 걱정이…."

파트리스는 식은땀이 등줄기를 타고 흘러내리는 것을 느꼈다. 결정적인 한마디를 듣기 위해서라면 모든 것을 내놓을 수 있을 것 같았다. 동시에 이 늙은이를 처벌하기 위해 당장 목이라도 조를 수 있을 것 같았다.

그러나 파트리스는 마음을 다잡고 다시 이야기했다.

"시간 낭비하지 맙시다. 쓸데없는 말은 그만두고 코랄리가 있는 곳을 말하십시오."

"아니, 우린 함께 갈 거야."

"하지만 힘이 없을 텐데."

"아니야…. 아니, 있어…. 그리 멀지 않은 곳이야. 그저, 그저 내 말 좀 들어봐…."

시메옹은 탈진한 것 같았다. 아직도 야봉의 손아귀에 붙잡혀 있는 것처럼 호흡이 중간중간 끊어져 헐떡거렸고, 몸에 힘이 없어 보였다.

파트리스가 몸을 기울여 시메옹에게 말했다.

"듣고 있습니다. 제길, 서둘러요!"

"그래." 시메옹이 말했다. "그래…. 앞으로 몇 분 후에… 코랄리는 자유의 몸이 될 거야. 하지만 한 가지 조건이… 한 가지 조건이 있어, 파트리스."

"알겠습니다. 그게 무엇입니까?"

"파트리스, 코랄리의 목숨을 두고 맹세해야 해. 황금은 그대로 놔두고, 또 세상 그 누구도 알아서는 안 돼…."

"코랄리의 목숨을 두고 맹세하겠습니다."

"맹세한다니 좋아. 그런데 남은 게 더 있어…. 너의 빌어먹을 친구… 그자가 우리를 따라올 수 있어…. 알게 될 거라고."

"아닙니다."

"아니야…. 네가 동의하지 않는 한…."

"또 무얼 동의하라고요? 아! 제길…!"

"잘 들어…. 코랄리를 구해야 한다는 것을 잊어서는 안 돼…. 서둘러야 해…. 그러지 않으면…."

파트리스가 왼쪽 다리를 구부려 거의 무릎을 꿇은 자세로 거친 숨을 몰아쉬었다.

"자… 어서 말하란 말이다…." 파트리스는 이제 반말조로 말하기 시작했다…. "자, 코랄리가…."

"그래, 하지만 저자가…."

"이런! 코랄리가 먼저야!"

"무슨 소리야? 그자가 우리를 보면…? 황금을 가로채면?"

"상관없어…!"

"오! 그런 말 마라, 파트리스…! 황금! 모든 것이 거기에 있어! 그 황금이 내 손에 들어온 뒤 인생이 달라졌어. 과거는 더 이상 중요하지 않아…. 증오도… 사랑도…. 오직 황금뿐이야…. 황금 자루들이 가장 중요하다고. 그게 없다면 난 죽는 게 나아. 코랄리가 죽어도… 세상이 사라져도 괜찮아…."

"대체 무얼 원하는 거야? 뭘 원하느냐고!"

파트리스는 아버지이자 혐오하는 이 남자의 두 팔을 붙잡고 애원했다. 이자가 눈물에 마음이 움직인다면 눈물이라도 흘리고 싶었다.

"무얼 원하는 거야?"

"잘 들어. 그자가 아직 여기에 있지?"

"그래."

"아틀리에에?"

"그래."

"그럼 그자가 나오지 못하게 해…."

"뭐라고?"

"그게 아니라…. 우리 일이 끝날 때까지만 안에 머물러 있게 하라는 말이야."

"하지만…."

"간단해. 잘 들어. 하나만 하면 돼…. 문을 잠그는 거야…. 자물쇠는 망가졌지만 빗장이 두 개나 되니 상관없어…. 알아듣지?"

파트리스가 발끈했다.

"미쳤군! 내가 동의할 것 같나…? 내 목숨을 구해준 사람이자… 코랄리를 구해준 사람인데."

"하지만 지금은 저자 때문에 코랄리의 목숨이 위험해. 잘 생각해봐…. 저자가 현장에 나타나지 않고 이번 일에 끼어들지 않는다면… 코랄리는 자유의 몸이 돼…. 받아들이는 거지?"

"싫다."

"왜? 너도 저 남자가 누군지 잘 알잖아? 강도야…. 오직 돈만 가로챌 생각뿐인 악당이라고. 양심의 가책을 느끼는 거야? 자, 파트리스, 말도 안 되는 거 알지? 어때, 받아들일 거지?"

"아니, 절대 안 돼."

"그렇다면 코랄리는 하는 수 없지…. 그래! 넌 상황을 이해하지 못하고 있어. 시간 다 됐다, 파트리스. 어쩌면 늦었을지도 모르지."

"오! 입 닥쳐."

"사실이야. 너도 네 책임을 직시하고 받아들여야지. 그놈의 야봉이 나를 뒤쫓을 때는 기껏 한두 시간 후에 빼줄 수 있으리라 생각하고 코랄리를 떼어놓았어…. 그런데… 그다음에 무슨 일이 일어났는지는 너도 잘 알지 않니…. 그때가 밤 11시였어…. 그로부터 여덟 시간이 지났겠구나…. 자, 생각해봐…."

파트리스는 주먹을 뒤틀었다. 이렇게 한 인간을 괴롭히는 고통이 있으리라고는 생각하지 못했다. 시메옹이 몰아붙였다.

"코랄리는 숨을 쉴 수 없어. 분명히… 공기가 코랄리에게 간다 해도 아주 적은 양이야…. 더구나 코랄리를 가린 구조물이 무너지진 않았을까 걱정스러워…. 그러면 질식할 거라고…. 네가 말싸움이나 하고 있을 때 코랄리는 숨이 막혀 죽어갈 거야. 그런데 이 상황에서 저자를 기껏 10분 정도 가둬놓는 게 어떻단 말이냐…. 알겠니? 그래도 머뭇거릴 거야? 좋아, 코랄리를 죽인 건 너야, 파트리스. 잘 생각해…. 코랄리는 산 채로 매장되는 것과 다름없어…!"

파트리스가 결심한 듯 일어섰다. 지금 이 순간은 어떤 힘든 일이라 해도 마다치 않을 태도였다. 더구나 시메옹이 요구하는 일이 그리 어려운 일은 아니지 않은가!

"무얼 원해?" 파트리스가 물었다. "말해봐."

시메옹이 중얼거렸다.

"내가 무얼 원하는지 알지. 아주 간단해! 문까지 가서 잠그고 다시 오면 돼."

"그게 마지막 조건인 거지? 다른 조건은 없는 거지?"

"없어. 그렇게만 해주면 코랄리는 몇 분 후 자유의 몸이 될 거야."

파트리스는 결심한 듯 별장으로 가 현관을 지났다.

아틀리에 구석에서 불빛이 보였다.

파트리스는 아무 말도 하지 않았다. 조금도 망설이지 않았다. 문을 재빨리 닫고 단번에 빗장 두 개를 채운 후 서둘러 돌아왔다. 그제야 안심이 되었다. 비열한 행동이긴 하지만 어쩔 수 없는 의무를 이행했다는 점에는 의심이 없었다.

"자, 다 되었으니… 서두릅시다!"

파트리스가 시메옹의 겨드랑이 아래를 잡고 일으켰다. 그러나 시메옹은 다리가 후들거려서 파트리스가 계속 부축해야 했다.

"오! 제길." 시메옹이 중얼거렸다. "그 망할 놈의 야봉이 날 못쓰게 만들었어. 숨이 차, 걸을 수가 없어."

파트리스는 시메옹을 거의 안다시피 하고 움직였다. 시메옹이 힘없이 중얼거렸다.

"여기로… 이제 죽 앞으로…."

파트리스와 시메옹은 별장의 모퉁이를 지나 무덤이 있는 곳으로 향했다.

"문은 확실히 잠근 거지?" 시메옹이 말했다. "그런 거지? 알겠어…. 아! 정말 지독한 사람이더군…. 그자를 경계해야 해…. 너, 분명히 그자에게 아무 말도 하지 않겠다고 맹세한 거지? 다시 한 번 맹세해라. 네 어머니에 대한 기억을 두고 말이야…. 아니, 코랄리를 두고 맹세해…. 네가 맹세를 어기면 코랄리의 목숨이 꺼지도록!"

시메옹이 걸음을 멈추었다. 더 이상 견딜 수 없는지 공기가 폐까지 들어가도록 깊이 숨을 쉬었다. 그런 뒤 말을 이었다.

"안심해도 되는 거겠지? 더구나 너는 황금에는 관심도 없으니 말이야. 그런 네가 왜 입을 놀리겠니? 어쨌든 말하지 않겠다고 맹세해. 자, 명예로운 맹세를 해…. 더 믿을 만하겠지, 그렇지?"

파트리스는 시메옹의 허리를 붙잡았다. 코랄리를 구하기 위해서라지만 이 혐오스러운 인간을 이렇게 부축하고 걷는 것이 곤욕스러웠다. 몸이 닿을 때마다 차라리 질식할 때까지 목을 조르고 싶었다.

그러나 그때마다 더 끔찍한 생각이 들었다.

'나는 이자의 아들이야…. 이자의 아들….'

"저기에." 시메옹이 말했다.

"저기? 저기는 무덤이잖아요."

"코랄리와 나의 무덤이지. 바로 이곳이야."

그러더니 문득 시메옹이 놀란 표정으로 돌아봤다.

"발자국이 있지! 돌아갈 때는 반드시 지워야 해, 알겠지? 그자가 발자국을 따라 쫓아올지도 몰라…."

"그건 걱정할 필요 없습니다! 서두릅시다. 저기 코랄리가 있다고요…? 저 속에? 아! 끔찍하군!"

파트리스는 1분을 한 시간처럼 느꼈고, 코랄리의 구조는 얼마나 머뭇거리고 실수하느냐에 성패가 달려 있다고 생각했다. 그러나 시메옹이 원하는 맹세는 모두 했다. 코랄리를 두고 명예를 걸어 맹세하고 약속했다. 지금은 하지 못할 행동이 없었다.

시메옹은 풀밭에 쭈그리고 앉아 작은 사원 아래를 손가락으로 가리키며 말했다.

"저기… 저 아래에…."

"이럴 수가! 진짜로 무덤 안에?"

"그래."

"돌을 들어 올리라고요?" 파트리스가 불안하게 물었다.

"그래."

"하지만 혼자서는 들 수가 없어요. 불가능해요…. 장정 세 명은 있어야 합니다."

"아니야." 시메옹이 말했다. "지렛대처럼 한쪽이 들릴 거야. 그리 어렵지는 않을 거다…. 한쪽 끝에만 힘을 주면 돼."

"여기요?"

"좀 더 오른쪽."

파트리스가 다가가 '여기 파트리스와 코랄리가 쉬고 있다'라고 적힌 큰 석판을 붙잡고는 힘을 주었다.

"잠깐." 시메옹이 말했다. "거길 받치지 않으면 다시 떨어져."

"어떻게 받칩니까?"

"쇠막대로."

"쇠막대가 있어요?"

"그래, 두 번째 아래에."

남자 한 명이 몸을 구부리고 기어 들어가야 할 정도의 좁은 통로에 세 단짜리 계단이 있었다. 그곳에 쇠막대기가 있었다. 파트리스는 어깨에 석판을 받치고 쇠막대기를 주워 괴었다.

"좋아." 시메옹이 말했다. "그러면 움직이지 않을 거야. 이제 몸을 숙여 그 안으로 들어가면 돼. 거기에 내 관이 있을 거야. 사랑하는 코랄리 곁에 누워 있으려고 종종 그곳에 들어가곤 했지. 몇 시간 동안 누워 코랄리에게 이야기를 들려주기도 했고. 우린 둘이서 이야기를 나누기도 했어. 이야기를… 아! 파트리스…!"

파트리스는 큰 키를 숙여 좁은 공간으로 들어갔다. 서 있기조차 어려웠다. 파트리스가 물었다.

"이제 어떻게 하면 됩니까?"

"코랄리의 목소리가 안 들려? 코랄리와 내가 있는 곳 사이에 벽이 하나 있어…. 벽돌 몇 장에 흙으로 덮은 벽이지…. 문도 있어…. 그 뒤에 코랄리의 지하 묘지가 있어…. 그 뒤에 또 다른 공간이 있는데… 거기가 바로 황금 자루들이 있는 곳이야."

시메옹은 몸을 숙여 풀밭에 무릎을 꿇고 조사를 지시했다.

"문은 왼쪽에 있어…. 좀 더 멀리… 안 보여? 이상하군…. 서둘러야겠어…. 아! 찾은 모양이군. 아니야? 내가 내려가야겠어! 하지만 한 사람이 드나들 공간밖에 없으니."

침묵이 흘렀다. 시메옹이 다시 말을 이었다.

"길게 누워봐…. 그래…. 움직일 수 있어?"

"예."

"많이는 어렵지?"

"겨우 움직여요."

"좋아, 계속하고 있어, 내 아들." 시메옹이 웃으면서 큰 소리로 말했다.

그 순간 시메옹은 서둘러 쇠막대기를 잡아챘다. 평형추의 작동에 따라 석판이 천천히 묵직하게 내려오고 있었다. 땅에 누워 있던 파트리스는 불쑥 걱정되어 일어나려고 했으나 시메옹이 쇠막대기로 파트리스의 머리를 내리쳤다. 파트리스는 끔찍한 비명을 지른 후 더 이상 움직이지 못했다. 그 위로 석판이 닫혔다. 불과 몇 초밖에 걸리지 않았다.

"자." 시메옹이 외쳤다. "그래서 네 동료를 떼어놓은 거야. 그 녀석은 함정에 걸려들지 않을 테니까! 그나저나 너 때문에 코미디 한번 잘했어!"

시메옹은 조금도 지체하지 않았다. 파트리스는 머리에 상처도 입었을 뿐만 아니라 불편한 자세로 있느라 지쳐 있어서 석판을 들어 올릴 힘이 없을 것이다. 더 이상 걱정할 필요가 없었다. 시메옹은 별장으로 돌아갔다. 조금 힘들게 걷긴 했지만 현관까지 쉬지 않고 가는 것을 보면 엄살을 부렸던 게 틀림없다. 더구나 발자국까지 지우는 대담함을 보였다. 계획은 이미 전부 세워져 있고, 그 계획만 이루면 탄탄대로임을 잘 아는 사람처럼 곧장 목표를 향해 다가갔다.

현관에 도착한 시메옹은 귀를 기울였다. 아틀리에 안과 옆방에서는 돈 루이스가 있는 힘을 다해 벽을 두드리는 소리가 들렸다.

"좋았어." 시메옹이 히죽거렸다. "녀석도 꼼짝 못하고 있어! 저 두 녀석 모두 그리 센 편은 아니군."

시메옹은 신속하게 움직였다. 오른쪽에 있는 주방 쪽으로 걸어가 계량기 문을 열고 손잡이를 돌렸다. 파트리스와 코랄리에게 시도했다가 실패한 가스 질식 살인을 돈 루이스를 상대로 다시 시작하는 것이다.

시메옹은 갑자기 피로함이 몰려왔고 2~3분 동안은 쓰러질 뻔하기도 했다. 그의 가장 강력한 적은 말할 것도 없었다.

그러나 그것이 끝이 아니었다. 더 부지런히 움직이고 더 확실히 안전을 확보해야 했다. 시메옹은 서둘러 별장을 나왔다. 노란 안경을 쓴 뒤 정원으로 내려가 문을 열고 나갔다. 그리고 골목을 통해 제방으로 갔다.

시메옹은 베르투 조선소를 내려다보는 흉벽 앞에서 멈췄다. 무엇을 할지 결정하느라 주저하는 듯했다. 그러나 짐수레꾼과 채소 장수 등 지나다니는 사람들을 보자 마음을 정했다. 시메옹은 택시 한 대를 불러 타고는 기마르가에 있는 바슈로의 숙소로 향했다.

문가에 있던 바슈로가 시메옹을 따뜻하고 반갑게 맞았다.

"아! 시메옹 씨군요." 바슈로가 큰 소리로 말했다. "그런데 행색이 왜 이러십니까?"

"조용히 하게, 내 이름을 부르지 말라고." 시메옹이 숙소로 들어오며 중얼거렸다. "아무도 날 보진 않았지?"

"아무도 없습니다. 이제 겨우 7시 30분이니 입주자들은 아직 잠들어 있지요. 그런데 그자들이 무슨 짓을 한 겁니까? 숨이 가쁘시군요. 공격을 당하셨나 봅니다."

"그래. 나를 뒤쫓던 그 놈이…."

"다른 사람들은요?"

"다른 사람들이라니?"

"여기 온 사람들이요…. 파트리스."

"뭐! 파트리스가 여기에 왔었나?" 시메옹이 여전히 나지막이 말했다.

"예, 선생님이 다녀간 후 간밤에 왔었습니다. 친구와 함께 왔었지요."

"그에게 말했나…?"

"선생님의 아들이라는 거요…? 물론 그럴 수밖에 없었습니다…."

"그랬군." 시메옹이 중얼거렸다.

"그래서 내 말을 듣고도 별로 놀란 것 같지 않았군."

"그자들은 어디에 있습니까?"

"코랄리와 함께 있네. 다행히 내가 코랄리를 구할 수 있었지. 코랄리를 그자들 손에 맡겨두었어. 문제는 코랄리가 아닐세. 서둘러… 의사를… 시간이 없어…."

"입주자 중 의사가 있습니다."

"그건 싫어. 전화번호부 있나?"

"여기 있습니다."

"펼쳐서 찾아보게…."

"누굴요?"

"제라덱 박사."

"예? 안 됩니다. 제라덱 박사라니요? 좀 그렇습니다…!"

"왜? 제라덱 박사의 진료소는 근처에 있어. 몽모랑시 대로에. 그것도 아주 한적한 곳에."

"알고 있습니다. 하지만 모르고 계십니까…? 제라덱 박사에

대한 소문이 안 좋습니다. 가짜 여권과 위조 신분증 같은 사건
이 있어서….”

“상관없네….”

“시메옹 씨, 떠나실 생각입니까?”

“어서!”

바슈로는 전화번호부를 펼쳐 전화를 걸었다. 제라덱 박사는
통화 중이라 신문 조각에 전화번호를 적고 다시 전화했다. 진
료소 쪽에서는 박사가 외출 중이며 오전 10시에 돌아온다고
했다.

“좋아.” 시메옹이 말했다. “지금 당장은 진료소에 갈 힘이 없
으니까. 10시에 가겠다고 해주게.”

“시메옹이라는 이름으로 예약할까요?”

“본명으로 해주게, 아르망 벨발이라고. 급하다고 해줘…. 외
과 시술이 필요하다고 말이네.”

바슈로는 시키는 대로 했고 수화기를 내려놓은 뒤 근심 어린
표정으로 물었다.

“아! 딱하십니다, 시메옹 씨! 마음 착하고 따뜻하신 분이 대
체 무슨 일입니까?”

“신경 쓸 필요 없네. 내 숙소는 준비되어 있나?”

“그럼요.”

“아무에게도 눈에 띄지 않게 가보자고.”

“들킬 염려는 없습니다.”

“서두르게. 권총도 가져가고. 그런데 숙소는 비워도 되나?”

“예…. 5분 정도는요.”

관리인의 숙소는 뒤쪽 작은 뜰에 있었고 긴 복도로 통해 있었다. 복도를 끝까지 가자 작은 뜰이 나왔고 지붕 및 다락방을 겸한 단층 건물이 보였다.

두 사람은 안으로 들어갔다.

현관을 지나자 연달아 방이 세 개 늘어서 있었다.

두 번째 방에만 가구들이 있었고 세 번째 방은 기마르가와 나란히 있는 어느 거리에 연결되어 있었다.

두 사람은 두 번째 방에서 멈췄다.

시메옹은 완전히 힘이 빠진 듯했다. 그러나 이내 다시 몸을 일으켰다. 마치 무언가 단단히 결심해서 절대로 굴복시킬 수 없는 사람 같았다.

시메옹이 말했다.

"1층 문은 잘 닫은 거지? 우리가 여기에 들어오는 모습을 아무도 못 본 거지?"

"그럼요."

"자네가 여기에 있는 걸 아무도 모르는 거지?"

"예."

"자네 권총 좀 주게."

바슈로가 권총을 내밀었다.

"여기요."

"내가 총을 쏜다면 총소리가 들릴까?"

"안 들리겠지요. 누가 듣겠습니까? 그런데….”

"그런데 뭐…?"

"총을 쏘려는 건 아니지요?"

"내가 귀찮아질 것 같아서!"

"직접 몸에 쏘시게요? 자살하시려고요?"

"멍청이."

"그럼 누구를?"

"날 귀찮게 하다 결국 배신할 사람이지."

"그게 누구입니까?"

"바로 자네야, 젠장!" 시메옹이 비아냥거렸다.

시메옹이 방아쇠를 당기는 동시에 바슈로의 뇌수가 튀었다. 바슈로는 그 자리에서 즉사해 목석처럼 쓰러졌다.

시메옹은 총을 던졌고 잠시 휘청이며 멍하니 서 있었다. 시메옹은 손가락을 하나하나 펴서 여섯까지 셌다. 불과 몇 시간 만에 시메옹이 제거한 사람들의 수가 그 정도 되었다. 그레구아르, 코랄리, 야봉, 파트리스, 돈 루이스, 바슈로 영감… 시메옹의 입가에 만족스러운 미소가 흘렀다. 이제 조금만 더 노력하면 완전히 탈출할 수 있다.

그러나 지금 당장은 이러한 노력을 지속할 수 없었다. 머리가 빙빙 돌았고 두 손이 떨렸다. 무거운 돌덩이가 가슴을 짓누르는 듯하더니 정신을 잃고 쓰러졌다.

그런데 9시 45분이 되자 시메옹은 순전히 의지로 몸을 일으켜 정신을 차렸고 몸을 쑤시는 고통을 견뎌냈다. 집의 다른 출구로 나간 시메옹은 차를 두 번 갈아탄 후 10시에 몽모랑시 대로에 도착했다. 마침 리무진에서 내린 제라덱 박사는 호화로운 저택 계단을 오르고 있었다. 그 저택은 전쟁이 일어난 후 지금까지 진료소가 설치되어 운영되고 있었다.

7
제라덱 박사

제라덱 박사의 진료소 주위에는 아름다운 정원이 펼쳐져 있었고 특별한 용도로 사용되는 별채들이 있었다.

시메옹 디오도키스가 안내된 곳은 박사의 진찰실이었다. 그곳에서 간호사의 간단한 검사를 마치고 별도의 익랑 구석에 있는 방으로 안내되었다. 박사는 그곳에 있었다. 나이는 예순 정도였으나 아직 정정했고, 깔끔하게 면도한 얼굴에 오른쪽 눈에는 외알 안경을 끼고 있었다. 머리부터 발끝까지 커다란 흰색 가운을 입은 박사는 약간 찡그리고 있었다.

시메옹은 말도 제대로 할 수 없어 자신의 상태를 어렵사리 설명했다. 간밤에 노숙자의 습격을 받아 목이 졸리고 소지품을 모두 빼앗긴 후 보도에 내팽개쳐져 거의 죽을 뻔했다고 설명했다.

"이후에도 언제든 의사를 부를 수 있었을 텐데요?" 박사가 뚫어지게 바라보며 물었다.

시메옹이 답하지 않자 의사가 덧붙였다.

"크게 걱정할 건 없습니다. 이렇게 살아 있는 걸 보면 골절이 있는 것은 아닙니다. 후두가 경련을 일으킨 것뿐이니 보통은 삽관법으로 쉽게 해결할 수 있습니다."

박사는 조수에게 지시를 내렸다. 시메옹은 목구멍 속에 긴 알루미늄관이 삽입된 채로 30분을 참아야 했다. 그동안 자리를 비웠던 박사는 돌아오자마자 도관을 빼 시메옹의 상태를 검사했다. 아까보다는 숨 쉬기가 쉬웠다.

"됐습니다." 제라덱 박사가 말했다. "생각보다 빨리 끝났군요. 목구멍을 경직시키는 현상은 없습니다. 안심하고 돌아가셔도 됩니다. 휴식만 좀 취하면 재발하지 않을 겁니다."

시메옹은 진료비를 물었고 돈을 냈다. 그런 뒤 박사의 배웅을 받으며 문까지 갔지만 갑자기 비밀스럽게 고백하듯 이렇게 속삭였다.

"전 알부앵 부인의 친구입니다."

그러나 박사는 무슨 소리인지 이해하지 못하는 것 같았다. 그러자 시메옹은 다시 힘을 주어 말했다.

"이름만 들어서는 잘 모르시나 보군요? 그러나 그 이름 뒤에 모스그라넴 부인이 있다고 말씀드린다면 이야기가 통하겠지요."

"이야기가 통하다니, 대체 무슨 말씀입니까?"

제라덱 박사는 멍한 표정을 지으며 얼굴을 찡그리고 물었다.

"여보세요, 박사님. 대단히 조심스럽게 나오시지만 그럴 필요가 없습니다. 여기에는 우리 둘밖에 없습니다. 이중문에 방음장치가 되어 있다는 것도 알고 있습니다. 마음 놓고 이야기를 나눌 수 있습니다."

"이야기하는 거야 상관없지만… 영문을 몰라서 말입니다….."

"조금만 여유를 가지자고요, 박사님."

"환자들이 대기하고 있습니다."

"오래 걸리지 않을 겁니다. 길게 이야기할 것도 없이 몇 마디만 하면 됩니다. 우선 앉읍시다."

시메옹은 결심한 듯 자리에 앉았다. 제라덱 박사는 시메옹 앞에 자리를 잡았다. 박사는 점점 더 놀라는 표정이었다.

시메옹이 단도직입적으로 말했다.

"저는 그리스 사람입니다. 그리스는 중립국이고 지금까지 프랑스와 친숙한 관계라 여권을 소지하거나 외국으로 빠져나가기가 자유로웠습니다. 그러나 개인적인 이유 때문에 제 이름이 아닌 다른 이름으로 된 여권이 필요합니다. 그걸 함께 찾아보자는 겁니다. 조금의 위험도 없이 이곳을 뜰 새 이름으로 된 여권 말입니다."

박사가 분개하며 일어났다. 하지만 시메옹은 계속 물었다.

"구차한 이야기는 하지 맙시다, 제발. 비용 때문에 그러시나 보지요? 전 이미 결정했습니다. 얼마나 드리면 됩니까?"

박사는 문 쪽을 가리켰다.

시메옹도 더 이상 고집하지 않았다. 그러나 모자를 쓰고 문 가까이 다가오자 또다시 또렷한 목소리로 말했다.

"2만…? 그 정도면 충분합니까?"

"기어이 사람을 부를까요…?" 의사가 말했다. "밖으로 쫓아내 드릴까요?"

시메옹 디오도키스가 웃기 시작했다. 그러고는 숫자를 하나씩 또박또박 끊어 불렀다.

"3만…? 4만…? 5만…? 오! 그보다 더 필요하다고요? 큰 도
박처럼 보이는군요. 판돈이 엄청나겠어요…. 좋아요. 그러나
액수가 정해지면 아무 말 없기로 합시다. 완벽하게 흠 없는 여
권을 만들어주고 프랑스를 떠날 때 필요한 것들을 준비해주는
겁니다. 제 친구 모스그라넴 부인을 위해 좀 특이한 조건으로
해준 것처럼 말입니다. 불필요한 흥정은 하지 않습니다. 저는
박사님이 필요해요. 자, 이제 된 거지요, 박사? 10만 프랑 어떻
습니까?"

제라덱 박사는 시메옹을 오랫동안 바라보더니 서둘러 문을
잠갔다. 그리고 돌아와 책상 앞에 앉았다. 제라덱 박사가 간단
히 말했다.

"이야기해봅시다."

"다른 요구는 없습니다. 점잖은 사람끼리는 늘 통하기 마련
이지요. 무엇보다 아까의 질문을 다시 하겠습니다. 10만 프랑
에 합의하는 겁니까?"

"그러지요…." 제라덱 박사가 말했다. "그러나 지금 제시한
것보다 상황이 명확하지 않으면 문제가 달라집니다."

"그게 무슨 뜻입니까?"

"가령 10만 프랑이라는 액수는 기본일 뿐이라는 말이지요."

시메옹 디오도키스는 잠시 머뭇거렸다. 제라덱 박사가 보기
보다 탐욕스러운 자라는 사실을 깨달은 것이다. 시메옹은 속을
숨겼다. 제라덱 박사가 말을 이었다.

"본명은 무엇입니까?"

"그건 알려줄 수 없습니다. 아까도 말했지만 이유가 있어서…."

"아, 그러면 20만 프랑입니다."

"뭐라고요?"

시메옹이 펄쩍 뛰었다.

"말도 안 돼! 보통이 아니군요! 어떻게 그 정도나!"

제라덱은 침착하게 대답했다.

"누가 억지로 하자고 했습니까? 거래는 끝이니 안녕히 가십시오."

"위조 여권을 만드는 데 본명이 왜 중요합니까?"

"아주 중요합니다. 아무 문제 없는 사람보다 첩자 같은 인물을 탈출시키는 게 훨씬 위험하니까요."

"나는 첩자가 아닙니다."

"그걸 제가 아나요? 생각해보십시오. 갑자기 와서는 불법적인 일을 부탁했습니다. 이름과 신분은 알려주지도 않고요. 10만 프랑을 내면서 급하게 프랑스를 떠나려 하지요. 그런데도 아무 문제 없는 점잖은 신사로 볼 수 있겠습니까? 말도 안 되지요. 점잖은 신사는 도둑이나… 살인자처럼 행동하지 않습니다."

시메옹은 꼼짝도 하지 않았다. 잠시 후 손수건으로 이마를 닦았다. 제라덱은 만만치 않은 상대였다. 제라덱에게 괜히 부탁하러 왔다는 생각이 들었다. 그러나 계약은 조건이며 언제든 깨뜨릴 수 있다.

"오호라!" 시메옹이 웃으며 말했다. "말씀이 좀 그렇군요!"

"말이 그렇다는 거지요." 제라덱이 말했다. "다만 그저 넘겨 짚은 건 아닙니다. 상황을 정리해보고 정당한 주장을 하는 거 지요."

"맞는 말입니다."

"그렇다면 묻겠습니다. 합의가 이뤄진 겁니까?"

"합의합니다. 그리고 마지막으로 한마디 하자면 모스그라넴 부인의 친구인데 좀 부드럽게 대해주는 게 어떻습니까?"

"부인을 다르게 대했을 거란 걸 어떻게 아십니까?" 제라덱이 물었다. "정보라도 있습니까?"

"모스그라넴 부인이 직접 그러더군요. 선생이 아무것도 가져 가지 않았다고."

제라덱이 거만하게 미소 지으며 중얼거렸다.

"부인에게 취한 것은 없지만 부인은 제게 많은 것을 베풀었 습니다. 부인은 호의 하나로 모든 것을 다 무마시킬 매력적인 분이었습니다."

침묵이 흘렀다. 시메옹은 제라덱과 마주하는 것이 점점 더 불편했다. 제라덱이 마침내 입을 열었다.

"제가 섣불리 말씀드려 기분이 언짢을 수도 있겠군요. 모스 그라넴과 혹시 애정 관계가 있었습니까…? 만일 그렇다면 실 례합니다…. 아무튼 최근에 일어난 일에 비하면 그리 중요하지 않습니다."

제라덱이 한숨을 쉬었다.

"가여운 모스그라넴 부인!"

"왜 그렇게 말하는 겁니까?" 시메옹이 물었다.

"왜냐고요? 그야 최근에 일어난 일 때문이지요."

"무슨 일인지 전혀 모르겠군요."

"어떻게 그 끔찍한 사건을 모릅니까?"

"부인이 떠난 후로는 편지를 받은 적이 없어서요."

"아…! 전 어제저녁에 편지를 받았고 부인이 프랑스에 다시 들어왔다는 소식에 깜짝 놀랐습니다."

"모스그라넴 부인이 프랑스에 왔다고요!"

"그렇습니다. 오늘 아침에 만나자는 약속을 했습니다…. 이상한 약속이긴 했지요…."

"어디서요?" 시메옹이 걱정되듯 물었다.

"1000프랑에 말씀드리지요."

"어서 말해봐요!"

"하천 운송용 수송선입니다."

"뭐라고요?"

"예, 베르투 조선소를 따라 나 있는 파시 제방에 농샬랑트라는 이름의 수송선 한 척이 매여 있는데 거기서 보자는 겁니다."

"그럴 리가?" 시메옹이 더듬거렸다.

"사실입니다. 편지 서명은 어떻게 되어 있는지 아십니까? 그레구아르로 되어 있습니다."

"그레구아르… 남자 이름인데…." 시메옹이 중얼거렸다.

"남자 이름이지요, 실제로…. 자, 여기 편지가 있습니다. 부인이 쓴 내용으로는 자신의 재산 문제와 연루된 어떤 남자를 믿지 못하니 조언을 구한다는 것이었습니다."

"그래서… 약속 장소에 나갔나요?"

"갔습니다."

"언제요?"

"오늘 아침에요. 마침 그때 손님이 이곳으로 전화를 걸었지요. 그러나 유감스럽게도….'

"유감스럽게도?"

"제가 너무 늦게 도착했지요."

"너무 늦다니요?"

"예, 그레구아르 씨, 아니 모스그라넴 부인이 죽어 있었습니다."

"죽었다고!"

"목이 졸렸더군요."

"끔찍하군요." 시메옹이 말했다. 시메옹은 다시 숨 쉬기가 힘들어졌다. "좀 더 알아낸 건 없습니까?"

"무엇에 대해서요?"

"예를 들어 부인이 이야기한 어떤 남자에 관해서라든지."

"부인이 믿지 못하겠다는 남자 말이군요?"

"그래요."

"알지요, 알고 말고요. 이 편지에 그 남자의 이름을 밝혔습니다. 시메옹 디오도키스라는 이름의 그리스인이라고 했습니다. 인상착의를 설명해놓았는데… 당시에는 신경 쓰지 않고 읽었지요."

제라덱은 편지를 펼쳐 두 번째 페이지를 보며 중얼거렸다.

"아주 나이 든 데다가… 목도리를 걸치고… 노랗고 두툼한 안경을 쓴 남자…."

제라덱 박사는 편지를 읽다 말고 시메옹을 놀란 표정으로 바라봤다. 두 사람은 잠시 아무 말 없이 있었다. 제라덱이 무의식적으로 반복했다.

"아주 나이 든 데다가… 목도리를 걸치고… 노랗고 두툼한 안경을 쓴 남자….."

제라덱은 한 구절씩 묘사를 읽을 때마다 말을 멈추며 시메옹을 확인했다.

마침내 제라덱이 말했다.

"당신이 시메옹 디오도키스군요….."

시메옹은 부인하지 않았다. 일이 이상할 정도로 자연스럽게 흘러갔기 때문에 거짓말을 해도 소용없으리라 느낀 것이다.

제라덱 박사는 손을 움직거리며 말했다.

"제가 예상한 게 그대로 맞아떨어지는군요. 상황은 당신이 생각하는 것과 다르다는 거지요. 단순한 사기 행각이 아니라 중대한 범죄 행위와 관련된 사건입니다."

"그게 무슨 뜻입니까?"

"가격이 달라져야 한다는 겁니다."

"그러니 얼마예요?"

"100만 프랑."

"아! 말도 안 돼!" 시메옹이 격렬하게 외쳤다. "난 모스그라넴 부인에게는 손을 댄 적이 없습니다. 부인을 목 조른 놈에게 나 역시 공격을 받았습니다. 야봉이라는 이름의 세네갈인이 날 쫓아와 목을 졸랐습니다."

제라덱 박사가 시메옹의 팔을 잡았다.

"이름을 다시 한 번 말해보세요. 야봉이라고 했습니까?"

"그래요, 세네갈인이고 한쪽 팔이 없었지."

"야봉과 당신 사이에 싸움이 난 겁니까?"

"그래요."

"댁이 야봉을 죽였습니까?"

"정당방위였습니다."

"그렇겠지요. 어쨌든 당신이 죽인 거지요?"

"말하자면…."

제라덱 박사가 미소를 지으며 어깨를 으쓱했다.

"이런, 신기한 우연의 일치군요. 수송선에서 나오는데 상이용사 여섯 명 정도와 마주치게 되었습니다. 상이용사들은 내게 질문했지요. 야봉이라는 동료를 찾고 있으며 벨발 대위와 대위의 친구라는 어떤 남자, 또 자신들이 기거하는 집주인인 어느 부인을 찾는다고 했습니다. 네 명이 사라졌는데 그 배후에는 어떤 인물이 있다고 했지요…. 그리고 내게 그 인물의 이름을 알려주었는데… 바로 시메옹 디오도키스였습니다…. 이상하지 않습니까? 그런데 이 정도면 새로운 차원으로 상황이 전개된다고 볼 수 있지요."

잠시 침묵이 흐르는가 싶더니 제라덱 박사가 분명히 말했다.

"200만 프랑."

시메옹은 이번에는 그저 담담하게 있었다. 고양이의 손에 붙잡힌 쥐처럼 걸려들었다는 생각이 들었다. 제라덱 박사는 시메옹을 데리고 노는 것처럼, 붙잡고 놓아주는 것을 반복하며 이 치명적인 게임에서 빠져나갈 희망을 꺾고 있었다.

시메옹은 이렇게 말할 뿐이었다.

"공갈 협박이군…."

제라덱 박사는 그렇다는 표정을 지었다.

"다른 표현은 떠오르지 않는군요. 공갈 협박이 맞지요. 내게 유리한 것을 얻을 수만 있다면 마다할 이유가 없습니다. 기막힌 우연이 준 기회가 내 손에 절로 굴러들면 얼른 달려듭니다. 당신도 나라면 그랬을 겁니다. 나는 프랑스의 사법 당국과 몇 번이나 분쟁에 휘말렸습니다. 지금은 다행히 평화협정이 체결되었습니다만, 내 직업적 상황이 불안해서 마침 당신이 들고 찾아온 횡재의 기회를 그냥 지나칠 수가 없군요."

"내가 수락하지 않겠다면요?"

"경찰청에 전화를 걸어야겠지요. 지금도 여기를 훤히 들여다보고 있을 겁니다. 평소에 내가 경찰청에 서비스를 제공하기도 하고요."

시메옹은 급히 창문과 문 쪽을 번갈아 바라봤다. 제라덱 박사는 천연스레 전화기를 들었다. 더 이상 어찌할 방법이 없었다. 훗날 좋은 기회가 오기를 기다리며 그대로 따를 수밖에….

"좋습니다." 시메옹이 말했다. "선생 말대로 하는 게 낫겠군요. 선생도 나를 알고 나도 선생을 아니까. 잘해봅시다."

"이미 말씀드린 조건으로요?"

"그렇습니다."

"200만 프랑입니다."

"그래요. 이제는 선생의 계획을 설명해보십시오."

"그럴 필요는 없습니다. 내게는 나만의 방식이 있고, 미리 그걸 알릴 필요는 없다고 생각합니다. 당신은 프랑스를 빠져나가는 일이 가장 중요하겠지요? 그와 더불어 당신을 둘러싼 위험을 없애는 것 하고요? 내가 그 모든 것을 해결하겠습니다.”

“어떻게 보장합니까?”

“금액의 절반은 현금으로, 나머지 절반은 일이 끝날 때쯤 지급하면 됩니다. 여권을 만드는 일이야 부차적일 뿐이지요. 평소 만드는 것에 하나 더 추가하면 그만이니까요. 이름은 무얼로 하겠습니까?”

“알아서 정하십시오.”

제라덱 박사는 인상착의를 기억하기 위해 종이 한 장을 꺼냈고 시메옹을 관찰하며 중얼거렸다.

“회색빛 머리⋯ 수염이 나지 않은 얼굴⋯ 노란 안경⋯.”

그러더니 불쑥 제라덱이 물었다.

“그런데 돈이 확실히 지급된다고 어떻게 보장합니까? 나는 은행권 지폐를 원합니다⋯. 정말로 확실한 은행권 지폐 말이지요.”

“그렇게 할 겁니다.”

“돈은 어디에 있습니까?”

“아무도 모르는 은닉처에.”

“정확히 말해봐요.”

“말할 수야 있지요. 그러나 내가 대략적인 위치를 알려준다 해도 선생은 찾기 어려울 겁니다.”

“그렇다면?”

“그곳을 지키던 사람이 그레구아르였습니다. 무려 400만 프랑이 숨겨져 있지요. 바로 수송선 내부에 말입니다. 선생 앞에서 100만 프랑을 세어주겠습니다."

제라덱 박사가 탁자를 쳤다.

"뭐라고요? 지금 뭐라고 한 겁니까?"

"수백만 프랑이 수송선 안에 있습니다."

"베르투 조선소에 정박한 수송선? 모스그라넴 부인이 목 졸려 죽은 곳 말이지요."

"그래요. 거기에 400만 프랑이 있습니다. 그중 한 묶음은 선생이 가질 겁니다."

제라덱 박사가 고개를 흔들며 말했다.

"싫습니다. 그 돈은 보수에 포함되지 않습니다."

"왜 그러십니까? 미쳤나 보군요."

"왜냐고요? 이미 자신이 가진 돈을 보수로 받을 수는 없으니까요."

"지금 무슨 소리를 하는 겁니까?" 시메옹은 황당하다는 듯 외쳤다.

"그 400만 프랑은 이미 내 것입니다. 그것을 내게 준다는 건 말이 안 되지요."

시메옹은 어깨를 으쓱했다.

"헛소리하는군요. 그게 선생 것이 되려면 수중에 넣었어야지요."

"당연하지요."

"그 돈을 가지고 있다는 겁니까?"

"가지고 있습니다."

"뭐라고요? 설명해보십시오, 당장 설명하라고요!" 시메옹이 흥분하며 외쳤다.

"설명해드리지요. 아무도 접근할 수 없다는 은닉처란 다름 아닌 낡은 네 권의 보탱 상공연감이지요. 파리 연감과 도별 연감이 각각 두 권씩입니다. 안이 도려진 네 권의 책자 안에 100만 프랑씩 들어 있더군요."

"거짓말…! 거짓말이야!"

"선실 옆의 작은 창고 선반 위에 있더군요."

"그래서? 그래서 어떻게 했습니까?"

"그래서요? 여기에 있지요."

"여기?"

"지금 보이는 저 선반 위 말입니다. 그 돈은 내 소유니 이 돈을 보수로 받을 수는 없습니다."

"도둑놈! 도둑놈이라고!" 시메옹이 분노로 몸을 떨었고 제라덱에게 주먹을 흔들며 외쳤다. "넌 도둑이야. 다 토해내게 하겠어…. 아! 이 도둑놈…."

제라덱 박사는 침착하게 미소를 지었고 한 손으로 만류하는 태도를 보였다.

"말씀이 많군요. 게다가 부당한 말만 골라서 하는군요! 당신의 정부인 모스그라넴 부인이 내게 호의를 베풀었다고 말씀드렸지요? 어느 날 아침 부인은 답답한 마음을 털어놓더니, 나중에는 나를 '친구'라고 불렀습니다. 그때부터 내게 말을 낮추더군요. '내가 죽거든(그런 예감이 든다고 했습니다) 내 숙소에 있는 것을 물려주지'라고 했습니다. 그런데 부인이 죽었을 때 숙소는 그 수송선이었지요. 그러니 유언을 무시해 고인의 뜻을 모욕하면 되겠습니까?"

시메옹은 듣지 않았다. 머릿속에는 지독한 생각 하나가 불현듯 떠올랐다. 시메옹은 박사를 향해 경직된 자세로 일어섰다.

제라덱 박사가 시메옹에게 말했다.

"지금 우리는 소중한 시간을 낭비하고 있습니다. 결정했습니까?"

제라덱은 여권을 만드는 데 필요한 정보를 적은 종이를 만지작거렸다. 시메옹이 아무 말 없이 다가왔다. 마침내 시메옹이 중얼거렸다.

"그 종이 좀 줘봐요…. 내 여권이 어떻게 만들어지는지 봐야겠습니다…. 어떤 이름으로 할지…."

시메옹은 종이를 낚아채더니 읽다가 갑자기 뒤로 물러섰다.

"이게 무슨 이름입니까? 무슨 이름을 넣은 건가요? 왜 이 이름을 내게? 왜?"

"내 마음대로 이름을 넣으라고 하지 않았나요."

"그래도 이 이름은…? 하필이면 왜 이름을…."

"나도 모르지요…. 생각해보다 정한 겁니다. 시메옹 디오도키스라는 이름은 사용할 수 없지 않습니까. 앞으로도 말입니다. 마찬가지로 아르망 벨발도 더는 사용할 수 없는 이름이라 쓸 수 없고요. 그래서 이 이름으로 한 겁니다."

"왜 하필이면 이 이름입니까?"

"그거야 그게 당신의 본명이니까요."

시메옹은 움찔하더니 점점 가까이 제라덱에게 접근해 몸을 숙이고는 낮은 목소리로 말했다.

"그걸 맞힐 수 있는 사람은 오직 한 사람… 한 사람밖에 없습니다."

또 한 번 긴 침묵이 흘렀다. 제라덱이 빈정거렸다.

"나도 그럴 만한 사람이 딱 한 명이라고 생각합니다. 내가 바로 그 사람이라고 해두지요."

시메옹은 호흡곤란이 재발한 것처럼 계속 중얼거렸다. "그래, 한 사람… 아주 짧은 시간에… 수백만 프랑이 숨겨진 곳을 아는 사람은 단 한 사람이지."

제라덱은 대답하지 않았다. 그저 미소 지었고 그 미소는 찡그린 얼굴 전체에 퍼졌다.

시메옹은 입술 끝까지 올라오는 그 무시무시한 이름을 차마 입 밖에 내지 못하는 듯했다. 시메옹은 마치 주인 앞의 노예처럼 고개를 숙였다. 그렇지 않아도 아까부터 이어진 기선제압 싸움에서 큰 부담감을 느꼈는데, 지금은 그 부담감에 깔아뭉개질 듯 억눌렸다. 시메옹이 마주한 상대는 거인처럼 엄청나게 커 보였고, 시메옹을 말 한마디로도 꼼짝 못하게 내리누르고 동작 하나만으로도 사라지게 할 것 같았다. 초인적 능력의 남자, 그 단 한 명이 시메옹 앞에 있었다.

마침내 시메옹은 공포에 젖어 중얼거렸다.

"아르센 뤼팽… 아르센 뤼팽…."

"이제야 알았군." 박사가 일어나며 외쳤다.

박사는 외알 안경을 벗었다. 그리고 피부 연고가 있는 작은 상자를 주머니에서 꺼내 얼굴에 골고루 바르더니 벽장 속에 설치된 세면기에서 물로 닦아냈다. 다시 나타난 그의 얼굴은 깔끔한 피부에 빈정대는 미소가 나타나 있었고, 태도는 더할 나위 없이 당당했다.

"아르센 뤼팽." 시메옹이 놀라 다시 되뇌었다. "아르센 뤼팽…. 난 망했어…."

"아주 폭삭 망했지. 어리석은 게 분명하군! 자네처럼 늙은 사기꾼은 나처럼 훌륭한 인물을 만나면 공포심을 느끼는 게 신상에도 좋아. 감히 내가 그 어설픈 가스실에 기어 들어갈 정도로 멍청하다고 생각했나 보군."

뤼팽은 여기저기 서성이며 마치 능숙한 배우처럼 연설을 늘어놓았는데, 중간중간 뜸을 들이기도 하고 자신의 연설에 도취되기도 하며 대사를 읊어댔다. 이 순간에 자신이 맡은 역할과 위치만큼은 이 세상 그 무엇을 준다 해도 바꾸지 않을 것 같았다. 뤼팽이 말을 이었다.

"그때 이미 자네를 가지고 지금 우리가 벌이는 이 5막의 훌륭한 장면을 재현할 수도 있었어. 하지만 속도가 너무 빠르면 5막이 심심해 보일 것 같았지. 나는 언제나 화려한 배우니까! 지금 이 상황이 얼마나 흥미로운가! 자네의 머릿속에 떠오른 어설픈 생각을 예상하는 것도 재미있지. 그뿐인가? 아틀리에로 곧장 들어가 손전등을 끈으로 매달고, 파트리스 대위로 하여금 내가 안에 있다고 믿게 했지. 그리고 다시 나와 생명의 은인인 나를 대위가 세 번이나 부정하는 목소리를 들었어. 파트리스 대위는 아주 조심스럽게 감옥에 가두더군. 무엇을? 내 손전등을! 어때, 대단한 과업이지 않나? 얼마나 감탄했으면 입도 다물지 못하고 있군. 10분 후 자네가 돌아왔어. 그때도 무대 뒤편에는 재미있는 장면이 벌어지고 있었네. 난 아틀리에와 왼쪽 방 사이에 있는 문을 두드렸어. 다만 자네 생각과 달리 내가 있던 곳은 아틀리에가 아니라 옆방이었지. 그런데 전혀 의심하지 않더군. 자네는 죽어가는 불쌍한 사람을 아무도 보지 못했다고 믿고 자리를 떠났지. 그런데 아니었네. 나는 상황을 완전히 장악할 수 있게 됐어. 자네를 따라갈 필요도 없었지. 2 더하기 2가 4가 되는 것처럼 자네가 그 관리인 바슈로를 찾아가리라고 생각했거든. 아니나 다를까, 바로 바슈로가 있는 곳으로 가더군."

뤼팽이 잠시 숨을 돌리고는 말을 이었다.

"아! 그런데 자네도 꽤 신중하긴 했어. 조금 당황스럽긴 했지…. 숙소에 갔지만 안에는 아무도 없었어. 어떻게 해야 할지 몰라 가슴이 철렁 내려앉았네. 어디서 흔적을 찾아야 하지? 다행히 하느님이 도왔는지 종잇조각이 있었어. 내가 거기서 무엇을 읽었을까? 연필로 방금 적힌 전화번호였어. 이것이야말로 귀한 정보 아닌가! 나는 당연히 그 전화번호로 전화했지. 그리고 간단하게 '선생님? 방금 전화했던 사람인데, 전화번호는 아는데 주소를 모르겠군요'라고 말했어. 그렇게 바로 답을 알았지. 몽모랑시 대로의 제라덱 박사더군. 제라덱 박사라면… 그래, 시메옹 영감은 삽관법 치료를 받으러 가는 것이고 새 여권을 만들려는 걸 테지. 제라덱 박사는 위조 여권 제작 전문가로 꽤 유명 인사거든. 이런! 시메옹 영감이 내빼시겠다? 그렇게는 안 되지! 그래서 자네의 불쌍한 친구 바슈로를 돌볼 틈도 없이 이리로 달려온 거야. 바슈로는 나중에 귀찮은 존재가 될 테니 언제 어디선가는 자네에게 살해당했겠지. 아무튼 여기에 도착해보니 제라덱 박사는 사람이 썩 괜찮더군. 불안감을 가라앉히고 달래줬더니, 오늘 아침에 이 자리를 빌려주더군. 물론 비싸게 얻었네. 그래도 목적을 위해서라면 어쩔 수 없지. 그런데 자네 예약이 오전 10시라 두 시간의 여유가 생겼어. 그래서 수송선을 둘러보러 가서는 수백만 프랑을 모셔왔지. 그렇게 일을 바로잡은 거야."

뤼팽이 시메옹 앞에 멈춰 서서 말했다.

"준비는 되었겠지?"

시메옹은 넋이 나간 듯 몸을 떨었다.

"무슨 준비를 하느냐고?" 뤼팽은 시메옹의 대답도 기다리지 않고 말을 이었다. "긴 여행길이지. 자네 여권은 이미 만들어졌어. 파리발 지옥행으로 말이네. 당연히 표는 편도에 특급열차야. 안락한 관이 있는 침대차로 준비했네. 자, 출발!"

침묵이 꽤 오랫동안 이어졌다. 시메옹은 생각했다. 적의 손아귀에서 빠져나갈 틈을 찾고 있었다. 그러나 아르센 뤼팽의 유머가 이미 정신을 혼란스럽게 만들었는지 시메옹은 말을 더듬었다.

간신히 노력한 끝에 마침내 시메옹이 말했다.

"파트리스는?"

"파트리스?" 뤼팽이 물었다.

"그래요, 파트리스는 어떻게 되었습니까?"

"무슨 좋은 생각이라도 있다는 건가?"

"파트리스의 목숨과 내 목숨을 바꿉시다."

뤼팽이 황당하다는 표정을 지었다.

"파트리스 대위가 죽을 처지에 놓이기라도 했다는 건가?"

"그래요. 그래서 거래를 제안하는 겁니다. 파트리스의 목숨과 내 목숨을 바꿉시다."

뤼팽이 팔짱을 끼며 기분이 상한 표정을 지었다.

"자네, 정말로 뻔뻔하군! 아르센 뤼팽이 친구인 파트리스 대위를 그렇게 내버려 두었다고 생각하는 건가? 이 뤼팽이 친구가 생사를 오가는 순간에, 자네에게 임박한 죽음에 대한 농담이나 흘리고 있을 줄 알았나? 시메옹, 항복해! 지금은 더 나은 세상에서 편히 쉴 때란 말이네."

뤼팽은 휘장을 젖혀 문을 열고는 누군가를 불렀다.

"어떤가요, 대위님?"

그리고 뤼팽은 다시 한 번 부르더니 말을 이었다.

"아! 정신이 들었나 보군요, 대위님. 다행입니다. 날 보고 너무 놀라는 건 아니지요? 아! 아닙니다! 고맙다는 말은 됐어요. 그저 이리로 나와주시면 됩니다. 우리의 시메옹 영감이 대위님을 보고 싶다는군요. 지금은 적어도 그럴 권리가 있지요."

뤼팽이 시메옹 쪽으로 돌아서더니 이렇게 말했다.

"아드님입니다, 타락한 아버지여."

8
시메옹의 마지막 희생자

파트리스가 머리에 붕대를 감은 채 들어왔다. 시메옹에게 맞아서가 아니라 석판이 내려앉으며 가한 무게로 예전의 상처가 도져서였다. 파트리스는 무척 창백했고 통증이 심해 보였다.

시메옹을 보자 파트리스는 분노가 울컥 치밀어 올랐으나 이내 마음을 다잡았다. 파트리스와 시메옹은 서로 마주 본 채로 꼼짝하지 않았다. 뤼팽은 두 손을 비비며 나지막하게 말했다.

"볼만한 장면이군요! 멋진 광경입니다! 대단한 연극 아닙니까? 아버지와 아들! 범죄자와 피해자! 자, 오케스트라… 저음의 트레몰로로…. 두 사람은 어떻게 할 것인가? 아들이 아버지를 죽일 것인가, 아버지가 아들을 죽일 것인가? 가슴 뛰는 순간… 정말 조용하군! 오로지 피가 끓는 소리만이 지금의 상황을 설명하는군! 그래! 피의 목소리가 말했어. 두 사람은 서로 달려들어 숨통을 조일 것이다."

파트리스는 두 발짝 앞으로 나섰고 뤼팽이 예견한 듯 두 팔을 벌리고 싸움에 들어갈 태세였다. 하지만 시메옹은 목의 통증으로 힘이 없는 데다 상대의 기세에 눌려 갑자기 애원하기 시작했다.

"파트리스… 파트리스… 무얼 하려고 그러니."

시메옹이 팔을 내밀며 아들의 동정심을 자극하려 했다. 파트리스는 달려들려다 순간적으로 멈칫했다. 그러고는 알 수 없는 고리로 자신과 연결된 시메옹의 애처로운 모습을 오랫동안 바라봤다. 파트리스는 어중간하게 주먹을 들어 올리며 말했다.

"코랄리…! 코랄리…! 코랄리가 어디 있는지 말해, 그러면 네 목숨은 살려주겠다."

시메옹은 펄쩍 뛰었다. 코랄리에 대한 기억과 순간적으로 다시 피어난 증오심 덕분에 다시 기운이 났는지 시메옹은 짓궂은 미소를 지으며 말했다.

"안 돼, 안 되지…. 코랄리를 구하겠다? 절대로 안 돼. 내가 죽으면 죽었지. 코랄리가 있는 곳은 황금이 숨겨진 곳이야…. 그러니 안 돼, 절대로 죽어도 안 돼…."

"그럼 이자를 죽여요, 대위." 돈 루이스가 끼어들었다. "죽는 게 더 낫다니 죽여버리고 하지요."

파트리스의 얼굴은 다시 피어오른 복수의 욕망으로 빨개졌다. 하지만 머뭇거리다 보니 행동이 늦어졌다.

"아니지, 아니야." 파트리스가 나지막이 말했다. "아니야, 그럴 수는 없어…."

"왜요?" 돈 루이스가 재촉했다. "너무 쉬워요! 자, 어서 하십시오! 이자의 목을 닭 모가지처럼 비틀라고요."

"그럴 수는 없습니다."

"이유가 뭔가요? 쉬운 일이지 않습니까? 그런 짓을 하기가 역겹나 보군요! 하지만 이자는 전쟁터에서 독일 놈 편이었습니다…."

"알아요, 하지만…."

"손이 말을 듣지 않는 모양이지요? 이자의 살갗을 잡고 조일 생각에 내키지 않나 보군요…? 자, 그러면 대위님, 내 권총을 가져가요. 그리고 뇌수를 날려 버리세요."

파트리스는 권총을 잡고는 시메옹 영감을 향해 겨누었다. 무거운 침묵이 감돌았다. 눈을 감은 시메옹 영감의 창백한 얼굴에 땀방울이 흘렀다.

마침내 파트리스는 손을 떨구고 말했다.

"못 하겠습니다."

"어서 하세요." 돈 루이스가 초조한 목소리로 명령했다.

"아니…. 안 돼요…."

"도대체 이유가 뭔가요?"

"할 수 없습니다."

"할 수가 없다고요? 그럼 그 이유를 말해볼까요, 대위님? 시메옹을 아버지라고 생각하기 때문입니다."

"아마도." 파트리스가 아주 나지막하게 말했다. "겉모습 때문에 가끔 그런 생각이 들기는 합니다."

"그게 뭐가 중요합니까? 비열한 악당이며 악인입니다!"

"아니, 아닙니다. 난 할 수 없습니다. 이자가 죽는 것은 상관없지만 내 손으로 할 수는 없습니다. 할 수 없어요."

"그래서 복수를 포기하시겠다?"

"너무 끔찍한 짓이 될 겁니다. 도저히 할 수 없는 짓입니다!"

돈 루이스가 다가가 파트리스의 어깨를 두드리며 진지하게 말했다.

"만일 이자가 대위님의 아버지가 아니라면요?"

파트리스가 돈 루이스를 바라봤다. 이해하지 못하는 눈치였다.

"그게 무슨 뜻입니까?"

"확실한 건 존재하지 않는다는 뜻입니다. 의심이란 겉모습에 기반을 둔 것이든 추측에 기반을 둔 것이든, 어떤 확고한 증거로도 사라지지 않기도 합니다. 대위님이 느낀 거부감과 불쾌함… 역시 생각해봐야 할 부분입니다. 대위님처럼 순수하고 정직하고 명예와 자긍심으로 똘똘 뭉친 사람이 저 비열한 자의 아들이라고 한다면 이해할 수 있을까요? 잘 생각해보십시오, 파트리스 대위님."

돈 루이스가 잠시 말을 멈춘 후 다시 말을 이었다.

"잘 생각해봐요, 대위님…. 그리고 고려할 가치가 있는 게 또 있습니다."

"그게 무엇입니까?" 파트리스는 돈 루이스를 바라보며 간절히 물었다.

그러자 돈 루이스가 대답했다.

"내 과거가 어떻든 대위가 나에 대해 어떻게 생각하든, 이번 사건을 함께하면서 내 안의 양심을 확인하지 않았습니까? 이번 사건에서 내 행동에 영향을 주는 요소는 오로지 소리 높여 외칠 수 있는 정당한 동기뿐임을 잘 알지 않나요?"

"그래요, 잘 알고 있지요." 파트리스 벨발이 힘주어 대답했다.

"좋아요, 대위님. 정말로 대위님의 아버지라면 과연 내가 이자를 죽이라고 부추겼을까요?"

파트리스는 어리둥절한 표정이 되었다.

"분명 당신은 무언가를 알고 있군요…. 오! 제발 알려주세요…."

돈 루이스가 말을 이었다.

"이자가 대위님의 아버지라면 이자를 미워하라고 말했을까요?"

"오!" 파트리스가 말했다. "그러니까 이자는 내 아버지가 아닌 건가요?"

돈 루이스가 확신과 열정에 찬 목소리로 대답했다.

"아닙니다, 절대 아니지요. 잘 보세요, 이 불한당 같은 인상을! 각종 죄악이 새겨져 있습니다. 이번 사건은 처음부터 끝까지 전부 이자의 작품입니다…. 지금까지 믿어온 것과 달리 범인은 두 사람이 아니었어요. 극악한 일을 벌이고 마무리한 데에 처음에는 에사레스 베, 그다음에는 시메옹 디오도키스가 있었던 게 아닙니다. 오직 범인은 단 한 명이지요. 알겠습니까, 대위님? 야봉을 죽이고 바슈로를 죽이고 자신의 공범을 죽인 사람은 오직 한 명이에요. 처음부터 범인은 방해될 사람들을 일찌감치 제거했어요. 그렇게 제거된 사람들 가운데 대위님이 잘 아는 사람도 있습니다. 당신의 살과 피를 나눈 사람이지요."

"그게 누구입니까? 대체 누구 이야기를 하는 겁니까?" 어리둥절해진 파트리스가 물었다.

"대위님이 전화로 들은 죽음의 비명을 내지른 주인공입니다. 대위님에게 파트리스라고 이름 짓고 평생 대위님을 위해 살아온 분, 이자가 그분을 죽였습니다. 바로 대위님의 아버지, 아르망 벨발을 말입니다. 이제 알겠습니까?"

그러나 파트리스는 여전히 이해하지 못하는 것 같았다. 돈 루이스의 말은 한 줄기 빛조차 보이지 않는 어둠처럼 알쏭달쏭했다. 그러면서도 엄청난 의미를 띤 무언가가 파트리스의 머릿속에 떠올랐다. 파트리스가 중얼거렸다.

"그때 내가 들은 목소리가 아버지…? 내게 전화한 사람이 아버지라고요?"

"아버지였습니다, 파트리스."

"그럼 아버지를 죽인 자가…?"

"바로 이자입니다." 돈 루이스가 시메옹을 가리키며 말했다. 시메옹은 퀭한 눈으로 마치 죽음을 기다리는 사형수처럼 꼼짝하지 않고 있었다. 파트리스는 시메옹에게서 눈을 떼지 않았다. 끓어오르는 분노로 몸이 떨리는 동시에 어지러운 마음 한가운데에서 환희의 감정도 솟았다. 그 환희의 감정이 생각을 지배하는 것이었다. 이 파렴치한 인간이 아버지가 아니라는 사실만으로! 아버지는 죽었지만 차라리 그편이 나았다. 이제야 편히 숨을 쉴 수 있을 것 같았다. 고개를 들어 자유롭게 증오하고 정정당당하고 건전하게 증오심을 내보일 수 있는 것이다.

"대체 너는 누구야? 누구냐니까!"

그리고 파트리스는 돈 루이스에게 물었다.

"이자의 이름은 무엇인가요…? 제발요…. 이름을 알고 싶습니다. 으깨버리기 전에 말입니다."

"이름?" 돈 루이스가 말했다. "아직도 짐작하지 못한 겁니까? 사실 나도 오랫동안 찾고 또 찾았지만 논리적인 가설은 오직 하나뿐이었지요."

"어떤 가설이요? 어떤 생각을 말하는 겁니까?" 파트리스가 흥분하며 큰 소리로 외쳤다.

"알고 싶습니까…?"

"아! 제발요! 당장 죽이고 싶지만 먼저 이름부터 알아야겠습니다."

"그렇다면…."

두 사람 사이에 침묵이 흘렀다. 두 사람은 마주 본 채 서서 서로를 바라봤다.

그러나 돈 루이스는 아직 진실을 밝히기엔 이르다고 생각해서인지 이렇게 말했다.

"아직 진실을 받아들일 준비가 안 되어 있군요, 대위님. 나중에 알게 됐다고 해서 거부감을 느끼지 않았으면 합니다. 이건 농담으로 하는 이야기가 아닙니다만, 인생 역시 극예술과 마찬가지로 적절한 준비가 되어 있지 않으면 효과가 떨어지는 돌발 사태가 일어납니다. 내가 어떤 효과를 추구하고 있는 건 아니지만, 이자의 정체에 대해 대위님께 확실한 답을 주고 싶어서 그렇습니다. 지금 대위님은 이자가 아버지가 아니라는 사실을 받아들이고 있습니다. 하지만 시메옹 디오도키스라는 말도 아닙니다. 외모, 신분, 과거까지 시메옹 디오도키스의 모든 것을 갖추고 있지만 말입니다. 어떤가요, 이해되십니까? 아까 한 이야기를 반복해야 할까요? '지금까지 믿어온 것과 달리 범인은 둘이 아니다. 극악한 일을 벌이고 마무리한 데에 처음에는 에사레스 베가, 그다음에는 시메옹 디오도키스가 있었던 게 아니다'라는 이야기 말입니다. 살아서 악행을 저지른 범인은 단 한 명뿐입니다. 처음부터 방해자를 제거했고 그중 희생자 한 명의 외모로 꾸미고 행동하며 거침없이 악행을 일삼아 왔지요…. 이제 알겠습니까? 처음부터 엄청난 음모를 상세히 세우고 적대적인 동료와 방해자들을 전부 제거하며 죄악을 저질러온 그자의 이름을 내 입으로 말해줘야겠습니까? 오, 파트리스 대위님, 눈에 보이는 것 그 이상을 보십시오. 기억만 더듬지 말고 사건의 시작을 떠올려보고, 다른 사람들의 기억도 생각해보고, 코랄리가 들려준 과거의 이야기도 참조해보십시오. 대위님의 아버지와 코랄리 어머니, 그리고 코랄리와 파키 대령, 그레구아르, 야봉, 바슈로 등을 죽인 이 끔찍한 사건들의 배후에는 누가 있을까요? 누가 유일한 범인이자 악당이며 살인자겠습니까…! 그래, 그래요. 표정을 보아하니 답에 거의 근접한 듯하군요. 아직도 진실이 눈앞에 보이지 않는다면 진실의 허깨비라도 주변을 맴돌고 있는 모양이군요. 범인의 이름은 이미 대위님의 머릿속에서 꿈틀거리고 있지요. 그 뻔뻔한 영혼이 슬슬 어둠에서 벗어나 진짜 정체로 모습을 드러내기 시작하면 결국 가면이 떨어져 나가겠지요. 그렇게 범인은 대위님 앞에 분명한 모습을 드러내지요. 즉….”

그 끔찍한 이름을 과연 누가 뱉을까? 열의와 확신이 가득한 돈 루이스일까? 아니면 이제 막 진실에 눈을 뜨기 시작하고 아직 놀라움과 주저함을 벗어던지지 못한 파트리스일까? 어쨌든 파트리스는 진지한 침묵 속에서 어떤 이름이 떠올랐을 때 그 이름에 조금도 의혹을 품지 않았다. 그러한 진실을 받아들이기 위해 1초도 따로 노력할 필요가 없었다. 파트리스는 곧바로 진실을 받아들였고 이미 너무도 명확해 더 이상 증명할 필요가 없음을 느꼈다. 파트리스는 수수께끼 같았던 사건을 남다른 방식으로 해명하는 그 이름을 되뇌었다.

"에사레스 베… 에사레스 베…."

"그래요, 에사레스 베입니다." 돈 루이스가 말했다. "에사레스 베, 대위님의 아버지를 죽인 자입니다. 그것도 두 번이나 죽인 셈이지요. 과거에는 별장 안에서 대위님 아버지의 행복과 인생의 의미를 빼앗으며 한 번 죽였고, 보름 전에는 서재에서 대위님에게 전화를 걸던 아르망 벨발을 죽여 두 번이나 같은 사람을 죽였지요. 그리고 코랄리의 어머니를 죽였고 그 딸인 코랄리도 찾을 수 없는 무덤 속에 묻은 에사레스 베."

파트리스는 이제 정말로 죽이겠다고 결심했다. 파트리스의 두 눈은 확고한 결심이 선 매서운 눈빛으로 번뜩였다. 아버지와 코랄리의 살인자는 지금 죽어야 한다. 이제 범인을 죽이는 일은 분명한 의무가 되었다. 비열한 에사레스 베는 희생자의 아들이자 배우자인 파트리스의 손에 죽음을 맞아야 할 운명이었다.

"기도나 해." 파트리스가 차갑게 말했다. "너는 10초 후에 죽을 테니까."

파트리스는 초를 셌다. 10초까지 세면 총을 쏠 생각이었다.

그런데 시메옹의 모습을 한 에사레스는 나이 든 육체 안에 숨어 있던 젊고 혈기 있는 존재가 튀어나온 듯 움직였다. 에사레스는 파트리스를 주저하게 할 정도로 크게 소리 질렀다.

"그래, 죽여…! 그래, 어서 끝내라고…! 내가 졌어…. 패배를 받아들이지…. 그러나 이건 승리이기도 해. 코랄리도 죽고 황금에도 손대지 못할 테니까. 나는 죽어. 하지만 그 누구도 황금을 손에 넣을 수 없어…. 내가 사랑하는 여자도, 내 목숨처럼 귀한 황금도 말이야. 파트리스, 우리가 열정적으로 사랑한 여인은 이 세상 사람이 아니야…. 적어도 지금은 구출하기엔 늦은 상태로 죽어가고 있겠지. 내가 차지하지 못하면 자네 역시 코랄리에게 손대지 못해. 나의 복수인 셈이야. 코랄리는 끝이야! 끝이라고!"

에사레스는 소리를 지르며 동시에 더듬거렸고 야만적인 기운을 회복했다. 그 앞에서 파트리스는 행동에 돌입할 준비를 한 채 에사레스 입에서 나오는 무시무시한 말들을 끝까지 들으며 기다렸다.

"코랄리는 끝장이야, 파트리스." 에사레스는 더욱 격렬하게 말했다. "끝이라고! 더 이상 손쓸 수가 없다고! 내가 황금 자루와 함께 묻어둔 땅속에서 코랄리의 시신조차 찾아내지 못할 거야. 묘석 아래에 있을까? 아니, 그렇게 어설프게 숨기지는 않지! 파트리스, 자네는 절대 코랄리를 찾아내지 못할 거야. 코랄리는 황금에 파묻혀 있어. 코랄리는 죽었어! 죽었다고! 자네 얼굴에 이런 말을 쏟아내니 속이 시원하군. 꽤 괴로울 거야, 파트리스! 코랄리는 죽었어! 코랄리는 죽었다고!"

"너무 시끄럽게 떠들지 마. 그러다가 여자가 잠을 깰지도 모르니까." 돈 루이스 페레나가 조용히 말했다.

돈 루이스는 책상 위에 있던 금속 담뱃갑에서 담배 한 개비를 꺼내 불을 붙인 후 균등한 크기로 연기를 내뿜었다. 마치 아무 생각 없이 지극히 평범한 말을 내뱉는 사람 같았다.

그러나 그 평범한 말이 파트리스와 에사레스를 충격으로 몰아넣었다. 권총을 겨누던 파트리스는 팔을 떨구었고 시메옹 모습을 한 에사레스는 의자에 털썩 주저앉았다. 두 사람 모두 뤼팽의 능력이 어느 정도인지를 알기에 뤼팽이 던진 말의 의미를 단번에 이해했다.

하지만 파트리스는 자칫 허풍처럼 들릴 수 있는 모호한 말, 그 이상을 원했다. 더욱 확실한 증거가 필요했다. 파트리스는 더듬거리며 물었다.

"뭐라고 하셨습니까? 여자가 잠을 깨다니요?"

"이런!" 돈 루이스가 말했다. "너무 크게 떠들면 사람들이 잠에서 깨지!"

"그럼 코랄리가 살아 있다는 말입니까?"

"죽은 사람은 잠에서 깨어나지 않지요. 당연히 산 사람만 잠에서 깨어납니다."

"코랄리가 살아 있군요! 코랄리가 살아 있어!" 파트리스가 무언가에 취한 듯 계속 중얼거렸다. 표정도 확연히 달라져 있었다. "이럴 수가, 더구나 코랄리가 이곳 어딘가에 있다고요? 오! 제발 말해주세요. 확실히 말해주세요…. 사실이 아니지요? 믿을 수가 없습니다…. 혹시 놀리려고…."

돈 루이스가 대답했다.

"대위님, 방금 이 비열한 작자에게 내가 했던 말이 무엇인지 알려주겠습니다. '내가 마무리를 하지 않고 일을 단념할 것 같은가?'였습니다. 나를 잘 모르고 있습니다. 나는 한번 손댄 일은 반드시 성공하고야 맙니다. 습관이라고도 할 수 있고요. 좋은 습관이니 더욱 충실해야겠지요. 그래서….'

돈 루이스는 방 한쪽 구석으로 갔다. 그러고는 아까 파트리스가 걸어 들어온 문을 가린 휘장과 대칭을 이루는 곳에 있는 또 다른 휘장을 젖혔다. 두 번째 문이 나왔다. 파트리스 벨발은 들릴 듯 말 듯한 목소리로 중얼거렸다.

"아니, 아니야, 설마 코랄리가 저기에… 믿을 수 없어…. 너무 깊이 믿으면 크게 실망할 수도 있어…. 내게 맹세해주세요….'

"맹세할 필요가 전혀 없습니다, 대위님. 눈을 뜨고 보기만 하면 됩니다. 이런! 프랑스군 장교의 모습이 그게 뭐예요! 너무 창백해요! 그래요, 바로 코랄리입니다. 지금 간병인 두 명의 치료를 받으며 침대에 누워 있지요. 위험은 전혀 없습니다. 상처도 없고요. 그저 열이 좀 나고 기운이 없는 상태입니다. 가엾은 코랄리 엄마, 내가 볼 수 있는 부인의 모습은 기진맥진하고 지쳐 있는 모습뿐인가 봅니다."

파트리스는 기쁨에 넘쳐 앞으로 다가갔다.

"됐습니다, 대위님. 더 이상 가지 마십시오. 코랄리 엄마를 집이 아닌 여기로 데려온 건 환경과 분위기를 바꿀 필요가 있다고 생각해서입니다. 흥분하면 부인에게 좋지 않습니다. 이미 충분히 놀랄 일을 겪었고 대위님이 갑자기 나타나면 지나치게 흥분하여 상태가 안 좋아질 수 있습니다."

"맞습니다." 파트리스가 말했다. "그런데 확실한 거지요?"

"코랄리 엄마가 살아 있느냐고요?" 돈 루이스가 웃으며 말했다.

"대위님과 나처럼 살아 있습니다. 부인은 대위님에게 행복을 안겨줄 겁니다. 대위님이 누릴 자격이 있는 행복이고요. 그리고 조만간 파트리스 벨발 부인이 될 테고요. 그러니 조금만 기다려요. 그리고 넘어야 할 장애물이 아직 하나 남아 있습니다, 대위님. 그러니까 코랄리 엄마가 결혼한 몸이라는 거지요…."

돈 루이스는 문을 닫은 다음 파트리스를 에사레스 베의 앞으로 데려갔다.

"장애물은 이겁니다, 대위님. 이번에는 결심이 섰겠지요? 코랄리 엄마와 대위님 사이에는 아직 이 혐오스러운 작자가 있습니다. 어떻게 하겠습니까?"

에사레스는 돈 루이스 페레나의 말이 사실이라고 확신한 듯 옆방은 쳐다보지도 않은 채 힘없이 몸을 숙이고 안락의자에 무기력하게 앉아 흐느꼈다.

돈 루이스가 말했다.

"어이, 불편해 보이는군. 왜 그렇게 찌그러져 있나? 왜 그래? 내가 약속했지? 우리 모두 완벽히 합의하지 않는 한 아무 짓도 하지 않을 거라고 말이야. 이제야 인상을 펴는군. 그래! 이렇게 하지! 우리 셋이 재판을 하는 거야. 지금 당장 말이네. 파트리스 벨발 대위, 돈 루이스 페레나, 시메옹 영감이 법정에 있는 거지. 토론이 시작되는 거야. 그런데 에사레스 베를 변호하기 위해 나서는 사람은 없나? 아무도 없군. 그럼 에사레스 베는 사형이야. 정상참작 여지도 없어. 항소도 없고 사면 요청도 없어. 집행유예도 없지. 그러면 즉각 처형이야. 판결 끝!"

돈 루이스가 에사레스 어깨를 두드리며 말했다.

"어때, 오래 안 걸리지 않나! 만장일치 아닌가! 모두를 기분 좋게 해주는 만족스러운 판결이라고. 이제 어떤 죽음을 택할지 봐야겠지? 자네 의견은 어떤가? 총 한 방으로? 좋아, 깨끗하고 빠른 방법이지. 벨발 대위는 준비하십시오. 여기 과녁과 권총이 준비되었습니다."

파트리스는 움직이지 않았다. 자신에게 너무나 많은 고통을 안겨준 가증스러운 에사레스를 바라봤다. 파트리스의 마음에는 엄청난 증오심이 들끓었다. 그러나 파트리스는 이렇게 말했다.

"이자를 죽이지 않을 겁니다."

"잘 생각했습니다." 돈 루이스가 맞장구쳤다. "옳게 판단했습니다. 대위님을 명예롭게 하는 신중한 태도입니다. 그래요, 대위님은 사랑하는 여자의 남편이란 것을 알기에 죽일 수 없겠지요. 장애물을 제거하는 건 대위님이 아닙니다. 그리고 대위님은 살인을 싫어하고요. 그건 저도 마찬가지입니다. 이 짐승 같은 놈은 너무 더럽습니다. 아, 이보게, 우리 두 사람을 이런 곤란한 상황에서 벗어나게 해줄 사람은 자네밖에 없군."

돈 루이스는 잠시 침묵을 지키다 에사레스 쪽으로 몸을 숙였다. 이 비열한 자는 이야기를 들었을까? 아직 살아 있는 걸까? 에사레스는 의식을 잃고 기절한 것 같았다. 돈 루이스가 에사레스의 어깨를 잡고 거칠게 흔들었다. 에사레스가 중얼거렸다.

"황금… 황금 자루…."

"아! 이 영감탱이가 아직도 그 생각만 하고 있군그래? 그게 관심사인가 보지?"

돈 루이스가 웃음을 터뜨렸다.

"아, 그 이야기를 깜빡 잊었군. 그래, 이 영감탱이가 그걸 생각했다는 거로군. 그게 관심사인가? 그런데 여보게! 황금 주머니들은 내 주머니 속에 있네. 내 주머니는 1800개의 금 자루가 충분히 들어가거든."

에사레스가 발끈했다.

"하지만 은닉처는…."

"자네의 은닉처? 내게는 더 이상 없는 것과 같지. 자네에게 증거를 보여줄 필요도 없고 말이야. 코랄리가 저기에 있지 않나? 코랄리를 황금 주머니들 사이에 파묻어 놓았으니 당연한 결과 아닌가…? 결론적으로 자네는 완전히 망했어. 자네가 원했던 여자는 자유의 몸이야. 더구나 그 여자를 사랑하고 다시는 떨어지지 않을 남자 곁에서 자유의 몸이 되었지. 또한 자네의 보물도 드러났네. 자, 이제 끝난 거 아닌가? 동의하지? 여기 이 장난감이 자네를 자유롭게 해줄 거야."

돈 루이스는 에사레스에게 권총을 건넸고, 에사레스는 기계적으로 돈 루이스에게 권총을 겨누었다. 그러나 팔은 힘없이 축 처졌다.

"좋아!" 돈 루이스가 말했다. "양심은 있나 보군. 총을 겨눠야 할 대상은 내가 아니라 자네 자신이지. 좋아! 우린 서로 이해하고 있군. 자네가 할 마지막 행동은 자네의 못된 인생에 대해 속죄하는 것이네. 희망이 전부 사라지면 남는 건 오직 자살이지. 정말 위대한 안식처란 말일세."

돈 루이스가 에사레스의 손을 잡아 권총 손잡이를 감아쥐게 했고 권총을 들어 올려 총구가 얼굴을 향하게 해주었다.

"자, 조금만 용기를 내게. 결심 한번 잘한 거야. 대위와 내가 자네를 죽여서 명예를 더럽히는 것을 꺼리기에 자네가 대신하는 거라네. 눈물겨운 칭찬을 할 수밖에 없군. 내가 늘 말했잖아. '에사레스는 늙은 사기꾼에 불과하지만 죽음이 닥치면 영웅처럼 입술에 미소를 짓고 단추 구멍에는 꽃을 꽂은 채 아름답게 끝낼 것이다'라고 말이야. 아직 방해물이 있지만 우린 목표에 다가가고 있어. 다시 한 번 노력해봐. 자네의 퇴장 방식은 아주 멋질 거야. 자네가 드디어 깨달았군. 이 세상에서 자네는 잉여 같은 존재고 파트리스와 코랄리에게 방해물만 될 것이라는 사실 말이야. 세상에는 법칙이 있고 도리가 있어…. 자네도 물러서는 게 좋을 거야. 브라보! 진정한 신사로군! 잘 생각했네! 사랑도, 황금도 없는 거지! 더 이상 황금도 없어! 에사레스! 자네가 탐내던 반짝이는 조각들, 그 조각들로 편안한 인생을 살고 싶었겠지만 모두 날아가 버렸지. 사라졌다고…. 그래, 그렇게 사라지는 게 더 낫지 않아?"

에사레스는 거의 저항하지 않았다. 무기력한 상태일까? 돈 루이스의 말을 이해하고 더 이상 살아갈 필요가 없다고 느낀 걸까? 이마까지 올라간 총구가 관자놀이를 겨누었다.

에사레스는 차가운 금속이 닿자 떨면서 신음했다.

"제발!"

"안 돼, 안 돼." 돈 루이스가 말했다. "자네 자신에게 자비를 베풀면 안 돼. 나도 거들어주지 않을 거야! 자네가 나의 불쌍한 야봉만 죽이지 않았어도 다른 해결 방법을 찾았을지 몰라. 정말이지, 자네는 스스로 연민을 느끼겠지만 나는 아니야. 자네는 어차피 죽을 것이고, 그러니 잘 생각한 거야. 내가 막지는 않겠네. 자네의 여권도 준비되었고 차표는 자네 호주머니 안에 있어. 더 이상 지체할 방법이 없네. 저승에서 자네를 기다리고 있거든. 지루하지는 않을 거야. 지옥을 그린 그림을 본 적이 있지? 지옥에는 각자에 할당된 무덤이 있는데 큰 석판이 그 위를 덮고 있어. 사람들은 모두 이 석판을 짊어지고 있네. 아래에서 솟아오르는 뜨거운 불길을 피하려고 말이야. 정말로 뜨거운 찜질욕이지. 오락거리도 있다더군. 자, 이미 자네의 무덤이 예약되어 있네. 불꽃도 잘 솟아오르고 있군. 화끈한 찜질욕이 준비되었습니다, 선생."

돈 루이스는 부드럽고 참을성 있게 에사레스의 두 번째 손가락을 방아쇠 안으로 집어넣는 데 성공했다. 에사레스는 그저 꼭두각시처럼 몸을 내맡겼다. 이미 몸 안에 죽음이 자리 잡은 상태였다.

"명심해." 돈 루이스가 계속 말을 이었다. "자네가 자유롭게 결정해. 자네의 마음이 명하는 대로 따르는 거지. 나는 상관없어. 자네에게 영향을 미치지 않을 거야. 아니, 난 자네가 자살하게끔 하려는 게 아니라 약간의 도움을 주려고 하는 거야."

실제로 돈 루이스는 자신의 손가락을 뺐고 에사레스의 팔만 받쳐주었다. 그러나 강한 의지와 힘으로 에사레스를 압도하고 있었다. 파괴의 의지, 무력화하는 의지, 그러한 기운 앞에서 에사레스는 도망칠 수 없었다.

매 순간 조금씩 죽음이 힘없는 육체 안으로 들어와 본능을 해체하고 생각을 허문 뒤 휴식과 무기력에 대한 거대한 욕구를 끌어당기고 있었다.

"아주 쉽잖아. 취기가 머리로 올라오고 있을 거야. 희열 같은 것이지, 안 그래? 얼마나 시원한가! 더는 살지 않아도 된다는 것! 더 이상 고통스럽지 않아도 된다는 것! 더 이상 가지고 있지도 않고 가질 수도 없는 황금을 생각하지 않는다는 것, 다른 남자의 품에 안겨 입술과 매력적인 몸을 맡길 아내를 더 이상 보지 않아도 된다는 것…. 그런 생각을 떠올리며 살아갈 수 있겠어? 두 연인의 한없는 행복을 상상할 수 있겠어? 아니지? 그러니…."

비참해진 에사레스는 조금씩 정신이 몽롱해졌다. 그리고 자신을 으스러뜨리는 힘과 마주했다. 숙명처럼 강한 힘, 거역할 수 없는 힘이었다. 에사레스는 현기증이 일었고 심연으로 깊이 빠져들었다.

"자, 어서…. 자네는 이미 한 번 죽었잖아…. 기억해보게…. 에사레스 베의 장례식이 있었지. 자네는 이미 땅에 묻혔잖아. 그러니까 에사레스가 이 세상에 나타나려면 정의의 심판대에 오르는 일밖에 없네. 그렇게 올라봤자 다음으로 갈 곳은 감옥과 사형대겠지. 어때? 감옥과 사형대라니…. 얼음같이 차가운 새벽에… 단두대의 칼날이…."

이제 끝이었다. 에사레스는 어둠 속에 잠겼다. 주변의 모든 것이 빙빙 돌았다. 돈 루이스의 의지가 에사레스의 마음을 뚫고 무력화시켰다.

어느 순간 에사레스는 파트리스 쪽을 애원하듯 돌아봤다.

그러나 파트리스는 여전히 덤덤하게 있었다. 팔짱을 낀 채 아버지의 살인범을 동정심 하나 없이 바라봤다. 처벌은 정당했다. 파트리스는 운명이 이끄는 대로 놔둘 뿐 개입하지 않았다.

"자, 자…. 아무것도 아니야. 편안한 휴식이라고! 이미 좋잖아! 모든 것을 잊는 거야…! 더 이상 싸울 필요도 없어…! 자네가 놓친 황금을 생각해보게…. 3억 프랑이 물에 떠내려갔어…. 코랄리 역시 떠났지. 자네는 어머니와 딸 중 한 명도 차지하지 못했어. 그러니 겉만 번지르르한 인생 아니었나. 모든 것이 지나갔지. 자, 조금만 노력하면 돼, 손가락만 움직이면 된다고…."

에사레스는 손가락을 움직였다. 무의식적으로 손가락이 방아쇠를 당겼다. 총알이 발사되었다. 에사레스는 무릎을 꿇은 채 앞으로 고꾸라졌다.

돈 루이스는 에사레스의 깨진 머리에서 솟구쳐 나오는 피를 피하려고 얼른 옆으로 비켰다.

"제길! 이런 악당의 피는 재수 없을 거야. 정말 비열한 악당이었어! 내 인생에 착한 일 하나를 더한 셈이지. 에사레스가 자살함으로써 천국에 있는 자리 하나를 요구할 수 있게 된 거야. 오! 그렇다고 너무 까다로운 걸 요구하지는 않을 거고… 그저 어둠 속에 보조의자 하나만 있으면 돼. 그 정도면 됐지. 어떻게 생각하십니까, 대위님?"

9
빛이여 비추라!

그날 저녁 파트리스는 파시 제방 위를 왔다 갔다 했다. 6시 정도였다. 가끔 전차가 오갔고, 트럭도 지나다녔다. 산책하는 사람은 거의 없었다. 파트리스는 거의 혼자나 다름없었다.

아침부터 파트리스는 돈 루이스 페레나를 보지 못했다. 다만 전갈 한 통을 받았을 뿐이었다. 야봉의 시신을 에사레스 저택에 옮기고 베르투 조선소 위로 와달라는 전갈이었다.

약속 시각이 다가왔다. 파트리스는 모든 진실이 마침내 밝혀질 돈 루이스와의 만남을 기대했다.

그 진실이 비록 일부에 불과할지도 모른다는 생각은 하고 있었다. 아직 얼마나 많은 부분이 어둠 속에 가려져 있는가! 해결되지 못한 문제가 얼마나 많은가! 비극은 끝났다. 악당의 죽음으로 연극은 막을 내렸다. 모든 게 잘될 것이다. 더 이상 걱정할 것도, 더 이상 두려워할 덫도 없다. 엄청난 적은 쓰러졌다. 하지만 이 비극 위로 빛이 완전히 드리워지기를 파트리스 벨발은 초조하게 기다렸다.

'뤼팽이라는 범상치 않은 인물에게서 몇 마디 말만 들으면 수수께끼는 사라지는 거야. 뤼팽과 함께하면 모든 것이 간단해져. 어차피 한 시간 후에는 떠날 테니까.' 파트리스가 생각했다.

문득 파트리스는 이런 의문점이 떠올랐다.

'혹시 황금의 비밀을 가지고 사라지는 건 아닐까? 날 위해 황금 삼각형의 비밀을 풀어줄까? 그 많은 황금을 혼자서 어떻게 차지할까? 어떻게 운반할까?'

자동차 한 대가 트로카데로에 도착했다. 차는 속도를 줄이다가 보도를 따라 멈추었다. 분명 돈 루이스일 것이다.

그런데 놀랍게도 차 문을 열고 파트리스에게 와서 손을 내민 사람은 데말리옹이었다.

"아, 대위님, 어떻게 지내십니까? 제가 약속 시각에 정확히 온 거지요? 머리에는 또 상처를 입으신 겁니까?"

"예···. 별것 아닙니다." 파트리스가 말했다. "그런데 약속이라니요?"

"무슨 말씀이십니까? 대위님이 약속을 잡으셨잖아요?"

"전 약속을 잡은 적이 없습니다."

데말리옹이 말했다. "오! 그럼 이건 무슨 뜻이지요? 여기, 경찰청에서 받은 전갈이 있습니다. 제가 읽어드리겠습니다. '벨발 대위는 삼각형 문제가 해결되었음을 알립니다. 1800개의 황금 자루도 대위의 손에 있습니다. 저녁 6시, 물건 인도 조건을 받아들이는 데 필요한 공권력을 충분히 대동하고 파시 제방으로 와주십시오. 약 스무 명 정도의 경찰관을 투입하여 절반은 에사레스 영지 100여 미터 전방, 나머지 절반은 후방에 배치하는 게 좋을 겁니다'라고요. 이제 이해하셨나요?"

"이해합니다." 파트리스가 말했다. "그러나 제가 작성한 것이 아닙니다."

"그럼 누가 작성한 걸까요?"

"범상치 않은 누군가가 작성했겠지요. 조만간 장난치듯이 모든 수수께끼를 푼 사람이 나타나 데말리옹 씨에게 필요한 설명을 들려줄 겁니다."

"그 사람의 이름은 무엇인가요?"

"말씀드릴 수 없습니다."

"오! 전시 체제에서는 비밀을 지키기가 어렵지요."

"아주 쉽습니다." 뒤에서 누군가의 목소리가 말했다. "그럴 마음만 있다면 말이지요."

데말리옹과 파트리스가 동시에 뒤를 돌아봤다. 기다란 성직자용 검은 외투로 몸을 감싸고 높은 옷깃을 목에 세워 마치 영국 성공회 목사 같은 복장의 남자가 있었다.

"여기는 제가 말한 친구입니다." 파트리스가 말했다.

파트리스는 이 남자에게서 돈 루이스의 모습을 알아보기 쉽지 않았다. "저와 제 약혼녀의 목숨을 두 번이나 구해주었습니다. 믿을 만한 분입니다."

데말리옹이 인사했고 곧바로 돈 루이스가 가벼운 악센트로 말했다.

"선생님의 시간은 귀하지요. 내 시간도 마찬가지입니다. 특히 전 오늘 저녁에 파리를 벗어나 내일은 프랑스를 떠나야 합니다. 그러니 간단히 설명하겠습니다. 오늘 아침에 결말이 난 사건의 줄거리는 대략 알고 있을 겁니다. 내가 빠뜨린 부분은 벨발 대위가 보충해줄 겁니다. 그리고 선생님의 탁월한 능력과 관찰력이라면 아직 풀리지 않은 나머지 문제는 어렵지 않게 해결할 겁니다. 그러니 요점만 말씀드리겠습니다. 내용은 이렇습니다. 가엾은 야봉은 사망했습니다. 간밤에 악당과 결투를 벌이다가 안타깝게 죽음을 맞이했지요. 그 외 선생이 발견할 시신이 세 구 더 있습니다. 저 수송선 안에는 그레구아르, 본명은 모스그라넴 부인의 시신이 있고 바슈로 씨의 시신은 기마르가 18번지의 어느 건물 구석에 있을 겁니다. 끝으로 시메옹 디오도키스의 시신은 몽모랑시 대로의 제라덱 박사의 진료실에 있을 겁니다."

"시메옹 영감?" 데말리옹이 놀라며 물었다.

"시메옹 영감은 자살했습니다. 영감의 진짜 정체는 벨발 대위가 설명해줄 겁니다. 아마 나처럼 그 문제에 대해서는 그대로 덮어두는 게 낫다고 판단할 겁니다. 선생의 특별한 입장을 고려하면 이 모든 사항은 지엽적이고 세부적인 사안에 지나지 않기 때문이지요. 선생의 주요 관심사는 황금 문제일 겁니다. 그렇지 않습니까?"

"그렇습니다."

"그 이야기를 하지요. 경찰관들은 대동하셨나요?"

"예, 하지만 이유가 있습니까? 황금이 숨겨진 곳은 제게 위치를 가르쳐주어도 그곳을 모르는 사람들에게는 여전히 미지의 장소로 남을 겁니다."

"그렇지요. 하지만 위치를 아는 사람이 많아질수록 비밀을 유지하기가 어려워집니다." 돈 루이스가 또박또박 말했다. "어쨌든 경찰관을 대동하는 것이 조건 중 하나입니다."

데말리옹이 미소를 지었다.

"그 조건은 이미 접수되었음을 잘 아시겠지요. 경찰관 모두 각자의 위치를 지키고 있습니다. 다음 조건은 무엇입니까?"

"다음은 더 중요한 조건입니다. 매우 중요한 문제라 선생이 동원할 수 있는 공권력이 충분할지가 의문스럽습니다."

"말씀해보십시오."

"이겁니다."

돈 루이스 페레나는 별로 중요하지 않은 이야기를 하듯 담담하게 자신의 놀라운 제안을 말했다.

"두 달 전이었습니다. 동방제국과 맺은 관계와 일부 오스만 왕실 일원에 내가 미친 영향을 바탕으로 현재 터키를 이끄는 당파가 단독강화를 추진할 생각을 하게 했습니다. 문제는 수억 프랑에 달하는 금액이었습니다. 나는 연합군 쪽에 제의를 전달했으나 재정적 이유가 아닌 정치적 이유로 거절당했습니다. 내 소관을 벗어난 일이었습니다. 이런 외교적인 실패 사례를 다시는 겪고 싶지 않습니다. 두 번째 기회는 실패하지 않을 겁니다. 그래서 이렇게 조심하는 겁니다."

돈 루이스가 말을 잠시 멈추었다. 데말리옹은 완전히 어리둥절해 말을 가로막을 엄두조차 내지 못했다. 돈 루이스는 다시 말을 이었다. 목소리는 더욱 엄숙해졌다.

"1915년 4월 현재, 연합군과 중립적 입장인 유럽 최강대국 사이에 협상이 진행 중이라는 것을 아실 겁니다. 협상은 성사 단계에 와 있고 조만간 윤곽을 보일 겁니다. 강대국의 숙명이 그렇고, 그곳의 모든 민중이 흥분해 있으니까요. 여러 문제가 논의되지만 자금 문제가 제일 민감합니다. 유럽 최강대국은 우리에게 3억 프랑의 황금을 지원해달라고 요청했습니다. 우리 측에서 거절해도 진행 중인 결정 과정에는 별다른 변화가 없을 것이라는 암묵적 합의 아래 말입니다. 그런데 3억 프랑의 황금이 내 손에 들어와 소유하게 되었습니다. 우리의 새로운 친구를 위해 사용할 수 있게 된 것입니다. 이것이 내가 내세울 유일한 조건입니다."

데말리옹은 어리둥절한 표정을 지었다. 이게 무슨 의미인가? 심각한 문제를 마치 요술 부리듯 다루고 국제적인 주요 분쟁들을 끝내기 위해 개인적인 방식을 내세우는 이 황당한 인물은 누구인가?

데말리옹이 말했다.

"하지만 그 문제는 우리의 소관을 벗어나 있군요. 다른 사람들이 논의하고 다룰 문제 같습니다."

"누구나 자신의 돈을 마음대로 쓸 권리는 있습니다."

데말리옹이 안타깝다는 몸짓을 보였다.

"생각해보십시오, 직접 말씀하시지 않으셨습니까? 유럽의 최강대국도 유보적인 차원으로 문제를 제안한 거라고 말입니다."

"예, 하지만 그 문제를 논의하는 것만으로도 합의하는 데 며칠이 지체되겠지요."

"며칠이 지체되는 게 무슨 문제입니까?"

"몇 시간도 지체할 수 없습니다."

"왜 그런가요?"

"선생뿐만 아니라 여기 있는 모든 사람도 모르는 이유입니다. 다만 나, 그리고 이곳에서 2만 킬로미터 떨어져 있는 사람들만 아는 이유 때문이지요."

"그 이유가 도대체 무엇입니까?"

"러시아군에 더 이상 군수품이 없습니다."

데말리옹이 못 참겠다는 듯 어깨를 으쓱했다. 도대체 무슨 이야기란 말인가? 서서 잠꼬대를 하는 건가?

"러시아군에는 더 이상 군수품이 없습니다. 치열한 전투는 몇 시간 후에 결판이 날 겁니다. 이대로 방치하면 러시아 전선이 무너지고 군은 후퇴할 겁니다…. 그러면 어디까지 후퇴할까요? 물론 이 결말도 아까 말씀드린 최강대국의 의지에 아무런 영향도 미치지 못할 겁니다. 내부에는 중립 세력이 있겠지요. 이런 상황에서 타협을 늦춘다면 빌미가 잡힐 겁니다. 전쟁을 대비하고 지휘할 세력을 곤란하게 할 수 있습니다. 그러면 크게 실수하는 겁니다. 나는 우리 조국이 그런 실수는 하지 않게 하고 싶습니다. 그래서 이러한 조건을 제시하는 겁니다."

데말리옹은 완전히 어안이 벙벙했다. 이런저런 몸짓을 하며 고개를 젓기도 하다가 마침내 이렇게 중얼거렸다.

"안 되겠어요. 그런 조건은 받아들일 수 없습니다. 시간이 필요해요…. 논의도…."

"5분 드리지요…. 길어야 6분입니다."

"그러나 그 이야기는…."

"내가 그 누구보다도 잘 아는 이야기입니다. 아주 확실한 상황과 아주 현실적인 위험에 대한 것이지요. 눈 깜짝할 사이에 뒤바뀔 수 있는 사안입니다."

"그래도 안 됩니다. 불가능해요! 우리에게는 늘 많은 어려움이…."

"어떤 어려움 말입니까?"

"그거야 말할 수 없이 다양한 어려움이 있지요." 데말리옹이 큰 소리로 말했다. "극복하지 못할 많은 장애…."

바로 그때 언제부터인가 근처에 다가와 돈 루이스의 말을 듣고 있던 누군가가 데말리옹의 팔을 잡았다. 좀 더 멀리 세워둔 자동차에서 내린 사람이었는데 데말리옹이나 돈 루이스 페레나 모두 이 사람을 보고 당황하지 않았다. 그런 모습에 되려 파트리스가 놀랐다.

나이가 꽤 지긋하나 에너지가 넘치며 어딘가 고뇌를 간직한 남자였다.

남자가 말했다.

"데말리옹 씨, 이 문제를 현실적으로 보지 않는 것 같군요."

"저도 같은 의견입니다, 각하." 돈 루이스가 말했다.

"아! 나를 아십니까?" 남자가 물었다.

"발랑글레 내무장관님 아니십니까? 수년 전에 총리를 지내실 때 뵌 적이 있습니다."

"아, 그런가요…! 기억이 나는 것 같은데… 정확하지는 않지만…."

"굳이 떠올리실 필요는 없습니다, 각하. 과거는 중요하지 않습니다. 중요한 것은 각하도 저와 같은 의견이라는 겁니다."

"내 의견이 선생과 같은지는 모르겠지만 그건 별로 중요하지 않을 것 같습니다. 데말리옹 씨에게 한 이야기도 그런 뜻이었고요. 이 선생의 제안에 토를 달아야 하는가는 중요하지 않다는 겁니다. 그러면 거래가 힘들어지니까. 일단 거래하면 각자 무언가를 내놓아야 하지요. 우리는 아무것도 내놓지 않는데 이분은 모든 걸 내놓고 있지 않습니까. 그리고 이렇게 말하고 있습니다. '3억 프랑을 원하나요? 그렇다면 이렇게 합시다. 그게 싫다면 어쩔 수 없지요.' 지금 상황이 그렇지 않습니까, 데말리옹?"

"그렇습니다, 각하."

"이분의 도움 없이 될까요? 황금이 숨겨진 곳을 알아낼 수 있는 겁니까? 이분은 이미 큰 몫을 던져주었습니다. 이렇게 현장으로 안내한 건 위치를 가르쳐준 것이나 마찬가지니까요. 그정도면 충분하지요? 데말리옹 씨가 지난 몇 주, 몇 달 동안 찾아오던 비밀을 밝힐 수 있을 것 같습니까?"

데말리옹은 조금의 주저함도 없이 솔직하게 말했다.

"아닙니다, 각하. 그건 더 이상 바라지 않습니다."

"그래요…?"

발랑글레는 돈 루이스 쪽을 바라보며 물었다.

"더 이상 할 말은 없는 겁니까?"

"예!"

"우리가 거절하면… 그뿐인 겁니까?"

"정확히 말씀하셨습니다, 각하."

"우리가 수락하면 황금은 즉시 인도된다는 말이고요?"

"즉시요."

"수락합니다."

결정적인 대답이었다. 발랑글레는 여기에 확신 어린 몸짓을 더해 대답의 가치를 분명히 강조했다.

발랑글레는 잠시 침묵을 지킨 후 말을 이었다.

"수락합니다. 오늘 밤에 통지문이 대사에게 전달될 겁니다."

"약속하시는 겁니까, 각하?"

"약속합니다."

"합의가 이루어졌군요."

"합의가 이루어졌습니다. 이제 말해보십시오."

모든 대화는 신속하게 이루어졌다. 전직 총리가 개입한 것은 불과 5분 전이었다. 이제 돈 루이스가 약속만 지키면 되었다. 더 이상 핑계나 변명은 소용없었다. 사실과 증거만이 남아 있을 뿐이었다.

정말 엄숙한 순간이었다. 그러나 남자 네 명은 마치 우연히 산책로에서 만나 잡담을 나누는 사람들처럼 보였다. 발랑글레는 제방 너머를 내려다보는 흉벽에 한쪽 팔을 기대고 센 강을 바라보며 모래 위로 지팡이를 들었다 내렸다 했다. 파트리스와 데말리옹은 약간 굳은 얼굴로 아무 말도 하지 않았다.

돈 루이스가 웃기 시작했다.

"너무 기대하지는 마십시오, 각하. 제가 요술지팡이로 황금을 솟게 하거나 황금이 쌓인 동굴로 안내하는 건 아니니까요. 사실 '황금 삼각형'을 통해 신비하고 특이한 것을 연상하다 보니 예상이 엉뚱하게 빗나갔습니다. 단지 황금이 위치한 공간의

모양이 삼각형이란 의미인데 말입니다. '황금 삼각형'은 황금
자루들이 삼각형으로 배치되어 있다는 뜻이지요. 현실이 너무
단순해 각하께서 실망하실지도 모르겠습니다!"

"실망하지는 않을 겁니다." 발랑글레가 말했다. "1800개의
황금 자루가 내 앞에 나타나기만 하면요."

돈 루이스가 말했다.

"약속대로 그렇게 될 겁니다. 그러면 각하의 칭찬이 더욱 쏟
아질 것 같군요."

"황금 자루를 보여주십시오. 칭찬이야 아낌없이 할 테니까."

"황금 자루가 앞에 있습니다, 각하."

"뭐, 내 앞에…! 무슨 말입니까?"

"정확히 말씀드린 그대로입니다, 각하. 손만 안 대고 계신 겁
니다. 지금보다 더 가까운 곳은 없습니다."

발랑글레는 놀라운 마음을 진정시킬 수 없었다.

"내가 보도의 포석을 들어 올리거나 흙벽을 무너뜨리면 황금
이 나온다는 말은 아니겠지요?"

"아직 걷어내야 할 장애물이 있을지도 모릅니다. 그러나 현
재 각하와 황금 사이에는 장애물이 없습니다."

"나와 황금 사이에 장애물이 없다?"

"전혀요, 각하. 아주 작은 동작 하나만으로도 황금 자루를 만
질 수 있습니다."

"아주 작은 동작이라!" 발랑글레는 돈 루이스가 한 말을 무
의식적으로 따라 했다.

"아주 작은 동작이란 별로 힘들이지 않고도 쉽게 할 수 있는

동작입니다. 거의 움직이지 않아도 되지요. 예를 들어 가지고 계신 지팡이를 물웅덩이에 담그거나 아니면….”

“아니면?”

“모래 더미를 찔러본다든지.”

발랑글레는 아무 말도 하지 않고 서 있었다. 어깨를 약간 떨고 있을 뿐이었다. 돈 루이스가 암시한 동작을 해볼 엄두를 내지 못한 것이다. 사실 그럴 필요도 없었다. 이미 모든 것을 이해했기 때문이다.

나머지 사람들도 섬광처럼 밝혀진 진실이 너무 간단해서 할 말을 잃고 멍한 표정을 지었다.

그 누구도 이의를 제기하거나 의심하지 않았다. 그 같은 침묵 속에서 돈 루이스가 말했다.

“각하, 만일 조금이라도 의심스럽다면(물론 그러신 것 같지 않지만요) 그 지팡이를 한번 꽂아보십시오…. 너무 깊이는 말고… 50센티미터쯤…? 그러면 무언가 막혀 있는 게 느껴질 겁니다. 황금 자루들이 모여 있는 곳이지요. 무려 1800개의 자루…. 개수는 많지만 부피는 크지 않습니다. 기술적인 부분을 이야기하자면 금화 1킬로그램당 3100프랑의 값을 하지요. 계산해보면 1000프랑어치 금화 꾸러미로 15만 5000프랑 정도를 담은 50킬로그램의 자루입니다. 그리 큰 부피가 아니지요…. 자루들을 포개어놓으면 전체 부피는 약 5세제곱미터를 넘지 않습니다. 피라미드 형태로 단단히 다지면 각 밑변이 3미터 정도이거나 각 자루의 빈 부분을 고려하면 3미터 50센티미터 정도겠지요. 마지막으로 그 위에 모래를 덮으면 지금 눈앞에 보이는 모래 더미가 됩니다."

돈 루이스가 잠시 말을 멈춘 후 다시 이었다.

"그렇게 황금 자루들은 여러 달 동안 안전하게 보관되어 사람들의 눈에 띄지 않은 겁니다. 황금을 찾는 사람들은 그 아래를 뒤져보지 않지요. 우연히 황금이 노출될 일도 없고요. 그저 평범한 모래 더미니까요! 황금 같은 물건을 찾는 사람들은 동굴 같은 곳만 떠올립니다. 우물이나 하수구처럼 구멍이 있거나 지하 동굴 같은 곳만 떠올리지요. 그러나 사실 황금은 모래 더미에 있었습니다! 이 모래 더미에 작은 창문을 만들어 그 안에서 무슨 일이 일어나는지를 생각할 사람이 누가 있었을까요. 개들이 오줌을 싸고 아이들이 모래성 놀이를 하고 간혹 부랑자들이 낮잠을 자는 이런 평범한 곳을 의심할 사람이 누가 있겠습니까? 비가 와 파이고 햇빛이 쏟아지고 눈이 덮인다 해도 그건 모래 위의 일이지 안에서는 아무런 변화도 없습니다. 내부는 그 누구도 다가갈 수 없는 신비한 세계지요. 누구도 파헤칠 수 없는 미지의 암흑입니다. 누구에게나 보이는 모래 더미 속만큼 기발한 은신처가 있을까요? 3억 프랑에 달하는 황금을 이런 데에 숨길 생각을 한 사람은 대단한 인물임이 틀림없습니다, 각하."

발랑글레는 돈 루이스의 말을 끝까지 들었다. 이윽고 설명이 끝나자 고개를 두세 번 끄덕인 뒤 말했다.

"대단한 인물이군. 그런데 그보다 더 센 인물이 있군요."

"그럴 리가요."

"아니요, 있습니다. 모래 더미 안에 3억 프랑어치의 황금이 있다는 사실을 알아낸 사람이 그 주인공입니다. 고개가 절로 숙여질 만큼 대단한 인물입니다."

돈 루이스는 칭찬에 흐뭇해하며 고개를 숙여 보였다. 발랑글레는 돈 루이스에게 손을 내밀었다.

"조국을 위해 큰일을 했는데 어떻게 보상해야 할지 모르겠습니다."

"보상은 바라지 않습니다." 돈 루이스가 말했다.

"알았습니다. 그러나 이렇게 감사의 뜻을 표하기보다는 좀 더 공식적으로 직접 치하하고 싶습니다."

"정말 그렇게 할 필요가 있다고 보십니까, 각하?"

"물론입니다. 이 비밀을 어떻게 밝혀냈는지도 궁금합니다. 여기서 한 시간 거리밖에 안 됩니다. 함께 내무부 청사로 가시지요."

"정말 죄송합니다, 각하. 하지만 15분 후에는 이곳을 떠나야 합니다."

"안 됩니다, 그렇게 떠나면 안 됩니다." 발랑글레가 단호히 만류했다.

"안 될 이유가 있습니까, 각하?"

"선생의 이름이나 신분을 모르니까요."

"그건 중요하지 않습니다."

"평화시라면 그럴 수 있으나 지금과 같은 전시에서는 중요하지요."

"예외를 인정해주십시오, 각하!"

"오! 예외라…."

"그것이 제가 바라는 보상이라 생각하십시오. 어떻습니까?"

"그래도 거절할 수밖에 없습니다. 진정 원하는 것이 그것이라 보지도 않고요. 선생처럼 훌륭한 시민이라면 지켜야 할 기본 사항이 있다는 걸 이해하시겠지요."

"각하께서 말씀하시는 기본 사항은 충분히 이해하지만 안타깝게도…."

"안타깝게도?"

"저는 그것을 지키는 습관이 영 없어서…."

돈 루이스의 말투에 빈정거리는 어조가 약간 배어 있었다. 그러나 발랑글레는 이를 눈치채지 못한 듯 웃으며 말했다.

"별로 좋지 않은 습관이군요. 그 안 좋은 습관을 한번 고쳐봅시다. 데말리옹 씨가 도울 겁니다. 안 그렇습니까, 데말리옹 씨? 이분에게 그 점을 알려주십시오. 한 시간 후에 청사에서 보는 겁니다? 그럼 그렇게 알고 먼저 가보겠습니다. 기다리고 있겠습니다."

쾌활하게 인사한 뒤 발랑글레는 지팡이를 신나게 휘두르며 데말리옹과 함께 아까 세워둔 자동차 쪽으로 갔다.

"대단한 사람이군!" 돈 루이스가 빈정대듯 말했다. "저분이야말로 눈 깜짝할 사이에 3억 프랑을 챙겨 역사적인 조약에 서명한 후 아르센 뤼팽의 체포 영장을 발부했지."

"무슨 말씀입니까? 체포하다니요?" 파트리스가 놀라 물었다.

"내게 출두 명령을 내린 거나 다름없지요. 신분증을 검사할 것이고, 그 밖에도 곤란한 일이 많겠습니다."

"그럴 수가 있습니까?"

"그게 다 합법적인 겁니다. 그저 받아들일 수밖에요."

"하지만…."

"대위님, 이런 사소한 일 때문에 조국에 큰 도움을 주었다는 뿌듯함이 사그라지진 않습니다. 전쟁 기간에 나는 프랑스를 위해 무언가를 하고 싶었습니다. 이렇게 조국에 머무는 기간을 조국을 돕는 데 사용하고 싶었지요. 모든 것이 성공적이었습니다. 여기에 다른 보상, 400만 프랑도 있고 말이지요. 사실 코랄리 엄마에게 속하는 것이지만. 그러나 순박한 부인이 400만 프랑을 내놓으라고 하지는 않으리라 봅니다."

"그건 제가 보증하겠습니다."

"고맙습니다. 그 선물은 좋은 데 쓰일 테니 안심해도 좋습니다. 단 한 푼도 조국의 영광과 승리 이외의 다른 목적으로 사용되는 일은 없을 겁니다. 이제 모든 게 정리되었군요. 몇 분 정도밖에 남지 않았습니다. 그 남은 시간을 잘 이용해봅시다. 데말리옹 씨는 부하들을 집합시키고 있을 겁니다. 그 일을 좀 더 수월하게 해주고 불필요한 소란을 없애 주려면 우리가 제방 너머의 모래 더미 앞으로 가야 합니다. 그래야 제 덜미를 잡기가 쉬워지지요."

두 사람은 내려왔다. 걸으면서 파트리스가 말했다.

"몇 분 정도면 괜찮겠지요. 그리고 사과의 말씀을 드리고 싶습니다."

"무엇 때문에요? 날 배신한 일 때문입니까? 별장의 아틀리에에 가둔 일 때문에요? 괜찮습니다. 대위님은 코랄리 엄마를 보호하기 위해서 그런 게 아닙니까? 아니면 내가 황금을 차지하리라고 생각해서? 아르센 뤼팽 같은 사람이 3억 프랑에 눈독을 들일 거란 의심은 할 수 없지 않습니까?"

"그럼 사과가 아니라 감사를 드려야겠군요." 파트리스가 웃으며 말했다.

"무엇 때문에요? 대위님과 코랄리 엄마의 목숨을 구한 것 때문에요? 감사할 필요는 없습니다. 그건 내게 스포츠 같은 일이거든요."

파트리스가 돈 루이스의 손을 꼭 잡았다. 그리고 북받치는 감정을 누르고 명랑한 척하며 말했다.

"그렇다면 감사의 말씀도 드리지 않겠습니다. 제가 그 악당의 아들이 아니라는 사실을 밝혀주고 악당의 정체를 폭로해 악몽에서 벗어나게 해주었다는 감사의 말씀도 하지 않겠습니다. 그리고 덕분에 제가 행복해졌고 인생이 활짝 폈으며 코랄리가 마음껏 나를 사랑하게 되었다는 말씀도 드리지 않겠습니다. 그런 말을 굳이 꺼내지는 않겠습니다. 그러나 이 점만은 고백하고 싶습니다. 지금 저의 행복은… 왠지 모호하고… 조심스럽습니다. 무언가 의심스럽다는 게 아니라 진실을 완벽히 알지 못한 부분이 있는 것 같아서 그렇습니다. 그래서 불안합니다. 좀 더 자세히 설명해주십시오…. 부탁입니다…. 알고 싶습니다."

"진실은 명확합니다!" 돈 루이스가 큰 소리로 말했다. "가장 복잡해 보이는 진실이 뜻밖에 간단하지요. 아직 이해되지 않나요? 문제가 일어난 방법을 생각해보십시오. 지난 16~18년 동안 시메옹 디오도키스는 완벽한 친구처럼 대위님의 주변을 맴돌았습니다. 희생에 가까운 헌신을 했지요. 마치 세상의 모든 아버지가 자식들에게 하는 것처럼 말입니다. 시메옹의 머릿속에는 복수의 일념을 제외하면 대위님과 코랄리의 행복밖에 없었습니다. 시메옹은 두 분을 진심으로 맺어주고 싶어 했지요. 그래서 대위님의 사진들을 모았습니다. 대위님의 인생을 지켜보며 연결고리를 이어갔습니다. 시메옹은 대위님에게 정원의 열쇠를 보내 만남을 준비했습니다. 그런데 갑자기 상황이 달라졌습니다. 시메옹이 두 분의 적이 되어 집요하게 죽이려 했지요. 두 분을 말입니다! 왜 갑자기 사람이 달라졌을까요? 바로 하나의 사건 때문이었습니다. 4월 3일에서 4일 사이의 밤에 에사레스의 저택에서 일어난 사건과 그다음 날까지 이어진 사건 때문입니다. 그날 이전까지 대위님은 시메옹의 아들이었습니다. 그러나 그날 이후 시메옹은 대위님을 적으로 생각했습니다. 나는 이와 같은 총체적인 관점에 주목하여 조사를 시작했습니다."

파트리스가 아무 말 없이 고개를 끄덕였다. 어느 정도 이해되었지만 수수께끼가 완전히 풀리지는 않은 눈치였다,

"앉아보십시오." 돈 루이스가 말했다. "모래 더미 위에 앉으세요. 지금부터 내 말을 잘 들으십시오. 10분이면 끝납니다."

두 사람은 베르투 조선소에 있었다. 어느새 해가 저물기 시작했다. 센 강 맞은편 기슭의 실루엣이 희미해졌다. 제방 근처에는 수송선이 매여 기우뚱거리며 떠 있었다.

돈 루이스가 말했다.

"서재 안의 난간에 숨어 에사레스 저택의 비극을 목격한 그

날 밤, 대위님은 두 명이 괴한들에게 붙잡힌 것을 보았습니다. 한 사람은 에사레스 베, 또 한 사람은 시메옹 디오도키스였습니다. 두 사람은 모두 죽었습니다. 대위님의 아버지 이야기보다 우선 에사레스 베의 이야기를 해보겠습니다. 그날 밤은 상황이 심각했습니다. 에사레스는 프랑스의 많은 황금을 빼돌려 독일의 지원을 받는 동방의 어느 강대국을 돕고 있었습니다. 그리고 거두어들인 황금 가운데 10억 프랑의 가치만큼 황금을 빼돌리려 했습니다. 불똥비의 신호를 받은 벨 엘렌호는 베르투 조선소에 닻을 내리고 기다리고 있었습니다. 수송선에 모래 더미를 옮겨 싣는 일은 밤에 이루어졌으니까요. 모든 계획이 맞아떨어지고 있었는데 생각지 못한 상황이 벌어졌습니다. 바로 시메옹의 밀고를 받은 공범들이 들이닥친 겁니다. 협박과 회유가 이어졌습니다. 나중에는 파키 대령이 죽는 등 상황이 꼬였지요. 에사레스는 금방 상황을 눈치챘습니다. 황금을 빼돌리려는 자신의 음모가 발각되었고 파키 대령이 자신을 법원에 고소했다는 것도 알았습니다. 전부 망한 겁니다. 그럼 어떻게 해야 할까요? 도망가기? 그러나 전시 중이라 도망치는 건 불가능합니다. 게다가 그대로 도망가면 황금과 코랄리를 포기해야 하는데 안 될 말이었지요. 그럼 어떻게 할까? 방법은 자취를 감추는 것 하나밖에 없었습니다. 자취는 감추되 계속 현장에, 즉 황금과 코랄리 주변에 머무는 것이었습니다. 그렇게 밤이 찾아왔고 밤을 틈타 새로운 음모를 실행하기로 한 겁니다. 여기까지가 에사레스에 관한 설명입니다. 이제 두 번째 인물인 시메옹 디오도키스로 넘어갑니다."

돈 루이스는 숨을 돌렸다. 파트리스는 돈 루이스의 말 한마디 한마디가 숨 막히는 어둠 속에 뿌려진 빛이라도 되는 것처럼 열심히 들었다.

　"시메옹 영감이라고 불리는 사람, 바로 대위님의 아버지입니다." 돈 루이스가 말을 이었다. "대위님의 아버지는 그날 인생에서 극적인 순간을 맞이합니다. 옛날에 코랄리 엄마의 어머니와 함께 에사레스의 덫에 걸려 죽음의 고비를 겪은 아르망 벨발이 드디어 목표를 이룰 순간에 다가간 겁니다. 원수를 밀고해 파키 대령과 공범들에게 넘겼으며 대위님을 코랄리와 가깝게 만들어주었지요. 대위님에게 별장 열쇠를 넘겼으니 조만간 모든 일이 바라는 대로 이루어지리라고 생각했습니다. 그러나 다음 날 아침에 눈을 뜬 시메옹은 위험이 다가왔음을 느꼈고 그 배후에는 에사레스 베가 있다는 생각이 들었습니다. 시메옹은 어떻게 해야 할지 고민했고 대위님에게 바로 알려야 한다는 결론을 내렸습니다. 그래서 얼른 전화를 걸어야겠다고 생각했습니다. 시간이 촉박했습니다. 그때쯤 위험의 정체는 분명해졌을 겁니다. 에사레스의 감시가 더욱 좁혀졌고, 에사레스는 두 번째로 노리고 있는 희생자를 향해 접근하고 있었겠지요. 어쩌면 에사레스에게 쫓기다가 서재에 숨어들었을 수도 있습니다. 대위님과 통화가 이루어질 수도 있는 상황이었지요. 시메옹은 전화로 대위님에게 모든 것을 알려야겠다고 생각했습니다. 통화가 이루어졌지만 대위님의 목소리를 들었을 때는 에사레스가 강제로 문을 열려고 애쓸 때였습니다. 시메옹은 숨을 헐떡이며 다급하게 외쳤습니다. '열쇠와 편지 받았나? 편지는 못 받왔다고? 큰일이군. 모르고 있나?' 이어 강한 고함과 누군가 떠드는 소리가 들렸습니다. 그리고 선명한 목소리가 이어졌지요. '파트리스… 자수정 메달…. 그렇게 바랐는데…! 파트리스… 코랄리….' 그 뒤 비명이 들렸습니다. 시끄러운 소음이 점차 줄어들며 침묵이 흘렀습니다. 그게 끝이었습니다. 대위님의 아버지는 그때 살해당했습니다. 에사레스가 옛날 별장에서 하려다 실패한 살인이 그제야 성공한 겁니다. 옛사랑의 연적에 뒤늦게 복수한 것이고요."

돈 루이스가 말을 멈췄다. 실감 나는 이야기로 비극의 현장이 다시 생생해지는 듯했다. 파트리스는 범죄의 현장을 두 눈으로 지켜보는 것 같았다.

가슴이 먹먹해진 파트리스가 중얼거렸다.

"아버지, 아버지…."

"대위님의 아버지였습니다." 돈 루이스가 말했다. "대위님이 정확히 맞았습니다. 그때가 오전 7시 19분이었지요. 그로부터 몇 분 후 대위님은 궁금해서 번호를 찾아 그대로 다시 전화를 걸었습니다. 에사레스 베가 전화를 받았습니다. 대위님 아버님의 시신을 발아래 둔 채로 말입니다."

"아! 나쁜 놈. 그래서 우리가 찾아내지 못하게 시신을…."

"에사레스 베가 화장시킨 겁니다. 훼손하고 변형시켜 에사레스 자신의 시체인 것처럼 둔갑시켰지요. 중요한 부분이 바로 여깁니다. 죽은 시메옹 디오도키스는 에사레스 베로 부활했습니다. 시메옹 디오도키스로 변장한 에사레스 베가 시메옹인 척 연기한 겁니다."

"예." 파트리스가 중얼거렸다. "이제 알겠습니다…. 이해하겠어요…."

돈 루이스가 말을 이었다.

"두 사람의 관계는 무엇이었을까요? 잘 모르겠습니다. 에사레스는 전부터 시메옹 영감이 자신의 옛날 연적, 즉 코랄리 어머니의 애인이었으며 그 당시 가까스로 죽음을 모면했단 사실을 알고 있었던 걸까요? 시메옹이 대위님의 아버지, 즉 아르망 벨발이라는 사실을 알았을까요? 모호한 부분이 한둘이 아닙니다. 뭐, 이젠 중요하지 않습니다. 다만 새로운 살인 계획은 절대 우발적으로 이루어진 게 아닙니다. 에사레스는 시메옹과 자신이 키와 체격이 비슷하다는 것을 알았고 필요하다면 시메옹 디오도키스의 자리를 대신 차지할 것이란 생각을 하고 있었던 게 분명합니다. 그다지 어려운 일이 아니었지요. 시메옹 디오도키스는 평소에 가발을 썼고 수염이 없었습니다. 그런데 에사레스는 대머리였고 턱수염을 덥수룩하게 기르고 있었습니다. 에사레스는 수염을 밀고 죽은 시메옹의 얼굴을 장작 받침쇠로 때려 못 알아보게 한 뒤 피범벅된 얼굴에 자신의 수염이 엉겨 붙게 했습니다. 시신의 옷도 자신의 옷과 바꿨지요. 에사레스는 시메옹 가발을 쓰고 노란 안경과 목도리를 착용해 완벽히 변신했습니다."

"아침 7시 19분의 상황은 그렇다 해도 오후 12시 23분에는 무슨 일이 있었던 겁니까?"

"아무 일도요…."

"하지만… 시계가 그 시각을 가리키고 있었잖아요?"

"아무 일도 없었습니다…. 에사레스가 추적을 따돌리기 위해 꾸민 겁니다. 자신이 변장한 시메옹에게 의심이 쏟아질 것을 대비해서 말입니다."

"의심이라니요?"

"에사레스 베를 살해했을지도 모른다는 의심입니다. 시체는 아침에 발견될 것이고 그러면 누가 살인범인가가 문제로 떠오르겠지요. 당연히 시메옹이 제일 먼저 의심받을 겁니다. 조사가 시작되면 시메옹이 잡힐 수도 있고요. 그러면 시메옹이 사실은 에사레스라는 게 밝혀질 가능성이 높아집니다. 그러니 시메옹으로 변장한 에사레스는 자유롭게 활보할 환경을 만들어야 했습니다. 그래서 에사레스는 아침 동안 범죄 현장을 숨기기로 하고, 서재에 아무도 들어오지 못하게 한 겁니다. 또 일부러 코랄리 엄마의 방문을 세 번 두드렸습니다. 그러면 부인에게 에사레스가 살아 있는 것으로 믿게 할 수 있기 때문입니다…. 그리고 코랄리가 방에서 나오자 일부러 큰 소리로 시메옹에게, 즉 자기 자신에게 지시를 내리는 연극을 했습니다. 마님을 샹젤리제의 병원까지 모시고 가라고 말입니다. 그래서 부인은 집에 에사레스를 놔두고 자신은 시메옹 영감과 외출한 것으로 생각한 겁니다. 사실은 죽은 시메옹 영감을 놔두고 남편과 밖으로 나온 건데 말이지요. 이제 무슨 일이 벌어졌을까요? 에사레스가 바라던 대로 이루어졌습니다. 파키 대령의 고발을 접수한 사법관들은 오후 1시 정도에 들이닥쳐 시신을 보았습니다. 누구의 시신인지는 바로 감이 왔겠지요. 하녀들이 주인의 모습을 알아봤고 부인조차 현장에 도착해 전날 밤 고문이 있었던 벽난로 앞에서 처참하게 죽은 남편의 시체를 확인했습니다. 시메옹 영감, 즉 실제 에사레스도 시신 확인을 거들었지요. 대위님도 마찬가지고요. 에사레스의 속임수가 성공한 겁니다."

파트리스가 고개를 끄덕였다.

"맞아요, 그렇게 일이 벌어진 거였군요. 거기서부터 일이 복잡해졌고."

"어쨌든." 돈 루이스가 말을 이었다. "모두 당황했지요. 더구나 책상 위에 에사레스가 직접 쓴 편지가 발견되었으니까요. 4월 4일 정오에 아내에게 쓴 편지로 자신이 어디론가 떠나리라고 암시하는 내용이었고, 속임수가 워낙 교묘하다 보니 여러 단서가 오히려 속임수를 더욱 공고히 만들어주었습니다. 예를 들어 대위님의 아버지는 평소 속옷 안주머니에 작은 사진첩을 지니고 다녔습니다. 에사레스가 그것을 깜빡하고 남겨두었지요. 그래서 그 사진첩이 발견되자 모두 어떻게 된 건지 몰라 의아했습니다. 죽은 에사레스가 평소 벨발 대위와 아내의 사진을 간직하고 있었다는 사실에 어리둥절해진 겁니다. 그뿐만 아니라 시신의 손에서 대위님과 코랄리 엄마의 사진이 담긴 자수정 메달과 '황금 삼각형'이 적힌 종이쪽지가 발견됐을 때도 다들 어리둥절했던 겁니다. 사람들은 에사레스 베가 누군가에게서 자수정 메달을 빼앗아 쥔 채 죽음을 맞이했다고 믿어버렸습니다. 에사레스 베가 살해당했고 눈앞의 시체가 그의 시체라는 사실을 조금도 의심하지 않았던 겁니다! 더 이상 그 누구도 이 점을 신경쓰지 않았고요. 이제 새로이 탄생한 시메옹이 상황을 완전히 장악했습니다. 에사레스 베가 죽고 새로운 시메옹의 세상이 된 겁니다…."

돈 루이스가 웃음을 터뜨렸다. 자신이 말하면서도 사건이 꽤 재미있었던 것이다. 그 사건에 담긴 사악한 음모와 계획을 마치 예술가처럼 음미하고 있었다.

"그리고 말입니다." 돈 루이스가 말을 이었다. "에사레스는 난공불락의 가면을 쓰고 작전에 들어갔습니다. 대위님과 코랄리 엄마 사이의 대화를 창밖에서 엿듣다가 부인이 대위님 쪽으로 몸을 기울이자 분노가 일어 권총을 쏜 것이지요. 그러나 대위님을 해치는 데 실패한 겁니다. 도망치던 에사레스는 그럴듯한 연극을 해보기로 했습니다. 정원 문 옆에 쓰러져 소리를 지르며 범인을 목격한 듯 행동한 겁니다. 그전에 담벼락 밖으로 열쇠를 버려 거짓 흔적을 흘려놓았고 범인에게 목이 졸린 척했습니다. 아예 미친 사람 연기를 해 연극을 그럴듯하게 마무리지었고요."

"그런데 왜 미친 척을 한 겁니까?"

"사람들에게 시달리지 않으려고 그랬겠지요. 미친 사람처럼 보이면 어느 정도 신문과 혐의를 피할 수 있으니까요. 미친 사람이니까 혼자 동떨어져 있어도 아무도 뭐라고 할 사람이 없었던 겁니다. 그러지 않았다면 아무리 완벽히 연기하려 해도 같이 살아온 부인에게 목소리까지 속일 수는 없었을 거예요. 그렇게 에사레스는 미친 사람이자 아무 책임도 없는 사람이 되었습니다. 마음대로 어디든 어슬렁거려도 이상하게 생각하는 사람이 없었지요. 어차피 미친 사람이니까요. 미친 척을 어찌나 그럴듯하게 했는지 대위님을 옛 공범들이 모이는 장소로 이끌어 그들을 체포하게 했는데도 그 누구도 의심하지 않았습니다. 사람들은 시메옹으로 둔갑한 에사레스가 자신의 이득과 관련된 부분을 의식하는 건 아닐까 하는 의심조차 하지 않았지요. 그저 처지가 딱한 미친 사람으로 생각해 누구나 불쌍하게 대해주었을 겁니다. 그러니 에사레스는 두 명만 상대하면 되었습니다. 즉 코랄리 엄마와 대위님입니다. 쉬운 일이었습니다. 대위님의 아버지가 쓰던 일기도 그자의 손에 있었으리라고 생각됩니다. 대위님의 일기도 매일 몰래 볼 수 있었고요. 무덤에 대한 일을 전부 알게 된 에사레스는 4월 14일에 대위님과 코랄리 엄마가 성지순례를 하듯 그 무덤을 찾아갈 것이라는 사실을 눈치챘습니다. 그래서 계획을 짜 대위님을 독촉하는 방향으로 몰아갔습니다. 계획은 이미 전부 세워진 상태였습니다. 지금의 코랄리와 파트리스에게 두 분의 부모에게 했던 작전을 그대로 재연하기로 한 겁니다. 처음에는 제대로 이루어지는 것 같았습니다. 우리의 친구 야봉이 나타나지만 않았어도 성공했을 겁니다. 그다음 이야기는 대위님도 저만큼이나 잘 아시겠지요. 그 사악한 자는 자신의 정부이자 공범인 모스그라넴 부인, 즉 그레구아르를 죽게 방치했고 코랄리 엄마를 모래 더미 속에 파묻었으며 야봉을 살해하고 나를 별장에 가두었습니다(실은 가두었다고 믿은 것에 불과하지만요). 그다음에는 대위님의 아버지가 이전에 파놓은 무덤에 대위님을 산 채로 매장하려 했고 관리인 바슈로를 제거했습니다. 스물네 시간 동안 온갖 악행을 저지른 것입니다. 대위님도 잘 아시겠지요! 그런데도 그 뻔뻔한 자는 마지막 순간까지 대위님의 아버지인 척을 했지요. 내가 해야 할 일은 그자가 자신의 머리에 총을 겨누게 하는 일이 아니었을까요?"

"잘하셨습니다." 파트리스가 말했다. "처음부터 끝까지 옳은 일을 한 겁니다. 사건이 어떻게 진행된 건지, 이제야 세세한 부분까지 알게 되었습니다. 이제 남은 부분은 하나입니다. 바로 황금 삼각형의 비밀이지요. 그 비밀은 어떻게 알아낸 겁니까? 어떻게 모래 더미라는 사실을 알았습니까? 그리고 코랄리를 그 끔찍한 상황에서 어떻게 구한 건가요?"

"오!" 돈 루이스가 말했다. "그 문제야말로 아주 간단했지요. 나도 모르게 머릿속에 섬광이 번뜩였다고나 할까. 간단히 설명해도 충분히 이해하실 수 있을 겁니다. 그런데 우선 자리를 옮기시지요. 데말리옹 씨와 부하들이 신경 쓰입니다."

경찰관들은 베르투 조선소의 출입구 두 곳에 분산 배치되어 있었다. 데말리옹이 경찰관들에게 지시를 내리고 있었다. 돈 루이스와 관련된 이야기를 하는 듯했고 곧 다가올 듯 보였다.

"수송선 위로 갑시다." 돈 루이스가 말했다. "거기에 중요한 서류가 있습니다."

파트리스가 돈 루이스를 따라갔다.

그레구아르의 시체가 있는 선실 맞은편에 같은 계단으로 연결된 또 다른 선실이 있었다. 두 사람은 그곳으로 들어갔다. 가구라고는 의자와 책상이 전부였다.

돈 루이스는 책상 서랍을 열고 편지를 꺼내 봉하며 말했다. "대위님, 이 편지를 전해주십시오…. 아니, 그럴 필요가 없겠군요. 대위님의 호기심을 채워줄 여유가 많지 않아요. 신사분들이 다가오고 있습니다. 일단 삼각형이 중요하니 얼른 이야기해보겠습니다."

그러면서 바깥 소리에 귀를 바짝 기울였다. 파트리스는 곧 삼각형의 진짜 의미를 이해하게 될 것 같았다.

돈 루이스가 말을 이었다.

"황금 삼각형! 열심히 답을 찾지 않아도 우연히 풀리는 수수께끼가 있습니다. 이런저런 일을 겪다 보면 어느새 문제의 해답에 이르게 됩니다. 여러 일 중 각각의 사실을 하나하나 떼어내어 주목하면 갑자기 해결책이 눈앞에 나타나는 거지요. 그날 아침 에사레스는 대위님을 무덤으로 유인해 산 채로 묘석 아래에 매장한 후 내가 있는 쪽으로 돌아왔습니다. 별장 아틀리에에 갇혀 있다고 믿은 에사레스는 가스 계량기를 열어놓고 별장을 떠나 여기 베르투 조선소 바로 위의 제방으로 갔습니다. 그런데 거기서 머뭇거리더군요. 뒤를 쫓다가 그 모습을 보니 뭔가 짚이는 데가 있었습니다. 에사레스는 틀림없이 거기서 코랄리를 빼낼 생각을 하고 있었지요. 그러나 그때 지나가는 사람들이 있자 포기하고 다른 곳으로 가더군요. 나는 일단 에사레스가 다음에 갈 곳을 알아낸 뒤 대위님을 구하러 갔습니다. 그리고 에사레스 저택에 있는 대위님의 동료에게 대위님을 돌봐달라고 했지요. 그런 뒤 다시 여기로 왔습니다. 그동안 일어난 여러 상황을 생각하니 발길이 이리로 오더군요. 벨 엘렌호가 황금을 가져간 게 아니었으니, 수로 안이나 정원 안에도 없는 황금 자루들은 이 근처 어딘가에 있을 것이라고 생각했습니다.

그래서 먼저 이 수송선을 조사하기로 한 겁니다. 황금 자루도 찾고 생각지 못한 단서도 찾고 싶었지요. 물론 그레구아르가 맡은 400만 프랑을 찾고 싶은 마음도 있었습니다. 그런데 나는 보통 무언가를 찾는 곳에서 원하는 것을 발견하지 못하면 으레 에드거 앨런 포의 괴이한 이야기 《도둑맞은 편지》를 생각합니다. 아시지요? 외교 문서를 도둑맞았으나 그것이 어느 방에 숨겨져 있는지는 모두가 아는 상황에서 전개되는 이야기 말입니다. 사람들은 바닥 판자까지 들어내며 샅샅이 방을 뒤지지만 아무것도 발견하지 못했습니다. 바로 그때 뒤팽 선생이 나타나서는 곧바로 벽에 걸린 휴대품 보관함으로 간 뒤 낡은 종이를 하나 뽑아들지요. 그것은 찾고 있던 중요한 외교 문서였습니다. 그때와 똑같은 방법을 이번에도 해보기로 한 겁니다. 사람들이 뒤져볼 생각조차 안 하는 곳만 조사한 겁니다. 너무 쉽게 눈에 띄는 곳에 있어서 오히려 의심을 사지 않는 완벽한 은닉처가 되는 곳을 조사한 거지요. 이 선반에 가지런히 놓인 옛날 보탱 연감집 네 권을 훑어본 것도 그 이유였습니다. 정말로 400만 프랑이 들어 있었지요. 그 순간 모든 것을 이해하게 된 겁니다."

"모든 것을 이해하다니, 어떻게요?"

"에사레스의 정신 상태를 말입니다. 그가 읽은 책, 습관, 은닉처를 선택하는 방법을 깨달은 거지요. 그동안 우리는 너무 멀리 찾아다니느라 어렵게 게임을 풀어갔습니다. 바깥 부분과 표면을 봤어야 했는데 말이지요. 두 가지 작은 단서에서 도움을 받았습니다. 야봉이 지나간 듯한 계단에서 모래 알갱이를 발견했습니다. 그걸 보고 생각난 게 있었습니다. 전에 야봉이 보도 위에 분필로 그려넣은 삼각형은 두 변만 그려져 있고 나머지 한 변은 담벼락이 대신했지요. 왜 이런 식으로 삼각형을 그렸을까요? 왜 선 하나는 분필로 그리지 않았을까요? 나머지 선을 담벼락이 대신한 건 은닉처의 위치가 담벼락 밑이라는 뜻이 아닐까요? 나는 담배를 물고 배 갑판으로 나가 주변을 둘러보며 '어이, 뤼팽. 자네에게 5분만 주지'라고 중얼거렸습니다. 스스로 '어이, 뤼팽'이라고 부를 때는 주체할 수 없을 정도로 흥분했을 때지요. 담배를 다 피우지 않은 상태인데도 감이 왔습니다."

"감이 왔다고요?"

"그렇습니다. 내 머릿속에 있던 요소 중 어떤 것이 불꽃처럼 솟아올랐는지 정확히 모르겠습니다. 모든 요소가 불꽃처럼 솟아올랐을 수 있지요. 화학 실험처럼 복잡한 심리 작용 문제겠지요. 많은 요소가 알 수 없는 과정을 통해 어울리고 반응하며 하나의 생각이 정리되는 겁니다. 어쨌든 직감이 작용했고 정신이 아주 예민해지더니 황금 은닉처를 발견한 것 같습니다. 코랄리 엄마도 거기에 있을 거란 생각이 들었지요. 만일 판단이 조금이라도 빗나가고 시간을 끈다면 부인의 목숨이 위태로울지도 모른다는 생각이 들었습니다. 다시 머릿속에서 불꽃이 일었습니다. 여러 심리적 요소가 작용했습니다. 그 순간 나는 모래 더미로 달려갔습니다. 발자국들이 보였습니다. 거의 꼭대기쯤에 유독 발로 단단히 다져진 부분을 발견했고, 그 부분을 파보았습니다. 처음 자루가 손에 닿자 흥분이 되었지요. 그러나 그러고 있을 시간이 없었습니다. 자루 몇 개를 빼내자 코랄리 엄마가 있었습니다. 모래가 자루 틈으로 흘러들어 코랄리 엄마의 호흡과 시야를 방해해 시간이 조금만 더 지나도 질식할 지경이었습니다. 나는 부인을 빼낸 후 택시를 불러 집에 데리고 갔습니다. 그리고 곧바로 에사레스와 바슈로가 있는 곳으로 갔습니다. 그곳에서 에사레스의 계획을 알고 먼저 선수를 쳐 제라덱 박사의 사무실로 가 합의를 봤지요. 마지막으로 대위님을 몽모랑시 대로의 진료소로 옮기도록 했습니다. 부인도 잠시 사람들과 떨어뜨려 놓는 게 좋을 듯해 그쪽으로 옮기라고 했습니다. 이렇게 된 겁니다, 대위님. 세 시간 동안 모든 일이 이루어진 겁니다. 제라덱 박사의 차를 타고 진료소에 온 나는 검사를 받으러 온 에사레스를 봤습니다. 덫에 걸려든 겁니다."

돈 루이스가 입을 다물었다.

두 사람 사이에는 더 이상 그 어떤 말도 필요하지 않았다. 한 명은 최고의 은혜를 베풀었고 나머지 한 명은 지나치게 큰 은혜를 입어 어떤 말로도 감사의 마음을 갚을 수 없음을 알고 있었다. 또한 감사의 인사를 할 기회도 없음을 알았다. 은혜에 대한 보답을 바라지 않는 돈 루이스가 새삼 대단한 존재로 보였다. 기적을 일상적인 일처럼 쉽게 처리하고 큰 능력을 발휘하는 이 존재에게 무엇으로 보답할 수 있을까?

파트리스는 다시 한 번 아무 말 없이 돈 루이스의 손을 꼭 잡았다.

돈 루이스는 파트리스가 말없이 전하는 고마움을 받아들였다.

"앞으로 누군가 아르센 뤼팽에 관해 이야기하면 변호 좀 부탁드리겠습니다, 대위님. 그럴 자격은 있지요."

돈 루이스가 웃으며 덧붙였다.

"대위님, 작별할 시간입니다. 코랄리 엄마에게 안부 전해주십시오. 부인과는 볼 일이 없을 것 같습니다. 그러는 게 나을지도 모릅니다. 또 봅시다, 대위님. 혼내줄 사람이 있거나 어려움에서 구해줄 착한 사람이 있거나, 아니면 그저 풀어야 할 수수께끼가 있거든 언제든 내 힘을 빌리십시오. 필요할 때를 위해 연락처를 드리겠습니다. 자, 이만 가보겠습니다."

"벌써 헤어지는 건가요?"

"그래요. 데말리옹 씨의 목소리가 들립니다. 데말리옹 씨 앞으로 가서 다른 곳으로 유인해주시겠습니까?"

파트리스는 순간 멈칫했다. 돈 루이스는 어째서 파트리스를 데말리옹 앞으로 보내는 걸까? 나서서 무언가 도움을 주길 바라는 걸까? 그렇게 생각하자 파트리스는 얼른 나갔다.

그런 뒤 파트리스는 곧 이해하기 어려운 상황에 빠졌다. 길고 어두웠던 모험의 터널이 갑작스럽게 끝을 맺은 듯한 느낌이었던 것이다.

파트리스는 갑판에서 데말리옹과 마주쳤다.

"친구분은 안에 있습니까?"

"예. 잠시 드릴 말씀이… 설마 당신의 의도가…?"

"걱정하지 않으셔도 괜찮습니다. 친구분을 해치려는 게 아닙니다. 오히려 그 반대지요."

데말리옹이 또렷하게 대답하자 파트리스는 반박도 하지 못했다.

데말리옹이 쑥 지나가자 파트리스도 얼른 그 뒤를 따랐다. 두 사람은 그렇게 계단까지 내려갔다.

"이런." 파트리스가 말했다. "아까 나오면서 문을 열어두었습니다."

문을 밀자 곧바로 문이 열렸으나 돈 루이스는 선실에 없었다.

바로 조사가 이루어졌다. 조사 결과 제방 아래에 있던 경찰관들, 갑판을 건너온 다른 경찰관들은 선실 밖으로 누군가 나가는 모습을 전혀 보지 못했다고 했다. 파트리스가 말했다.

"이 배를 샅샅이 조사할 시간이 있다면 상당히 복잡한 구조로 변형되어 있음을 발견하실 겁니다."

"대위님의 친구가 뚜껑문으로 빠져나가 헤엄칠 수 있도록 말인가요?" 데말리옹이 당황하며 물었다.

"물론이지요." 파트리스가 웃으며 대답했다. "아니면 잠수함을 이용했을 수도 있지요."

"센 강에서 잠수함을요?"

"안 될 이유가 있습니까? 제 친구의 수완과 의지에는 한계가 없는 듯한데요."

그런데 데말리옹은 책상 위에서 자신 앞으로 쓰인 편지 한 장을 발견하고는 깜짝 놀랐다. 파트리스 벨발과 이야기를 시작할 때 돈 루이스 페레나가 놓아둔 편지였다.

"제가 여기에 올 것을 친구분은 알고 있었군요? 우리가 만나 이야기를 나누기 전부터 제가 공식 절차를 요구할 것이라는 사실을 알아차린 게 아닙니까?"

편지의 내용은 이랬다.

선생,
이렇게 떠나 죄송합니다. 데말리옹 씨가 이곳으로 온 목적을
잘 모르겠습니다. 내 처지가 편한 것도 아니고 또 내게 해명을
요구할 권리도 없고 말입니다. 언젠가 깍듯하게 설명하겠습니
다. 그때가 되면 데말리옹 씨도 알게 될 겁니다. 나 나름의 방
식으로 프랑스를 위해 헌신한다면, 그 방식이 그리 나쁘지만
은 않다는 사실을 말입니다. 또한 전쟁 기간에 내가 이룬 업적
에 대해서도 조국 프랑스는 정말 고마워해야 한다는 것을 깨
달을 겁니다. 그때가 오면 당신도 내게 고마워하길 바랍니다.
데말리옹 씨는 이 시대에 파리 시 경찰청장 자리에 오르게 될
겁니다. 야망이 많다는 것을 잘 압니다. 그러니 경찰청장 자리
에도 어울립니다. 데말리옹 씨가 경찰청장으로 임명되도록 내
가 도움을 줄 수도 있을 겁니다. 지금부터라도 애써 보기로 하
지요. 그럼, 이만.

데말리옹은 꽤 오랫동안 아무 말도 하지 않다가 마침내 입을
열었다.
"희한한 사람이군요! 원하기만 하면 중요한 일을 맡길 생각
이었는데. 발랑글레 내무장관님의 이 같은 제의를 전하러 온
거란 말입니다."
그러자 파트리스가 말했다.
"분명 그보다 더 중요한 과업이 있다는 뜻이겠지요."

그런 뒤 덧붙였다.

"희한한 사람이긴 합니다! 데말리옹 씨가 생각하는 것보다 더 강력하고 특별한 사람입니다. 만일 연합군 회원국들이 돈 루이스 씨 같은 인물을 서너 명만 데리고 있어도 전쟁은 여섯 달 이상 지속되지 않았을 겁니다."

데말리옹은 이렇게 중얼거렸다.

"저도 그렇게 생각합니다. 다만 그런 사람일수록 홀로 지내고 반항적이지요. 자신의 두뇌만 믿고 어딘가에 구속되는 것을 받아들이지 않습니다. 대위님, 수년 전에 활동하던 어느 유명한 모험가가 생각납니다. 그 모험가는 독일 황제를 자신이 갇힌 감옥으로 계속 불러들여 결국 석방하게 하는가 하면 사랑의 아픔으로 카프리 절벽에서 몸을 던지기도 했지요…. 대단했습니다…."

"그게 누구입니까?"

"아실 겁니다… 뤼팽… 아르센 뤼팽이라고…."